公安机关录用人民警察考试专业教材

2008 年版

行政职业能力测验

黄　娜　主编

（中国人民公安大学知名教授，多次参加公安招警考试教材编写）

法律出版社

编 写 说 明

《中华人民共和国人民警察法》第 27 条规定："录用人民警察,必须按照国家规定,公开考试,严格考核,择优录用。"该规定为公安机关人民警察的录用提出了法律要求。为了贯彻中共中央的加强公安队伍建设、依法从严治警的要求,自 1996 年 9 月以来,国家人事部和公安部先后联合下发了《公安机关人民警察录用办法》、《关于地方公安机关录用人民警察实行省级统一招考的意见》,建立了省级统一招考公安机关人民警察的制度,使公安机关通过招考录用人民警察步入了制度化和规范化的时代。确立了公安机关"凡进必考,竞争择优"的原则,体现了公开、公平、公正的时代精神。从而严格规范公安机关的"入口"关,改善公安队伍的文化结构,提高公安队伍的整体素质和战斗力。

为了帮助有志于成为人民警察的人员在较短的时间内全面领会考试大纲要求,详细掌握考试内容,准确把握考试要点,熟悉各种题型和应试技巧,有针对性地进行强化训练,取得良好的复习效果,在有关部门和相关院校的大力支持下,我们精心组织编写了本套《公安机关录用人民警察考试专用教材》。

本教材特色:

[1]名师编写,内容权威

本着对考生负责的原则,由中国人民公安大学知名教授、多次参加教材编写的黄娜组织多所公安院校和人事、公安部门的专家学者。他们在对考试大纲和历年招警考试的命题和试卷进行深入分析研究的基础上,汇总思路,精心联合编著了本教材。

[2]内容系统,重点突出

本教材在总结和解析近几年招警考卷的命题规律基础上,紧扣人事部、公安部最新公布的考试大纲,系统地介绍了考试涵盖的知识范畴,重点讲解最基本、最重要的必考知识点。

[3]体例新颖,实用性强

本教材遵循招警考试的规律,不仅使考生知晓人民警察录用的各种条件,行政职业能力测验的涵义、特点、作用、设计原理、内容结构、施测方法等,而且,总结了各章节的"题型一览图(表)"、"考试大纲解读"、"考点解析"、"典型例题详解"、"解题技巧点拨"、"仿真强化训练",既遵循考试大纲,又重点突出。不仅能够使考生快速掌握全面备考知识,又能重点突破。必读法律法规部分为考生提供了备考的法律法规工具。

[4]思路开阔,实效性强

本教材系统地向考生介绍了各种题型的命题特点和解题技巧,并有选自各地历年考试原题的强化训练题及其答案解析,从而使考生掌握解题思路并能够触类旁通。

一书在手,轻松胜出。我们希望考生能够从本教材中获得裨益,受到启示,快速提高应试能力。祝愿您在考试中取得优异的成绩,如愿成为光荣的人民警察。

由于时间仓促、水平有限,虽尽心努力,仍难免疏漏之处,敬请不吝赐教。

编 者
2008 年 3 月

目　录

第一部分　行政职业能力测验概述

第二部分　行政职业能力测验题型解析及解题技巧

第一章　行政职业能力测验概论

第一节　行政职业能力测验的涵义

人民警察属国家公务员。根据《国家公务员录用规定(试行)》和《国家公安机关人民警察招考录用办法》的规定,公务员(人民警察)录用采取笔试和面试两种方式,主要测试应考者的公共基础知识、专业知识水平,以及其他适应职位要求的一般素质与能力。对这种"适应职位要求的一般素质与能力"的考查,主要体现在笔试阶段进行的职业能力测试,即行政职业能力测验(Administrative Aptitude Test,简称 AAT)。

作为一种为公务员职业选择合适的从业人员的选择评价手段,行政职业能力测验是公务员考试的一个极为重要的方面。它是由国家人事部组织心理学等学科的专家研究而成,专门用来测量与行政职业上的成功有关的一系列心理潜能的考试,主要用于各级国家行政机关招考主任科员以下非领导职务的工作人员。它既不同于一般的智力测验,也不同于行政职业通用基础知识或专业知识技能的测验。这种考试的功能是通过测量应考者一系列心理潜能,预测考生在行政职业领域内的多种职业上取得成功的可能性。

要想准确理解行政职业能力这个综合性的概念,就必须首先搞清楚知识、技能和能力这三个重要概念的涵义。

一、知识、技能、能力

知识是人们在各种社会实践活动中所获得的认识和经验的总结,它涉及一个人对于客观世界的总体认识和了解,简而言之就是知道什么。具体一些说,知识就是指人们对各类事实、理论、系统、惯例、概念、规则以及其他与工作有关的信息的了解。在现实社会中,人们的个体社会实践活动情况千差万别,因此他们了解和掌握知识的数量与质量也是各不相同的。现在通用的考试制度,大多数都是考查人们对知识的掌握程度的。在国家公务员录用考试中,公共基础知识以及专业科目的考试,所测试的主要就是上述所指的知识,用来了解应考者掌握知识的程度。所以,对于这类考试,知识掌握的好坏便成了考试成功与否的关键。

技能是指一个人通过一定练习形成的能够完成一定任务的动作和智能的操作系统。技能包括两种:心智技能和动作技能。技能往往是通过工作的速度与精度、动作的协调性与熟练性表现出来。在国家公务员考试中,技能一般通过面试进行检测。但对于一些特殊的职位,其对于技能的检测则往往是采用笔试的方法。

能力则是指人们能够从事某种工作或完成某项任务的主观条件,它是知识具体运用的表现形式。这种主观条件主要受两个方面因素的影响:一是先天遗传因素,二是后天的学习和实践的因素。能力又可以分为两种:一般能力和特殊能力。一般能力即智力,它是从事各种心智活动所需要的一种共同的能力,是最基本的一种认知能力,它会影响到一个人从事一切活动的效率。可以通过智力测验考查一个人智力水平的高低。特殊能力指的是人们从事特殊专业活动所需要的能力,比如音乐、美术等方面的才能。对于特殊能力,我们可以通过特殊能力测验来考查。

通过上面的分析,我们不难看出知识、技能和能力三者之间的明显差异。总而言之,知识是人们在改造自然、改造社会的社会实践活动中得到的各种经验;技能却是人们掌握的智能的操作系统;能力是人们能否顺利完成各项任务的条件。知识、技能、能力三者相辅相成,是相互联系、可以相互转化的,同时它们都是人们已经具备的现实条件,也是应考者现有的、不需要再进一步训练的主观条件。

二、能力倾向

能力倾向即潜能,指的是人们经过适当的学习、训练,或者是被置于适当环境下完成某项任务的可能性。能力倾向不是人们当时就已经具备的现实条件,而是人们将在某种条件下获得新能力的可能性。换言之,能力倾向就是指一个人获得新的知识、能力和技能的潜力如何。

能力倾向是一种潜在的能力素质,它既不等同于人的智力,也不完全等同于人们在某方面由于教育和训练而获得的专业知识与技能,它有着与众不同的特点:

1. 相对广泛性

我们通常所说的"智商",也就是智力的水平,可以影响一个人从事一切活动的效率,但这种影响大都是间接的;而一个人的某种"能力倾向"则可以直接影响到他在相关职业领域大部分甚至全部活动的效率;专业知识技能则仅仅影响一些有限的或具体的活动。

2. 相对稳定性

一个人的能力倾向具有相对稳定性。一方面,它不像人的智力水平那样几乎不可能改变,一个人知识技能的积累很难影响到他的智力水平,但却会影响到他的能力倾向。另一方面,一个人的能力倾向又不像具体的专业知识技能那样很容易通过强化训练而在短期内获得明显的提高或由于遗忘而丧失。

3. 潜在性

能力倾向具有潜在性,它表现为一个人在将来可能获得某种成功的可能性,而不是具备的水平或者是一种现实情况。譬如,一个人的手指很灵活,那么我们可以推测他在许多与手部动作关系密切的活动领域中有比较高的成功的可能性,但这仅仅是我们根据他所具有的这种能力倾向所做的预期或推测而已,这个人或许根本就没有条件和机会去发挥他的能力优势并实现他所具有的潜能。

三、职业能力

职业能力是人们从事某种职业活动必须具备的、影响职业活动效率的个性心理特征。职业能力是多种职业能力叠加和复合而形成的,它是人们从事某种职业必须具备的多种能力的综合,是选择职业的基本参照,同时这种职业能力也是人们就业的基本条件,是能否胜任职业岗位工作的基本要求,是个人立足社会、获取生活来源并谋求个人更大的发展及取得社会认可的根本所在。

四、行政职业能力

行政职业能力是职业能力中的一种,也是比较特殊的一种能力,它指的是人们从事公务员这一职业所应具备的与拟任职位相关的知识、技能与能力,它的强弱直接决定着人们在公务员这一职业领域成功可能性的大小。

公务员作为国家机关的工作人员,因其所从事的工作性质特殊,所以对其有一定的要求,如对行政理论、办公规则、工作惯例要有透彻的了解,对时事要比较熟悉,等等。这一职业中所指的技能主要表现为将已具有的知识、经验转化为工作能力的程度,以及运用所具有知识、经验的熟练程度和准确度。

五、行政职业能力测验

顾名思义,行政职业能力测验就是测试人们是否具有从事行政职业所需基本能力的考查过程,它主要测查从事行政职业应该具备的一般能力,比如言语理解与表达的能力、发现数量之间关系的能力、判断事实并进行逻辑推理的能力、常识判断的能力、对纷繁复杂的资料进行整理、分析的能力，等等，这些都是从事行政职业所必须具备的一般能力，公务员在日常工作的处理过程中，会经常用到这些能力。对上述几种能力的测查，表现在近年国家公务员录用考试行政职业能力测验中，即言语理解与表达、数量关系、判断推理、常识判断、资料分析几个部分的测试。

需要注意和明确的是，即使应考者通过了上述的能力测验，也并不意味着就完全具备了从事国家公务员这一职业的全部资格，因为行政职业能力测验测查的只是人的能力倾向，也就是说它考查的只是从事公务员工作并取得成功的可能性的大小，也即必要条件而不是充分条件。实际上，行政职业能力测验只是一种测量个人行政职业能力差异的工具。一个人的能力可以分为表现在外的实际能力即显在能力和潜在能力。国家公务员录用考试需要测试一个人的显在能力，即个人已经具有的知识、经验与技能以及运用这种知识、经验与技能的水平，但更重要的是要测验个人从事公务员职业的潜在能力，即与拟任职位相关的知识、技能与能力，这也是个人以后能否在公务员这一职业领域取得较大成功的基础。从这个意义上来说，测试广大应考者今后从事公务员工作的潜能是十分重要的，也是十分必要的，这也是对国家、对人民负责的一种体现。

第二节　行政职业能力测验的特点和作用

一、行政职业能力测验的特点

（一）涉及知识面广

根据国外公务员考试和近几年来我国国家行政机关补充工作人员考试的经验，以及国家人事部组织有关专家进行的多年研究，在职业能力方面，国家公务员工作要求有言语理解与表达、数量关系、判断推理能力、常识判断、资料分析等较为基础层次的能力素质，因此在进行行政职业能力测验时，必须能够较为准确地测出考生是否具备这些基础层次的能力素质。国家公务员录用考试的这一要求，就决定了行政职业能力测验包括了言语理解与表达、数量关系、判断推理、常识判断、资料分析等方面的测验内容，从而使得行政职业能力测验具有涉及知识面广的特点。

（二）测验题目数量多

行政职业能力测验的主要是应考者适应公务员职位的一般素质与能力，以及实际解决问题的能力，因此，仅凭少量的试题并不能准确地达到测试的目的，必须设置大量的试题。现行国家公务员录用考试中的行政职业能力测验通过五个相对独立的分测验，即言语理解与表达、数量关系、判断推理、常识判断、资料分析来实现测试的目的，共包含有130～140道试题，测试的内容以文字、图形、数表三种形式出现，且一律采用客观性试题。行政职业能力测验因此具有测试题目数量多的特点。

（三）答题时间紧

与行政职业能力测验题目数量多的特点相联系，行政职业能力测验还具有答题时间紧的特点。它要求在120分钟内答完130～140道试题，因此答题过程显得非常的紧迫，在规定的时间内没有答完所有的试题也是常见的现象。由于行政职业能力测验的试题所涉及内容大多比较简单，在时间充足的情况下，多数考生都会取得较高的分数，但在时间紧、题量大的条件下，这种测验就可以有效地反映出考生的反应快慢，并区分出考生运用自己的知识积累和理解能力快速解决问题的水平差异。

行政职业能力测验的这种测试特点与广大应考者所熟悉的传统考试迥然有别，考生在备考的过程中必须了解这一测验的性质和方式，熟知各种题型和答题方法，以避免因不了解这一考试的特点而影响答题和取得好成绩。仅从这一点来看，考生在考试前对国家公务员录用考试行政职业能力测验的各种题型和答题技巧多加熟悉，加强练习和训练，对考生提高应试成绩是十分必要的。

二、行政职业能力测验的作用

与专业科目考试考查具体的专业知识、公共科目考试考查与行政工作相关的通用基础知识不同,行政职业能力倾向测验是一种更基础同时也是更重要的考试,就如同美国大学招生测验 SAT、ACT 和研究生入学考试 GRE 一样。正是因为行政职业能力测验具有重要的作用,因此,在当今世界的公务员录用考试中,行政职业能力倾向测验或者类似的测试都无一例外地被作为重要的筛选工具而被广泛地使用。

1. 有单独否决权

通过了行政职业能力测验,就表明考生具备了进入国家机关工作的必要条件,但并非充分条件。这个测验通常配合其他考试一起使用,相互补充,但行政职业能力倾向测验具有单独否决权,即如果考生没有通过行政职业能力测验,即使其他考试成绩再好,也不能进入录用的下一道程序。我国全国各地招警考试的科目不尽相同,一般只考"行政职业能力测验"和"公安基础知识",还有的省(区、市)要加考"申论",极少数还考"公共基础知识"(综合知识),但行政职业能力测验始终作为必考科目之一稳定存在,从这一点就可以看出行政职业能力测验的重要性。

2. 常被作为早期筛选的手段

行政职业能力测验是一种纸笔施测的团体性测验,全部采用客观化试题,便于使用机器快速阅卷,节省大量时间。经行政职业能力考试初选以后,不具备基本能力素质的应考者,就可以不进入后面更复杂的录用评价程序,从而节约了人力、物力、财力,使得录用工作更加快捷和有效。

3. 有利于提高公务员录用考试的严肃性和权威性

行政职业能力测验的试题都是由人事部组织有关专家精心研制的,建立的题库也非常的科学、规范,测验的原理科学、材料精致、施测严密、结果客观,因而非常有利于提高国家公务员录用考试的严肃性与权威性。

4. 有利于抵制国家公务员录用过程中的各种不正之风

所有准备进入国家公务员队伍的应考者都必须参加行政职业能力测验,同时,行政职业能力测验全部采用标准化、客观化试题并由光电机器统一阅卷,从而大大降低了人为因素对测验、阅卷及成绩统计的影响,使得这种考试具有了很大的客观性,有利于抵制国家公务员录用过程中的各种不正之风。

第二章 行政职业能力测验的设计原理、内容结构及施测方法

第一节 行政职业能力测验的设计原理

人民警察录用考试中的"行政职业能力测验"所要考查的是与行政职业密切相关的潜在的基本能力,对这些潜在能力的考查要求决定了"行政职业能力测验"考试的内容。根据国外公务员考试一百多年来的经验和国内十多年公务员录用考试的基本情况,再加上人事部公务员研究专家多年的工作,在职业能力倾向方面,机关行政工作要求有知觉速度与准确性、言语理解与表达、数量关系理解运算、推理判断、常识判断等方面的基础层次的能力素质。只有当这些基础层次的能力达到了一定程度并得到一定知识经验的支持之后,才能形成综合判断、组织与人际协调能力以及资料分析能力等较高层次的职业能力。在这些较高层次的行政职业能力中,除了部分判断能力和资料分析能力外,通常都很难通过客观性的纸笔测验来考查。显然,要测查广大应考者的这些能力素质,仅凭一两道试题是难以奏效的。理想的测试题应当涉及尽可能广泛的知识,但又不依赖于具体的知识点,也就是说,考题中的知识内容只是用来反映考生一定能力素质的媒介。此外,在内容设计上,还充分考虑到大规模选拔性考试在操作上的方便。

基于上述认识,专家们选择上述能力要素中最基本、最主要和便于实际测查的方面作为行政职业能力测验的内容,这些测验的内容就是我们通常所说的"行政职业能力测验"中的五大测试部分:言语理解与表达、数量关系、判断推理、常识判断和资料分析。如上所述,"行政职业能力测验"中测试的这五种能力是最基本的能力,它是对从事国家公务员工作最低限度的要求,并不代表行政职业能力的全部。

第二节 行政职业能力测验的内容结构和命题趋势

根据国外公务员考试的经验和国内近几年公务员录用考试的实践及研究,国家人事部主考机关和专家们把行政职业能力测验的测试内容定为五大部分,即言语理解与表达、数量关系、判断推理、常识判断和资料分析,而每一个测试部分里又分为多种测试题型,测试的目标也不同。

一、行政职业能力测验的内容结构

(一)言语理解与表达

言语理解与表达部分的测试主要考查应考者对中文词句、段落、篇章准确理解及掌握、运用的能力。语言能力是公务员必须具备的最基本的能力之一。作为一名公务员,每天要接触大量信息,因此必须具备快速、准确地阅读、理解各种形式的文字材料的能力,以及灵活、准确、简练地运用语言或者文字材料表达信息的能力。因此,对考生言语理解与表达能力的测试就成为行政职业能力测验的重要内容之一。

(二)数量关系

数量关系部分的测试包括数字推理和数学运算两种题型,主要考查应考者准确、快速地理解、发现基本数量关系规律,并进行快速计算的判断和推理能力。这种能力是人类智力的基本组成部

分。国家公务员每天所处理的大量信息中有相当一部分是与数字相关的,快速、准确地理解和发现数量之间隐含的关系和规律,并进行快速、准确地运算,因此,这种能力便成为国家公务员必须具备的基本能力之一。

(三)判断推理

判断推理部分的测试主要涉及对图形、各种概念、事件关系和文字材料的认知理解、比较分析、演绎推理以及综合判断,主要是考查应考者对事件排序、图形推理、演绎推理(逻辑判断)、定义判断、类别推理等基本的判断、推理能力。这种能力是人的智力的核心组成部分,它的强弱往往直接反映了一个人对事物本质以及事物之间联系的认知能力的高低。国家公务员所担负的行政管理工作十分繁重复杂,所要处理的事务之间的关系也十分复杂,因此必须具备较强的判断推理能力,才能处理各种复杂关系,胜任工作。

(四)常识判断

常识判断部分测试主要考查应考者在政治、经济、法律、管理、人文、科技等方面应知应会的最基本的知识以及运用这些基本知识进行分析判断的能力。这种能力来自对各种知识的积累,很难在一朝一夕得到提高。对于人民警察这种特殊职业来说,常识判断在考查应考者知识面的基础上,更加侧重于考查应考者对法律、行政管理等方面知识的掌握及运用能力。

(五)资料分析

资料分析部分的测试主要考查考生对文字、图形、表格等各种资料的阅读、进行综合分析、准确理解和判断的能力。现代社会是一个信息化的社会,大量的信息往往是通过统计资料来显示的,人们要正确地作出决策,必须要对资料进行综合分析以及加工整理,才能从纷繁复杂的统计信息中找到关键部分为判断、决策服务,而作为国家公务员则必须具备这种基本的能力。

行政职业能力测验各个测试部分的测试目标汇总如下表:

测试内容	测 试 目 标
言语理解与表达	中文词句、段落、篇章的准确理解及掌握、运用的能力。
数量关系	准确、快速理解、发现基本数量关系规律,并进行快速计算的能力。
常识判断 (基础知识)	考查应考者在政治、经济、法律、管理、人文、科技等方面应知应会的最基本的知识以及运用这些基本知识进行分析判断的能力。
资料分析	对表现形式为图、表、文字的各种资料的阅读、理解并进行分析的能力。

二、行政职业能力测验的命题趋势

根据多年来对国家公务员、人民警察录用考试行政职业能力测验的分析和研究,我们认为人民警察录用考试的行政职业能力测验的考试命题呈现出几个明显的发展趋势:

(一)考试命题趋于规范化、模式化

公安机关人民警察录用考试经过十余年的实行,已经逐渐制度化,国家通过相关法律法规的实现提供的法律依据,人事部、公安部等国家主管部门制定了大量的规范性文件使公安机关人民警察录用考试规范化,从招考公告的发布、报名到考试分数和录用结果的公布,全面保障应考者合法权益的实现。命题形式已经模式化,从考试内容结构到试题的题型基本固定,试卷的基本题型具备前后的连续性。这样,应考者可以随时了解考试的基本情况以确定相应的基本对策,使他们能够更加主动、合理地运用时间备考。

(二)考试的难度不断提高,涉及的知识面越来越广泛

一方面,公安机关人民警察录用考试的行政职业能力测验本身并不是单纯的知识性测试或者资格性考试,而是基本能力的考查。另一方面,报考的应考者人数众多,录用的人数却有限,而且应考者的知识背景各异,要想测试应考者的言语理解与表达、数量关系、判断推理、资料分析等方面

的基本能力,以甄别和筛选人才,必须确保考试题目具有一定的难度系数。随着对公安机关人民警察的素质要求不断提高和报考人数的日趋增加,考试题目的难度将会不断提高,而作为测试基本能力的考试,提高难度就必然要扩大考试所涉及的知识范围。因此,应考者应该在备考过程中注意命题动向,尽量在专业学习之余和日常生活中注意了解方方面面的知识,培养多方面的兴趣,以扩大自己的知识面,这是提高成绩的根本。

(三)考试命题关注社会热点和重点问题,并要求应考者阐明自己的观点和对策

人民警察的工作性质和工作内容决定了人民警察必须对党的方针、政策和国家的法律、基本政策、经济活动和科技发展以及社会治安、警务活动等方面有较多的了解,甚至十分熟悉,因此,人民警察录用考试必然有涉及社会时事、警务活动、社会治安等热点问题的测试题目,以考查考生对社会的关注、认知程度。因此,应考者应该关注社会,并对一些社会问题形成自己的看法和观点,并能够提出具有建设性的对策,以达到人民警察应有的素质。

第三节　行政职业能力测验的施测方法

一、施测须知

行政职业能力测验试题全部为选择题。测试材料分为两部分:试题本和答题卡。考生阅读试题本上的试题,然后用2B铅笔将答题卡上相应的题号下所选答案的标号涂黑(详见示例),不得在试题本上做任何记号。考后,答题卡通过光电阅读机由计算机统一阅卷计分,因此,参加考试时,考生务必准备好两支2B铅笔和一块橡皮。

应该加以说明的是,行政职业能力倾向测验具有涉及知识面广、题目数量多、答题时间紧的特点,考生在规定的时间内答不完所有试题是十分正常的。迄今为止的考试中,还从未有过考生在规定的时间内答完并答对所有题目。因此,考前预先熟悉各种题型、施测和答题方法是十分重要的。

二、施测方法简述

测验开始后,将按照以下步骤进行:

1. 监考老师向考生宣布考场要求。

2. 监考人员发给每位考生一张答题卡,给考生约两分钟时间按规定要求在答题卡上填涂自己的姓名和考号。

3. 监考人员发给考生一个试题本。先给考生两分钟时间阅读题本第一页上的内容。第一页上的内容是“考试注意事项”,考生应该仔细阅读每一项要求并遵照去做。读完这一页内容后,考生应等候监考人员的指示,不要向后翻页,否则,会影响成绩。待考试正式开始后,方可看题、做题。

4. 共给考生120分钟的作答时间,首先是听力理解试题,单独计时;另外,其他每一部分试题都标出了参考时限,以帮助考生分配好答题时间。在试题中可能有一般是很容易的,但任何人都很难答对所有的题目。因此考生不要在一道题上思考太久,遇到不会作答的题目,可先跳过去,待做完了那些容易的题目后,如果有时间,再去思考。否则,考生可能没有时间去答后面的题目,而这些题目对考生来说可能更容易些。所有试题答错不倒扣分。

5. 监考老师宣布考试结束,考生应立即放下铅笔,将试题本、答题卡和草稿纸都留在桌上,然后离开考场。若发现考生带走了试题本或有抄录试题现象,将取消其考试资格。

三、答题卡填涂方法

由于“行政职业能力测验”是通过光电阅读机和计算机来阅读评分的,所以要求考生非常仔细地按规定要求在答题卡上填涂好个人信息(姓名、考号及报考部门)和所选答案。其基本要求是:

1. 用钢笔或圆珠笔或签字笔在姓名、报考部门栏填好本人姓名和报考部门,并在准考证号一栏

的11个空白方框中,填上本人准考证副证上的准考证号(11位数)。

2.对应准考证号的每位数,用2B铅笔将"准考证号"栏中相应方括号内的数字涂黑,答题时,则用2B铅笔将各题的所选项(其他项不得做任何记号)涂黑。黑度以盖住框内字母为准,不要涂到框外。

3.不要用钢笔、圆珠笔、签字笔等涂选项。

4.修改时要用橡皮彻底擦净。必须保持答题卡整洁,不得做任何其他记号。

5.不得折叠答题卡。

第三章　行政职业能力测验的应试指导

第一节　前期准备

很多人认为"行政职业能力测验"和"申论"两门科目不需要做复习和准备工作,完全靠的是自身的能力和素质,但实际情况是,相当一部分考生在走出公务员考试的考场后,都发出这样的感慨:只要认真准备,国家公务员考试其实并不难。因此,考前进行细致充分的准备,对提高考试成绩还是大有益处的。具体来说,进行考试的前期准备,考生应该从以下几个方面入手:

一、认真阅读和领会考试大纲

主考部门颁布的考试大纲是命题和考试的依据,也是考生进行复习准备的参照系。人民警察录用考试的具体内容和形式每年都有不同程度的变化,考前颁布的考试大纲会对考试有一个全面、细致的说明。通过考试大纲,考生可以了解自己所要参加的考试的方向和内容,增强对考试的整体理解和宏观把握,这是取得考试成功的必要的第一步。

另一方面,为了准确把握各学科的重点之所在,考生也应该仔细阅读和领会考试大纲,只有这样才能确定某一科目考试内容的主体结构,才能进一步确定切实可行的复习计划,为下一步的复习备考做好准备。

二、准备必要的资料和练习题目

人民警察录用考试设计的考试内容对任何考生都是适用的,不存在专业方面的限制,但是必要的准备还是很需要的。因为行政职业能力测验有题量大、考试时间短等特征,如果不进行细致、充分的复习准备,考试的时候很容易手忙脚乱。因此,考生在充分了解了考试大纲以后,应该依据考试大纲的考试要求,并结合自己的实际情况,准备一些参考资料和练习题目,为下一步的复习备考,做好切实的准备。

很多考生也认识到了考前进行准备的重要性,也制定了一些复习计划,但在备考过程中往往流于形式,没有起到切实的作用,究其原因,大体上有两种:一种是准备资料和练习太少,认为好好领会了考试大纲,稍加练习即可,这样导致对考试内容及应试技巧的半生不熟,考试时仍然由于生疏而产生慌乱心理,导致考试失利;另一种是准备的资料太多,整天忙于知识的记忆和题海战术而无法自拔,过犹不及。这两种情况考生都应该注意避免。

三、制定切实可行的复习计划,并且根据实际情况不断进行调整

具体内容的复习不能漫天撒网,要根据自己的时间状况、工作紧张程度以及生活情况安排复习活动,既要充分利用时间,又要做到劳逸结合,保证复习的质量和效果,因此,制定切实可行的复习计划就很关键了。切实可行的复习计划不仅能帮助考生全面学习、巩固知识。还能通过备考过程中不断的自我实现来增强考生自己对于考试的自信心。

复习计划中要安排适当数量的自我测试,自我测试同自己的备考活动协调一致,其具体的实施依据复习的时间和内容等因素进行灵活的安排。可以根据自己对于备考内容和考试目标的理解,大胆推测必考内容,并将这些内容进行整理和分类,通过有意识地为自己设计一些试题,这些试题的表现形式可以不拘一格,然后作答,再与教材相对照,以判明正误。这样就可以为自己以后的复习确立重点,同时也保证了备考内容的全面性和良好效果。

第二节 复习备考

备考、复习的过程是最重要的,也是耗费时间和精力最多的时候,在这个过程中,考生应注意以下几个问题:

一、要与时俱进,严格按照考试大纲的要求进行复习

人事部门和公安部门颁发的考试大纲会对本年度考试有一个较为详细的规定,涉及题型、测试重点以及要求等内容。每年的考试大纲都对考生有不同的要求,因此,考生一定要严格按照考试大纲的要求进行复习备考,这是考试取得好成绩的前提条件。

二、根据具体情况进行一定量的练习

考前无须反复做题,只要根据自己的复习情况,进行适当的练习就行了。练习做得太多不会有太大作用,有时还会让考生忙于练习,产生烦躁情绪,反而得不偿失。其实考生只要弄清楚考试题目的类型、解题的技巧、思路,再进行针对性的练习即可。准备行政职业能力测验的办法是提前做一定量的练习题或试题,一是可以熟悉题型特点,明确答题思路,考试时可以节省一些思考的时间。测验的考题是逐年翻新的,不可能出与去年完全相同的题目。但是,把以前出过的题目稍加变化,作为新考题重新出现,却是屡见不鲜的。因此,仔细研究前几年出现过的题型及特点,无疑会对以后的考试很有帮助。二是可以熟悉规则,了解测验的实施方式和程序。比如答卷纸的使用方法,分段计时的要求,在每个部分、每道题上时间的分配方法等。通过练习熟悉了考试规则,就能更加地自信,对考试也能胸有成竹。

三、注重平时积累,重在掌握技巧和方法

平时积累比临时突击重要,掌握方法比多做题重要。行政职业能力测验的考题覆盖面很广,涉及政治、经济、文化、人文、社会、法律、科技和管理等领域,临时突击做练习是无济于事的。不管是报考哪一类职位的考生,关键要熟悉行政职业能力测验的考试方法和解题思路。不同的题型要用不同的方法和思路去解答,比如"行政职业能力测验"中的判断、推理等题目,主要靠平时的积累,不管是知识的积累,还是实践的积累,都很重要。而数量关系和资料分析类的题目更需要技巧,这些技巧是和一个人的思维方式、价值观相连的。所以要通过这个考试,更需要的是方法、技巧和平时的积累,高分低能的考生肯定是无法通过这样的考试的。

四、学会控制自己的情绪

情绪指人对事物的喜、怒、哀、乐等方面的感受和体验,它影响着人的活动及身心健康。情绪产生于人的需要,并和人的追求联系在一起。人们的情绪有好有坏,这是很正常的一件事情,关键在于我们怎么最大限度地控制情绪不走向极端,因为极端的情绪,不管是好的还是不好的都会影响人们的行为,甚至带来不好的结果。乐极生悲、否极泰来等成语就是这个意思。所以我们要学会控制自己的情绪,一个成熟的人应该能够用理智来控制自己的情绪,来为自己的追求成功服务。

因此,对于人民警察报考者来说,如何控制好自己的情绪是一个非常重要的问题,它直接关系到考试的成败。在备考过程中,我们时刻都会受到周围环境的刺激与干扰,情绪波动幅度和频率都较大,特别是临近考试时,这种情况尤甚。比如,很多考生在考试前都会出现焦虑情绪,这是很自然的事。那么,在这种时候应该怎么办呢?首先,应该树立一个信念,就是要把焦虑变为动力,从思想上让自己得到放松。其次,要检查一下自己的学习习惯,保证有足够的复习时间,使自己不会在考前最后一刻感到沮丧或者紧张,否则只能加强自己的焦虑情绪。最后,不要把考试看得太重,试着把考试只是当作崭露自己才能的一次机会,这样会减轻许多心理负担。此外,考试前准备好必需物品,提前到达考试地点熟悉考试环境等,这些都有助于稳定我们的情绪,坦然面对考试。总之,广大考生只有学会控制自己的情绪,才能获得更多的成功机会。

第三节 应试技巧

一、应试过程中需要把握的两个原则

1. 考试时一定要审清题目

招警考试时间很紧张,尤其是行政职业能力测验,很多考生都答不完全部试题。因此,做题之前,就一定要认真把题目看清楚,准确答题,减少盲目性,避免因为改正错误而浪费宝贵的时间。

2. 回答问题要联系实际并忠于试题

招警考试说到底是要看考生究竟是不是做人民警察的那块"材料",因此考试很注重对考生实际能力的测试,改革后的考试对考生实际能力的要求更高也更严格了,所以,考生考试时一定要多联系自己工作和生活的实际,不可以凭空想象。同时注意答题时一定要忠于试题,根据试题提供的材料、按照作答要求进行作答,不要所答非所问。

二、掌握一些应试技能

现实中往往会出现这种情况:有些考生平时表现很出色,但一到考试就"熄火",发挥不出应有的水平。这与他们缺乏基本的考试技能有密切关系。以下几个考试技能会有助于发挥出考生的真实水平:

1. 把握好考试时间

考卷打开后,不要忙于作答,先把卷子浏览一遍,了解总的题量以及各题的难度情况,粗略分配一下每道题所用的时间,做到心中有数,以便在答题过程中灵活掌握。

2. 先做会做的题

千万不要在难题上花太多的时间,先保证把会做的题目做完,否则很容易得不偿失。遇到难题时,在上面划一个记号,而后跳过它们,若答完所有题时,仍有时间,可以再思考这些题目。

3. 克服考试中的"舌尖效应"

生活中总有这样的情形,一些很熟悉的事情,就是一时想不起来,有一种话到嘴边却说不出来的感觉,心理学中称为"舌尖效应"。"舌尖效应"在人们情绪紧张的时候表现尤为明显。考试是很紧张的一件事情,因此在考试中经常会遇到这种情况。那么在这种时候,考生首先注意要克服紧张情绪,可以暂时把这个题目放在一边,先做其他的题,过一会再回过头来思考这个问题,也许就会想出答案。

4. 答题时重视第一感觉

在考试过程中,往往还会遇到这种情况:针对一个问题,想到了好几种答案,并且觉得这几种答案都有道理,但又只能选一种,这时应考者往往会陷入沉思,犹豫不决,最后瞎猜一个答案。在这种情形下,建议广大考生采用最先想到的答案或选项,也就是说要重视直觉思维的结果,重视第一感觉,这是有一定的科学依据的,因为直觉思维是以过去的体验和知识水平为基础产生的,熟悉的东西在人的直观反应中比不熟悉的东西更为强烈些。很多考生都有这样的体会:一个选择题,读完试题后马上会觉得某项是对的,但后来再一看又觉得另一项对,于是就选择了后者,结果往往是第一印象的答案正确。所以建议大家多重视第一感觉。

三、熟悉并掌握客观标准化试题的常用答题方法

考虑到行政职业能力测验全部采用客观题,即四选一的选择题型,本书特地总结了一些这类题型的常用答题方法,简述如下,供广大考生参考:

1. 直选法

这种方法是做选择题时最为基本的方法,也是比较常用的方法。读完题目以后,直接根据自己已有的知识或者经验作出判断,从选择项里迅速选出自己需要的一个答案。但经常会有这样的

现象,有的考生很快作出判断,结果选项里没有与自己的判断相符的,马上就慌了。这个时候需要镇定和冷静,迅速查看一下是不是自己漏掉了什么条件,或者推理上存在误差,抑或是没有读懂题目,等等,然后重新作出选择。

2. 淘汰法

淘汰法也称为排除法,这种方法在四选一题型中应用十分广泛。有很多时候,我们读了一道题以后,并不能马上确定,这个时候需要去观察备选项,因为备选项往往会给自己一些启发或提示,这个时候就需要运用淘汰法或者叫排除法来选择答案,确定一个选择项不符合题意时,便将自己的注意力迅速转移到下一个选择项,依次加以淘汰、排除,最后选出自己认为最可能的答案。淘汰法有时候比较节省时间,也是行之有效的方法。

3. 去同存异法

应考者在阅读完试题内容和所有选择项后,根据题意确定一个选择项为参照,该选择项同其他选择项存在着比较明显的差异。然后将其他选择项与之进行对比,把内容或特征大致相同的项目去掉,而保留差别较大的选择项。再将剩余的选项进行比较,最后确定一个符合题意的正确答案。

4. 印象认定法

印象认定法是指根据印象的深刻程度来选择答案。很多应考者经常会遇到这样的情景:在读完一道试题的题干和各项选择项后,隐约觉得某个选项是对的,但又似是而非,犹豫不决,不敢确定。在这种情况下,首先要通过上述的几种方法进行判定,最后如果还是定不下来,就需要根据自己的印象来确定答案,这个答案就是你第一印象认为正确的那个选项。这种方法是有科学依据的。因为我们对于学习过或了解过的东西,不一定都印象深刻。那么,各选择项对于考生大脑的刺激强度是不同的,有的较强,有的较弱,那些似曾熟悉的内容必然会在头脑中最先形成正确选项的印象,因此,据此作出的判断的命中率还是比较高的。需要说明的是,这种答题方法与上述的"答题时重视第一感觉"的考试技能是一脉相承的,其科学依据是相同的。

第一章　言语理解与表达

★题型一览图

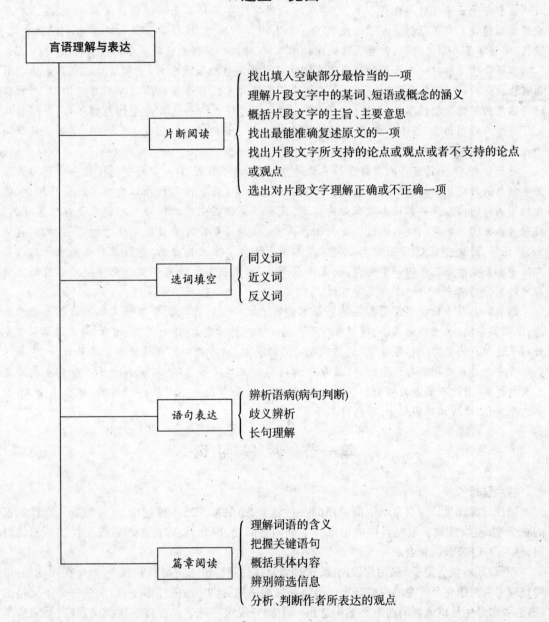

言语理解与表达

片断阅读
- 找出填入空缺部分最恰当的一项
- 理解片段文字中的某词、短语或概念的涵义
- 概括片段文字的主旨、主要意思
- 找出最能准确复述原文的一项
- 找出片段文字所支持的论点或观点或者不支持的论点或观点
- 选出对片段文字理解正确或不正确一项

选词填空
- 同义词
- 近义词
- 反义词

语句表达
- 辨析语病(病句判断)
- 歧义辨析
- 长句理解

篇章阅读
- 理解词语的含义
- 把握关键语句
- 概括具体内容
- 辨别筛选信息
- 分析、判断作者所表达的观点

考试大纲要求

言语理解与表达主要测查应考者运用语言文字进行交流和思考、迅速而又准确地理解文字材料内涵的能力。它包括根据材料查找主要信息及重要细节;正确理解阅读材料中指定词语、语句的准确含义;概括归纳阅读材料的中心、主旨;判断新组成的语句与阅读材料原意是否一致;根据上下文合理推断阅读材料中的隐含信息;判断作者的态度、意图、倾向、目的;准确、得体地遣词用字等。

考试大纲解读

言语活动是指人们运用语言文字进行交流和沟通的过程,而言语理解和表达则反映了一个人运用语言文字进行交流和沟通的能力。

一个人的言语理解能力可以大体上分为三个层次,即能够对字词正确理解的初级水平、能够对短语和句子正确理解的较高水平、能够对一段语言文字或篇章正确理解的最高水平,这三个层次呈递增趋势。言语理解能力不仅反映了一个人的言语能力,还反映了他的思维水平以及文化、道德、审美等多方面的修养,甚至还反映出他的气质、性格和精神面貌等多个方面。

言语表达指的是一个人通过使用语言文字将思想完整地表达出来,它包括口头言语表达和书面言语表达两种情况:口头言语表达指的是通过说话的方式表达出他的内在的思想活动,书面言语表达指的是通过组织字词、短语、句子、段落的方式即写作来表达其内在的思想活动,两者都反映了一个人运用语言、组织语言、驾驭语言来表达内心活动的能力。因此,言语表达实质上就是一个人内在思想的外在表现。

总而言之,无论是言语的理解还是言语的表达,二者都反映了一个人在现代社会中运用语言文字信息进行交流和沟通的重要能力。而在现代生活中,获取信息和知识的主要途径是阅读,能在较短的时间内理解并掌握大量有效的信息,没有一定语言文字的综合分析能力是难以实现的。特别是作为国家政策制定与执行机关的工作人员,每天都要及时有效地处理上行、下行的大量公文、公函等,而这些公文、公函的大多数信息都是用语言文字来构建的,所以说具有高水平的语言文字能力是能胜任工作的一个关键,也正是基于此,国家公务员录用考试才把对应考者言语理解与表达能力的考查作为一个重要的方面。

语言能力是人民警察必须具备的最基本的能力之一。作为人民警察每天都要接触大量的信息,必须具备快速、准确地阅读、理解各种形式的文字材料的能力,以及灵活、准确、简练地运用文字材料表达信息的能力。招警考试"行政职业能力测验"一科考试中的言语理解与表达部分,主要考查应考者对言语的理解与运用能力,其考查的内容和方式主要包括:对词和句子一般意思的特定意义的理解;对比较复杂的概念和观点的准确把握;对语句隐含信息的合理推断;根据上下文,恰当选用词语;准确地辨明句子,筛选信息等等。

第一节 片 段 阅 读

考点解析

阅读理解几乎是所有考试中都采用的一种题型,是最基本的一种题型,非常重要。阅读的目的在于准确、快速地获取材料中的信息并准确回答问题,因此,要求应考者首先要读懂所给的材料,然后要正确理解、领会。

"行政职业能力测验"采用片段阅读,这种题目往往是给出一定材料和观点,然后提出问题,以考查应考者对语句及段意的理解能力。每道题目都是先提供一段陈述事实,后面是一个不完整的陈述,要求考生从供选择的四个答案中选出一个来完成这一陈述。在解答这类试题时,要求应考者对整段短文有完整、准确地理解,并能找出这段短文的主题和关键词。因为后面提出的问题往往与短文的主题有关,也有些问题是围绕关键词设计的。

应考者应注意阅读理解的准确性和细致性。

典型例题详解

片段阅读测验这类问题主要有两种类型，一是给出一段陈述事实的短文，要求应考者从备选答案中找出支持短文论点或者观点的选项；二是应考者从备选答案中找出一个最能准确复述该短文的选项。这种题型在考试中的出题形式比较灵活，概括起来主要有以下几种：

1. 找出填入空缺部分最恰当的一项

【例题】如果只把过去的一些文件逐字逐句照抄一通，_____，更谈不到正确地解决什么问题。那样即使我们口头上大讲拥护毛泽东思想，实际上也只能是违反毛泽东思想。

填入横线上最恰当的是：（   ）

A. 那就连一般问题也解决不了

B. 那就不能解决什么问题

C. 那就不能解决任何问题

D. 那就不是解决问题的办法

【解析】答案为 B。首先仔细阅读给出的片段文字，理解其大意，然后我们很快就会发现解答此题的关键：文中的"更"字。很明显，"更"字表达的是一种递进的关系，通过"更谈不到正确地解决什么问题"一句，我们很自然推知前一句的意思应当是"不能解决什么问题"。结合选项可以看出，A、D 两项与原文意思差距太大，不合题意，C 项的"任何"与后文意思不合，只有 B 项符合原文层层递进的关系，因此正确答案为 B。

【总结】做这类题的关键有两个：首先是要读懂原文的大意，其次是对空缺部分前后相邻的句子要格外仔细分析，抓住关键的地方，比如关键的副词、连词等等。注意这两点，并进行适当的训练就可以帮助考生快速、准确答题。当然，阅读理解能力的根本性提高靠的是对语言文字的整体的理解能力，考生还是应该把自己的注意力放在综合能力的提高上。另外，也可以通过多读几遍来形成语感，从而凭借语感形成对语言的感应，从读起来"顺不顺"的角度来答题，这也是一个很好的方法，这种方法对以下的题型也是适用的。

2. 理解片段文字中的某词、短语或概念的涵义

【例题】尽管新儒家学者无一例外地夸大了儒家哲学的精神义理在现代化社会中可能发生的作用和影响，因而是需要否定和批判的；但此种影响的实际存在倒确乎是毋庸置疑的。

这段话中的"此种影响"是指：（   ）

A. 儒家哲学的精神义理可能对社会发生的影响

B. 对儒家哲学作用的人类社会发展的影响

C. 新儒家学者对人类社会发展的影响

D. 儒家哲学在过去发生过的实际影响

【解析】答案为 A。通读这段文字，我们可以看出主要是在讨论儒家哲学的精神义理对现代社会可能发生的影响问题，从文中"；"以及转折词"但"可以断定其总体上的意思是肯定了"此种影响"的存在，从"因而是需要否定和批判的"可以推断作者不同意新儒家学者无一例外地夸大"此种影响"。很显然，这段话中的"此种影响"指的是儒家哲学的精神义理对现代社会可能发生的影响，B、C、D"此种影响"三项对"此种影响"的概括都与原文不符，因此只有 A"此种影响"项为正确选项。

【总结】此类题的关键除了把握文字的整体意思之外，更为关键的是要对关键的词、短语的所指内容做仔细的分析，从而判断其涵义。

3. 概括片段文字的主旨、主要意思

【例题】家长对孩子的表扬既要实事求是又要恰如其分。孩子为了家里做了好事，家长只要道

一声"谢谢"也就足够了。表扬还要与孩子的年龄相吻合。6岁的孩子在家长的指导下学会了擦玻璃,即使擦得不那么干净,也要受到表扬。反之,一个10岁的孩子若连窗子都擦不干净,家长就要对他进行批评教育。

这段话的主要意思是:(　　)

A.家长要表扬做好事的孩子

B.家长不应该批评孩子

C.家长对年龄大的孩子要适当批评

D.家长对孩子的表扬要实事求是,又要恰到好处

【解析】答案为D。这段文字的结构很清晰,第一句话"家长对孩子的表扬既要实事求是又要恰如其分"概括了整段文字的大意,之后便通过举例来说明怎样才能做到"既要实事求是又要恰如其分",因此整段文字的大意实际上就是第一句话,故而D项为正确选项。

【总结】概括大意这类题目是极为常见的一种阅读理解题型。考生在理解原文大意的基础上,要特别注意分析原文的结构,因为很多时候原文的某一句话已经点明或概括了这段文字所要讲述的主要内容,这句点明主旨的话多数情况下是原文的第一句或最后一句,有的是在文字的中间位置,其思路大体上有三种,即"概括→论述"、"论述→概括"以及"论述→概括→论述"。

除此之外,有的片段文字并没有在文中通过某一句话来点明主旨,这就需要考生根据对整段文字的理解,并结合选择项的提示来做出判断和选择,从而正确解答。

4.找出最能准确复述原文的一项

【例题1】古代由于政治、经济和文化发展水平的限制,图书不如今天这么多,这么复杂,所以对工具书的需要远远不如今天这么迫切。

对这段话最准确的复述是:(　　)

A.古代的政治、经济和文化不如今天发达

B.古代的政治对图书有许多限制

C.古代人不需要工具书

D.古代人对工具书的需求没有现代人这么迫切

【解析】答案为D。仔细阅读短文,我们可以发现,本文的主要意思在于:古代由于受到各种条件(如政治、经济和文化发展水平等)的限制,对工具书的需求不如今天那样迫切。对比四个选项,选项D最适合题意,故选项D为正确答案。

【例题2】农村工业化和城市化的同步发展,将从根本上解决不发达地区农村剩余劳动力转移问题。近十多年的经济发展进程表明,农业发展和流入城市的农民所积累的资金,是乡镇企业启动资金的主要来源。乡镇企业的发展使位置优越、交通便利的城镇规模不断扩大,从而使农村的小镇逐步发展成为小城市,进而发展成为中等城市。城市化步伐的加快又进一步促进乡镇企业的发展。如此相辅相成,为我国农村工业化、乡村城镇化铺平了道路。

最能准确复述这段短文内容的是:(　　)

A.乡镇企业的发展带动了乡村城镇化

B.农村工业化和城市化的同步发展是相辅相成的举措

C.城市化步伐的加快将促进乡镇企业的进一步发展

D.应当坚持农村工业化和城市化的同步发展

【解析】答案为D。这段短文是通过近十年来农村工业化和城市化的同步发展推动了我国农村工业化和乡村城镇化这一事实,来论证农村工业化和城市化的同步发展将从根本上解决不发达地区农村剩余劳动力转移问题。它的主题说明了农村工业化和城市化的同步发展。短文后的选项A、C只是复述了文中部分语句的内容,选项B肯定了农村工业化和城市化相辅相成的效果,而

选项 D 则指出应坚持农村工业化和城市化的同步发展,最贴近原文作者的论述意图,因此本题的正确选择是 D。

【总结】这种题型与上述第三种题型有些类似,因此在解题过程中的技巧也和上述的一样。考生在解答这类题目的时候应该特别注意选择项,因为考生在通读了原文以后,可能已经理解了原文的大意,但或许还达不到用一句话准确地概括、复述原文的程度,这个时候去阅读选择项,很容易启发考生对原文的理解和概括,从而更能帮助作答,这一点考生要多加注意,会达到事半功倍的效果。

5. 找出片段文字所支持的论点或观点,或者不支持的论点或观点

【例题 1】我国实行的开放政策使国内城市与城市之间、南方与北方之间、内地与沿海之间展开了多种多样的吸引外资的竞争,导致了一些省份原先获得的区域倾斜政策优势(如减税、退税、低税、优惠贷款等)减弱,从而增加了国内利用外资的竞争。

这段话主要支持了这样一种观点,即:(　　)

A. 优惠政策有利于吸收外资

B. 利用外资的国际环境越来越复杂

C. 国内利用外资的竞争正在增加

D. 减税、退税、低税等政策使国家税收受损

【解析】答案为 C。通读原文,理解短文大意之后,再看选项:B 项完全错误,文中根本没有谈到国际环境的问题;D 项所说的内容原文与原文观点不一致,原文是说这些政策的优势减弱,不是说这些政策使国家税收受损;A 项不是原文的重点和要说明的问题;只有 C 项正确概括了原文所要说明的问题(我国国内利用外资的竞争正在加剧),故而是正确答案。

【例题 2】中西方历史不同,在取名和用名上有很大差异性。就数量来说,西方人名总的要比中国人为少。现在英美国家可供选择的名字只有 1000 多条,中国人普遍采用的名字有 4000 多个。在名字的选择上,西方人比中国人受到更大限制。

这段话直接支持了这样一种观点,即:(　　)

A. 由于历史不同,中西方在取名和用名上有很大差异

B. 由于名字数量的差异,在名字的选择上,西方人比中国人更受限制

C. 就名字数量来说西方人比中国人少

D. 中西方在取名和用名上的差异主要表现在名字数量上

【解析】答案为 B。要正确回答短文后面的问题,要求你必须能够完整、准确理解短文的意思,并概括出这段话的主题,即短文要说明一个什么问题。这段话主要说明,中西方在取名和用名上有差异,其中由于名字数量的差异,使西方人比中国人更受限制。因此,本题的正确选择是 B,其他选项要么是对短文某句话的复述,要么是结论简单化,没有抓住全文的主题。

【例题 3】人们在生理上是有差异的,人脑作为一种器官,也是有差别的。从重量上说,正常成年人的脑重平均在 1400 克左右。有的人重一些,可达 2000 克以上,有的人则轻一些,只有 1000 克左右,同是著名的文学家,屠格涅夫的脑重是 2012 克,法朗士的脑重则只有 1017 克,然而他们的聪明才智却难分上下。

这段话主要支持了这样一种论点,即:(　　)

A. 人们在生理上是有差异的

B. 人脑作为一种器官,同样存在着个体差异

C. 屠格涅夫的脑重比法朗士的脑重多 995 克

D. 脑重的差别跟聪明、愚笨没有必然的联系

【解析】答案为 D。对这段短文后面的问题的正确回答,考生首先需要完整、准确理解这段话

的意思,并抽象出这段话的主题,即"要说明一个什么问题",这个问题就是这段话支持的论点。这段话的主题在于,人们在生理上是有差异的,脑器官也是这样,但是脑重的差别与智力差别并无必然联系,并以文学家屠格涅夫和法朗士作了比较,因此,本段短文支持的论点应为选项 D,其他选项要么是对短文的某句话的复述,要么只是简单比较得出的一个结论,并不是全文的主题,故选项 D 为正确答案。

【总结】这类题型与"概括这段话的主要意思"题型有一些共同之处,解题的方法和技巧也有些类似,但前者更重"论",后者更重"述"。

6. 选出对片段文字理解正确或不正确一项

【例题】当今世界的工业社会面临着许多难以解决的问题:生态危机,信仰危机,种族纷争,精神危机,这些都在困扰着人类社会。于是许多哲学家、思想家,乃至政府官员都主张回到传统文化和道德中去寻找解决危机的钥匙,很多人热衷于研究儒家伦理同现代化的关系,东亚有些国家甚至提出"新儒学"或所谓"儒家资本主义"的口号。

对这段话理解正确的一项是:(　　)

A. 儒家伦理是能成功地解决当今工业社会诸多危机的钥匙

B. 东亚有些国家是当今资本主义世界中解决了诸多危机的模范典型

C. 有些国家和个人主张从儒家学说中寻找解决当今社会难题的良方

D. 当今世界的诸多危机从本质上说是在儒学与现代化的矛盾中产生的

【解析】答案为 C。A 项说儒家伦理能"成功地解决"当今工业社会诸多危机,而原文是说正在寻找;B 项说是东亚有些国家是当今资本主义世界中解决了诸多危机的模范典型,但原文说正在"研究儒家伦理同现代化的关系";D 项与原文的观点根本对立;只有 C 项的概括与原文相符,因此 C 项为正确答案。

【总结】这类题型的解答使用排除法比较快捷、准确,即在阅读、理解文字大意的基础上,对照备选项,把与题干要求不符的选项排除,从而选出对原文理解正确或不正确的一项来。

解题技巧点拨

1. 首先快速阅读弄懂所给文字的大意。读懂片段文字的大意是正确答题的前提,考生在这一点上应该有清醒的认识。其次,要理解词语的含义和重要语句。理解词语在片段文字中的特定含义和片段文字中的重要语句是正确答题的关键。

2. 根据所提问题的不同类型,来确定自己答题时的重点突破方向。比如对于补充句子、理解关键词语的题目,要注意对短文中重点词语的分析和理解;而对于概括短文内容、复述短文大意、分析短文观点等类型的题目,则更偏重于对大意的理解,还要注意分析、把握短文中的关键句子(或者叫主题句)。

3. 对于选择项中明显错误的选项要及时加以排除,集中精力分析重点,以节省时间。

仿真强化训练

(一)

1. 20 世纪初,欧美资本主义弊病丛生,社会革命运动蓬勃发展。于是社会主义学说更受到广大人民的欢迎,社会主义思潮取代民主主义思潮正澎湃全球。

这段话主要支持了这样一个论点,即:(　　)

A. 资本主义在 20 世纪初暴露了其固有的矛盾和缺陷

B. 社会主义思潮的 20 世纪初的蓬勃发展是有深刻历史原因的

C. 社会主义代替资本主义是历史发展的必然结果

D. 社会主义学说在 20 世纪以前并不受欢迎

2. 多年以来,医生和家属对待癌症患者大多采用这样的态度,即向患者隐瞒已得癌症的实情,这种做法医学上叫做"保护性医疗",其目的在于减少患者的心理负担。但是北京肿瘤医院新设立的康复科主任张宗卫大夫却主张实行"公开性治疗"。

我们可推知下文要论述的是:(　　)

A. 医生和家属如何采用"保护性医疗"

B. "保护性医疗"的好处的具体表现

C. 张宗卫大夫之所以主张实行"公开性治疗"的原因

D. "保护性医疗"的弊端

3. 虽然某些防火建筑的主要部分都是由耐火材料建成,但却可通过门厅和其他通道里的易燃材料使火势蔓延以至于完全被摧毁。这些建筑甚至可能由于金属梁、柱的坍倒而遭到严重的结构破坏。

这段话主要支持了这样一种论点,即某些防火建筑:(　　)

A. 受火的损坏少于受金属支撑物坍倒的损坏

B. 可能会遭到火的严重破坏

C. 拥有特殊结构的走廊和门厅

D. 对建筑物内各种设施的保护不如一般建筑

4. 东方文化是崇尚谦虚和待人宽厚的。所以,我们一般乐于接受那种态度平和的主持人,而对咄咄逼人的主持人则会敬而远之。同样面对采访提问,我们比较喜欢回答平易友善的问题,而不大欣赏那种尖锐挑战的追问。

这段话的主要意思是:(　　)

A. 反对咄咄逼人的主持风格

B. 提倡平易友善的提问方式

C. 崇尚谦虚和待人宽厚是我们东方人日常交往喜好的原因

D. 东方文化是值得世人学习的

5. 大多数传译人员都认为,最不好办的就是讲话人用难以翻译的文字游戏开玩笑:人们讲话时最注意的恐怕莫过于自己说的笑话所引起的反应了。如果讲话人由于自己能幽默而忍俊不禁,听众却一个个莫名其妙,大家都会感到不舒坦的。

关于这段话,下列说法不正确的是:(　　)

A. 人们说话不应该用文字游戏开玩笑

B. 讲话人用难以翻译的文字游戏开玩笑,大多数的传译人员都感到头疼

C. 人们讲话时都希望自己讲的笑话能使听众发笑

D. 如果讲的笑话听众理解不了,双方都不好受

6. 从众心理,是社会心理的普遍现象之一。所谓从众,是个体在群体的压力下,放弃自己的意见或违背自己的意见,使自己的言语、行为保持与群体一致的现象。这种现象就是从众,即群体能产生压力,使人们的思想在压力下趋于一致。这段话支持了这样一种论点:(　　)

A. 在实际工作中,工作群体应当更为强调人的个性

B. 个体对群体越信任,个体的行为就越容易趋向群体行为

C. 从众心理在实际工作中产生的是消极的效应

D. 个体从众达到一致或是被迫服从,或是自愿接受

7. 现代医学认为,人体约有 10 万亿个细胞,一个人每天可能有数以万计的细胞发生癌变,但被人体强大的防卫系统不断消灭或控制,所以一般不会发生癌变。一般认为人体免疫系统至多只能对付 100 万个癌细胞,超过这个数量则人体抵抗力因寡不敌众而发生癌症。这段话不支持的观点是:(　　)

A. 每个人体都有可能发生癌症

B. 人体抵抗癌症的能力是有限的

C. 癌细胞不超过人体细胞数的百万分之一,不会发生癌症

D. 癌症的发生与人体的免疫力降低有关

8. 佛教虽提倡超尘脱俗,四大皆空,但到底不能离开人间,所以它也并不能完全免俗。佛教中也有不少财神爷,看来,爱财之心,根除也难。据佛经上讲,佛祖释迦曾接受过龙女的布施———一颗价值三千大洋的珠宝! 释迦就马上让她立地成佛。

对这段话最准确的复述是:(　　　)

A. 佛教也不能免俗

B. 爱财之心,人之常情

C. 提倡四大皆空的佛教也有爱财之心

D. 面对财宝,提倡四大皆空的佛教也不能完全免俗

9. 橙足鼯鼠体形似松鼠,但比松鼠大,身长约 45 厘米,后肢较长,尾粗长,尾毛蓬松色浅淡,爪钩锐利,眼大而圆,耳廓无束毛,听觉灵敏,全身被灰褐色长毛覆盖,腑毛呈灰白色,四足背部毛呈橘红色,因而有"橙足鼯鼠"之称。

这段话主要告诉我们:(　　　)

A. 橙足鼯鼠名称的由来

B. 橙足鼯鼠的体态外貌特征

C. 橙足鼯鼠与松鼠体形比较

D. 橙足鼯鼠是一种什么样的动物

10. 原子结构很像太阳系,中心是原子核,周围环绕着一些带负电荷的电子。原子的质量几乎全部集中在原子核,它由一些带正电荷的质子和不带电的中子所组成。

对这段话最准确的复述是:(　　　)

A. 原子核处于太阳系的中心

B. 原子核由带负电荷的电子以及带正电荷的质子和不带电的中子所组成

C. 原子由电子和带正电荷的质子与不带电的中子所组成的原子核组成

D. 原子核由核外电子、质子和中子组成

11. 不论动机多么伟大,不论出于多么善良的心地,想要改变一个人,哪怕只是改变一个孩子,都是徒然的,如果他并不能理解这种改变。

这段话可以概括为:(　　　)

A. 人是很难改变的

B. 没有善良的动机就不能使人改变

B. 孩子和成人一样不容易改变

D. 只有当人自己想改变时他才会改变

12. 从严格的意义上说,中国的改革并不是一个纯粹的经济问题,只不过在经济、政治、社会、文化这个大系统中经济的改革走在了前列。但随着改革的深入,随着改革走入中期,经济改革超前而其他方面的改革滞后所造成的社会心理和社会道德的差异,已经开始教育我们了。

这段话主要是为了阐明:(　　　)

A. 中国的改革不纯粹是一个经济问题

B. 经济改革走在各项改革的前列

C. 经济改革给我们带来了问题

D. 经济改革和其他各方向的改革的不平衡已经开始给我们的社会带来了值得重视的问题

13.1801 年在英国同丹麦进行的哥本哈根海战中,英国海军英雄纳尔逊上校在激战中处境危险,接到了撤退的信号。舰长弗雷问他怎么办,他将望远镜举到他一只失明的眼睛跟前说:"我没有看见那个信号。"于是又勇敢地继续指挥战斗,结果取得了胜利,丹麦被迫停战。这段话的主题是:(   )

A.纳尔逊擅自做主,但取得了胜利

B.纳尔逊根据自己的情况决定是否执行命令

C.纳尔逊找到了不执行命令的理由

D.纳尔逊打仗不顾一切危险

14.由于信息网络的普及,一个科研项目也可以进行全球性合作,甚至二十四小时不间断,使全世界各地对该项目有兴趣的科学家均可以参与其中的设想成为可能,也使得一些重大的全球性项目在全球开展成为可能。

对这段话理解最正确的一项是:(   )

A.信息网络的普及使得许多科研项目可以进行全球性合作

B.信息网络的普及使得人们节约了许多自己的劳动

C.信息网络的普及使得任何项目都可以在全球开展

D.以上都不对

15.孩子之间升学竞争之激烈,同目前许多企事业单位内职工之间竞争依然极不发达、吃"大锅饭"依然十分严重的状况,形成了强烈的反差。细想一下,前者竞争过于激烈,后者竞争极不发达事出一源:争得大学文凭,正是为了毕业后捧上最保险、最有分量的"铁饭碗"。在片面追求升学率怪圈阴影之下,许多中小学生并不是按照四化建设要求选定自己的学历、职业理想,于是学习的大目标失落了,对学历、职业理想的追求过分地实惠化了。

本文不能给我们提供的信息是:(   )

A.许多企业单位职工之间缺乏竞争

B.孩子之间的升学竞争激烈和企业职工之间的竞争不发达是有联系的

C.作者主要目的是为了批判企业职工之间竞争不发达的现象

D.作者反对片面追求升学率

(二)

1.同样的一些话,出自不同人的口,有时会产生截然不同的效果。在大学课堂上,同一句话,有的教师讲出会赢得一片掌声,有的教师讲出则会招致一片嘘声。原因主要在于,前者已经用自己的行为为自己赢得了讲话的资格,而后者却没有。可见,重要的往往不是有人讲了什么话,而是这些话是由什么人讲的。这段话的主旨在于:(   )

A.否定过度的名人效应   B.批评群众的盲从心理

C.抨击言行不一的虚伪作风   D.抨击为名利而钻营的现象

2.所谓信息加工观点就是将人脑与计算机进行类比,将人脑看做类似于计算机的信息加工系统。但是这种类比只是机能性质的,也就是在行为水平上的类比,而不管作为其物质构成的生物细胞和电子元件的区别。换句话说,这种类比只涉及软件而不涉及硬件。

这段话中硬件指代的是:(   )

A.机能性质   B.行为水平

C.物质构成   D.生物细胞和电子元件

3.世界驰名的文化古都,拥有二百余万人口的北平,本月宣布解放。北平的解放是伟大的中国人民革命运动最重要的军事发展和政治发展之一。原有国民党反动军队及军事机构大约 20 万人左右据守的北平,乃是执行中国共产党毛泽东主席所宣布的八项和平条件方法结束战争的第一个榜样。这个事实的发生,是人民解放军的十分强大,所向无敌,国民党反动军队中的广大官兵战意消沉,不愿再作毫无出路的抵抗和北平广大人民群众坚决拥护真正民主和平的结果。

文中"这个事实"是指:(　　)

A.北平执行毛泽东所宣布的八项和平条件方法

B.北平的解放

C.人民解放军的强大和国民党反动军队的战意消沉

D.中国人民革命运动最重要的军事发展和政治发展之一

4.社会主义经济建设自改革开放以来所取得的令人瞩目的成就应该说与理论界和经济学家的突出贡献是分不开的,但这不应该成为要求理论界和经济学家独立承担起改革重任的理由。历史和现实已经在召唤社会学家、政治学家、文化学家以及经济学家共同参与到中国的改革理论与改革实践中去。

这段话中心思想是:(　　)

A.理论界和经济学家为社会主义经济建设作出了巨大的贡献

B.社会主义经济建设取得了令人瞩目的成就

C.历史和现实要求各方面的专家、学者共同参与到中国的改革理论和改革实践中

D.中国的改革理论与改革实践是艰巨的

5.人们一谈到要培养儿童成才,首先考虑的是如何提高他们的智力,如何提高他们的学习成绩。似乎成绩好的孩子将来就有出息。其实,这种看法是不全面的。不少研究资料表明,世界上有名的科学家、企业家、社会活动家,其成功的因素中,智力因素才占三分之一,而非智力因素却占了三分之二。

这段话主要支持的观点是:(　　)

A.考虑如何提高孩子的智力是错误的

B.只注重孩子的智力因素是不全面的,同时也应该注重孩子非智力因素的培养

C.有名科学家的成功大都归功于非智力因素

D.学习成绩好的孩子未必有出息

6.皮肤美是人体美的一个重要表征。面部皮肤是最引人注目的地方,健美的面部皮肤可增添人的姿色,反映人体的健康状况与精神面貌。中国大多数人属黄肤色人种,光洁柔润、白里透红的颜面,是历来人们所称道、羡慕和追求的。

关于这段话,下列说法不正确的是:(　　)

A.皮肤美也是衡量人体美的一个指标

B.从面部肤色可判断一个人的健康状况

C.中国还有其他肤色的人种

D.中国人的肤色是最美丽的

7.细胞重建不仅是生殖细胞的一种繁殖方式,对胚胎时期的体细胞来说,还是大量繁殖的手段。重建的细胞不仅结构完整,功能也正常。在适当的情况下重建的细胞能够分裂,并在鸡胚发生过程中分化为内层细胞和各种血细胞。

这段话主要支持了这样一种观点,即:(　　)

A.细胞重建是细胞正常繁殖的一种方式

B.重建细胞是细胞中的一种

C.细胞重建是细胞繁殖增生的唯一途径

D.细胞重建与细胞分裂是同一回事

8.人才成长的综合效应论阐明,创造性实践在个体、人才成长过程中起决定性作用,但并不是

任何创造实践都能成功,只有有效加以创造实践才能成功。这段话主要支持了这样一种观点,即:( )

A. 个体只有在有效的创造实践中,才能成长为真正的人才

B. 人才成长是由多种因素综合决定的

C. 人人都应该参加创造实践活动

D. 综合效应理论是现代人才综合理论

9. 农业生产使人们开始了定居生活,建立了以氏族为中心的聚落,以及几个氏族组成的部落村庄。半坡遗址的居住区,周围有一条宽、深各五到六米的壕沟,是聚落的防护设施。居住区中心是一座大型的房屋,几十座中、小型房屋分散在它的周围。整个布局井然有序,可见当时母系氏族制度的严密。

这段话主要支持了这样一个论点,即:( )

A. 农业生产是人们开始定居生活的一个决定性因素

B. 半坡上已经有了定居生活

C. 半坡遗址反映了母系氏族制度的严密

D. 半坡上的居住已经很先进

10. 从古至今都没有长生不老的人,但每个人的寿命都极不相同,从生物学和医学上来看,人类的寿命应该有一个生物学上的最大值,不过目前尚不能确定人类的最长寿命有多长。这段话主要支持了这样一种观点,即人的寿命:( )

A. 是无限的　　　　　　　　　B. 究竟有多长我们是无法知道的

C. 应该有极限,但目前还未发现　D. 对不同的人是不一样的

11. 尼龙的强度,比棉花高二三倍,比羊毛高四五倍。一根直径为 1 毫米的尼龙丝,可以吊起一百公斤的东西,一根手指那么粗的尼龙绳,可以吊起一辆满载的解放牌卡车!

这段话主要支持了这样一种论点,即尼龙:( )

A. 强度非常大　　　　　　　　B. 用途非常广

C. 可以用来吊汽车　　　　　　D. 与棉花和羊毛强度的比较

12. 据某报报道:无论发达国家还是发展中国家,在实行市场经济体制的条件下,都无一例外地发展多样性的办学体制,而不是单一的办学体制。私立学校占一国学校总量的比例,普遍来说,发达国家比发展中国家平均高出数十个百分点。这正是不同的经济发展水平使然。以上材料最能支持以下哪个观点?( )

A. 发达国家(如美国)的私立学校比例远大于发展中国家(如中国)

B. 发展中国家应大力支持私人办学

C. 教育落后是发展中国家经济落后的根本原因

D. 中国教育应逐步步入市场化

13. 信息的可开发性是说信息现象并不是孤立的,某一信息常常蕴藏着多方面的情况。苹果丰收,意味着运输量的增大,价格下跌;一种质优价廉的新产品问世,预示着其他一些同类老产品可能被淘汰。

这段话主要支持了这样一种观点,即:( )

A. 挖掘信息非常重要　　　　　B. 收集信息非常重要

C. 信息开发非常重要　　　　　D. 信息非常重要

14. 寂寞不是病态心理,而是人心路历程的标志。我国有许多有名的诗篇,都是立足于作者当时心境的淡泊寂寞,如众人熟知的"行到水穷处,坐看云起时"等。一言以蔽之,当心灵发生寂寞感的时候,不一定是什么坏事,如果能正确认识寂寞,那么你的天赋才华会因寂寞的冶炼而升华一个

境界。

关于这段话,下列说法正确的是:(　　)

A.作家只有在寂寞时才能写出优美的诗歌

B.要表现你的天赋必须能够忍受寂寞

C.寂寞的好处大于坏处

D.只要我们能正确认识寂寞,那么它就不是坏事

15.人与生物圈计划已经成为跨地域、跨国界联系百余个国家和地区的,专家学者运用生态学方法,研究人与环境相互关系的纽带,已经是为生物圈资源合理利用和保护提供多学科、多领域依据的窗口。

对上述话理解最正确的一项是:(　　)

A.描述了人与生物圈计划的重大作用

B.描述了人与生物圈计划的规模

C.描述了人与生物圈之间的关系

D.描述了专家、学者在人与生物圈计划中的作用

参考答案及解析

(一)

1.B。本段讲了社会主义思潮在世纪初蓬勃发展的历史背景和原因,故选择 B。

2.C。很显然本段用一个但是转折,从"保护性医疗"引向"公开性治疗",则下文必定是介绍张宗卫大夫为何要实行"公开性治疗"。故选择 C。

3.B。本段主要讲了,某些防火建筑虽然有耐火材料,但可能由于其他物体着火致使这些耐火建筑造成严重的破坏,故选 B。

4.C。本段的主干是第一句话,后面是对第一句话的阐述,故选 C。

5.A。本段只是说,传译人员最不好办的就是讲话人用难以翻译的文字游戏开玩笑,但并没有说人们不应该用文字游戏开玩笑。故选 A。

6.D。本段主要讲的是从众心理。在实际的工作中,从众心理会使一个人迫于压力而服从于众人一致的想法,四个选项中只有 D 合适。

7.C。由题可知,人体内约有 10 万亿个细胞,人体免疫系统至多只能对付 100 万个癌细胞,所以癌细胞数不能超过人体细胞数的 100 万/10 万亿 =1/1000 万,而不是百万分之一,故选 C。

8.D。本题可在 A、D 中选择,D 比 A 复述得更全面,故选择 D。

9.B。显然看出本段都是对橙足鼯鼠的体态外貌特征的描写。

10.C。通读本段可知,原子是由核外电子、质子和中子组成,而原子核是由质子和中子组成,故只有 C 项正确。

11.D。由本段可知,如果自己本身不能理解这种改变,无论怎样,任何让他改变都是徒劳的,换句话说,只有当自己接受这种改变,想改变时才会改变,故选 D。

12.D。注意本段中的转折,由于经济改革超前,而其他方面的改革滞后,造成一系列的社会问题,已经在教育我们了,这些问题值得我们去重视,故选 D。

13.B。由本段可知,纳尔逊必定是个果断勇敢的英雄,虽然海战陷入险情,但是根据自己的情况果断决定,继续作战,而没有受撤退信号的影响,故选 B。A、C、D 所述都不符合纳尔逊的性格。

14.A。本段的意思是:由于信息网络的普及,使得科研项目可以进行全球性合作,也使得全球性项目在全球开展成为可能。选 A。

15.C。很显然作者批评了孩子之间升学竞争是为了以后争得"铁饭碗",而追求的理想已失去了大目标,变得过分实惠化了。故选 C。

1. C。本题主要是说行为和讲话一致会赢得掌声,不一致则会招致嘘声,所以本题主要是在抨击言行不一致的虚伪作风。

2. D。观察本题后一句,行为水平同软件相对应,生物细胞和电子元件同硬件相对应,故选择 D。

3. B。本段主要讲了解放北平的重大意义,全段都是围绕解放北平这件事情展开阐述的,段中的"这个事实"即是指解放北平。

4. C。注意段中的转折,社会主义经济建设,理论界和经济学家都作出了突出贡献,但是我们同样需要社会学家、政治学家、文化学家共同参与,故选择 C。

5. B。本段前半部分提出了一个观点,即孩子的智力是人们首先考虑的,后半部分则是对这个观点的看法,即指注重智力因素,不注重非智力因素是不全面的,故选择 B。

6. D。本段中没有提到 D 项所述,只说了中国人的肤色是人们所称道的,并没有说中国人的肤色是最美的。

7. A。本题的主干是题中的第一句话。由此看出本题是在讲细胞重建是细胞繁殖的一种方式。A 正确。

8. A。本段的意思是有效的实践在个体、人才成长过程中起决定作用。所以选择 A。

9. B。本段主要讲了半坡遗址反映当时已经有了定居生活,故选择 B。

10. C。这段话主要讲人的寿命在生物学上应该有最大值,但是目前还不能确定,故选择 C。

11. A。本段用作比较和举例子的方法说明尼龙的强度非常大这一观点,故选 A。

12. B。本段用发达国家同发展中国家作比较,来说明发展中国家应大力发展多样的办学体制,故发展中国家应大力支持私立学校。

13. C。本段重点是第一句,后面的是对信息的可开发性的解释,以此来突出信息开发的重要性。

14. D。本题的重点是后一句话,心灵发生寂寞时我们应当正确认识它。

15. A。本段是通过对人与生物圈计划的简单描述,突出了该计划的重大作用。

第二节 选词填空

考点解析

选词填空这种题型主要是考查应考者对词语表达意义的辨别分析能力,一般是先提供一个句子,在某些关键词的地方留出空格,要求应考者从题后所给的四个词中选出一个词填入空格内,从而使句子的意思表达得最准确、最连贯或最完整。

这种题型主要考查应考者在因词义相同或者相近而造成相互干扰的情况下,对词汇词义的辨析能力。辨析的主要是容易混淆的同义词或者是近义词。报考者应注意演练近义词、同义词、反义词的区别。

正确解答选词填空题的关键之一是应考者能够准确理解词汇的意义。应考者应掌握大量的词汇,而且对常用词汇的词义、用法等比较熟悉。在"行政职业能力测验"中,出现的词汇都是主要的常用词,而不会出现生僻的词汇。解决这个问题的根本办法是在平时的学习和阅读中掌握大量的词汇,并且要熟悉常用词汇的词义、用法,对容易引起混淆的同义词或近义词也要能区分开。

正确解答选词填空题的关键之二是应考者能够在最短的时间里迅速而准确地把握整个语句所表达的意思。这要求应考者应当有较好的语感才行。在应对这种题型的复习中,语感的强化主要是通过朗读等方法培养。即把词汇放到句子中去,默默地诵读一遍或几遍,从中找到语感。这是解答这类题目的技巧之一。

不论是词汇量的增加,还是语感的强化,乃至对词语的运用能力的提高,都必须靠日常的训练和积累。

典型例题详解

【例题1】这是一个秋季的薄阴的天气,_____的云在我们头顶上流着,岩石与草丛都从润湿中透出几分油油的绿意。

A. 浓浓　　　　　　　　　　　　B. 层层

C. 厚厚　　　　　　　　　　　　D. 微微

【解析】答案为D。从上下文来看,"薄阴的天气"不可能有"厚厚"或"浓浓"的云,也不可能有"层层"的云,"层层"云也会是很浓或很厚的,另外"层层"与后文也不太衔接,因此A、B、C项不正确,只有D项正确。

【例题2】自从利玛窦到我国后,西方人_____。

A. 接踵而来　　　　　　　　　　B. 络绎不绝

C. 纷至沓来　　　　　　　　　　D. 车水马龙

【解析】答案为A。B、C、D都是用来形容人数极多的,对于西方人到我国来的数量,还远远达不到这种状况。另外,空格处还有西方人继利玛窦之后才不断到中国来这样一层意思,而A项接踵而来切合这层意思,因而A项为正确答案。

【例题3】考试对我们当学生的人来说是_____的事情。

A. 一如既往　　　　　　　　　　B. 平平淡淡

C. 家常便饭　　　　　　　　　　D. 习以为常

【解析】答案为D。A项一如既往不合句意,B项平平淡淡为副词,C项可以单独做宾语(去掉"的事情"),D项可以做形容词修饰后面的"事情",因此,D项为正确答案。

【例题4】我国大型深水港——山东石臼港的建设进展顺利,_____九月中旬,已完成年施工计划的90%。

A. 截止　　　　　　　　　　　　B. 截至

C. 大约　　　　　　　　　　　　D. 到了

【解析】答案为B。此题的关键是区别"截止"和"截至"。"截止"的意思是到一定期限为止,其后不能接宾语"九月中旬";"截至"的意思是"截止到一定时候",与后面的补语"九月中旬"衔接恰当。C、D两个选项明显不对。因此正确答案为B。

【例题5】依次填入下列横线上的关联词语,最恰当的一组是_____。

①上千吨的轮船碰上这样大的风浪的上下颠簸,_____这么一条小船。

②挖这样的井,占地多,不合算,_____井的四周都是沙土,很容易塌陷。

③改革后,产品质量提高了,款式新颖了,_____包装也精美了,因而更加受到群众的欢迎。

A. 况且　何况　而且　　　　　　B. 况且　而且　况且

C. 何况　而且　何况　　　　　　D. 何况　况且　而且

【解析】答案为D。这是一道考查对关联词语的辨析能力的试题。题目涉及了"况且"、"何况"、"而且"三个连词的用法。"况且"表示一种直陈的语气,有进一步的意思,它与②句的意思相符。"何况"的一个用法是表示甲如此,乙则更不必说了,这与①句的意思相符。"而且"常用来表示一般的递进,即后一分句的意思比前一分句的意思进了一层,这与③句的意思相符。故选D。

【例题6】据说泰山是古代名匠鲁班的弟子,天资聪颖,心灵手巧,干活总是_____,但往往耽误了鲁班的事。于是惹恼了鲁班,被撵出了"班门"。

填入画横线部分最恰当的一项是:(　　)

A. 巧夺天工　　　　　　　　　　　　　B. 别出心裁

C. 尽善尽美　　　　　　　　　　　　　D. 任劳任怨

【解析】答案为 B。"巧夺天工"：精巧的人工胜过天然，形容技艺极其精巧；"别出心裁"：独创一格，与众不同；"尽善尽美"：非常完美，没有缺陷；"任劳任怨"：做事不辞劳苦，不怕别人埋怨。分析上下文，只有干活别出心裁才会可能耽误了鲁班的事，故选 B。

【例题7】法制要产生真正作用，还有赖于权力体系内外均衡力量格局的培育；但具体法规的执行人面对足以_____他的力量时，他必须担心任何微小的违规与失误；而当客观上不存在足以制衡他的力量时，设计再紧密的法规也可能被他任意_____、歪曲，甚至视若无物。

填入画横线部分最恰当的一项是：（　　　）

A. 约束　理解　　　　　　　　　　　　B. 约束　解释

C. 监督　理解　　　　　　　　　　　　D. 监督　解释

【解析】答案为 B。"约束"：限制使不越出范围；"监督"：察看并督促；"解释"：分析阐明，说明含义、理由等；"理解"：了解。分析题意，B 项最恰当。故选 B。

解题技巧点拨

1. 要在最短的时间里准确地把握整个语句试图表达的意思。因为"字不离词，词不离句"，只有在具体的语言环境中，才能把一个词理解得准确、具体、透彻。那么把握好整个句子的意思对于做好选词填空就非常关键了。

2. 把握整个语句的意思之后，还要准确地对备选项里的每一个词汇有一个准确的理解，这也是答好题的关键所在。对于同义词和近义词的准确辨析尤为重要。

3. 如果对有些词语把握不太准确，可以把词语放到句子中去默读，有时候默读几遍，找到了语感，问题也能迎刃而解。

4. 运用排除法去掉一些干扰项，这样有利于缩小目标范围，重点突破。

5. 在实践中，解答选词填空题多是上述几种方法的综合运用，只有读、辨、排除、综合利用好了，才能迅速、准确答题。

仿真强化训练

1. 贝尔与助手沃特森，经过无数次的试验，终于把电话（　　　）变成了（　　　）。

A. 幻影　实物　　　　　　　　　　　　B. 奇想　实际

C. 梦境　实景　　　　　　　　　　　　D. 设想　现实

2. 重大的或连续的挫折、失败，也会使人产生己不如人的心理，而且失败和自卑往往（　　　），恶性循环。

A. 接踵而至　　　　　　　　　　　　　B. 互为因果

C. 彼此相随　　　　　　　　　　　　　D. 相辅相成

3. 中华民族在漫长的历史发展中，（　　　）起了十分成熟的道德价值体系。

A. 建构　　　　　　　　　　　　　　　B. 构筑

C. 建立　　　　　　　　　　　　　　　D. 构造

4. 实践表明，市场作用发挥比较充分的地方，经济活力就比较强，发展（　　　）也比较好。

A. 形态　　　　　　　　　　　　　　　B. 状况

C. 态势　　　　　　　　　　　　　　　D. 形势

5. 商朝主要实行兄终弟及制，（　　　）了母系氏族社会影响的存在。

A. 反应　　　　　　　　　　　　　　　B. 反映

C. 表现　　　　　　　　　　　　　　　D. 揭露

6. 联产承包责任制使农村剩余劳动力从土地（　　　）中解放出来。

A. 枷锁   B. 约束

C. 拘束   D. 束缚

7. 正式报刊所持有国内统一刊号,是国家赋予出版单位专有出版权的(　　)。

A. 标志   B. 号码

C. 代号   D. 象征

8. 狂风暴雨过后,满目残枝败叶,断垣破壁,一片(　　)景象。

A. 惨淡   B. 凄楚

C. 荒凉   D. 黯淡

9. 这么一种看似平凡的树,却(　　)着极其巨大的生命力。

A. 蕴藏   B. 蕴涵

C. 孕育   D. 隐藏

10. 有人将目前普遍存在的高考"女状元"增多的现象归因于现在的"教育制度本身",这未免失之(　　)。

A. 偏激   B. 客观

C. 偏差   D. 偏颇

11. 由于社会过分崇拜著名科学家的(　　),常会使名不见经传的年轻科学家有价值的贡献遭到埋没。

A. 声威   B. 声誉

C. 权威   D. 地位

12. 一个优秀的摄影师总是善于随时随地(　　)不为人留意的镜头。

A. 捕捉   B. 拍摄

C. 留住   D. 抓拍

13. 研究和学习都要善于(　　),要发现自己的能力,发展自己的特长。

A. 扬长避短   B. 避重就轻

C. 取长补短   D. 去粗取精

14. 我国还处在社会主义初级阶段,民主建设的起点比较低,社会主义民主建设受到几个条件的制约,因此,绝不是(　　)的事情。

A. 一朝一夕   B. 一蹴而就

C. 操之过急   D. 轻而易举

15. 近年来英国信教人数大幅度下降,不少昔日信徒众多、香火旺盛的教堂,如今已(　　)。

A. 寥寥无几   B. 寥若晨星

C. 门可罗雀   D. 人烟稀少

16. 钓鱼岛列岛,在地质结构上是(　　)于台湾的大陆性岛屿。

A. 类属   B. 附属

C. 归属   D. 归附

17. 对于武侠小说的(　　)使他不再专心学习。

A. 迷恋   B. 喜爱

C. 爱好   D. 痴迷

18. 国务院近日发出通知,要求各地切实做好当前粮食经营管理和收购、储存工作,同时抓住机遇,(　　)粮食流通体制改革。

A. 加强   B. 强化

C. 深化   D. 深入

19. 各个国家所形成的共同意志往往是(　　)妥协的产物。

A. 投降　　　　　　　　　　　　B. 平等

C. 折中　　　　　　　　　　　　D. 和平

20. 成功的关键,还在于你是否有(　　)的毅力。

A. 坚强　　　　　　　　　　　　B. 顽强

C. 顽固　　　　　　　　　　　　D. 坚持

参考答案

1. D　　2. B　　3. A　　4. C　　5. B　　6. D　　7. A　　8. C　　9. A　　10. D

11. C　　12. A　　13. A　　14. B　　15. C　　16. B　　17. A　　18. C　　19. C　　20. B

第三节　语句表达

考点解析

语句表达这种题型主要考查应考者对语气、语序、语法结构等在言语表达中所起作用的理解程度和水平。要求应考者对存在语序不当、搭配不当、成分残缺或赘余、结构混乱、表意不明和不合逻辑的病句的识别和分析,作出正确判断和修改。这对应考者在言语表达的准确性、规范性方面有较高的要求。

语句表达的出题方式主要包括:从给出的四个句子中挑出有或没有语病的一句;挑出缺少必要成分或有多余成分的一句;挑出写得最连贯、得体的一句;挑出有或没有歧义的一句;长句理解等等。

总体上可以概括为辨析语病(病句判断)、歧义分析和长句理解三种类型。

典型例题详解

(一)辨析语病(病句判断)

题目一般是给出四句话,要求应考者从四个备选项中挑出有语病的一句,或者要求应考者从四个备选项中挑出没有语病的一句。这里所涉及的语病主要表现在:语法错误、修辞错误、逻辑错误等。

1. 语法错误

(1)词性错用

【例题】我们吃食物是要补充由于运动而消耗的能量,并用来发达我们的身体。

【解析】例句中的语法错误属于词性错用。"发达"是形容词,在这里错用为动词了。可用强壮、滋养等来替换。

(2)代词使用不当

代词使用不当有两种情况:用错或指代不清。

【例题】《贫嘴张大民的幸福生活》是刘恒的一篇反映现实平民生活的小说,他用诙谐的语言表现了市井寻常百姓的生活。

【解析】代词"他"指代不清,可以改为"小说中的主人公"等。

(3)介词使用不当

有两种情况:用错或与宾语搭配不当。

【例题】临出发前,局长面带笑容,向每一位同志握手道别。

【解析】介词向与后面内容搭配不当,应改为同、和或与等。

(4)连词使用不当

包括一些关联词,使用中多为搭配不当。

【例题1】他学习很好，但是身体也不错。

【解析】句中的连词"但是"用错了，直接去掉或者是改为并列、递进型的连词，如并且、而且等等。

【例题2】只有汽车没有油了，它就不能行驶了。

【解析】"只有"是一个必要条件的连词，在这句话里应该使用一个表达充分条件的关联词，如"如果"、"假如"等。

（5）数量词使用不当

常见的有"二"、"两"、"俩"使用不当，数量关系中的倍数、分数、增加数等表达不当等。

【例题】改革是一场关系到我们国家和民族能否振兴起来的大事。

【解析】句中的"一场"一词使用不当，应改为"一件"。

（6）句子成分残缺

这种语病里最为常见的是主语和宾语的欠缺，尤其是主语的欠缺，比较隐蔽，不容易被发现，因此要格外的注意。

【例题】经过近一个月的复习，使我的公务员模拟考试成绩有了很大的提高。

【解析】例句中的错误是很常见的一种错误，我们仔细分析便能发现缺少主语："经过"引导状语，"使"是谓语，没有主语。这种语病的修改方法有两种：一是删去"经过"，让"近一个月的复习"做主语；二是删去"使"，让"模拟考试成绩"做主语。

（7）词语搭配不当

词与词之间的搭配不当也是比较常见的语病，最多见的是主语和谓语、动词与宾语的搭配不当。

【例题】一些学生读书的时候像个书呆子，他们实践的能力往往也是纸上谈兵。

【解析】主语"他们实践的能力"与谓语搭配不当，能力一般是论高低的。可将"他们实践的能力"改为"他们在实践中"。

（8）句子次序不当

这种语病有两种情况：句子中词语的次序不对；句子间的顺序不对。

【例题1】李明很轻松地按照老师的指导完成了化学试验。

【解析】"很轻松地"一词应该修饰"完成"，关系更为紧密，所以应当与"按照老师的指导"调换顺序。

【例题2】我走进教室，因为没有戴眼镜，黑板上写了些什么我看不清。

【解析】例句中的句子顺序有误，应把第一句和第二句调换位置。这种顺序的句子在口语中可能会出现，但是在书面语中最好不要使用。

（9）句子成分杂混

两种或两种以上的句式混在一起，形成连环句套。

【例题1】参加我们这个冲刺班的同学共有 100 多人组成。

【解析】把"同学共有 100 多人"和"由 100 多人组成"混合起来了。修改方法是二者取其一，比如此例句可以改为"参加我们这个冲刺班的同学共有 100 多人"，或者"我们这个冲刺班由 100 多人组成"。

【例题2】由于这段时间的努力，我的数学考试成绩比上个学期相比提高了 10 多分。

【解析】"比上个学期提高了 10 多分"和"与上个学期相比提高了 10 多分"杂糅。修改方法同例题1。

（10）用词不当

【例题】我们班的小李待人热情大方，十分豪爽，但也有爱唠叨的特点。

【解析】"特点"一词在形容人时一般都用作褒义,比如说:小张的特点是做起事来干脆利索。热情大方、十分豪爽都可以说是人的特点(优点),爱唠叨一般说来是缺点。

2. 修辞错误

修辞错误中较为常见的是比喻不当。

【例题1】我们要像驴子一样勤奋地工作。

【解析】喻体驴子通常都含有贬义色彩,把人比喻为驴子,隐含人蠢的意思,应改为老黄牛等。

【例题2】我们班的李刚聪明得像个老狐狸。

【解析】狐狸是很聪明的一种动物,但我们经常用作贬义,形容非常狡猾。

【例题3】飓风不断地掀起前赴后继的巨浪,看得人们心惊肉跳。

【解析】"前赴后继"一词一般用来形容人们为了某项伟大而光荣的事业而不断地奋斗,用在此句中不妥。另外,句中的"不断"与"前赴后继"也有重复。可以改为"飓风不断地掀起巨浪"或"飓风掀起层层巨浪"。

3. 逻辑错误

逻辑错误属于比较深层次的语病,不容易被发现,有时候靠读、靠语感还不一定能发现。逻辑错误常见的有自相矛盾、大小概念并列、否定不当等等。

(1)自相矛盾

【例题1】整个教室里十分安静,只有老师在那里大声讲课。

【解析】"十分安静"和"大声"自相矛盾,可以改为"教室里的同学们十分安静,都在聚精会神地听老师讲课"。

【例题2】粗看一下,我们班的人数肯定会超过200人左右。

【解析】常见的逻辑错误之一。"肯定会超过"后面应该是一个准确的数字,而不应该是"200人左右"这样的约数。大约、左右、上下等一类词在与具体的数字一起使用的时候经常会犯此类错误,因此要格外注意。

(2)大小概念并列

【例题1】我们今天这次课的内容涉及数量关系、言语表达与理解、选词填空、阅读理解、判断推理和资料分析。

【解析】例句犯了大小概念并列的逻辑错误。言语表达与理解是"属"的概念,要高一层,而选词填空、阅读理解都是"种"的概念,低一层,不能并列。

【例题2】参加演出的有男人、妇女、大学生、中学生。

【解析】此句犯了将大、小概念、交叉概念进行并列的错误,应改为"参加演出的有男人、女人,其中也有一些大学生、中学生"。

(3)否定不当

【例题1】下车登山之前,导游反复强调要防止不发生意外。

【解析】例句中多用了否定词"不",使得意思截然相反。

【例题2】我们不能不面对现实,不承认我们国家还很贫穷、落后。

【解析】此句中有三个否定词,其结果表达的是否定的意思,与句意不合,应将"承认"之前的否定词"不"删去,以符合句意。

【例题3】我们队取得了最后的胜利,这怎么能不使我们全体队员不高兴呢?

【解析】此句中有两个否定词"不",再加上一个表示否定的反问句,整句的意思变成我们不高兴,这不合原意,可将两个否定词"不"删去一个。

(二)歧义辨析

一个句子有歧义,意思就是它既可以这样理解,也可以那样理解。

造成一个句子歧义的原因主要有:多义词使用不当、概念层次不清、句子结构不稳定、指代不明和语义关系模糊。

1. 多义词的使用

有的词语本身含有几种不同的意思,当用在句子中它的意思不能确定时,就可能产生歧义。这里包括一些多词性的词,一些词因为词性的不同,也可能造成理解上的歧义。

【例题1】山上的水宝贵,我们把它留给晚上来的人喝。

【解析】这里的"晚上"就是多义词。这句子既可以理解为"留给夜里上来的人喝",也可以理解为"留给迟一会儿上来的人喝"。

【例题2】那个教室我过去看过,没有什么摆设。

【解析】"过去"一词的多义性,使得给句子既可以理解为"我以前看过",也可以理解为"我前去那里看过"。

【例题3】暑假我回到远离京城的老家,爸爸告诉我说奶奶走了有一个多月了。

【解析】"走"、"老"都有死、去世的意思,因此句子有歧义。

【例题4】我们需要相信自己的人。

【解析】"需要"一词可以做及物动词,也可以做副词。如果做及物动词,句子可以理解为"我们需要自信的人";如果做副词,则句子可以理解为"我们应该相信自己一方的人"。

【例题5】这辆汽车没有锁。

【解析】锁既可以理解成名词也可以理解成动词,因此句子有歧义。

2. 概念层次不清

【例题】去年,安徽和河南的部分地区遭遇了罕见的洪涝灾害。

【解析】句中的"安徽和河南的部分地区"可以理解为安徽和河南两省的部分地区,也可以理解为安徽省全省和河南省一省的部分地区。这种歧义是由概念层次不清导致的。

3. 句子结构不稳定

【例题1】领导人民一定要注意相关的政策和法规。

【解析】句子可以理解为"作为一个领导,在领导人民的时候,他自己一定要注意相关的政策和法规",也可以理解为"作为一个领导,他必须领导人民,让人民要注意相关的政策和法规"。

【例题2】我看到他吓得两腿直发抖。

【解析】由于句子结构不稳定而导致歧义。因此"吓得两腿发抖"的可以是"我",也可以是"他"。

4. 指代不明

【例题1】王主任看见总经理和他的秘书一起走进了电梯。

【解析】"他"既可以指王主任,也可以指总经理。

【例题2】老师和同学们以热烈的掌声欢迎这位英雄的母亲。

【解析】"这位"可以修饰"英雄",也可以修饰"母亲",产生歧义。

【例题3】四个学校的教授都来了,马上开会吧。

【解析】"四个",既可以指代"学校",也可以指代"教授"。

【例题4】王老师的儿子到新华书店问了半天,终于买到了他想要的书。

【解析】"他"指代有歧义,既可以指代"王老师",也可以指代"王老师的儿子"。

5. 语义关系模糊

【例题1】他一个早上就写了三封信。

【解析】"就"字可以理解为"只"、"才",表示的意思是写的信少;同时"就"与前面的"一个早上"一起表示强调,也可以是写信多的意思。

【例题2】他有一个儿子,在银行工作。

【解析】"在银行工作"的既可以是"他",也可以是他的"儿子"。

【例题3】新来的工程师的助手很有人缘。

【解析】"很有人缘"的可以是"工程师",也可以是"助手"。

【例题4】养猪大如山老鼠只只死,酿酒罐罐好做醋缸缸酸!

【解析】这是很有名的一副对联。如果断句的位置不同,就会有截然不同的理解。

(三)长句理解

长句结构复杂、成分较多,准确地理解长句也是很重要的一项能力。

这种题型先给出一个长句,然后针对长句的理解提出问题,要求应考者根据长句的意思选择正确的选项。

解题方法是运用解剖的方法,去其枝蔓,取其主干,找出句子的主要成分,准确地予以分析,就会得出正确的结论。在实际做题的时候,如果长句是肯定句,应考者应该采用压缩法,找出句子的主干,重在分析含义;长句如果是否定句,应把握二重否定即肯定的规律,负负得正,逐一消掉修饰成分,仍然要找出句子的主干,进行正确地判断分析,准确把握句子的主体意思。

【例题1】马立克说奥斯汀对周总理所说的中国人民政府认为安理会在没有中国人民代表参加的情况下通过的有关中国的控诉案的任何决议都将是非法的这一点表示惊奇。

究竟是谁表示惊奇?(　　　)

A. 马立克 　　　　　　　　　　　B. 奥斯汀

C. 周总理 　　　　　　　　　　　D. 三个人都表示惊奇

【解析】答案为 B。这是一个比较长的句子,我们首先应该仔细分析,采用"压缩法"找出句子的主干,即:"马立克说奥斯汀对周总理所说的……这一点表示惊奇"。这样一缩短句子,句子各部分的关系就比较明朗了,一眼就可以看出是奥斯汀对周总理所说的话表示惊奇。

【例题2】地方法院今天推翻了那条严禁警方执行市长关于不允许在学校附近修建任何等级的剧场的指示的禁令。

地方法院究竟允许不允许在学校附近修建剧场?(　　　)

A. 允许 　　　　　　　　　　　　B. 不允许

C. 同允许与不允许无关 　　　　　D. 对允许和不允许不置可否

【解析】答案为 B。采用压缩法找出句子的主干,即"法院推翻了禁令",那么,禁令是什么呢?是"严禁警方执行指示",即可以"执行指示",那么指示又是什么呢?是"不允许在学校附近修建剧场",因此中心题意是不允许。

【例题3】没有一个人不会否认科学应该受到重视的原因是不仅因为它能创造巨大的物质财富,更在于它代表着一种崇高的精神价值这样一种错误的认识。

科学应不应该受到特别的重视?(　　　)

A. 应该 　　　　　　　　　　　　B. 不应该

C. 与应该和不应该无关 　　　　　D. 观点模糊

【解析】答案为 A。这个句子里有多重否定:没有、不会、否认、错误,根据负负得正的规律,很容易就能判断出科学应该受到特别的重视,因此正确答案为 A。

解题技巧点拨

语句表达部分总的解题原则是:第一,熟悉基本的语法知识,依靠语法知识对句子进行分析。分析、检查的重点是看看句子成分是否残缺、搭配是否恰当、次序是否合理、修饰语与主体之间的关系是否明确,等等。第二,多从整体上来审查语意表达是否准确,使用语感知感知来判断。第三,在备选项似是而非的时候,多使用排除法来解答。

（一）辨析语病

判断一个句子是否为病句，主要有以下方法：

（1）语感审读法

在判断是否是病句的过程中，可借助于阅读中培养出的语感，运用直觉来判断是否存在语病。从感性上察觉语句的毛病，即按习惯的说法看是否别扭。如别扭则再做分析比较，明辨原因，加以修改。

【例题】不管气候条件和地理环境都极端不利，登山队员仍然克服了困难，胜利攀登到顶峰。

【解析】这个句子第一部分中的"不管……都极端不利"显然不合习惯，正确的说法是"不管……多么不利"、"尽管……非常不利"。

（2）主干梳理法

运用语法分析的手段，先将句子中的附加成分（定语、状语、补语）去掉，紧缩出主干，检查主干是否有毛病；如果主干没问题，再检查局部，看看修饰语和中心词之间、修饰语内部是否有毛病；检查句意是否完整、连贯，是否符合逻辑关系，关联词、概念使用是否恰当。

【例题】过去几万名地质队员经过数十年才能做到的事情，资源卫星几天内即可完成。

【解析】用紧缩法，这个句子的主干是"事情卫星可完成"，"事情"不能说"完成"，只能说"做完"。这些错误通过紧缩句子、找出主干之后，就更容易发现。

要做到能识别病句，提高识别病句的能力，就应当具备词、短语、单句、复合句等各项语法知识，修辞知识，逻辑事理知识，汉语表达习惯的知识，文体和语言风格的一般知识，并能运用这些知识识别和修改病句。

（3）逻辑分析法

有的语病从语法上不好找毛病，就得从事理上进行分析，这就是逻辑分析法。分析判断时，从其概念使用是否恰当、判断推理是否准确而周严、前后是否呼应、句间关系是否和谐、句子所反映的"理"是否周严、完整等方面考虑。

【例题】他跑遍了这里的角角落落，所有的山川河流几乎都留下了他的足迹。

【解析】此句中的"跑遍"、"所有"与"几乎"属于前后自相矛盾，应将"几乎"删去，以使句意逻辑关系前后一致。

（4）排除法

考试当中没有那么多的时间让你去仔细分析，可能你读了一遍某个选项，发现某个地方有错误，马上就跳过去不再考虑它，这就是排除法。把明显有语病的排除出来，一句一句地排除，先易后难，这样会提高效率、节省时间。

（二）歧义辨析

对于一些有歧义的句子，我们可以采取联系上下文、替换词语、调换语序、加标点（句读）或者变换句式的方法来判断。

（三）长句理解

长句中有很多、很长的定语修饰成分，或者是有多重否定，这些都会干扰我们对于句子意思的正确理解。解答长句理解题型，对于修饰成分很多、很长的长句，最常用也是最有效的方法就是采用压缩的方法，即先找出原句的主语、谓语和宾语，抓住句子的主干，其意思就明确了；对于多重否定的长句，应当利用否定之否定即为肯定的规律来找出句子的主干，这样就会对句子的意思有一个准确的把握。

仿真强化训练

病句判断

1.从给出的几句话中选出没有语病的一句:(　　　)

A.上海市各中、小学在开展整顿校风校纪的活动中,注意对学生进行思想品德教育,引导和培养学生勤奋学习、遵守法纪的自觉性和主动性

B.对于文学作品应该如何反映现实这个问题上,我们曾经展开一场讨论

C.在调整中,他们以提高产品质量为中心,抓紧搞好产品设计、工艺、工装、设备、计量、标准等技术基础工作的整顿

D.小说《吕梁英雄传》的作者是马枫、西戎和写的

2.从给出的几句话中选出没有语病的一句:( )

A.过去我们对同学们的健康问题十分注意不够

B.我们整齐地穿着衣服,准备去参加国庆活动

C.我们歌唱社会主义的伟大的建设成就

D.小李有他的特殊的地方:既有对人世的深刻的看法,又有对待生活的现实的态度

3.下列四句话中,没有语病的一句是:( )

A.毛笔是中国古代的文房四宝,是具有中华民族特色的文化用品

B.圆珠笔笔芯的铜头上镶嵌有一粒可以转动的钢珠,书写时它的转动使得油墨均匀涂于纸上成为字迹

C.铱金笔代替金笔,使它具有价廉物美的优点得到人们的喜欢而被广泛使用

D.1800 年法国化学家唐德在用于铅笔芯的石墨里掺入粒土,使笔芯变硬,这样就出现了铅笔

4.从给出的几句话中选出没有语病的一句:( )

A.认识常用词汇和非常用词汇能使我们学习词汇分别出来主次要来

B.他一直在搜寻着时不时在他眼前闪过的那道捉摸不定的阴影

C.这也只是词彩上的差异而已

D.晚风一阵紧似一阵,卷刮着枯草和雪片

5.下列四个句子中,有语病的是:( )

A.历史的车轮不能倒退,只有一往无前

B.学习是一种艰难的任务

C.张大夫的胃病经常在工作到深夜时复发

D.理解人与被理解有时都很需要

6.从给出的几句话中选出没有语病的一句:( )

A.秋初的天气是凉爽的,太阳不像夏天那样炎热地悬挂在高空

B.回到家乡已经四个多月过去了

C.任何一项工序出了毛病,都会使高楼大厦基础不牢,甚至倒塌的危险

D.同志们细心的护理使我一点也不想家

7.下列各句中,没有语病、句意明确的一句是:( )

A.在专业研究、实验方面有优势的单位,有派出讲学人员、接受访问学者、举办训练班以及有对其他协作单位提供帮助的义务

B.我们能不能培养出"四有"新人,是关系到我们党和国家前途命运的大事,也是教育战线的根本任务

C.大家对护林员揭发林业局带头偷运木料的问题,普遍感到非常气愤

D.有关部门对极少数不尊重环卫工人劳动、无理取闹甚至殴打侮辱环卫工人的事件,及时进行了批评教育和严肃处理

8.请从下述四句话中选出一个有语病的句子:( )

A.传统服饰过去是我国民族文化艺术宝库中的珍品,现在又是我国人民日常生活之必需

B.衣冠服饰,除了满足人们抵御风寒的需要外,还代表着一定时期的文化

C.千姿百态,精美绝伦的各种服饰完全是各民族人民互相学习和共同创造的结果

D.随着社会发展与人类的进化,服饰也逐渐完善,近百年来更是日新月异

9.从给出的几句话中选出没有语病的一句:(　　)

A.耳边呼呼的风声,自由自在地刮着

B.范围自然更扩大了,质量自然更结实了

C.她面对那些依然挺立的巨石,仿佛看到中华民族几经摧残而崛起的历史,生活的勇气又坚强起来

D.洪水袭击是突然的,人们的品质也在瞬间爆发出来

10.从给出的几句话中选出没有语病的一句:(　　)

A.我听了脸颊顿时发热了起来

B.杂技是晚会的最精彩的节目

C.这些不都是你自己在努力结果吗

D.我本想这次能在家乡和你见面,回家后才知道你由于正忙着科研,没有请假回家

11.请从下述四句话中选出一个有语病的句子:(　　)

A.人类要维持自己的生存和发展,就必须珍惜环境资源,保护地球

B.地球的资源是有限的,许多资源是不可以更新或替代的

C.在世界上正面临着自20世纪50年代以来出现的第二次环境浪潮

D.五六十年代,工业发达国家环境污染到了严重的程度,直接威胁人们的生存

12.下列四句中有语病的是:(　　)

A.我们是否取得胜利的关键在于了解对方的实力

B.我们应该继承和发扬中华民族的传统美德

C.我们的时代需要千千万万个雷锋

D.事实表明,科学技术能极大地提高生产力

13.从给出的四句话中找出没有语病的一句:(　　)

A.我们家家教很严,令尊常常告诫我们,到社会上要清白做人

B.令爱这次在儿童画展上获奖,多亏您悉心指导,我们全家都很感激

C.令郎不愧是丹青世家子弟,他画的马惟妙惟肖,栩栩如生

D.我知道您设计的产品获得优质奖,你家父已经把这消息告诉了我

14.从给出的几句话中选出没有语病的一句:(　　)

A.《阿Q正传》是一部以末庄为背景,描写了一个落后的不觉悟的农民阿Q悲惨的一生,生动反映了辛亥革命前后中国社会阶级对立和阶级斗争的现实生活,深刻地批判了资产阶级领导的辛亥革命的不彻底性

B.通过讨论,我提高了对学习科学技术的目的性

C.这支古老遗民仍保留着以钻木取火方法获取火种以照明和取暖

D.青年时期是长身体、长知识的阶段,而学习是我们更加特别突出的任务

15.下列四个句子中,有语病的是:(　　)

A.天气渐渐凉了下来了,树叶也随着秋风吹黄了

B.对此我们很有信心

C.有志者事竟成,这是至理名言

D.钢与铁的成分是相同的,但硬度有差别

16.从给出的四句话中找出没有语病的一句:(　　)

A.经过广大地质工作者的辛勤劳动,我国丰富的地下宝藏,正一个一个地被从各个地方勘探出来

B.我们要为四个现代化打下物质基础和精神准备

C.人们告诉我,这就是巫山十二峰的第一峰

D.当您的神态是那样严肃、坦然,眉宇间是那样充满一股凛然正气的时候,使人仅有的一点疑问烟消云散了

17.从给出的四句话中找出没有语病的一句:(　　)

A.只可惜这种幻景轻易看不见,我在故乡长到十几岁,也只见过那么一回

B.听说高老师病倒了,同学们立即奔向高老师的宿舍跑去

C.几个工人日报的记者,来我厂了解工会活动情况

D.我们把教室打扫得干净而又整齐

18.从给出的几句话中选出没有语病的一句:(　　)

A.革命先烈的英雄事迹将永远活在我们的心中

B.皎洁的月光像透明的轻纱笼罩着大地

C.踏进了大学,任务是学习,但也是锻炼自己的思想、培养实际工作能力的场所

D.沙沙沙的浪声和银光闪闪的海面构成一幅多么好看的画面

19.从给出的几句话中选出没有语病的一句:(　　)

A.他看到我们异常高兴,就把我们拉到他的房间里去坐

B.大家不由得热烈鼓掌,望着慰问团微笑着走进会场

C.对于极个别的人别有用心、故意制造事端,造成严重后果的,应当追究刑事责任,并给予法律制裁

D.方志敏同志是党的负责人之一,可是从他身上却搜不出一个铜板

20.从给出的几句话中选出没有语病的一句:(　　)

A.广大学外语的人,不能老是停留在读几本教科书的阶段

B.是暖流又融化了岩石上的冰层,滴下第一颗圆圆的晶莹的水珠

C.王连长领着战士,后面跟着一大群逃难的行列,顺着一道山沟,向下急急地扑来

D.只有巡逻的特务,不断走来走去,那单调沉重的皮鞋,像践踏在每个人的身上

歧义辨析

1.下列句子中没有歧义的一项是:(　　)

A.三个学校的领导都表示要严谨治校

B.我国首例甲状腺移植手术近日在江苏省人民医院获得成功

C.妈妈来电话说,她本月15日前来北京

D.我有一个女儿,同许多年轻的妈妈一样,愿意把孩子打扮得漂亮些

2.下列句子中有歧义的一项是:(　　)

A.网络媒体现在所能做到的是为传统媒体争取远距离受众,提供交互式服务

B.我们个人即使有天大的本事,也只能在这个伟大的事业中做好一部分工作

C.有些家长认为,一个学生如果不适当增加练习就会影响学习成绩的提高

D.我国古典诗歌内蕴丰富,很能激起人们的联想和想象

3.下列句子中没有歧义的一句是:(　　)

A.章回小说是我国五四时期形成的以分回标目为主要特点的长篇小说形式

B.父亲已经走了,但那番语重心长的话语时在我心头回响

C.优秀共产党员、著名爱国将领吉鸿昌的女儿给我们作了一个生动的报告

D. 我省 20 多个市领导的亲属纷纷表示支持机关精简安排

4. 下列句子中有歧义的一项是:(　　　　)

A. 解放前,我国农村很多地方流行甲亢,经过科学家的研究,最终攻克了这种病症

B. 潇洒的内涵包罗万象,但都是一道恪守在每个人心灵中的美丽的风景

C. 李老师看见王老师带着他班上的学生正在植物园里采集标本

D. 国家林业局决定今年引进小批量"干水"产品,在西部春季造林中试用

5. 下列句子中没有歧义的一句是:(　　　　)

A. 咬死了猎人的狗怎么办?

B. 这是一个部门全年的财力情况统计表

C. 文学的繁荣和发展,在一定程度上取决于文学评论的规模与质量

D. 香港和内地的一些报纸纷纷报道了此事

6. 下列句子中有歧义的一句是:(　　　　)

A. 计算机的记忆能力是十分惊人,即使是关掉电源以后,该记住的也不会忘记

B. 主管领导同意占用耕地建房要给予党内严肃的纪律处分

C. 由此可见,太阳并不是悬挂在天空的圆盘,而是宇宙运动中的一个闪光点

D. 有关夏收的物资供应、修配、运输等方面工作,他们也制定了相应的措施

7. 下列句子中没有歧义的一句是:(　　　　)

A. 朋友们对他的支持,他将永远铭记在心

B. 没有人想到,他和儿子彼此扶助,完成了一个残疾者几乎无法完成的事情

C. 校长对任课老师说,他应该做的事太多了

D. 人们看到王经理、张工和他的秘书一同到达

8. 下列句子中有歧义的一项是:(　　　　)

A. 今年暑假,我将要到新疆乌鲁木齐搞社会调查,各方面准备工作已经做好了

B. 校庆典礼由副总理的助理宣布开始,然后他才走下讲坛与大家握手

C. 如果中国广大消费者更多地认同外国牌子,则民族工业必将遭到难以克服的困难

D. 高新科技转化为现实的生产力,有一个客观的转化过程

9. 下列句子中没有歧义的一句是:(　　　　)

A. 他没有想到,最先报案的他竟成了罪犯

B. 作为他一生一世的朋友,他终于回到了祖国

C. 最近江苏省公安厅破获了一起特大纵火案

D. 我借了他两本很有趣的小说

10. 下列句子中有歧义的一句是:(　　　　)

A. 孩子们很喜欢离休干部李大伯,一来到这里就有说有笑,十分高兴

B. 这些年来,他无时无刻不在思念自己的孩子

C. 这位工程技术人员曾经是北京大学的老师

D. 李老师领着同学们把铁锹、锄头一放,顾不得休息就都上课去了

11. 从给出的四句话中找出有歧义的一句:(　　　　)

A. 作为一个医学权威,他的话无疑是有分量的

B. 数学与语言学是差别甚大的两门科学

C. 他的朋友带走了他的东西

D. 任何一个文艺工作者都应该深入生活,你也不能例外

12. 从给出的四句话中找出有歧义的一句:(　　　　)

A. 谁也没有猜到，事情的结果会变成这样

B. 局长宣布：任何人都不能违反纪律

C. 事情往往是这样，说起来比做起来容易

D. 老王的助手说他马上回来

13. 从给出的四句话中找出有歧义的一句：（　　）

A. 这时，一个人跑过来说，最先到达目的地的人是他

B. 停止进攻的命令执行

C. 到现在为止，还没有人来过

D. 学习的敌人是自己的满足

14. 从给出的四句话中找出有歧义的一句：（　　）

A. 他儿子又上学去了，一个人生活

B. 他看见邻居和自己的儿子在争论

C. 中级人民法院驳回了被告的上诉

D. 周小春毕竟还小，没能记住他说过的话

15. 从给出的四句话中找出有歧义的一句：（　　）

A. 大学四年之中，他们师生之间交往极深

B. 刚刚回来的老张的朋友发了脾气

C. 他家现在只有两个人了，他认为父子之间应该敞开心扉来谈谈

D. 老师告诉一位同学叫小明到办公室

16. 从给出的四句话中找出有歧义的一句：（　　）

A. 汽车在高速公路上一辆接一辆地驰过

B. 新来的王局长的秘书为大家表演了一个节目

C. 他母亲后来去新疆考察了一次

D. 学校正门外挤满了欢呼的人群

17. 从给出的四句话中找出有歧义的一句：（　　）

A. 这本新买的书我不知道你母亲看懂看不懂

B. 我已经和你父亲说定了，周末咱们一块儿走

C. 我还以为你真的不回来了呢

D. 原子核处于原子结构的中心

18. 把没有歧义的一句话找出来：（　　）

A. 这位英雄的母亲一进场，就受到大家的热烈欢迎

B. 我要煮鸡蛋

C. 对你讲话的这位先生是当地著名的政治家

D. 他知道她一向说到做到，所以不再多说

19. 把没有歧义的一句话找出来：（　　）

A. 陌生人起身告辞，带走了他的东西

B. 父亲从外地出差带回许多他爱吃的东西

C. 他看见总经理和他的秘书一起走过来

D. 过早的起床，使他一整天都没有精神

20. 把没有歧义的一句话找出来：（　　）

A. 新来的王老师的丈夫很受大家的欢迎

B. 孩子们很喜欢离休干部张大伯，一来到这里就有说有笑，十分高兴

C.他替父亲收集了他自己的一些照片

D.作者希望这本书能对考生有所帮助

长句理解

1.我们决不能纵容这种置工人利益于不顾的行为。

我们究竟是否应该考虑工人利益?( )

A.考虑 　　　　　　　　　　　　B.不考虑

C.不明确 　　　　　　　　　　　D.与此无关

2.在对待伊拉克的问题上成员国不得不对美英这种不通过联合国解决问题的方式表示极大的遗憾。

成员国对美英的做法:( )

A.赞成 　　　　　　　　　　　　B.反对

C.未置可否 　　　　　　　　　　D.不确定

3.他说他无论怎样也不能不推翻谁都会否认贝费里奇说过的科学上危害最大的莫过于舍弃批评批判的态度的观点。

他对贝费里奇的观点究竟是赞同还是反对?( )

A.赞同 　　　　　　　　　　　　B.反对

C.与赞同与反对无关 　　　　　　D.既不赞成也不反对

4.县政府发布文告说严禁公安局执行关于不允许外商无证住宿的指示。

请问,外商可不可以无证住宿?( )

A.不清楚 　　　　　　　　　　　B.不重要

C.可以 　　　　　　　　　　　　D.不可以

5.他们对于院里取消加班费的决定表示很不理解。

他们认为应不应该有加班费?( )

A.应该 　　　　　　　　　　　　B.不应该

C.应该与不应该都与他们无关 　　D.他们并不关心此事

6.当错误已经成为既定事实时,如果仍坚持以意识形态反对先前所造成的错误,那亦是更大的悲哀与不智。

反对先前所造成的错误正确吗?( )

A.正确 　　　　　　　　　　　　B.错误

C.不清楚 　　　　　　　　　　　D.无所谓

7.没有一个人不会否认科学应该受到重视的原因是不仅因为它能创造巨大的物质财富,更在于它代表着一种崇高的精神价值这样一种错误的认识。

科学究竟应不应该受到特别的重视?( )

A.应该 　　　　　　　　　　　　B.不应该

C.与应该与不应该无关 　　　　　D.既应该也不应该

8.国会以三分之二多数票否决了总统对军事演习的否决案。

国会究竟赞不赞成军事演习?( )

A.赞成 　　　　　　　　　　　　B.不赞成

C.不清楚 　　　　　　　　　　　D.与赞成不赞成无关

9.北京市中级人民法院驳回了被告的上诉请求。北京市中级人民法院是否同意一审判决?( )

A.同意 　　　　　　　　　　　　B.不同意

C.题中没有讲明   D.不是同意不同意的问题

10.保险人对于合同约定的可能发生的事故因其发生所造成的财产损失不能不承担相关的赔偿保险金责任。

保险人是否承担赔偿责任?（　　　）

A.承担   B.不承担

C.不清楚   D.不置可否

参考答案及解析

病句判断

1.C   2.D   3.B   4.B   5.D   6.D   7.A   8.A

9.C   10.D   11.C   12.A   13.C   14.D   15.A   16.C

17.A   18.B   19.D   20.B

歧义辨析

1.B   2.C   3.A   4.C   5.C   6.B   7.A   8.B

9.C   10.A   11.C   12.D   13.B   14.C   15.B   16.B

17.B   18.C   19.D   20.D

长句理解

1.A。"不能"同"不顾"构成双重否定表示肯定,即我们应当考虑到职工的利益。

2.B。"不得不"表示肯定。"遗憾"即反对的态度。

3.A。"不能不"双重否定表示肯定,"推翻"同"否认"双重否定构成肯定,即作者是赞同的。

4.C。"严禁"和"不允许"构成肯定,即无证可住宿。

5.A。"不理解"同"取消"构成肯定,所以应该给加班费。

6.B。段意是:反对先前所造成的错误是悲哀的,即错误的,选B。

7.A。"没有一个人不会否认"即所有人都否认,否认科学应该受到重视是错误,即科学应当受到重视,故选A。

8.A。"否决"和"否定"表示肯定,即国会是赞成的。

9.A。驳回了被告的上诉请求,即同意一审判决。

10.A。"不能不"表示肯定。

第四节　篇 章 阅 读

考点解析

篇章阅读部分一般是给应考者一篇100至800字的文章,在文后列出几个问题,要求应考者根据对文章内容的理解选出正确答案。应当注意的是,虽然所给文章可能涉及多方面的知识,甚至是最新的高科技知识,但是阅读的目的并不是为了读懂这些知识本身,而是借助基本的语文知识,完成一定的阅读任务。这类题目的形式种类较多,包括:理解字词、短句的含义,判断字词使用的正误,调整句子语序,填入或者删除词、句等。

篇章阅读主要考查应考者对语言文字的综合理解与分析能力。主要包括:理解文中特定的词语、语句的含义(包括一般含义和特定意义的理解);理解文章中复杂的概念和观点;理解、分析、概括文章的思想内容、主旨和观点,辨析、筛选文中的重要信息和材料,判断作者的态度,对一些隐含的信息做出合理的推断,等等。

篇章阅读是言语理解部分的综合性题型,即把所有题型以短文为载体来考查语言综合应用能力。考查题目基本分为两类:一是对基础性知识的应用,即结合短文考查词语、句子的辨析应用;二是对文章内容的分析、综合,如分析概括文章要点,判断作者在文中的态度等。

这类试题的特点是阅读量大而难度不大,对应考者的阅读速度和反应速度有较高的要求。

典型例题详解

做篇章阅读题的方法主要有两种:一是按部就班,先看文章,再看问题,如果确定不了再回来看文章,获取需要的信息;二是先看问题,带着问题再去看文章。这两种方法究竟采用哪种,依个人的喜好和习惯而定。在实践中这两种方法的使用往往又很难截然分开,多数情况下是混合使用。不管怎样,准确、快速作答是目的。

解题时需要特别注意的是,很多问题的设置都是与原文的语言环境和上下文密切相关的,因此,应考者在答题的时候一定要注意对上下文的理解、分析,不要脱离篇章的语言环境。

(一)理解词语的含义

文章阅读中的理解词语含义,主要是指为解决阅读过程中的语言困难而弄懂词语在文章中的特定含义。它又分两种情况:一种是明显的,其含义可以在上下文中找到具体的文字;一种是隐晦的,虽然在语境中有具体的内容,但作者并没有把它用文字明确表示出来,需要考生调动自己的知识和经验,通过归纳分析,用自己的语言解释。在公务员录用考试中,前者出现的几率较大一些。

【例题】在地球之外,究竟有没有外星人?两位美国学者撰文说,他们花了5年时间,在北半球天空捕捉到37个可能是来自地球外文明的讯号。这两位学者是利用直径为26米的射电望远镜,来寻找由浩瀚宇宙深处发出的未知讯号。他们以波长21厘米和10.5厘米的电波对北半球天空的全部区域分别进行了三次和两次调查。

许多从事探索地球外文明的科学家认为,波长为21厘米的电波在宇宙空间中极为普通,如果地球外文明要向其他星体发出讯号,就很有可能会使用这个波长。

文中的"三次和两次"是指:(　　)

A. 向宇宙中的37个讯号分阶段进行调查的次数

B. 对北半球天空的全部区域进行分片调查的次数

C. 使用两种不同波长的电波分别进行调查的次数

D. 按照时间(天数)的长短分别进行调整的次数

【解析】答案为C。此题检测考生对数量词所指范围的理解程度。原文讲他们寻找的结果是"捕捉到了37个可能是来自地球外文明的讯号",而不是向这些讯号调查,因此A项不对。原文称他们对北半球天空的全部区域"分别进行"调查,而不是"分片调查",所以B也不对。D项中的"时间的长短"在原文中找不到相关的内容。原句的含义是:用波长21厘米的电波进行了三次调查,用波长10.5厘米的电波进行了两次调查,故选择C项。

(二)把握关键语句

对关键语句的把握是解决阅读中的障碍、准确理解文章内涵的重要环节。这里的关键语句一般是指表明文章主旨的句子,在结构上起衔接、照应作用的句子,在句意上比较隐晦难懂的句子等。理解它们的含义,仍然离不开具体语境条件。

【例题】据美国K大学的研究人员称,大多数"生物降解"塑料并不真正降解。

利用能随时降解普通有机物质(例如纸和木屑)和细菌所进行的试验表明,包括塑料垃圾袋、"用后即丢"的尿布、饮料瓶等在内的大多数产品并不是可以生物降解的。

研究人员指出,术语"生物降解"这个词的使用是不规范的。一些生产厂家说,这些产品如果在物理上发生了变化,则是可能生物降解的,它们一旦与其他物质混合,便会自然消失或者可以支持生物的成长。研究人员认为,真正的生物降解物质在需氧条件下可以分解成二氧化碳和水,在厌氧条件下它们则可以分解成甲烷和二氧化碳。然而,经他们试验的每个产品都不能降解,也不能达到上述标准。

文中"术语'生物降解'这个词的使用是不规范的"这句话的意思是:(　　)

A."生物降解"不是一个科学的术语

B."生物降解"这个说法名不副实

C."生物降解"在现实中根本不存在

D."生物降解"这个术语的运用有语法错误

【解析】答案为B。结合具体语境可知,这句话是第三自然段的中心句。为了说明这句话,下文先介绍了厂家的说法,又谈了研究人员的看法及试验结果。试验表明厂家的宣传与实际情况不符,即名不副实。原文并没有否定"生物降解"这个术语的科学性,倒数第二句话还对这类物质的特点作了分析;原文也没有否定"生物降解"的现实性,开头强调并不能真正生物降解的塑料是"大多数",结尾讲"每个产品都不能降解"的"每个产品"是"经他们试验"的产品,并不是所有产品,所以A、C有误,D是明显的干扰项,故而正确答案为B。

（三）概括具体内容

概括具体内容,是从具体到抽象,从个别到一般,从现象到本质的提炼与升华。在抽象概括过程中,要做到内容完整而不片面、语言恰当而不偏颇、文字简明而不拖沓。

【例题】阴山以南的沃野不仅是游牧民族的苑囿,也是他们进入中原地区的跳板。只要占领了这个沃野,他们就可以强渡黄河,进入汾河或黄河河谷。如果他们失去了这片沃野,就失去生存的根据,史载"匈奴失阴山之后,过之未尝不哭也"就是这个原因。在另一方面,汉族如果要解除从西北方面袭来的游牧民族的威胁,也必须守住阴山这个峡口,否则这些骑马的民族就会越过鄂尔多斯沙漠,进入汉族居住的心脏地带。

对上文主旨概括正确的一项是:(　　)

A.阐明阴山以南沃野不仅是游牧民族的苑囿,也是他们进入中原地区的跳板

B.阐明阴山以南沃野对游牧和汉族具有同等重要的意义

C.阐明历史上游牧民族与汉族激烈矛盾的由来与发展

D.阐明阴山以南沃野在地理位置上的重要性

【解析】答案为D。分析备选答案可以看出:C项内容有偏差;A项只讲游牧民族,不全面;B项虽然内容概括全面,但仍是就事论事,并不是这段文字的主旨;D项是正确答案,比B项更具有概括性。

（四）辨别筛选信息

阅读的主要目的是从书面语中汲取有用的信息,这些信息往往分布在文章的各个部分。所以,阅读理解不仅仅是对某一个词语或句子的分析,更重要的是对文章的大量信息的正确理解。

【例题】这两位学者是利用直径为26米的射电望远镜,来寻找由浩瀚宇宙深处发出的未知讯号的。他们以波长21厘米和10.5厘米的电流对北半球天空的全部区域分别进行了三次和两次调查,许多从事探索地球外文明的科学家认为,波长为21厘米的电波在宇宙空间中极为普通,如果地球外文明要向其他星体发出讯号,就很有可能会使用这个波长。

在探测时,他们试图寻找从极狭窄区域中释放出强大电波。每次探测的时间约需200～400天,所以获得的观察资料十分庞大。经过筛选,才获得了这37个讯号,其中有5个讯号特别强烈。这些讯号大多数是沿着银河系分布的,在银河系内有着大量的恒星,是智慧生命可能存在的地方。然而,至今还未发现具有已接讯号物征的电波源,且在这些电波的方向上,也没有特异的星体存在。这37个讯号果真是由外星人发出的吗?

两位学者观点,37个讯号"可能来自地球外文明",他们的依据是:(　　)

①讯号的波长是宇宙间极为普通的

②大多数电波讯号沿着银河系分布

③每次探寻的时间约为200~400天

④在庞大的观察资料中这些讯号十分强大

⑤捕捉到的讯号是离地球最近的

A.①③　　B.③⑤　　C.②④⑤　　D.①②④

【解析】答案为D。①句强调地球外文明很有可能用波长21厘米的极为普通的电波向其他星体发出讯号；②句强调在银河系内有着大量的恒星，它们是智慧生命可能存在的地方；④句强调讯号十分强大，这有可能是外星人发出的电波。其他③、⑤的内容与试题的内容无关，因此正确答案为D。

（五）分析、判断作者所表达的观点

作者的观点，就是记叙文中的主题、议论文中的论点、说明文中的事物特征。在公务员考试中，文章阅读主要是说明文阅读，因此，全面准确地把握所说明事物的特征是阅读理解的重要方面。

【例题】在"基本粒子"的大家族中，有一种叫中微子。它那穿山过海，敢于与光速较量的神奇本领和不费吹灰之力穿过地球的拿手好戏，极大地触发了科学家们应用研究的灵感。于是，中微子通信的设想脱颖而出了。这是一种采用中微子束来代替电磁波信息的无线通信方式。它可以冲破电磁通信不可逾越的水下和地下这两个禁区，实现全球无线通信；它保密性好，传递信息快，不受外界干扰，对人体无害。这些优点是其他通信方式无法比拟的。

中微子通信过程和微波通信相似，有发射和接收装置。通信时，发射端首先用高能质子加速器，将质子加速到几千亿电子伏特的能量，然后去轰击一块金属靶子。此时，靶子的背面就会产生许多"短命"的介子，这些介子一边运动，一边发生衰变，从而变成中微子和μ子。再让它们共同穿过钢板，这时μ子被钢板阻挡并衰变了，剩下的就是纯净的中微子束。然后，再用信号对它进行调制，接着通过磁场控制载有信息的中微子束，使之按人的旨意朝一定方向传向目标。

接收端是一个贮有近亿吨水的大水箱，箱内的光探测器星罗棋布。当发射来的中微子束在水中传过时，就会与原子核中的中子发生核反应而生成μ子，μ子在水中高速前进，受到核的减带作用放出光子，这些光子进而被水中的光探测器接收了，即可把原来中微子束所携带的信息解调出来，从而达到通信的目的。

1.下列对中微子通信和电磁波通信所作的判断，正确的一项是：（　　）

A.它们的通信过程、传递路线和装置是基本相同的

B.中微子穿透力强，金属板对它不会产生阻碍

C.中微子能冲破水下和地下两大禁区，是目前世界上最先进的应用通信方式

D.中微子通信和电磁波通信都是用光来传输信息的

2.下列对中微子通信的理解不正确的一项是：（　　）

A.解调器是用来还原信息的装置

B.中微子通信的始端和终端都利用了核物理原理及其技术

C.经过磁场之后的中微子才成为束状并具有定向性

D.中微子通信利用了基本粒子的某些物性，是一种采用高新技术的无线通信方式

【解析】答案：1.B，2.C。做这类题需要将备选项中的内容与原文逐一核对，淘汰错误的，选择正确的。如果是选择不正确的一项，则做法恰好与前者相反。

我们先来分析第一题：A项错误，虽然第二自然段开头讲中微子和微波通信过程相似，但这是从都有发射和接收装置角度讲的。中微子可以冲破电磁波通信不可逾越的水下和地下禁区，二者传递路线不同；从通信装置看，也存在着明显差异。B项正确，因为中微子与μ子共同穿过钢板后，μ子被阻挡并衰变，剩下的是纯净的中微子束。C项错误，中微子通信现在只是一种设想，并不是"目前"的通信方式。D项的错误在于混淆了中微子的光波和电磁波的电波这两种不同的通信

方式。

再看第二题:C项是不正确的,因为经过磁场之前的中微子已成为束状,原文的第二自然段称,"再让它们共同穿过钢板……剩下的就是纯净的中微子束"。

【总结】通过上述分析可以看出,这类试题主要是在原文和备选答案之间通过比较来选择或排除,考生要有较快的阅读速度,更要有阅读的敏感性和准确性,能够迅速抓住关键词语,分辨原文与备选答案之间的细微差异。要具备上述能力,就要养成认真阅读的习惯,并注意在阅读训练中不断提高阅读水平。

解题技巧点拨

1. 通过快速阅读来理解、把握全文大意。

2. 加强对篇章关键词、句的分析、理解。每一篇阅读材料都有一些关键的词、句,有些词、句子还点明了所在段乃至整篇文章的大意。抓住这些关键的词、句并进行准确的理解、分析,篇章阅读就成功了一大半。

3. 善于把握作者写作的观点、动机及感情倾向,因为作者的观点、写作动机以及感情倾向是这篇文章的基调,把握了这个基调,对于理解整篇文章是非常有帮助的。

4. 平时多读书看报,增加阅读量,提高阅读速度,增强阅读理解的能力。

5. 加强针对性的阅读理解练习。在篇章阅读的考试材料选择上,多是社科类、科技类文章以及精彩的文学作品,因此,考生在平时应该有意识地去加强对这几类阅读材料的练习力度。

仿真强化训练

(一)

一直争论不止的有关河南濮阳西水坡遗址 M45 号墓墓主到底是谁的问题,经过考古工作者的考证,如今终于有了一个比较趋同的认识:墓主人应为一具三皇五帝时代皇(帝)的遗骨。也就是说,中国第一皇陵应在我国河南濮阳。

1987 年 5 月,濮阳市为了配合引黄供水调节池工程建设,在濮阳西水坡发现了一处面积约 5 万平方米的仰韶文化遗址,清理出大批房基、窑址、墓葬、窖穴、灰坑以及陶、石、骨、蚌质地制作的各种生产工具和生活用具。其中,在编号 M45 的墓葬中出土了一具头南足北的男性老人的遗骨,并在东侧清理出由蚌壳砌成的龙形图案,西侧清理出由蚌壳堆砌而成的虎形图案,之后,经中国社会科学院考古研究所和荷兰格罗宁根大学同位素研究中心对 M45 号墓的遗存经 T14 测定,其年代被确认为是距今 6460±135 年、6465±45 年。

但对 M45 号墓墓主到底是谁的问题一直存在异议。有的专家认为,墓主应为蚩尤;但不少专家则认为是当时部族最高首领。经专家多方考证认为,我国 6500 年以前存在一个伏羲时代,历 14世,世代承袭,每一世均称伏羲,而濮阳则是伏羲氏当时活动的中心。从其墓葬的规模、形制、陪葬与殉葬的情况看,M45 号墓墓主应为 6500 年前伏羲氏首领中的其中一世;而濮阳是"颛顼遗郡",M45 号墓墓主应为颛顼。据查证,到目前为止,国内其他地方有关三皇五帝的陵墓均未发现过,河南濮阳西水坡遗址 M45 号墓是迄今为止发现的第一具三皇五帝时代的皇(帝)遗骨,M45 号墓堪称中国古代第一皇陵。

为了对标志着传说中的三皇五帝时代将成为可靠的历史史实,濮阳市市长透露,不日将在上海对我国河南濮阳西水坡遗址 M45 号墓遗存进行热释光年代断定的测定,以进一步对其做出科学的验证。

1. 对我国第一皇陵在濮阳这一看法的依据,阐述不正确的一项是:(   )

A. 濮阳西水坡遗址 M45 号墓经 T14 测定其年代距今为 6460±135 年、6465±45 年

B. 我国 6500 年前存在一个被称为伏羲时代,相承 14 个首领,每个都称为伏羲

C. 现今的河南濮阳是当时伏羲活动的中心地区

D.我国其他地方不存在三皇五帝的陵墓

2.下列不属于 M45 号墓墓主应为颛顼这一结论的依据的一项是:(　　)

A.M45 号墓是在面积约有 5 万平方米的仰韶文化遗址发现的

B.M45 号墓出土的是一具头南足北的男性老人的遗骨

C.M45 号墓所在地的现今河南濮阳史称"颛顼遗郡"

D.M45 号墓东西两侧清理出了用蚌壳堆砌而成的龙、虎图案

3.对文中有关内容的理解,正确的一项是:(　　)

A.M45 号墓的年代、规模、形制、陪葬和殉葬情况都表明是当时部族最高首领的墓

B.河南濮阳西水坡遗址 M45 号墓墓主是蚩尤的说法已被证实是不正确的

C.颛顼是传说中的伏羲时代后期的一个首领

D.T14 测定与热释光测定使用的同一种方法

4.根据原文所给的信息,以下推断正确的一项是:(　　)

A.仰韶文化时代距今至少已有 6500 年的历史

B.蚩尤不是伏羲时代的人

C.我国古代部落的最高首领都称为伏羲

D.三皇五帝时代称为可靠的历史时代尚需进一步得到验证

5.给这几段文字加一标题,合适的一项是:(　　)

A.中国第一皇陵　　　　　　　　B.第一皇陵的挖掘与研究

C.第一皇陵的验证　　　　　　　D.河南濮阳的皇帝陵

（二）

在都市炎热的夏季,我们的双眼和咽部常感不适,这是因为我们吸入的气体实际上已不再是纯净的空气,而是包含氮气、氧气与汽车尾气以及工厂排出的各种废气所形成的混合型气体。这些混合气体的分子在阳光照射下正进行着复杂的反应。

在大气的组成中,臭氧起着举足轻重的双重作用。而在都市烟雾中,臭氧则主要起着负面作用,它严重地损害了人们的呼吸道,并导致农作物大幅度减产,全球每年由此造成的损失都要超过数十亿美元。但在 3 万—7.5 万英尺(9144—22860 米)高空的同温层,臭氧却对地球生灵起着极为重要的保护作用,由于臭氧具有复杂的双重作用,因此我们不能对臭氧笼统地用"好"和"坏"来形容。

臭氧在工业领域的用途极其广泛,是最常用的消毒剂,我们日常饮用水就是用它来清除其中对人体有害的氯。相信不久的将来,我们还会用它来清除食品中的有害物质。此外,臭氧还被广泛应用于医药领域。总之,臭氧是一种值得重视的物质,它的重要性与人类赖以生存的氧气相提并论一点也不为过。

暴风雨过后的天空中往往存在着大量臭氧,它有着自己的独特的气味。"臭氧"这个词源于希腊语,是"嗅"的意思。臭氧分子由三个氧原子组成,高度浓缩时呈淡蓝色,气味较臭。由于构成臭氧分子的三个氧原子之间键合较弱,这就决定臭氧的稳定性较差,能够较容易地分离成氧原子。臭氧的这一特性使它成为极好的氧化剂。比较而言,氧分子的两个氧原子键合较强,因此具有较强的稳定性。

当夏日雷雨发生时,处于低大气层中的氧分子在雷电的作用下,往往会形成大量臭氧,但它的存在时间非常短暂,通常只有 20 多分钟。陆地上大部分臭氧,主要形成于距地表 15 英里(24 公里)的大气层顶部的同温层,在那里,由于太阳紫外线的强烈辐射,产生了大量臭氧。在强太阳紫外线的作用下,氧分子常常被分离成游离氧原子,一旦和通常的氧分子结合就会形成臭氧。

臭氧也能和土壤里、海洋里以及火山爆发时产生的氮、氢、氯产生反应,并上升到同温层。当

然,太阳活动周期和同温层气流的变化也会对该层中臭氧的产生和存在具有较大影响。

综上所述,由于各方面的综合作用和影响,在同温层就产生了一个臭氧相对集中的臭氧层。因为臭氧层几乎吸收了所有来自太阳的紫外线,特别是对生命有害的UV—B波长的紫外线,因此它对地球生命来说极其重要。如果UV—B波长紫外线不受阻拦,顺利到达地球的话,那么人类的皮肤癌和白内障患者将会成倍增加,农作物、森林和海洋浮游生物也会遭受毁灭性破坏。

虽然臭氧对地球环境有着不可替代的巨大作用,但自然界中的臭氧却非常稀少。即使在浓度最高的臭氧层,每1000万个空气分子中也只有3个臭氧分子。打个比方来说,如果在海平面压强条件下将大气中所有臭氧集中起来的话,那么它的厚度也仅有1/8英寸(即3毫米)。

6."在大气的组成中,臭氧起着举足轻重的双重作用","双重作用"指的是:(　　)

A.在都市烟雾中,臭氧严重的损害人们的呼吸道,并导致农作物大幅度减产

B.在同温层,臭氧对地球生灵起着极为重要的保护作用

C.臭氧是常用的消毒剂,还被广泛应用于医疗领域

D.在都市烟雾中,臭氧严重损害人们的呼吸道,并导致农作物大幅度减产;而在同温层,它却对地球生灵起着极为重要的保护作用

7.下面不属于臭氧形成原因的一项是:(　　)

A.都市炎热夏季空气中包含的氮气、氧气和汽车尾气以及工厂排出的各种废气所形成的混合型气体在阳光照射下进行复杂的反应

B.臭氧的稳定性较差,能够较容易地分解成氧原子

C.夏日雷雨发生时,氧分子受雷电作用

D.在同温层,由于强太阳紫外线的作用,氧分子微分离成氧原子;氧原子和氧分子结合就形成臭氧

8.下列说法符合文意的一项是:(　　)

A.臭氧是常用的消毒剂,人们用它来消除食品中的有害物质

B.臭氧在工业、医药等领域的作用是极其广泛的,是一种值得重视的物质,它的重要性与人类赖以生存的氧气相提并论一点也不为过,可以说,它对人具有百利而无一害

C.臭氧层之所以对地球生命重要,是因为它几乎吸收了所有来自太阳的紫外线,特别是对地球生命有害的UV—B波长的紫外线

D.自然界中的臭氧非常稀少,每1000万个空气分子中只有3个臭氧分子

9.根据文意,符合臭氧定义的是:(　　)

A.臭氧是一种用途极其广泛的物质

B.臭氧是一种独特气味的气体

C.臭氧是一个分子由三个氧原子组成的一种气体

D.臭氧是由游离氧原子与氧分子结合而形成的一种气体

10.根据全文提供的信息,这几段文字主要说明的是:(　　)

A.臭氧的双重作用　　　　　　　　B.臭氧的形成

C.臭氧的特性　　　　　　　　　　D.臭氧对环境的巨大作用

(三)

宇宙大爆炸后1秒钟时,宇宙的温度为100亿K。如果再上溯到百分之一秒,温度将上升到1000亿K,相应的能量为1000万电子伏,也就是进入了高能物理学领域。这一时刻以前的宇宙称为极早期宇宙。人们探索微观世界和宇宙结构的努力在这里会合了。20世纪70年代以来,粒子物理学家和宇宙学者联手①勾画出的宇宙演化史是:宇宙发端于距今100多亿年前的大爆炸,起初不仅没有任何天地,也没有粒子和辐射,只有一种单纯而对称的真空状态以指数方式膨胀着(这种

膨胀比后来弗里德曼模型中的膨胀剧烈得多,称为②爆胀)。今天我们所知道的自然界中四种基本相互作用力,即引力、强力、弱力和电磁力,那时是不可区分的。随着宇宙的膨胀和降温,真空发生一系列相变(如同水在降到零摄氏度时变成冰那样):在大爆炸后 10^{-44} 秒,发生超统一相变,引力作用首先分化出来,但强、弱、电三种作用仍不可区分,夸克和轻子可以互相转变;到大爆炸后 10^{-3} 秒,大统一相变发生,强作用同电、弱作用分离,物质和反物质之间的不对称性(即质子、电子等这类物质多于反质子、正电子之类反物质的现象)开始出现;10^{-10} 秒以后,弱电相变发生,弱作用和电磁作用分离,完成了四种相互作用逐一分化出来的历史。

从 3 分钟以后经过约 70 万年,宇宙的温度降到 3000K,电子与原子舷结合成稳定的原子(这个过程称复合),光子不再被自由电子散射,从此宇宙变得透明。又过了几十亿年,中性原子在引力作用下逐渐凝聚为原星系,原星系聚在一起形成等级式结构的星系集团。与此同时,原星系本身又分裂形成千千万万的恒星。恒星的光和热是靠燃烧自己的核燃料提供的。其后果是合成碳、氧、硅、铁这些早期宇宙条件下不能产生的重元素。在恒星生命即将结束时,它将通过爆发形式抛出富含重元素的气体和尘粒。这些气体和尘粒又构成新一代恒星的原料。在某些恒星周围,冷的气尘会③坍缩成一个旋转的薄盘。这些尘粒通过相互吸引碰撞④黏合,最后形成从小行星到大行星的形形色色天体。

11.“人们探索微观世界和宇宙结构的努力在这里会合了”意指:(　　)

　　A. 人类进入了高能物理学领域

　　B. 人们探索微观世界和宇宙结构要在极早期宇宙中进行

　　C. 微观世界和宇宙结构的研究都必须把眼光放在大爆炸后百分之一秒

　　D. 微观世界和宇宙结构的研究都要共同探寻大爆炸后 1 秒钟

12. 不属于“一系列相变”的一项是:(　　)

　　A. 质子多于反质子　　　　　　　B. 强、弱、电三种作用不可区分

　　C. 引力作用分化出来　　　　　　D. 弱电相变

13. 按产生的先后顺序正确排列的一项是:(　　)

　　A. 引力、原子、铁、原星系　　　B. 引力、电磁力、硅、恒星

　　C. 夸克、原子、铁、小行星　　　D. 夸克、轻子、恒星、小行星

14. 分析正确的是:(　　)

　　A. 极早期宇宙实际上是高能物理学的研究领域

　　B. 恒星周围的旋转的薄盘大体上由富含重元素的气体和尘埃组成

　　C. 原星系在大爆炸中产生了小行星

　　D. 从产生的时间看,引力早于强力,强力早于弱力,弱力早于电磁力

15.①②③④没有错别字的一词是:(　　)

　　A. 勾划　　　　　　　　　　　　B. 爆胀

　　C. 坍缩　　　　　　　　　　　　D. 黏合

（四）

　　奉国在战国后期从一个西方小国崛起向跻身七强之列,秦惠王二年(公元前 186 年)铸半两钱,重 12 铢。秦始皇统一中国以后,发布各种法令,使半两钱成为全国统一的货币。

　　秦半两形状外圆内方,一般人认为方孔圆钱是表述天圆地方,用绳子穿起来,也有“一贯到底”的寓意,但实际上方孔的作用是便于将钱穿成一直一串,然后旋转打磨边缘,使不规范的钱币形制接近统一。

　　五铢钱初铸于汉武帝元狩五年(公元前 118 年),唐武德年间废止,但旧五铢钱继续在民间流通。在河北满城汉中山靖王刘胜墓中曾发现大量的五铢钱。由于刘胜薨于元鼎四年(公元前 113

年),恰恰是汉政府将铸币权集于中央并铸造上林三官五铢的一年,因而这些五铢钱有很重要的科学价值。

王莽是铸钱能手,他铸的钱很独特,如俗称金错刀的"一刀子五千",环山"一刀"两字以赤金填饰,柄文中"平五千"的"平"字是"值"的意思。它是我国古代面额最大的金属钱币,也是国家向社会透支的开始。

中国钱币集中体现了东方钱币文化的特征。在铸造技术上,它从先秦时的一钱一范已逐渐发展到重复使用范模和翻砂等几个阶段。由于钱币的广泛流通,社会上产生了对钱币的崇拜,民间利用钱币表达对幸福的追求。当时流行的摇钱树是一种殉葬品,人们希望死者在另一个世界里过得无忧无虑。

唐武德年间,高祖李渊废五铢钱,改行开元通宝。通宝即通行宝货的意思。此后中国的金属铸币大都以宝为文,如"通宝"、"元宝"或"重宝",朝鲜、日本等国钱币的创制也大多仿自唐开元通宝。

16.以下不属于作者对方孔圆钱的正确理解的一项是:( )

A.秦半两做成方孔只是制作过程中一道工序

B.秦半两有"一贯到底"的寓意

C.刘胜墓中五铢钱有着政治上的特殊意义

D.秦代完全实现了钱制的统一

17.以下不属于作者对五铢钱正确理解的一项是:( )

A.五铢钱在唐代被废止

B.五铢钱在民间不再流通

C.刘胜墓中的五铢钱能够表现出中央和地方铸币权的争夺

D.唐代的金属货币和五铢钱有较大不同

18.对原文有关内容的理解,正确的一项是:( )

A.王莽铸币金额比较大

B.从钱币的发展过程中可以看到我国铸造技术逐渐发展

C.作者对殉葬品和货币崇拜持强烈的批判态度

D.在钱币发展过程中,以宝为文是借鉴五铢钱的结果

19.根据原文所给的信息,以下推断不正确的一项是:( )

A.我国钱币历史悠久

B.我国铸造钱币从开始就采用了重复使用范模和翻砂先进的技术

C.政府控制金属铸币

D.朝鲜、日本钱币的创制,部分受中国的影响

20.下列各项,符合原文意思的是:( )

A.刘胜墓中的五铢钱有重要的科学价值,是因为这钱年代久远

B.王莽铸币具有重要的社会意义,因为它将铸币权集中于中央

C.中国钱币传入朝鲜、日本等,使得这些国家使用的钱币也以宝为文

D.中国钱币集中表现了东方钱币文化的特征,因为从中国钱币的发展过程可以清楚地了解到东方钱币的发展过程

（五）

加拿大某公司建造了一座示范厂,用酒精而不是用硫磺制造纸浆。该公司董事长佩蒂说:"这是未来之路。用酒精制造纸浆意味着出现一种清洁、无污染的技术。"①如果在小规模工厂里取得成功的这项技术也能在正式规模的工厂里生产出较便宜的纸浆,它将对纸价产生影响。②这项技

术还能消除造纸工业常有的臭鸡蛋味——硫化氢的气味。

该公司使用的这种工艺叫 ALCELL（即酒精 ALCOHOL 和纤维素 CELLULOSE 的合成词），它使用酒精和水代替硫磺把木材分解成纸浆。这种工艺是加拿大在 1972 年发明的，以前从来没有实现商品化，但是这家公司希望它能使造纸工业发生彻底改革。③佩蒂说："建造一座新的纸浆厂要耗资 10 亿美元，而且它要求木材供应源源不断。如有 ALCELL 工艺，只要耗资 3.5 亿美元就能建造一个工厂，并使工厂不停地运转，所需木材供应量较小。"他又说："那意味着一个工厂一天生产 350 吨而不是 1000 吨纸浆。"林业产品分析家邓肯森说："从环境方面来说，它比较清洁，而小型厂这个概念将会使建造新纸浆厂变得较容易。"④

21. "这种工艺取得成功，它将能以较低的成本生产纸浆。"一句是从文中取出来的，请将其填回原处：（   ）

    A. ①处   B. ②处

    C. ③处   D. ④处

22. 第一段中提到"示范厂"，第二段中提到"小规模工厂"、"正式规模的工厂"，第四段中提到"小型厂"，对文中这四个概念的理解，正确的一项是：（   ）

    A. "小型厂"就是"小规模工厂"，它不是"正式规模的工厂"

    B. "示范厂"属于"小型厂"，也属于"小规模工厂"

    C. "示范厂"属于"小型厂"，不属于"小规模工厂"

    D. "小型厂"不是"正式规模的工厂"，"示范厂"也不是"小规模工厂"

23. 第四段中，佩蒂说："一天生产 350 吨而不是 1000 吨纸浆"，他要说明的是：（   ）

    A. 纸厂规模的缩小   B. 纸张成本的降低

    C. 生产流程的简化   D. 纸浆产量的减少

24. 下列说法，不符合原文意思的一项是：（   ）

    A. 造纸工业通常会产生难闻的臭鸡蛋味——硫化氢的气味，这是因为在制造纸浆的过程中使用了硫磺

    B. 运用 ALCELL 工艺制造纸浆，使用酒精和水而不使用硫磺，因而避免了难闻的臭鸡蛋味——硫化氢的气味的产生

    C. ALCELL 工艺的一个突出的特点，是使用酒精和水而不是使用硫磺把木材分解成纸浆，所以不会产生难闻的硫化氢的气味

    D. 造纸工业通常以硫磺而不是以酒精和水为主要原料来制造纸浆，因而很难避免难闻的硫化氢的气味的产生

25. 对于 ALCELL 工艺，佩蒂和邓肯森发表了各自的看法。下列对他俩看法的叙述，符合原文意思的一项是：（   ）

    A. 佩蒂认为该工艺能降低造纸成本，是一种无污染的技术，邓肯森对此持有相同的看法

    B. 佩蒂认为该工艺清洁、无污染、降低了造纸成本，但邓肯森并不完全同意这种看法

    C. 邓肯森认为该工艺容易掌握，利于建造新纸浆厂，但佩蒂并不完全同意这种看法

    D. 邓肯森认为该工艺对造纸原料要求低，利于环境保护，佩蒂对此持有相同的看法

（六）

英国著名未来学家科伦根据他多年进行的一项影响广泛的研究称，今后 50 年内，人脑可能与电脑直接相连。他说，今后科学家将开始进行把芯片和人脑直接相连的开发工作。

剑桥大学材料科学教授林·汉弗莱认为，设想外科医生能把刻在微型芯片上的微型记忆电路加入大脑中并非天方夜谭。只要解决芯片与大脑接口问题，这一完全可以变为现实。现在已经能把《大不列颠百科全书》的全部内容以分子大小的字体刻在一枚针的针尖上，因此，人们利用同

样的技术也可用来开发植入大脑的芯片。

这种联系会使人凭借植入人脑中的芯片携带整套《大英百科全书》，使人脑以碳为基础的记忆结构和电脑芯片发生直接联系。这种联系还会大大增强大脑的功能，因为这一水平的芯片对信息存取的能力可以和人脑相媲美。科伦的研究表明，到2015年，这种联系将成为可能。到那时，电脑将能直接接收人脑的意念，或者解除病人痛苦，或让人通过意念来操纵机器。电线将代替神经，甚至可以把记忆集成电路块装入大脑，从而使大脑具有不可思议的高智商。

人的大脑功能分成两大类，即那些由大脑中某些界限分明的区域执行的功能以及那些执行部位不太明确的功能。也就是说，一类是明晰功能，另一类是模糊功能。这一科幻设想的目的是采用芯片代替那些执行部位明确以及受到某种程度损坏的功能。

26.第三段中"这种联系"一词指的是：（　　　）

A.芯片和人脑之间的直接联系

B.记忆结构和电脑芯片发生的直接联系

C.电脑与人脑之间的联系

D.外科技术与电脑技术之间的联系

27.第三段中"这一水平"指的是（　　　）

A.增强电脑存储能力的功能

B.大脑记忆结构和电脑芯片直接沟通

C.用电线替代神经甚至把记忆集成电路块装入大脑

D.具有超大规模储存能力和超小体积

28.人们如果真能将电脑芯片植入大脑，并能成功的与大脑直接相连，那么这一突破将会带给人类的好处是（　　　）

A.使大脑具有极强的记忆力和思考力

B.使人能够将意念传给电脑，并通过意念来操纵机器

C.使大脑受到的损伤得到康复

D.使电脑代替人脑来进行工作

29.这四段文字所表达的重要信息是（　　　）

A.今后50年内，人脑将可能与电脑相连接

B.科学家将进行把芯片和人脑直接相连开发工作

C.电脑对信息存取的能力可以与人脑相媲美

D.目前，制约电脑植入人脑的关键是电脑与人脑的直接相连问题

参考答案及解析

（一）

1.D。根据第一段可知，在河南濮阳发现了三皇五帝时代的一具遗骨，但这并不能说明其他地方就不存在三皇五帝时代的陵墓。

2.B。M45号墓出土的一具头南足北的男性老人的遗骨，根据第三段可知，这并不是M45号墓主颛顼，所以这不能成为M45号墓墓主应为颛顼的依据，故选B。

3.A。此题可以采用排除法，根据第三段第二、第三句话可知，墓主是谁仍存在异议，排除B；文中并没有说颛顼是后期的一个首领，排除C；D从文中的第二段最后一句话和最后一段可知，文中并没有说T14测定和热释光测定是使用的同一种方法，排除D。

4.D。根据最后一段可知，这个可靠的历史时代，不日将在上海进行热释测定，这说明，三皇五帝时代成为可靠历史时代还要进一步的验证，故选D。

5.A。根据第一段最后一句话，选A。

6. D。根据第二段可知,选 D。

7. B。B 项是在讲臭氧的稳定性,而不是臭氧形成的原因。

8. C。根据第七段第二句话,可知 C 项正确。

9. C。根据第四段第三句话,可知 C 项正确。

10. D。综观全文,主要讲了,臭氧对地球环境的影响和巨大作用,故选 D。

11. C。由本文的前三句话可知,选择 C。

12. C。根据本文第一段最后一句话,对"一系列相变"描写可知,C 项所述不属于一系列相变。

13. C。(略)

14. C。由本文最后一段可知,原星系在大爆炸中产生了冷的气尘,这些冷的气尘粒相互吸引碰撞黏合形成小行星。故选 C。

15. B。(略)

16. B。注意本文第二段中的转折。

17. B。由第三段第一句话可知,旧五铢钱仍旧在民间流通,故 C 不正确。

18. B。根据本文第五段第二句话可知,B 项正确。

19. B。根据本文第五段第二句话可知,在铸造技术上,从前秦时的一钱一范发展到重复使用范模和翻砂技术,可见,我国并不是一开始就采用了重复使用范模和翻砂技术。

20. D。综观全文,主要讲了中国钱币的发展过程,使我们了解到东方钱币的发展过程,也集中表现了东方钱币文化的特征,故选 D。

21. D。题中的这句话可以看出,"这种工艺"一定和"纸浆"联系在一起。在文中四处地方,只有最后一段是说的"纸浆",故应放在④处。

22. B。本文的"小规模工厂"、"小型厂"、"示范厂"都是指用硫磺制造纸浆的厂,而"示范厂"是这些厂中作为示范的厂,故它属于"小型厂"和"小规模厂",选 B。

23. A。(略)

24. D。根据第二段最后一句话可知,这项技术能消除硫化氢的气味,故选 D。

25. A。根据最后一段可知,佩蒂和邓肯的看法是一致的,他们都肯定了这项技术。

26. A。"这种联系"指的是第一段和第二段当中提到的"把芯片和人脑直接相连"。故选 A。

27. D。"这一水平"修饰的是芯片,从第二段中"现在已经能把《大不列颠百科全书》的全部内容以分子大小的字体刻在一枚针的针尖上,因此,人们利用同样的技术也可以用来开发植入大脑的芯片"可知"这一水平"指储量大而体积小。故选 D。

28. C。文章最后一句说"目的是采用芯片代替那些执行部位明确以及受到某种程度损坏的功能",只有 C 项最准确,故选 C。

29. B。四段文字都在描述科学家将要开始的把芯片和人脑直接相连的工作情况。A 项、C 项文章都有论及,但不是文章的主要信息;关于 D 项,文章并不是主要在于说明制约电脑植入人脑的关键问题是什么。只有 B 项最符合题意。故选 B。

第二章 数量关系

★题型一览图

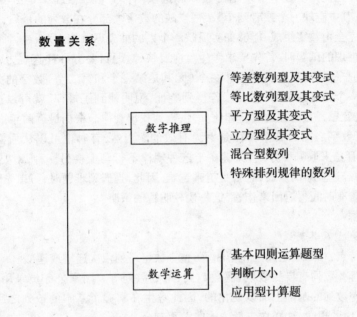

考试大纲要求

数量关系主要测查应考者理解、把握事物间量化关系和解决数量关系问题的技能,主要涉及数字和数据关系的分析、推理、判断、运算等。

考试大纲解读

数量关系题型主要考查应考者对数量关系的理解、计算、判断和推理的能力。这种能力是人类智力的基本组成部分。人之所以区别于动物就在于人具有抽象思维,而对数量关系的理解与运算能力,则体现了一个人抽象思维的发展水平,因此,在预测人们事业上能否成功时,几乎所有的智力问题专家都把数量关系作为标准之一。

在科学技术日新月异的现代信息社会,作为人民警察,公务繁忙,每天都需要接收与处理大量的信息,而这些信息中有相当一部分是和数字有关的,因此,对数量关系的理解与计算能力就显得格外重要。实际工作中,要求人民警察要善于迅速准确地理解和发现数量之间隐含的规律,并且能够进行准确的数学运算,只有具备这些基本的能力才能成为一个合格的人民警察。

数量关系测验含有速度与难度测测的双重性质。在速度方面,要求应考者反应灵活,思维敏捷;在难度方面,人民警察录用考试数量关系部分所涉及的数学知识或原理都不超过初中水平,甚至很多是小学水平的。对于参加招警录用考试的每一位应考者来说,如果时间充足,每个人都可能取得满分的好成绩。但是,如果要限定时间的话要求考生答题既快又准,那么人与人之间的差异就显现出来了。由此可见,这部分的测验并不是难在数字的运算上,而是难在对数量关系及其规律的把握上,它实际上测验的是人的抽象思维能力。因此,要做好这部分试题,除了要具有基本的数学运算能力之外,迅速、准确地发现数量之间的关系及规律的能力更为重要。

第一节 数字推理

考点解析

数字推理题,每道题给出一个缺少一项的数列,要求应考者仔细观察这个数列各数字之间的关系,找出其中的规律,然后从四个供选择的答案中选出最合适、最合理的一个来填补空缺项,使之符合原数列的排列规律。数字推理题由题干和选项两部分组成。题干是由一组按照某种规律排列的数字组成,其中空缺一个或者两个数字,空缺的数字大部分在数列的最后,也有可能在中间。

数字推理题完全由数字组成,能够如实反映一个人的抽象思维能力。

在解答数字推理的试题时,首先要求考生反应要快,对题目要有一种直观力,同时要掌握适当的解题方法。一般来说,通过先找出相邻两个(尤其是第一个和第二个)数字的关系,并迅速将这种关系类推到下一个相邻数字间的关系,若得到验证,说明找到了规律,就可以进一步推出答案;若被否定,马上改变思考方向和角度。如此反复,直到找出规律。根据最近两年很多考生考试的经验,先找出前三个数字之间的关系往往是更为有效的。当然,有时也可以从后面向前而推,或者"中间开花"。不管是采取哪种方式,关键在于这种规律不行马上换另一种,不要拘泥于一种。另外,数字推理题型经过多年的发展,题目是越来越难,因此,当遇到难题时,可以先跳过去,待做完其他较易的题目后若有时间再返回来作答,这是比较明智的策略。

典型例题详解

(一)等差数列型及其变式

等差数列的特点:相邻数之间的差值相等,整个数字序列依次递增或递减。

常见的基本等差数列有自然数列、偶数数列、奇数数列等。国家公务员录用考试的试题很多都是在基本的等差数列的基础上加以变化的,因此考生在掌握了基本的数列之后,应该在练习中多加运用,熟悉其中的规律,这样在应考中才能游刃有余。

【例题1】2,5,8,11,( )

A. 12   B. 13   C. 14   D. 15

【解析】答案为C。这是一道等差数列题,我们通过比较前三项的差会发现公差为3,再用第四项加以验证,公差仍为3,因此括号中应该是 $11 + 3 = 14$,正确答案为C。

【例题2】0,1,3,6,10,( )

A. 11   B. 12   C. 15   D. 19

【解析】答案为C。此题为等差数列的变式之一。顺次将数列的后一项与前一项相减,我们便得到一个自然数的等差数列1,2,3,4……,因此空缺中的一项应该是 $10 + 5 = 15$,正确答案为C。

【例题3】3,4,7,12,19,( )

A. 20   B. 21   C. 25   D. 28

【解析】答案为D。此题仍为等差数列的变式。顺次将数列的后一项与前一项相减,我们便得到一个奇数等差数列:1,3,5,7……因此,空缺中的数字应该是 $19 + 9 = 28$,正确答案为D。

【例题4】10,12,21,23,32,34,( )

A. 35   B. 40   C. 43   D. 50

【解析】答案为C。等差数列的变式之一,题目的难度稍大一些。顺次将前后项相加,我们得到一个公差为11的等差数列:22,33,44,55,66……那么很容易看出来,最后一项应为 $77 - 34 = 43$,正确答案为C。

【提示】此题也可以通过前后两项相减的方法得出答案。我们把数列的后一项与前一项相减之后得到:2,9,2,9,2,……观察可知空缺项与倒数第二项34的差应该是9,因此括号中的空缺项应该是 34 + 9 = 43,答案为 C。

【总结】通过以上举例,我们可以看出等差数列及其各种各样的变式,其规律就是在所给出的数列的基础上,通过各项之间的加、减等不同的变化产生新的等差数列,也就是说,题目所给出的数列里蕴藏着一个间接的等差数列,考生可以通过观察来发现这个间接的等差数列,从而找到正确的答案。

(二)等比数列型及其变式

等比数列的特点:相邻数之间的比值相等,整个数列依次递增或递减。

常见的等比数列:

公比为 2 的等比数列:1,2,4,8,16,……

公比为 3 的等比数列:1,3,9,27,81,……

公比为 0.5 的等比数列:$1,\frac{1}{2},\frac{1}{4},\frac{1}{8}$,……

等等。

在这些常见的等比数列的基础上产生一些不同程度的变化,便形成了不同的等比数列变式,考生只要善于发现变式中蕴藏的基本的等比数列,题目便会顺利解答。

【例题1】2,2,4,12,48,( )

A. 50   B. 96   C. 192   D. 240

【解析】答案为 D。此题为等比数列变式之一。数列中前后项的比值虽然不是一个常数,但呈现出一定的规律,即为一个基本的自然数列:1,2,3,4,……,因此空缺中的一项为 48 × 5 = 240,正确答案为 D。

【例题2】5,12,26,54,( )

A. 80   B. 108   C. 110   D. 120

【解析】答案为 C。这道题中的数列并不直接表现为等比数列,但是我们可以经过简单的处理,得到一个等比数列:依次将后一项减去前一项后得到的数列为 7,14,28,……很容易发现这是一个公比为 2 的等比数列,所以空缺项应该是 56 + 54 = 110,正确答案为 C。

【例题3】36,70,138,274,( )

A. 348   B. 548   C. 346   D. 546

【解析】答案为 D。这道题中的数列也不是直接表现为等比数列,但也可以经过处理得到一个等比数列。不难发现,从第二项起,后一项加上 2 正好是前一项的 2 倍。这是经过变异的等比数列。或者把后一项与前一项相减,得到一个公比为 2 的等比数列:34,68,136,( ),同样能求出正确答案为 D。

【例题4】12,12,18,36,90,( )

A. 221   B. 224   C. 270   D. 226

【解析】答案为 C。此题中的数列是等比数列的变形,这道题也是迄今为止出现在考题中的难度较大的题目,如果没有掌握规律,实在无从下手。本题中数列的后一项都是前一项乘以一个数而得到的,但每个乘数并不相同,从第一项起,乘数分别为 1,1.5,2,2.5 故而空缺项应该是 90 × 3 = 270,正确答案为 C。

(三)平方型及其变式

数列表现为后一项是前一项的平方,或者数列本身就是某一个较为简单数列对应各项的平方,抑或数列中隐含着一个平方型数列。

【例题1】2,4,16,( )

A. 32   B. 64   C. 128   D. 256

【解析】答案为 D。数列中的每一项都是前一项的平方,因此,空缺中的一项为 $16^2 = 256$,正确答案为 D。

【例题 2】1,3,15,( )

A. 46　　　　　B. 48　　　　　C. 255　　　　　D. 256

【解析】答案为 C。题中数列各项分别加 1 之后,得到新数列 2,4,16,……而观察发现后一项为前一项的平方,规律同例题 1,因此空缺项应该是 16 的平方再减去 1,即 255,正确答案为 C。

【提示】因为在数列的各种变式规律中,经常是原数列经过某种处理后得到新数列,这个新数列很容易把规律呈现出来,但很多考生在发现变化后的规律后,也把空缺的项求出来了,但往往忘了还原成原数列中的变化规律,从而导致错选。例如本题,很多考生在对原数列各项进行加 1 处理后发现了变化规律,也根据处理后的规律求出了 256,一看选项中有此一项,便很快做出选择为 D,忘记了得出的新数列是经过加 1 处理的,应该再减去 1 得 255 才能与题目相符,因此造成了错选,这是忙中出错,非常可惜。这种现象可能很多考生都遇到过,所以在此再次提醒大家:做题一定要小心谨慎,在追求快速的同时也要保证准确,否则将徒劳无功。

【例题 3】1,4,9,16,( )

A. 20　　　　　B. 25　　　　　C. 30　　　　　D. 36

【解析】答案为 B。此题中的数列可以变化为:$1^2,2^2,3^2,4^2$,……因此很容就可以发现其规律为每一项是对应的自然数列的平方,故而空缺项为 $5^2 = 25$,正确答案为 B。

【例题 4】0,3,8,15,( )

A. 16　　　　　B. 24　　　　　C. 35　　　　　D. 32

【解析】答案为 B。题中数列是平方型数列的变式之一,其各项分别加 1,则得到新的数列为 1,4,9,16,……而这个数列是自然数列 1,2,3,4……相对应各项的平方,与上面的例题 2 是同样的规律,因此,空缺项应该是对应的自然数 5 的平方再减去 1 得到,即 24,正确答案应该是 B。

【例题 5】4,4,2,−2,( )

A. 4　　　　　B. −3　　　　　C. −4　　　　　D. −8

【解析】答案为 D。本题是较难的一道题,转折较多,但在正式的考试中还没有出现过,属于比较"偏、怪"的一类题。其规律是数列 4,6,8,10,12 的各项分别对应加上数列 1,2,3,4,5 的各项得到新数列 5,8,11,14,17,各项再分别对应减去数列 1,2,3,4,5 各项的平方 1,4,9,16,25,正好得到 4,4,2,−2,−8。

【提示】在正式考试中,尚未出现过这种题目,但掌握它也是重要的,因为很可能在你参加的考试中,这类题目就会出现。一般来说,这类题目有两个特征,其一是前两项是相同的,其二是在数列中有负数项。如果一个题目同时具备这两个特征,考生就应该首先想到这一规律。

（四）立方型及其变式

立方型及其变式的数列规律与平方型及其变式数列的规律相类似,一般表现为后一项是前一项的立方,或者数列本身就是某一个较为简单数列对应各项的立方,抑或数列中隐含着一个立方型数列。

【例题 1】1,27,125,( )

A. 144　　　　　B. 196　　　　　C. 343　　　　　D. 640

【解析】答案为 C。分别是 1,3,5,7 的立方。

【例题 2】0,1,2,9,( )

A. 10　　　　　B. 11　　　　　C. 729　　　　　D. 730

【解析】答案为 D。本题为中央、国家公务员录用考试中的一道原题。通过观察我们可以发现把题目中数列的前一项立方再加 1 便得到后一项,所以空缺项应该是 $9^3 + 1 = 730$,因此正确答案为 D。

【例题 3】2,7,28,63,( )

A. 125   B. 126   C. 127   D. 128

【解析】答案为 B。通过观察题目中数列的前四项,我们发现它们分别可以变化为 $1^3 + 1, 2^3 - 1, 3^3 + 1, 4^3 - 1$,则空缺项应为 $5^3 + 1 = 126$,正确答案为 B。

(五)混合型数列

所谓混合型数列就是指由两个或以上的数列相隔混合组成的数列,组成混合型数列的各个数列自成规律,常见的多是两个数列隔项混合组成一个新的数列,比如等差与等比、平方与立方、等差与平方等类型。

1. 等差数列与等差数列的混合

【例题】4,5,5,2,7,0,10,-1,( ),( )

A. -2,-6   B. 0,13   C. 14,-1   D. 20,-3

【解析】答案为 C。把题目中的数列隔项分解为两个数列:4,5,7,10,( )和 5,2,0,-1,( )。之后我们会发现前者的后项依次减去前项可以得到等差数列 1,2,3,……后者的后项依次减去前项可以得到等差数列 -3,-2,-1,……所以空缺项应该是 10+4=14,以及 -1+0=-1,所以正确选项为 C。

2. 等差数列与等比数列的混合

【例题】-1,2,-3,4,-9,8,( )

A. 11   B. -11   C. 27   D. -27

【解析】答案为 D。观察题目中的数列,我们可以发现原数列很明显地分为两个数列:-1,-3,-9,( )和 2,4,8,前者是公比为 3 的等比数列,后者是公比为 2 的等比数列,因而空缺项应该是 $-9 \times 3 = -27$,正确答案为 D。

【总结】混合数列有一个非常明显的特点:项数比较多,有的还给出两个空缺。因此考生在看到具有上述特点的数列题目时就应该注意题目是不是混合型的数列,这样会提高做题的速度和效率,针对性也更强。

(六)特殊排列规律的数列

1. 两项之和等于第三项及其变式

【例题 1】3,8,11,19,30,( )

A. 49   B. 50   C. 54   D. 60

【解析】答案为 A。此题中的数列隐含着加法规律,即数列中的相邻两项之和等于第三项,因此正确答案为 A。

【提示】考生在观察这种数列的特征的时候要注意,这种数列的各项总体上呈现递增的趋势。

【例题 2】34,35,69,104,( )

A. 138   B. 139   C. 173   D. 179

【解析】答案为 C。观察数字的前三项,发现有这样一个规律,第一项与第二项相加等于第三项,34+35=69,将这种假想的规律在下一个数字中进行检验,35+69=104,得到了验证,说明假设的规律正确,以此规律得到该题的正确答案为 173。故选 C。

【提示】在数字推理测验中,前两项或几项的和等于后一项是数字排列的又一重要规律。

2. 两项之差等于第三项及其变式

【例题 1】22,13,9,4,5,( )

A. 9   B. 1   C. 0   D. -1

【解析】答案为D。此题中的数列隐含的规律是减法规律,即数列中紧邻的两项之差等于第三项,所以正确答案为D。

【提示】这种数列的数字规律是整个数列总体上呈递减趋势。

3.两项之积等于第三项及其变式

【例题1】2,3,6,18,(　　)

A. 20　　　　　　B. 27　　　　　　C. 36　　　　　　D. 108

【解析】答案为D。此题中的数列呈现乘法规律:数列中紧邻的两项之积等于第三项,所以答案为 $6 \times 18 = 108$,选项为D。

【例题2】3,7,16,107,(　　)

A. 1707　　　　B. 1702　　　　C. 1712　　　　D. 1717

【解析】答案为A。$3 \times 7 - 5 = 16$　$7 \times 16 - 5 = 107$ 第 n 项 $\times$ 第 $(n+1)$ 项 $-5 =$ 第 $(n+2)$ 项,即 $16 \times 107 - 5 = 1707$。故选A。

4.两项之商等于第三项

【例题】144,12,12,1,(　　)

A. 0　　　　　　B. -1　　　　　C. -12　　　　　D. 12

【解析】答案为D。此题中的数列呈现为除法规律:数列中的紧邻两项的商等于第三项,因此答案为 $12 \div 1 = 12$,正确选项为D。

【提示】以上所讲的四种规律中,加法规律和减法规律的数列都会呈现一定的递增或递减趋势,但乘法规律和除法规律的数列并没有一定变化特征,可能是递增或递减的,也可能是不规律的。比如数列 $1, \frac{1}{2}, \frac{1}{2}, \frac{1}{4}, \frac{1}{8}$ ……呈递减趋势,但却遵循乘法规律;再如数列 $1, \frac{1}{2}, 2, \frac{1}{4}, 8$ ……变化没有明显的趋势,但却遵循除法规律。对于这些比较特殊的情况,考生要熟练掌握,对正确作答是非常有帮助的。

5.简单有理化

【例题】$\sqrt{2} - 1, \dfrac{1}{\sqrt{3} + \sqrt{2}}, \dfrac{1}{\sqrt{3} + 2}, (\qquad)$

A. $\sqrt{5} - 2$　　B. $\dfrac{1}{\sqrt{5} - 2}$　　C. $\sqrt{5} + 2$　　D. $\dfrac{1}{2 + \sqrt{3}}$

【解析】答案为A。这是一道综合性数列题。第二项 $\dfrac{1}{\sqrt{3} + \sqrt{2}}$ 经过有理化可以得到 $\sqrt{3} - \sqrt{2}$,第三项用同一方法可以得到 $2 - \sqrt{3}$,那么未知项是 $\sqrt{5} - 2$,故选A。

6.其他特殊规律

【例题1】$1, \dfrac{2}{3}, \dfrac{3}{5}, \dfrac{5}{7}, (\qquad)$

A. $\dfrac{7}{9}$　　　　B. $\dfrac{8}{9}$　　　　C. $\dfrac{9}{10}$　　　　D. $\dfrac{11}{10}$

【解析】答案为D。此题中的数列各项是分数,仔细观察我们会发现数列中各项的分子呈加法规律,而分母部分则是奇数数列,因此正确答案应该是B。

【提示】一般来说分数数列的规律比较复杂,但并不是没有规律可循。总体上来看,分数规律的一般表现形式是:分子、分母部分各自呈现自己的规律,比如本题中的数列,或者分子、分母交叉呈现某种规律,比如数列 $\dfrac{1}{2}, \dfrac{2}{3}, \dfrac{3}{4}, \dfrac{4}{5}$,前一项的分母是后一项的分子。这些都需要考生多加观察、分析。

【例题2】1.01, 1.02, 2.03, 3.05, 5.08,(   )

A.8.11   B.8.12   C.8.13   D.8.14

【解析】答案为C。数列各项的整数和小数部分同时服从一个规律:紧邻两项相加所得为第三项。本题为中央国家机关录用考试的原题。

【例题3】12,34,56,78,(   )

A.90   B.99   C.100   D.134

【解析】答案为C。此题中数列的各项形式十分特殊,是从1到8这八个数字两两组合在一起,但此数列实质上是公差为22的等差数列,因此正确答案为C。

【提示】此题除了上面的解答外,也可以把数列各项单纯视作数字组合的规律,即第一项是由1、2组合在一起,第二项是由3、4组合在一起,依此类推,最后的空缺项应为9和10的组合,即为910,但答案中并没有此项,因此要根据具体的情况来确定。

【总结】这种数列的变化形式有:23,45,67,89,(   )或123,456,789,(   ),等等。

解题技巧点拨

1. 快速扫描题目中给出数列的各项,仔细观察、分析各项之间的关系,并大胆提出假设,从局部突破(一般是前三项)来寻找数列各项之间的规律。数字推理题目的解题关键是在短时间内找出前三个数字之间的关系,因此考生可以大胆进行假设,并迅速将自己的假设推广,如果后面的各项也能适用,说明假设正确,问题可迎刃而解;如果后面的各项不能适用,说明假设不正确,要立即改变思路,提出另一种假设,直到找出规律。

2. 要善于根据空缺项的位置来确定突破的方向。一般来讲,如果题目中的空缺项在最后,要从前往后推导规律;如果空缺项在最前面,则从后往前推导规律;空缺项在中间则看两边项数的多少来定,一般从项数多的一侧来推,并能延伸到项数少的一侧进行验证。

3. 在进行假设和推导规律时,和数学运算一样,要注意多用心算,尽量少用笔算,因为在纸面上进行笔算会耽误很多时间。

4. 做数字推理题时,有一个基本思路,即"尝试错误"。一些数字推理题并不是一眼就能够找出规律,得到答案。往往要经过两三次的尝试,逐步排除错误的假设,才能最终找到正确的规律。值得注意的是,近几年来这类题目出现了越来越难的倾向,应考者应当做好心理准备。

5. 做题时仍然要注意的是要先易后难,有时在做后面的题目的时候,会产生一些解答前面暂时放弃题目的思路。

6. 应考者在考前应做适当的练习,并注意总结经验,了解出题的形式,并学会解答客观题的一些常用技巧,如排除法等。实际上,有些即使表面上很复杂的排列,只要我们对其进行细致分析和研究就会发现,它们都是由一些简单的排列规律复合而成的。只要把握它们,就可以达到事半功倍的效果从而节省时间。

7. 应考者在做练习时,应当培养对数字的敏感度,锻炼自己的发散思维。下表列出了一些常用数字的变式,提供给大家,希望对大家的备考有所帮助。

$-2=(-1)^3-1$	$-1=0^3-1$	$0=1^2-1=1^3-1=1^n-1=0×n^3(n∈N)$		$1=n^0(n∈N)$	
$2=1^2+1$	$3=2^2-1$	$5=2^2+1$	$6=2^3-2$	$7=3^2-2$	$8=2^3=3^2-1$
$9=3^2=2^3+1$	$10=3^2+1$	$15=4^2-1$	$17=4^2+1$	$24=3^3-3$	$26=3^3-1$
$28=3^3+1$	$60=4^3-4$	$62=8^2-2$	$63=4^3-1$	$65=4^3+1$	$80=9^2-1$
$120=5^3-5$	$124=5^3-1$	$215=6^3-1$	$256=4^4$		

仿真强化训练

（一）

1. 7,12,22,42,（　　）
A. 84　　　　　　B. 80　　　　　C. 82　　　　　D. 86

2. 18,24,37,43,56,62,（　　）
A. 73　　　　　　B. 74　　　　　C. 75　　　　　D. 76

3. 13,26,40,55,71,（　　）
A. 86　　　　　　B. 87　　　　　C. 89　　　　　D. 88

4. 6,24,60,132,（　　）
A. 210　　　　　B. 140　　　　　C. 276　　　　　D. 212

5. 26,11,31,6,36,1,41,（　　）
A. 0　　　　　　B. -3　　　　　C. -4　　　　　D. 46

6. $\dfrac{2}{3}$,$\dfrac{1}{2}$,$\dfrac{2}{5}$,$\dfrac{1}{3}$,$\dfrac{2}{7}$,（　　）
A. $\dfrac{1}{4}$　　　　B. $\dfrac{1}{6}$　　　　C. $\dfrac{2}{11}$　　　　D. $\dfrac{2}{9}$

7. $\sqrt{5}$,$\sqrt{55}$,$11\sqrt{5}$,$11\sqrt{55}$,（　　）
A. $22\sqrt{5}$　　　B. $22\sqrt{55}$　　　C. $121\sqrt{5}$　　　D. $121\sqrt{55}$

8. 2,2,3,6,15,（　　）
A. 30　　　　　　B. 45　　　　　C. 18　　　　　D. 24

9. 64,64,32,8,1,（　　）
A. $\dfrac{1}{16}$　　　B. $\dfrac{1}{8}$　　　C. 1　　　　D. $\dfrac{1}{4}$

10. 3,6,6,9,9,12,12,（　　）
A. 14　　　　　　B. 15　　　　　C. 16　　　　　D. 17

（二）

1. 243,199,155,111,（　　）
A. 67　　　　　　B. 68　　　　　C. 69　　　　　D. 66

2. $\dfrac{1}{8}$,$-\dfrac{1}{27}$,$\dfrac{1}{64}$,$-\dfrac{1}{125}$,（　　）
A. $\dfrac{1}{144}$　　　B. $-\dfrac{1}{144}$　　　C. $-\dfrac{1}{169}$　　　D. $\dfrac{1}{216}$

3. 1,1.414,1.732,2,（　　）
A. 3　　　　　　B. $\sqrt{5}$　　　　C. 4　　　　　D. 5

4. 0,$1\dfrac{1}{2}$,$2\dfrac{2}{3}$,$3\dfrac{3}{4}$,$4\dfrac{4}{5}$,（　　）
A. 5　　　　　　B. $\dfrac{1}{6}$　　　　C. $6\dfrac{6}{7}$　　　　D. $\dfrac{35}{6}$

5. 0,6,24,60,120,210,（　　）
A. 280　　　　　B. 32　　　　　C. 334　　　　　D. 336

6. 2.01,3.02,5.03,8.05,（　　）
A. 13.08　　　　B. 13.07　　　　C. 14.08　　　　D. 14.07

7. 12,23,35,48,62,（　　）

A. 77   B. 80   C. 85   D. 75

8. 4,13,22,31,45,54,(   ),(   )

A. 60,68   B. 55,61   C. 61,70   D. 72. 80

9. $1,\dfrac{5}{2},3\dfrac{1}{3},\dfrac{17}{4},($ $)$

A. 5   B. $5\dfrac{1}{5}$ C. $5\dfrac{2}{5}$ D. $5\dfrac{4}{5}$

10. $\dfrac{1}{\sqrt{2}},\dfrac{2}{\sqrt{5}},\dfrac{1}{\sqrt{10}},\dfrac{4}{\sqrt{17}},($ $)$

A. $\dfrac{4}{\sqrt{24}}$ B. $\dfrac{4}{\sqrt{25}}$ C. $\dfrac{5}{\sqrt{26}}$ D. $5\dfrac{7}{\sqrt{26}}$

(三)

1. 103, -97,91, -85,(   )

A. -78   B. 78   C. -79   D. 79

2. 1,6,13,22,33,(   )

A. 44   B. 45   C. 46   D. 47

3. 0,9,26,65,124,(   )

A. 186   B. 217   C. 216   D. 215

4. $\dfrac{3}{8},1,\dfrac{13}{8},($ $),\dfrac{23}{8}$

A. $\dfrac{17}{8}$ B. $\dfrac{9}{4}$ C. $\dfrac{19}{8}$ D. $\dfrac{5}{2}$

5. 8,15,29,57,(   )

A. 112   B. 114   C. 113   D. 116

6. 3,15,7,12,11,9,15,(   )

A. 8   B. 18   C. 19   D. 6

7. 9. 9,8. 8,7. 8,6. 9,(   )

A. 5. 9   B. 6   C. 6. 1   D. 6. 2

8. 4,7,11,18,29,47,(   )

A. 94   B. 96   C. 76   D. 74

9. 1,4,27,256,(   )

A. 625   B. 1225   C. 2225   D. 3125

10. 65,35,17,3,(   )

A. 1   B. 2   C. 0   D. 4

(四)

1. 2,3,6,18,108,(   )

A. 216   B. 1080   C. 2160   D. 1944

2. 2,5,7,(   ),19,31,50

A. 12   B. 13   C. 10   D. 11

3. 5,13,37,109,(   )

A. 327   B. 325   C. 323   D. 321

4. 0. 3,3,2,200,0. 03,30,0. 005,(   )

A. 5   B. 50   C. 0. 5   D. 500

61

5. 3.9,6,8.2,10.5,(   )

A. 12. 6   B. 12. 7   C. 12. 8   D. 12. 9

6. 1,4,3,12,12,48,25,(   )

A. 50   B. 75   C. 100   D. 125

7. 1,4,13,40,(   )

A. 80   B. 81   C. 120   D. 121

8. −3, −2,5,24,61,(   )

A. 125   B. 124   C. 123   D. 122

9. 5,10,15,25,40,(   )

A. 80   B. 75   C. 65   D. 55

10. $\frac{2}{3}$,$\frac{8}{9}$,$\frac{4}{3}$,2,(   )

A. 3   B. $\frac{23}{9}$ C. $\frac{25}{9}$ D. $\frac{26}{9}$

（五）

1. 2,9,28,65,(   )

A. 124   B. 125   C. 126   D. 127

2. 1. 5,3. 4,5. 3,7. 2,(   )

A. 8. 1   B. 8. 2   C. 9. 1   D. 9. 2

3. $\frac{19}{13}$,1,$\frac{13}{19}$,$\frac{10}{22}$,(   )

A. $\frac{7}{24}$ B. $\frac{7}{25}$ C. $\frac{5}{26}$ D. $\frac{7}{26}$

4. $\frac{3}{7}$,$\frac{1}{2}$,$\frac{7}{13}$,$\frac{9}{16}$,(   )

A. $\frac{13}{18}$ B. $\frac{12}{19}$ C. $\frac{11}{19}$ D. $\frac{2}{3}$

5. −7,0,1,2,9,(   )

A. 12   B. 18   C. 24   D. 28

6. 30,60,91,123,156,(   )

A. 180   B. 185   C. 188   D. 190

7. $\frac{1}{7}$,14,$\frac{1}{21}$,42,$\frac{1}{36}$,72,$\frac{1}{52}$,(   )

A. 76   B. 104   C. 144   D. 288

8. 1,8,9,64,25,(   )

A. 36   B. 343   C. 216   D. 49

9. 2,6,18,54,(   )

A. 72   B. 108   C. 162   D. 216

10. 5,8,17,24,37,(   )

A. 51   B. 49   C. 48   D. 47

参考答案及解析

（一）

1. C。相邻两项差是公比为 2 的等比数列。

2. C。相邻两项差为数列:6,13,6,13……

3. D。相邻两项差为数列:13,14,15,16……

4. C。此数列除以 6 后,得数列:1,4,10,22,该数列相邻两项差为数列:3,6,12,24……则(22 + 24)×6 = 276。

5. C。偶数项数是公差为 – 5 的等差数列。

6. B。原数列可变形为 $\frac{2}{3},\frac{2}{4},\frac{2}{5},\frac{2}{6},\frac{2}{7}$,可知该数列分子为2,分母为数列 3,4,5,6,7 的自然数列,则下一项为 $\frac{2}{8}$,即 $\frac{1}{4}$。故选 B。

7. C。本数列是公比为 $\sqrt{11}$ 的等比数列。故选 C。

8. B。把此数列乘以数列:1,1.5,2,2.5,3,……得数列:2,3,6,15,45,……

9. A。前一项除以后一项,可知被除数是公比为 2 的数列,那么第六项是第五项除以 16 得出的,为 1/16。

10. B。偶数项数为公差为 3 的等差数列。

(二)

1. A。公差为 – 44 的等差数列。

2. D。通式: $\frac{(-1)^2}{n^3}$ (n = 2,3,4……)。

3. B。通式: $n^{1/2}$。

4. D。分数前面的常数是数列:0,1,2,3,4……分子为数列:0,1,2,3,4……分母为数列:1,2,3,4……

5. D。该数列除以 6 后为数列:0,1,4,10,20,35,而此数列相邻两项差为 $\frac{1}{2}$ 数列:1,3,6,10,15,21……则(35 + 21)×6 = 336。

6. A。前两项之和等于第三项。

7. A。前两项之和等于第三项。

8. C。公差为 9 的等差数列。

9. B。此数列可以化为:$1\frac{1}{1},2\frac{1}{2},3\frac{1}{3},4\frac{1}{4}$……

10. C。分子为自然数列,分母的根号下的数为数列:2,5,10,17……而此数列相邻两项差为数列:3,5,7,9……则 17 + 9 = 26。

(三)

1. D。奇数项为正,偶数项为负,把此数列看作全是正数的话,公差为 6,所以本题答案为 79。

2. C。相邻两项数差为数列:5,7,9,11,13……

3. B。此数列可化为:$1^3 - 1,2^3 + 1,3^3 - 1,4^3 + 1,5^3 - 1,6^3 + 1$……

4. B。分母不变,分子为公差为 5 的等差数列。

5. C。相邻两项数差为:7,14,28,56……

6. D。偶数项数为公差是 – 3 的等差数列。

7. C。相邻两项数差为数列:1.1,1,0.9,0.8……

8. C。前两项之和等于第三项。

9. D。此数列可化为:$1^1,2^2,3^3,4^4,5^5$……

10. A。此数列可化为:$8^2 + 1,6^2 - 1,4^2 + 1,2^2 - 1,0^2 + 1$……

(四)

1. D。前两项之积为第三项。

2. A。前两项之和等于第三项。

3. B。此数列相邻两项差为数列:$8,24,72\cdots\cdots$而该数列可化成:$3^0\times8,3^1\times8,3^2\times8\cdots\cdots$所以本题的答案为:$3^3\times8+109=325$。

4. B。此数列的偶数项可化为:$0.3\times10,2\times100,0.03\times1000\cdots\cdots$所有本题答案为:$0.0005\times10000=50$。

5. D。相邻两项差为数列:$2.1,2.2,2.3,2.4\cdots\cdots$

6. C。设要求项为 x,$4:1=12:3=48:12=x:25$,所以 $x=100$。

7. D。相邻两项数差为数列:$3^1,3^2,3^3,3^4\cdots\cdots$

8. D。相邻两项差为数列:$1,7,19,37\cdots\cdots$而该数列相邻两项差为数列:$6\times1,6\times2,6\times3\cdots\cdots$则本题答案为:$6\times4+37+61=122$。

9. C。前两项数和为第三项。

10. D。此数列可化为:$\dfrac{6}{9},\dfrac{8}{9},\dfrac{12}{9},\dfrac{18}{9},\dfrac{26}{9}\cdots\cdots$

(五)

1. C。此数列可化为:$1^3+1,2^3+1,3^3+1,4^3+1,5^3+1\cdots\cdots$

2. C。公差为 1.9 的等差数列。

3. B。分母为公差是 3 的等差数列,分子为公差是 -3 的等差数列。

4. C。分母为公差是 3 的等差数列,分子为公差是 2 的等差数列。

5. D。$(-2)^3+1=7,(-1)^3+1=0,0^3+1=1,1^3+1=2,2^3+1=9$,所以 $3^3+1=28$,选择 D。

6. D。相邻两项数之差为数列:$30,31,32,33,34\cdots\cdots$

7. B。偶数项数是奇数项数分母的两倍。

8. C。奇数项数可化为数列:$1^2,3^2,5^2\cdots\cdots$偶数项数可化为数列:$2^3,4^3,6^3\cdots\cdots$

9. C。公比为 3 的等比数列。

10. C。此数列相邻两项差为数列:$3,9,7,13\cdots\cdots$而该数列的相邻两项差为数列:$6,-2,6,-2\cdots\cdots$则本题的答案为:$13-2+37=48$。

第二节 数 学 运 算

考点解析

数学运算测试主要考查应考者发现数量规律、解决四则运算等基本数字问题的能力。数学运算题型经常出现的有两种形式:第一种是纯四则运算的题型,给出一个加、减、乘、除混合的四则运算的式子,要求考生以最快的速度计算出结果;第二种是给出一段叙述数量关系的文字,要求考生迅速读懂这段文字或图形,并以最快的速度计算出结果。

数学运算含有速度与难度测验的双重性质。在速度方面,要求应考者反应灵活,思维敏捷;在难度方面,行政职业能力测验中的数学运算题的难度并非表现在题目本身的难度系数,事实上,测验所涉及的数学知识或原理基本并不超过初中水平,甚至是小学水平。其难度在于应考者对规律的发现、把握和运用,它实际测试的是抽象思维能力。要求应考者不仅具有数字知觉能力,还需要具备判断、分析、推理、运算等能力的综合运用的能力。

典型例题详解

解答数学运算题,考生应该遵循这样一个基本的解题步骤:读懂题目(这是正确答题的非常重要的第一步)→发现其中隐含的规律(这是答题的重点,发现解题的规律和巧妙之处,事半功倍)→仔细进行计算(计算时不要快中求省事,忙中出错是十分可惜,很多备选项就是按照各种出错的情况下得出来的)→得出正确的结果。

（一）基本四则运算题型

这种题型的具体形式往往是一个较为复杂的算术式子,一般情况下,这个复杂的四则运算式子都是有规律可循的,否则按常规的计算方法去计算,会很麻烦、很费力,而在行政职业能力测验的有限时间内显然不能用常规的笨拙的运算方法。因此,应考者在解答这种题型时,应该将注意力的重点放在发现解题的规律和捷径上,一旦找出解题的捷径,问题将会迎刃而解,并且会迅速而准确,事半功倍。

解答此类题型的方法主要有"凑整法"、"尾数估算法"、"基准数法"等。

1. 凑整法

对于数字较大的计算题,可以通过拆分、组合凑出"整"来进行计算。这里的"整数"既是指常见的整十、整百、整千等数字,也可以指整块相同的数字,这种数字不计算出结果,在计算过程中并没有实际作用,往往可以通过前后抵消等方法来处理。

$15 \times 8 = 120$	$25 \times 8 = 200$	$25 \times 16 = 400$	$125 \times 2 = 250$
$125 \times 4 = 500$	$125 \times 8 = 1000$	$625 \times 8 = 5000$	

【例题1】$125 \times 437 \times 32 \times 25 = ($ $)$

A. 43700000   B. 87400000   C. 8745500   D. 43755000

【解析】答案为 A。观察题目会发现,125、25 都是比较特殊、敏感的数字,乘 8、4 都能得到整千、整百的数字,因此便考虑能否通过凑出 8、4 来满足需要。再一看,32 可以拆分成 4 乘 8,于是问题迎刃而解。

$125 \times 437 \times 32 \times 25 = 125 \times 32 \times 25 \times 437$

$= 125 \times 8 \times 4 \times 25 \times 437$

$= 1000 \times 100 \times 437$

$= 43700000$

【例题2】$1998 \times 19991999 - 1999 \times 19981998$ 的值是:$($ $)$

A. 1998   B. 1999   C. 0   D. 1

【解析】答案为 C。这道题中的数字很大,但都是比较特殊的数字,如 19991999 可以是 1999 乘以 10001 得出,而 19981998 则类似,可以是 1998 乘以 10001 得出。再仔细观察就会发现,拆分以后,减号前后的两部分都是 $1998 \times 1999 \times 10001$,故而很容易得出答案为 0,即答案为 C。

$1998 \times 19991999 - 1999 \times 19981998$

$= 1998 \times 1999 \times 10001 - 1999 \times 1998 \times 10001$

$= 0$

【例题3】34.16 吨、47.82 吨、53.84 吨与 64.18 吨的总和是:$($ $)$

A. 198 吨   B. 200 吨   C. 201 吨   D. 203 吨

【解析】答案为 B。四个数都由整数部分和小数部分组成,因而可以将它分成两部分来考虑。再仔细观察会发现:整数部分第二、三数字之和为 100,第一、四数字之和为 98,即整数部分为 198;小数部分第一、三数字之和为 1,第二、四数字之和为 1,即小数部分为 2。从而答案很容易就得出来了。

2. 尾数估算法

一组看起来很复杂的计算,可以只从局部来找到解答的关键,从而很快找到答案。我们称之为"四两拨千斤"或者是"擒贼先擒王"。

【例题1】$99 + 1919 + 9999$ 的个位数字是:$($ $)$

A. 1   B. 2   C. 5   D. 7

【解析】答案为D。这是2004年中央、国家公务员录用考试的一道试题。这道题运用的是典型的尾数估算法,题目也很直接,没有要求考生计算出结果,而是问结果的个位数字是多少,这样的话只需将每个数字的最后一位相加即可得出结论。

【例题2】742 + 397 + 233 + 626 的值为:(   )

A. 2000 　　　　 B. 1837 　　　　 C. 1975 　　　　 D. 1998

【解析】答案为D。观察题目可以发现,式子中四个数的数值都比较大,也没什么规律可循,但在备选答案中,我们会发现它的尾数均不相同,因此,考生遇到这样的题目无需求总和,只要把尾数相加即可。从上题得知,2 + 7 + 3 + 6,尾数应为8,而备选答案中只有D的尾数为8,所以D应为正确答案。

【总结】考生今后如果遇到备选答案的尾数都不相同的此类题目时,首先可以考虑用尾数估算法来进行解答。

【例题3】84.78 元、59.50 元、121.61 元、12.43 元以及 66.50 元的总和是:(   )

A. 343.79 元 　　 B. 343.87 元 　　 C. 344.73 元 　　 D. 344.82 元

【解析】答案为D。这道题适用上面总结的规律。不需要计算,只须把最后一位小数相加,就会发现和的最后一位小数是2,备选项中只有D符合。

3. 基准数计算法

基准数法实质上就是利用等差数列的一些规律。选择其中一个数作为基准数,再找出每个加数与这个基准数的差,大于基准数的差作为加数,小于基准数的差作为减数,把这些差累计起来,用和式的项数乘以基准数,加上累计差,就可算出结果。

【例题】1997 + 1998 + 1999 + 2000 + 2001 + 2002 + 2003 的值是(   )。

A. 14000 　　　　 B. 14012 　　　　 C. 14014 　　　　 D. 14015

【解析】答案为A。在该题中,可以选取 2000 作为基准数,其它数分别比 2000 少 3,少 2,少 1,多 1,多 2,多 3,这样就能很快计算出答案为 A。

【提示】这道题也可以利用等差数列的规律求解。首先观察这个算术式子是一个等差数列求和,那么可以用等差数列的求解公式来计算,也可以直接首尾两项、第二项和第六项、第三项和第五项分别相加,其和都是 4000,这样 4000 × 3 + 2000 = 14000,答案为 A。

【总结】这道题同时也可以用上述的凑整法、尾数估算的方法来解答,同样能得出正确答案。至于在实战中使用哪种方法,选择的原则是越快越好。

4. 数列求和法

数列求和的公式为:

总和 = (首项 + 末项) × (项数 ÷ 2)

项数 = (末项 - 首项) ÷ 公差 + 1

【例题】1 + 2 + 3 + 4 + …… + 98 + 99 + 100 的值是:(   )

A. 1000 　　　　 B. 2000 　　　　 C. 5050 　　　　 D. 5500

【解析】答案为C。这道题是很典型的等差数列求和题,其解题思路就是按上述的方法进行:

1 + 2 + 3 + 4 + …… + 98 + 99 + 100

= (1 + 100) + (2 + 99) + (3 + 98) + …… + (50 + 51)

= 101 × 50

= 5050

【总结】应当注意,适用数列求和的公式的,应当为当项数为偶数的算式。如果项数是奇数,则应当利用基准数计算法。

5. 利用数学公式求解

利用数学公式来求解也是比较快速的方法之一。一般来说,比较多用的是以下几个数学公式:

$$a \times b + a \times c = a \times (b + c)$$
$$a \times b - a \times c = a \times (b - c)$$
$$a^2 - b^2 = (a + b)(a - b)$$
$$(a + b)^2 = a^2 + 2ab + b^2$$
$$(a - b)^2 = a^2 - 2ab + b^2$$
$$(a + b)^3 = a^3 + 3a^2b + 3ab^2 + b^3$$
$$(a - b)^3 = a^3 - a^2b - ab^2 + b^3$$
$$(a^3 + b^3) = (a + b)(a^2 - ab + b^2)$$
$$(a^3 - b^3) = (a - b)(a^2 + ab + b^2)$$
$$\frac{1}{a(a + b)} = \frac{1}{a} - \frac{1}{a + b}$$

在答题实践中,上述公式往往可以正向利用,但更多的可能是反向利用。应考者应当练习对公式的实际应用能力。

【例题1】$234 \times 124000 + 766000 \times 124$ 的值是:(   )

A. 12400000　　B. 124000000　　C. 1240000000　　D. 1240000

【解析】答案为B。当一个运算式子中的各项都含有相同的因数时,我们常常反过来用乘法对加法、减法的分配律,即利用上面的第一个公式 $a \times b + a \times c = a \times (b + c)$ 来求解,简捷地算得结果。

$$234 \times 124000 + 766000 \times 124 = 234 \times 124000 + 766 \times 124 \times 1000$$
$$= (234 + 766) \times 124000$$
$$= 124000000$$

所以 B 项为正确选项。

【例题2】$33^2 - 10 - 27^2$ 的值是:(   )

A. 360　　　　　B. 500　　　　　C. 350　　　　　D. 420

【解析】答案为C。这道题运用上面所列的平方差公式就很容易得到正确答案。

$$33^2 - 10 - 27^2 = 33^2 - 27^2 - 10$$
$$= (33 + 27) \times (33 - 27) - 10$$
$$= 60 \times 6 - 10$$
$$= 360 - 10$$
$$= 350$$

故答案为C。

【例题3】$48^2 + 4 \times 48 + 4$ 的值为:(   )

A. 1000　　　　B. 2500　　　　C. 5000　　　　D. 5250

【解析】答案为B。通过观察发现原式子中 4×48 可以变化为 $2 \times 2 \times 48$,而末项4可以变化为 2^2,是典型的和的平方公式,故而反向应用上面的数学公式 $(a + b)^2 = a^2 + 2ab + b^2$ 进行解答。

$$48^2 + 4 \times 48 + 4 = 48^2 + 2 \times 2 \times 48 + 2^2$$
$$= (48 + 2)^2$$
$$= 50^2$$
$$= 2500$$

故而正确答案为B。

【例题4】$33^2 + 9 - 198$ 的值是:(   )

A. 90　　　　　B. 100　　　　　C. 900　　　　　D. 1000

【解析】答案为C。通过观察原式子可以看出:$9 = 3^2$,$198 = 2 \times 3 \times 33$,所以

$$33^2 + 9 - 198 = 33^2 - 2 \times 3 \times 33 + 3^2$$
$$= (33 - 3)^2$$
$$= 30^2$$
$$= 900$$

故正确答案为 C。

6. 其他

还有一些四则运算题型不能使用上述介绍的方法来解答,对于这类题型,解答的原则和方法就是首先要多观察,发现其中的巧妙之处,有时候也可以试着进行推理、计算,在推理、计算的过程中很容易就找到了解题的技巧,从而达到准确、快速答题的目的。

【例题】计算 $(1 - \frac{1}{10}) \times (1 - \frac{1}{9}) \times (1 - \frac{1}{8}) \times \cdots \times (1 - \frac{1}{2})$ 的值为:(   )

A. $\frac{1}{108000}$ B. $\frac{1}{20}$ C. $\frac{1}{10}$ D. $\frac{1}{30}$

【解析】答案为 C。首先观察这个计算式子,共有九个括号,每个括号内是一个简单的计算式子,如果把括号内的各项拆开计算是很麻烦的,因此可以先把每个括号内的算式计算出来,即 $\frac{9}{10} \times \frac{8}{9} \times \cdots \times \frac{2}{3} \times \frac{1}{2}$,这时很容易发现前一项的分子是后一项的分母,这样前后两项相约,很容易得出结果为 $\frac{1}{10}$,即正确答案为 C。

(二)判断大小

这种题型往往并不需要将全部数字都直接计算,关键是要找到某个判断标准,然后一一对照进行判断即可。

【例题 1】π,3.14,$\sqrt{10}$,$\frac{10}{3}$ 四个数的大小顺序是:(   )

A. $\frac{10}{3} > \pi > \sqrt{10} > 3.14$ B. $\frac{10}{3} > \pi > 3.14 > \sqrt{10}$

C. $\frac{10}{3} > \sqrt{10} > \pi > 3.14$ D. $\frac{10}{3} > 3.14 > \pi > \sqrt{10}$

【解析】答案为 C。本题关键是判断 $\sqrt{10}$ 的大小。而另外三个数的大小关系显然为 $\frac{10}{3} > \pi >$ 3.14。因此就要计算 $\sqrt{10}$ 的范围。我们可计算出 3.15 的平方为 9.9225 < 10,由此可知符合此条件的只有 C。

【例题 2】某商品在原价的基础上上涨了 20%,后来又下降了 20%,问降价以后的价格比未涨价前的价格:(   )

A. 涨价前价格高   B. 二者相等

C. 降价后价格高   D. 不能确定

【解析】答案为 A。涨价和降价的比率都是 20%,那么要判断涨得多还是降得多,就需要判断涨价和降价的基础哪个大。在此题中,显然降价的基础比涨价的基础要大,即降的比涨的多,那么可知原来价格高。

【例题 3】393.39 的小数点先向左移动两位,再向右移动三位,得到的数再扩大 10 倍,最后的得数是原来的:(   )

A.10 倍   B.100 倍   C.1000 倍   D.不变

68

【解析】答案为 B。本题比较简单,只要考生按照题目的要求进行变化即可。左移两位就是缩小 100 倍,右移三位就是扩大 1000 倍,实际上扩大了 10 倍,再扩大 10 倍,就是扩大了 100 倍,故而正确答案为 B。

(三)应用型计算题

这种题型是数量关系考试中数量最大、也是最经常采用的一种题型,其内容主要是我们在日常生活中经常碰到的一些数学问题,我们可以称之为"典型问题"。下面把多年来国家公务员录用考试中出现的应用型数学运算题按照不同种类进行总结、归纳,并举例进行讲解,供广大应考者参考。

1. 工程问题

工程问题指的是完成某种工作任务过程中出现的各种数量关系问题,其特点是题目中往往不给出要完成的工程、工作的具体数量,所以在解答这类问题的时候往往需要把全部的工作量假设为一个整体,用数字"1"来表示这个整体,然后再根据题目中工作量、工作效率、工作时间三者之间具体的数量关系来解答问题。

这类问题常见的有两种:工作任务和水池问题。

【例题1】某车间原计划 15 天装配 300 台机器,现要提前 5 天完成,则现在每天平均比原计划多装多少台?(   )

A. 10   B. 20   C. 15   D. 30

【解析】答案为 A。原计划每天装的台数可以计算出来为 $300 \div 15 = 20$(台),现在每天须装的台数可计算得出为 $300 \div (15 - 5) = 30$(台),则每天平均比原计划多装 10 台,答案为 A。

【提示】这道题难度不大,但考生要注意的是,要仔细看最后问的是什么,有的考生匆忙之中往往把最后问的问题看成了"现在每天平均装多少台机器?"这样就很容易错选,这是十分可惜的。公务员考试的很多题目并不是很偏、很难。需要的就是考生的耐心和细心,因此,培养这方面的能力也是很重要的。

【例题2】一本 270 页的书,某人第一天读了全书的 $\frac{2}{9}$,第二天读了全书的 $\frac{2}{5}$,则第二天比第一天多读了多少页?(   )

A. 48   B. 96   C. 24   D. 72

【解析】答案为 A。第一天读的页数和第二天读的页数都可以通过简单的计算得到,分别为 60 页书($270 \times \frac{2}{9}$)和 108 页($270 \times \frac{2}{5}$),则第二天比第一天多读了 48 页书($108 - 60$)。故而答案为 A。

【例题3】一项工程甲单独做需要 20 天做完,乙单独做需要 30 天做完,二人合做 3 天后,可完成这项工作的:(   )

A. $\frac{1}{2}$ B. $\frac{1}{3}$ C. $\frac{1}{4}$ D. $\frac{1}{6}$

【解析】答案为 C。题目中没有给出总的工作量的具体数目,那么根据上文的分析,可以假设总的工作量为 1,那么根据题目中的数据,甲、乙两人同时做 3 天,所做的工作量总和为 $(\frac{1}{20} + \frac{1}{30}) \times 3 = \frac{1}{4}$,此即完成总工作量的比例。

【提示】此题也可以用另外一种方法计算。先计算出甲、乙两人完成总工作量一共需要的时间为:$1 \div (\frac{1}{20} + \frac{1}{30}) = 12$(天),因此,他们工作 3 天可完成这项工作的 $\frac{3}{12}$,即 $\frac{1}{4}$,故而正确答案为 C。

【例题4】甲、乙二人共同完成一项工作需要 10 个小时。在他们共同工作了 4 个小时后，甲因故离开，剩下的任务由乙单独完成，又用了 18 个小时。问如果由甲单独完成这项工作需要多少个小时？（　　）

A. 15 小时　　　B. 20 小时　　　C. 30 小时　　　D. 40 小时

【解析】答案为 A。这道题的关键在于计算出乙每小时的工作量，因为题目已知二人合作每小时的工作量，知道了乙每小时的工作量，即可求出甲每小时的工作量，进而计算出甲单独完成总工作需要的时间。

假设总工作量为 1，则甲、乙二人合作每小时完成的工作量为 $1 \div 10 = \frac{1}{10}$。

甲离开后，剩余的工作量为：$1 - \frac{1}{10} \times 4 = \frac{3}{5}$。

则乙每小时完成的工作量为：$\frac{3}{5} \div 18 = \frac{1}{30}$。

甲每小时完成的工作量为：$\frac{1}{20} - \frac{1}{30} = \frac{1}{15}$。

则甲单独做这项工作需要的时间是：$1 \div \frac{1}{15} = 15$。

故而正确答案为 A。

【例题5】一个水池，装有甲、乙、丙三根水管，独开甲管 10 分钟可注满全池，独开乙管 15 分钟可注满全池，独开丙管 6 分钟可注满全池，如果三管齐开，几分钟可注满全池？（　　）

A. 5　　　　B. 4　　　　C. 3　　　　D. 2

【解析】答案为 C。假设总工作量为 1，则甲的工作效率为 $\frac{1}{10}$，乙的工作效率为 $\frac{1}{15}$，丙的工作效率为 $\frac{1}{6}$，那么甲、乙、丙三管同时开，注满水池的时间即为：$1 \div \left(\frac{1}{10} + \frac{1}{15} + \frac{1}{6} \right) = 3$。故而正确答案为 C。

【例题6】某水池装有甲、乙、丙三根水管，单独开甲管 12 分钟可注满全池，单独开乙管 8 分钟可注满全池，单独开丙管 24 分钟可注满全池，如果先把甲、丙两管开 4 分钟，再单独开乙管，问还用几分钟可注满水池？（　　）

A. 4　　　　B. 5　　　　C. 8　　　　D. 10

【解析】答案为 A。本题与上题类似，只是稍微复杂一些。根据题目，甲、丙两管共开 4 分钟，已经注入水池的水占全池的比例即工作量为：$\left(\frac{1}{12} + \frac{1}{24} \right) \times 4 = \frac{1}{2}$。乙单独开注满全池的时间为 8 分钟，已经注入了 $\frac{1}{2}$，显然再需 4 分钟即可注满全池，故答案为 A。

2. 路程问题

这类题型里有行程问题、追及问题等，涉及速度、时间、距离等多种内容。

【例题1】甲乙两地相距 40 公里，某人从甲地骑车出发，开始以每小时 30 公里的速度骑了 24 分钟，接着又以每小时 8 公里的速度骑完剩下的路程。问该人共花了多少分钟时间才骑完全部路程？（　　）

A. 117　　　B. 234　　　C. 150　　　D. 210

【解析】答案为 B。此题的关键是算出骑完剩下路程所花的时间。根据题目，前段路程骑车花了 24 分钟时间，速度是每小时 30 公里，因此所骑的路程为 $\frac{24}{60} \times 30 = 12$（公里）。则剩下的路程为：

$40-12=28$(公里)。剩下 28 公里的路程,每小时骑 8 公里,则花时间为 3.5 小时,即 210 分钟,所以骑完全部路程所花时间为 234 分钟。

【例题 2】小王在一次旅行中,第一天开车走了 216 公里,第二天又以同样的速度走了 378 公里。如果第二天比第一天多走了 3 小时,则小王的旅行速度是每小时多少公里?(   )

A. 62   B. 54   C. 46   D. 38

【解析】答案为 B。要算出速度,则需要知所走的道路和时间。根据题目,第二天比第一天多走 3 个小时,而多走的路程为$(378-216)=162$公里,则速度$=162\div3=54$公里/小时,所以答案为 B。

【例题 3】某人从甲地步行到乙地,走了全程的 2/5 之后,离中点还有 2.5 公里。则甲、乙两地距离多少公里?(   )

A. 15   B. 25   C. 35   D. 45

【解析】答案为 B。题目的关键是找出 2.5 公里占全程的百分比。由题目可知,走了全程的$\frac{2}{5}$后,距离中点还有 2.5 公里,也就是说 2.5 公里占全程的比例为:$\frac{1}{2}-\frac{2}{5}=\frac{1}{10}$,故而全程距离为:$2.5\div\frac{1}{10}=25$(公里),答案为 B。

【例题 4】某学校有一个 300 米的环形跑道。小杨和小李同时从起跑线起跑,小杨每秒跑 6 米,小李每秒跑 4 米。问小杨第二次追上小李时小杨跑了几圈?(   )

A. 6   B. 4   C. 8   D. 2

【解析】答案为 A。这是一道追及的问题。追及问题是数量关系题型里较为复杂的一类题目,对于这类问题,考生应该把握其中一个基本的等量关系:追及距离÷速度差=追及时间,注意到了这个等量关系就可以求出追及时间和各人所走的距离。

具体到本题,小杨与小李两人同时同地起跑,方向一致,小杨第一次追赶上小李,追及的距离就是环形跑道的周长 300 米,并且小杨和小李的速度是已知的,这两人的速度差也就容易求得,再根据上述的基本关系就可以进行计算了。

第一次小杨追上小李后,两人又可以看作是同时同地起跑,因此问第二次追及的问题,就转化为类似于求解第一次追及的问题。需要注意的是,这时的"出发点",可能不是原来的出发点了,但仍可以进行同样的计算,得到小杨第二次追上小李时离"新出发点"的距离,从而也就容易求得距原出发点有多远了。

小杨每秒钟可以追上小李:$6-4=2$(米)

小杨第一次追上小李所需要的时间:$300\div2=150$(秒)

因此,小杨第一次追上小李的时候跑了:$150\times6=900$(米)

这时小李跑了:$150\times4=600$(米)

根据上面的计算结果,小杨追上小李时,小杨跑了整整 3 圈,小李跑了 2 圈。这表明小杨是在出发点追上小李的,也就是说"新的出发点"与原来出发点重合,因此,求第二次追上问题就可以简单地转化为把第一次追上时所跑的距离乘以 2 即可。

小杨第二次追上小李时共跑了:$900+900=1800$(米)

小李共跑了:$600+600=1200$(米)

亦即小杨跑了:$1800\div300=6$(圈)

小李跑了:$1200\div300=4$(圈)

故而 A 项是正确选项。

【例题 5】一个骑车人与一个步行人在一条街上相向而行,骑车人的速度是步行人速度的 3 倍,每隔 10 分钟有一辆公共汽车超过行人,每隔 20 分钟有一辆公共汽车超过骑车人,如果公共汽车从始发站每次间隔同样的时间发一辆车,那么间隔几分钟发一辆公共汽车?(　　　)

A.10　　　　　B.8　　　　　C.6　　　　　D.4

【解析】答案为 B。由题意可知紧邻两辆汽车间的距离(汽车间隔距离)是不变的,当一辆公共汽车超过步行人时,紧接着下一辆公共汽车与步行人间的距离,就是汽车间隔距离。又隔 10 分钟就有一辆汽车超过行人,这就是说当一辆汽车超过行人时,下一辆汽车要用 10 分钟才能追上步行人,因此:

追及距离 = 汽车间隔距离

　　　　　= (汽车速度 – 步行速度)×10,即:

汽车间隔距离 = 汽车速度 ×10 – 步行速度 ×10 …………………………(1)

汽车超过骑车人的情形与汽车超过步行人情形相同,即

追及距离 = 汽车间隔距离

　　　　　= 汽车速度 ×20 – 骑车速度 ×20 …………………………(2)

又根据骑车速度是步行速度的 3 倍,即骑车速度 =3 × 步行速度 …………(3)

那么,综合(1)、(2)、(3)我们可以得到:

汽车速度 ×10 – 步行速度 ×10 = 汽车速度 ×20 – 骑车速度 ×20

　　= 汽车速度 ×20 – 3 × 步行速度 ×20

则我们可以得到一个关系式,即汽车速度 =5 × 步行速度

那么,汽车速度是步行人速度的 5 倍,也就是说 10 分钟内汽车所驶的路程是步行人所走路程的 5 倍,则汽车间隔距离就是 10 分钟内步行人走过路程的 4 倍,而汽车间隔距离是汽车间隔时间与汽车速度的积,所以,汽车间隔时间等于汽车间隔距离除以 5 倍的步行速度,即

10 × 步行速度 ×4 ÷ (5 × 步行速度)

　= (10 ×4 ÷5) × (步行速度 ÷ 步行速度)

=8(分钟)

故而 B 项为正确选项。

【例题6】有一架飞机,来往于甲城与乙城之间,由于受风速的影响,来时为 4 小时,回去为 5 小时,已知甲、乙两城之间距离为 1000 公里,那么风速为多少公里/小时?(　　　)

A.22.5　　　　B.25　　　　C.30　　　　D.50

【解析】答案为 B。这是一道有阻碍的路程问题,即由于一些客观因素的存在,使物体在前进中受到了影响。题中给出了两地之间的距离和飞机飞行的时间,两个时间之所以有差别是因为有风,导致了飞机的速度不一样,其中 4 小时是顺风的时候的时间,5 小时是逆风的时候的时间。这类题我们需要把握的一点是两地之间的距离是不变的,所以假设飞机速度为 x 公里/小时,风速为 y 公里/小时,可以得到一个二元一次方程:

$$\begin{cases} 4(x+y) = 1000 \\ 5(x-y) = 1000 \end{cases}$$

解这个方程可以得到 x =225,y =25,故而正确答案为 B。

【提示】有的考生没有理解题意,便想当然地认为,求出飞机的顺风速度和逆风速度,二者之差即风速,结果得出风速为 50 公里/小时的错误答案。

【例题7】早晨 8 点多钟,有两辆汽车先后离开化肥厂,向幸福村开去,两辆汽车的速度都是每小时 60 公里。8 点 32 分的时候,第一辆汽车离开化肥厂的距离是第二辆汽车的 3 倍,到了 8 点 39 分的时候,第一辆汽车离开化肥厂的距离是第二辆汽车的 2 倍,第一辆汽车是 8 点几分离开化肥厂的?(　　　)

A. 14　　　　B. 13　　　　C. 12　　　　D. 11

【解析】答案为D。从8点32分到8点39分这段时间里,两辆汽车行驶的距离都是60×[(39－32)÷60]＝7(公里)。8点32分时,第一辆汽车离开化肥厂的距离是第二辆车的三倍,这时两辆汽车之间的距离是第二辆车与化肥厂的距离的2倍。8点39分时,第一辆汽车离开化肥厂距离是第二辆车的2倍,两辆汽车之间的距离是第二辆汽车此时离开化肥厂距离,也就是8点32分时第二辆离开化肥厂的距离加上在7分钟内汽车的距离7公里。由于在行驶中两车的距离保持不变,所以,8点32分时第二辆汽车离开化肥厂距离等于7公里,第一辆汽车离开化肥厂的距离是7×3＝21(公里)。又因为汽车在7分钟内行驶7公里,因此,汽车行驶21公里,需要21分钟,由此可知,第一辆车是在8点32分前21分钟离开化肥厂的,即8点11分。故正确答案为D。

【例题8】某河上下两港相距90公里,每天定时有甲、乙两艘船速相同的客轮从两港同时出发相向而行。这天甲船从上港出发时掉下一物,此物浮于水面顺水漂下,2分钟后与甲船相距1公里,预计乙船出发后几小时与此物相遇?(　　　)

A. 6 小时　　　B. 5 小时　　　C. 4 小时　　　D. 3 小时

【解析】答案为D。这里浮物在静水中速度是0,浮物与乙船共走过的距离就是两港之间的距离90公里,因此,只要求出乙船速,就能求出它们相遇的时间。又甲船的速度速等于乙船的速度,这就归结为求甲船速的问题。考虑浮物与甲船之间的关系,浮物与甲船顺流同向而行,在同一时间内,两者相距的距离即两者行驶的路程之差等于甲船与浮物速度差乘以行驶时间所得的积。又浮物的速度是0,所以甲船速等于两者相距距离与行驶时间的商。

已知2分钟后甲船与浮物相距1公里,因此,

甲船速是1÷(2÷60)＝30(公里/小时)

也就是乙船速是每小时30公里。又两港相距90公里,所以,

浮物与乙船相遇需要90÷30＝3(小时)

故D项是正确选项。

【例题9】姐弟俩出游,弟弟先走一步,每分钟走40米,走了80米后姐姐去追他。姐姐每分钟走60米,姐姐带的小狗每分钟跑150米。小狗追上了弟弟又转去迎姐姐,碰上了姐姐又转去追弟弟,这样跑来跑去,直到姐弟相遇小狗才停下来。问小狗共跑了多少米?(　　　)

A. 600 米　　　B. 800 米　　　C. 1200 米　　　D. 1600 米

【解析】答案为A。题目很长,很多考生被复杂的叙述所迷惑,找不到解题的头绪。其实,只要抓住关键的地方,此题很容易解答。阅读题目我们知道,姐姐追弟弟的过程是典型的追及问题,但问题是问小狗共跑了多少米,已知小狗的速度,这样就需要知道小狗跑的时间。有的考生被小狗跑来跑去所迷惑,其实不管小狗怎么跑,从它开始跑到最后停下来所用的时间其实就是姐姐追上弟弟所用的时间,抓住了这个关键,问题便迎刃而解了,只要求出姐姐追上弟弟用的时间即可。

根据前述的追及问题解答方法,我们很容易求得姐姐追上弟弟所用的时间,即:

80÷(60－40)

＝80÷20

＝4(分钟)

所以小狗跑的距离＝150×4＝600(米),即答案为A。

3. 年龄问题

年龄问题是比较复杂的一类数量关系题,应考者需要把握其中几个关键的等量关系,才能顺利解答。

年龄问题中需要把握的基本数量关系有:

①无论时间怎么变,两个人的年龄差是不变的

②几年后的年龄 = 大小年龄差 ÷ 倍差数 – 小年龄

③几年前的年龄 = 小年龄 – 大小年龄差 ÷ 倍差数

【例题1】甲乙两人的年龄和是 33 岁,四年后甲比乙大 3 岁。问乙四年后的年龄是多少?(　　)

　　A. 15　　　　　B. 18　　　　　C. 19　　　　　D. 22

【解析】答案为 C。四年后甲比乙大 3 岁,也就是说甲乙二人的年龄差是 3 岁。根据上述的第一条数量关系,甲乙二人的年龄差不随年龄的变化而变化,所以,甲乙二人四年后的年龄差仍是 3 岁。因此,我们可以得出甲、乙的年龄,即:(　　)

甲的年龄是:(33 + 3) ÷ 2 = 18(岁)

乙的年龄是:18 – 3 = 15(岁)

有的应考者就到此为止了,认为答案是 A,但题目最后问的是四年后乙的年龄,所以正确答案应该是 C。

【提示】应考者无论解答哪种类型的题目,都要弄清楚问题问的是什么,否则,即使前面计算再准确、再快速,也只能是功亏一篑,无功而返。

【例题2】李明今年 8 岁,妈妈今年 36 岁,问李明多少岁时,妈妈的年龄是李明年龄的 3 倍?(　　)

　　A. 12 岁　　　　B. 14 岁　　　　C. 15 岁　　　　D. 16 岁

【解析】答案为 B。根据上述的第二条基本数量关系,此题就可以顺利解答。

二人的年龄差是 36 – 8 = 28(岁),这个数量是不变的。当妈妈的年龄是李明的 3 倍时,妈妈的年龄比李明大 3 – 1 = 2 倍,这就是说,他们的年龄差 28 岁正好是李明当时年龄的 2 倍,这样就可以算出李明当时的年龄 = 28 ÷ 2 = 14 岁,所以正确答案为 B。

【例题3】10 年前爸爸的年龄是女儿的 7 倍,15 年后爸爸的年龄是女儿的 2 倍。问女儿现在的年龄是多少岁?(　　)

　　A. 45　　　　　B. 15　　　　　C. 30　　　　　D. 10

【解析】答案为 B。此题需要综合考虑上述的基本数量关系。

15 年后爸爸的年龄是女儿的 2 倍,也即两人年龄的差等于女儿当时的年龄,而女儿当时的年龄等于女儿 10 年前的年龄加 25(10 + 15)。

10 年前爸爸的年龄是女儿的 7 倍,所以两人年龄的差等于女儿当时年龄的 6(7 – 1)倍,而两人年龄的差等于女儿 10 年前的年龄加上 25,所以女儿 10 年前年龄的 5(6 – 1)倍等于 25,也即女儿当时的年龄为:25 ÷ 5 = 5 岁。

因此,女儿现在的年龄为:5 + 10 = 15 岁。

故 B 项是正确选项。

【提示】此题也可以通过从题中找出一些对等的数量关系列出方程来计算。

【例题4】今年哥弟俩人的岁数加起来是 55 岁,曾经有一年,哥哥的岁数是今年弟弟的岁数,那时哥哥的岁数恰好是弟弟的两倍。问哥哥今年年龄是多大?(　　)

　　A. 11　　　　　B. 22　　　　　C. 33　　　　　D. 44

【解析】答案为 C。此题可以通过找出等量关系列出方程来求解。

设今年哥哥 x 岁,则今年弟弟是(55 – x)岁。过去某年哥哥岁数是(55 – x)岁,那是在 x – (55 – x)即 2x – 55 年前,当时弟弟岁数是(55 – x) – (2x – 55)即 110 – 3x,列出方程即为 55 – x = 2(110 – 3x)。求解可得 x = 33。所以,C 项为正确答案。

4: 和、倍、差问题

和指的是对比双方量的总和,倍、差则是指对比双方在数量上的对比关系。

和、倍、差一类问题中的"和"、"倍"、"差"会以不同的形式出现,因此,解题的关键就在于搞清楚和、倍、差的具体所指以及三者之间的数量关系。

对比双方和、倍、差之间的基本数量关系和解题规律有:

①和 = 大数 + 小数 = 大小数平均值 × 2

②大数 = 小数 + 差 = 小数 × 倍数 = (二数之和 + 二数之差) ÷ 2

③小数 = 大数 - 差 = 大数 ÷ 倍数 = (二数之和 - 二数之差) ÷ 2

应考者在解题过程中参考以上所列的基本数量关系和解题规律,将会有助于快速、准确地解答。

【例题1】小李期终考试时语文和数学的平均分数是 96 分,数学比语文多 8 分,问小李语文考了多少分?(　　)

A.100　　　　　B.92　　　　　C.98　　　　　D.94

【解析】答案为 B。此题中数学与语文的成绩之差是 8 分,但是数学与语文的成绩之和等于多少呢?题中虽然没有直接给出,但给出了两科的平均成绩 96 分,那么平均成绩的两倍实际上就是两科成绩的和,这就可以求得这两科的总成绩。

语文和数学的成绩之和是 96 × 2 = 192(分)

又数学比语文多 8 分,所以数学成绩是:(192 + 8) ÷ 2 = 100(分)

则语文成绩是:100 - 8 = 92(分)

故 B 项是正确选项。

【例题2】甲粮仓存小麦 140 吨,乙粮仓存小麦 180 吨,要使甲粮仓存的小麦是乙粮仓的 3 倍,那么应该从乙粮仓运出多少吨放入甲粮仓?(　　)

A.100 吨　　　B.200 吨　　　C.300 吨　　　D.400 吨

【解析】答案为 A。不管从甲粮仓运入乙粮仓多少吨,甲乙两个粮仓的总和是不变的,即 140 + 180 = 320 吨。乙粮仓运出若干吨给甲粮仓后,甲粮仓存粮的吨数是乙粮仓的 3 倍,也就是说 320 吨是现在乙粮仓存粮的 3 + 1 = 4 倍,从而可求出 1 份,即乙粮仓现在存粮是多少吨,从而求出乙粮仓运出的吨数。

甲乙粮仓共存小麦:140 + 180 = 320(吨)

现在乙粮仓库存小麦:320 ÷ (3 + 1) = 80(吨)

则需从乙粮仓运出:180 - 80 = 100(吨),

【例题3】某校三、四年级共有学生 165 人,三年级学生比四年级学生人数的 2 倍还少 6 人,问三年级有多少学生?(　　)

A.72　　　　　B.98　　　　　C.100　　　　　D.108

【解析】答案为 D。从题中可以看出,三年级人数增加 6 人,那么正好是四年级人数的 2 倍,这时三、四年级的总人数也增加 6 人,变成 165 + 6 = 171(人),而 171 正好是四年级学生人数的 3(1 + 2)倍,这样就可以求出四年级学生人数,从而求出三年级的学生人数。

具体解答如下:

如果三年级增加 6 人,总人数是:165 + 6 = 171(人)

现在总人数 171 是四年级人数的:2 + 1 = 3(倍)

则四年级有学生:171 ÷ 3 = 57(人)

故三年级有学生:57 × 2 - 6 = 108(人),正确选项为 D。

【例题4】一家食品店里原有红醋和白醋 180 千克,白醋卖出去 40 千克,红醋又运来 20 千克,这时两种醋同样多。问食品店原有白醋多少千克?(　　)

A.80 千克　　　B.100 千克　　　C.120 千克　　　D.140 千克

【解析】答案为C。当白醋卖出40千克,红醋又运进20千克时,两种醋的重量才相等,说明白醋比红醋多40＋20＝60(千克)。又知红醋与白醋一共有180千克,则根据上述的基本数量关系和解题规律,红醋有:[180－(40＋20)]÷2＝60(千克),白醋有:180－60＝120(千克),所以正确答案为C。

【提示】此题也可以这样考虑:先求出现在两种醋的总量,再通过买卖数量的变化求出白醋原来的量。白醋卖出40千克、红醋运进20千克以后,两种醋的总量为180－40＋20＝160(千克)。而这是两种醋同样多,所以这时白醋有160÷2＝80(千克)。与原来相比,这时的白醋已经卖出去了40千克,所以白醋原来有80＋40＝120(千克),答案为C。

【例题5】某工厂某车间男、女工人的人数相等,如调走8个男工,同时调来16个女工后,则女工人数是男工人数的3倍。问这个车间原来有女工多少人?(　　　)

A.10人　　　　　B.20人　　　　　C.25人　　　　　D.30人

【解析】答案为B。此题的关键仍为找到"差"、"倍"及其数量关系。从题中可以知道,调走8个男工、调进16个女工后,女工的人数比男工的人数多了8＋16＝24(人),这是两者的"差"。那这个"差"所对应的"倍"数是多少呢? 又知此时女工人数是男工人数的3倍,则二者的"差"24人对应的倍数则是3－1＝2(倍),所以现有男工人数为:24÷2＝12(人),原有男工人数为:12＋8＝20(人),综合算式为:(8＋16)÷(3－1)＋8＝20(人),故而正确答案为B。

5.混合溶液问题

对于混合溶液一类的问题,应考者需要记住的一点是:溶液中溶解物的重量一般是不变的,变化的只是溶剂和总溶液的量。抓住这一关键点,就可以以不变应万变。

【例题1】把20克糖放入100克水中,过了三天以后,糖水的重量只有100克。问糖水的浓度比原来提高了多少?(　　　)

A.10%　　　　　B.15%　　　　　C.20%　　　　　D.25%

【解析】答案为C。糖水放置三天后重量减少,是由于一部分水蒸发掉的缘故,但其中的溶质——糖的重量并没有变化,仍是20克,所以三天后糖水的浓度为:$20÷100＝20\%$,而原来糖水的浓度为:$20÷(100＋20)＝\frac{1}{6}$。则浓度比原来提高的百分比为:$(20\%－\frac{1}{6})÷\frac{1}{6}×100\%＝(\frac{1}{5}－\frac{1}{6})×6×100\%＝20\%$,正确答案为C。

【例题2】浓度为70%的酒精溶液500克与浓度为50%的酒精溶液300克,混合后所得到的酒精溶液的浓度是多少?(　　　)

A.34.5%　　　　B.54.2%　　　　C.60%　　　　　D.62.5%

【解析】答案为D。把两种浓度不同的同种溶液混合在一起后,混合溶液的浓度介于原来两种溶液的浓度之间,哪些量混合前、后没有变化呢? 显然,混合前两种溶液中所含溶质的重量与混合后溶液中所含溶质的重量相等。同样,溶剂、溶液的重量在混合前后的变化与溶质的重量在混合前后的变化有着相同的规律。

本题中要求混合后的溶液浓度,那么需要知道混合后溶液的总重量及所含纯酒精的重量。混合后溶液的总重量,即为两种溶液重量的和,混合后纯酒精的含量等于混合前两种溶液酒精含量的和。

混合后酒精溶液重量为:500＋300＝800(克)

混合后纯酒精的含量为:$500×70\%＋300×50\%＝350＋150＝500$(克)

则混合液的浓度为:$500÷800×100\%＝62.5\%$

故正确选项为D。

【例题3】一个容器装满100克浓度为80%的溶液,从中取出40克,然后用清水将容器倒满,这样反复操作三次,问最后容器中溶液的浓度是多少?(　　　)

A.11.52%　　　B.17.28%　　　C.28.8%　　　D.48%

【解析】答案为 B。从题意可知,最后容器中溶液的重量仍为 100 克,因此,只需求出最后溶液中含有多少溶质,即可求得最后溶液的浓度。而要求剩下的溶质的重量,则需求出三次倒出的溶液中含有多少溶质,每次倒出的溶液虽然都是 40 克,但是由于浓度不同,其含溶质的量并不完全相同。

原来溶液中含溶质的量为:$100 \times 80\% = 80$(克)

第一次倒出后溶液中含溶质:$40 \times 80\% = 32$(克)

加满清水后,溶液浓度为:$(80 - 32) \div 100 \times 100\% = 48\%$

第二次倒出的溶液中溶质的量为:$40 \times 48\% = 19.2$(克)

加满水后,溶液的浓度为:$(80 - 32 - 19.2) \div 100 \times 100\% = 28.8\%$

第三次倒出的溶液中含溶质的量为:$40 \times 28.8\% = 11.52$(克)

加满清水后,溶液的浓度为:$(80 - 32 - 19.2 - 11.52) \div 100 \times 100\% = 17.28\%$

故正确选项为 B。

6. 比例问题

【例题1】甲数比乙数大 25%,则乙数比甲数小:(　　　)

A.20%　　　B.25%　　　C.33%　　　D.30%

【解析】答案为 A。这道题是基本的比例计算问题。计算这类题目有多种方法,最简便的方法是假设法,即通过假设使题目简单化,从而达到快速计算的目的。

比如本题,我们可以假设乙数为 1,则通过题目中的数量关系可知甲数为 1.25,再加以简单的计算就可推知答案为 A。

【例题2】a 数的 25% 等于 b 数的 10%,则 a/b 为:(　　　)

A.2/5　　　B.3/5　　　C.5/2　　　D.5/3

【解析】答案为 A。根据题中数量的等量关系,列出一个算术式子即:$a \times 25\% = b \times 10\%$,则很容易算出 a/b 的值为 2/5,即正确答案为 A。

【例题3】某学校按 2:3:5 的比例给本校甲、乙、丙三个部门分配 27000 元教育经费,问最多能分配多少经费?(　　　)

A.2700 元　　　B.5400 元　　　C.8100 元　　　D.13500 元

【解析】答案为 D。这道题是一道比例应用题。通过题目中列举的比例可以看出丙部门占的比例最多,是总数的一半,所以,将总经费 27000 除以 2,即可得到正确答案:13500。

【例题4】某班选修法语的人与不选修的人的比率为 2:5。后来从外班转入 2 个选修法语的人,结果比率变为 1:2。问这个班原来有多少人?(　　　)

A.10　　　B.12　　　C.21　　　D.28

【解析】答案为 D。这道题是较为复杂的比例应用题,根据题目中的等量关系和比例关系,列出并解答一个一元一次方程即可。

假设原来班上有 x 人,则 $\frac{2}{3}(x + 2) = \frac{5}{7}x$,解答可知 $x = 28$,故而答案为 D。

7. 植树问题

植树问题的提问方式多种多样,但考生只要把握其中的一些基本数量关系,就能以不变应万变,快速、准确作答。

考生需要把握的基本数量关系有:

①如果是一条有端点的直路,则

植树的棵数 = 路长 ÷ 间隔距离 + 1

路长 = 间隔距离 × (棵数 - 1)

②如果是一条没有端点的直路,则

植树的棵数 = 路长 ÷ 间隔距离

路长 = 间隔距离 × 棵数

③如果是封闭的环路,则无论有无端点,植树的棵数总是等于路长除以间隔距离,即

植树的棵数 = 路长 ÷ 间隔距离

路长 = 棵数 × 间隔距离

总之,考生在答题的时候要注意考虑上述的基本关系,但也要注意根据题目的具体要求来作答。

【例题1】如果相隔 1 米栽一棵树,则 285 米远可栽多少棵树?( )

A. 285   B. 286   C. 287   D. 288

【解析】答案为 B。很多应考者很容易得出栽 285 棵树的结果,其实起点处已经栽了 1 棵树,以后每 1 米栽一棵树,也就是说 1 米远时可栽 2 棵树,2 米时可栽 3 棵树,依此类推,285 米可栽 286 棵树,故答案为 B。

【提示】本题属于上述基本数量关系的第一条。

【例题2】从学校大门到教学楼是一条笔直的柏油路,路两旁种满了梧桐数,树与树之间的间隔都是 4 米。小李从学校大门走到教学楼,数了数路一侧共有 20 棵数。问这条道路有多长?

A. 60 米   B. 76 米   C. 80 米   D. 100 米

【解析】答案为 B。这是一道根据棵数和间距求路长的题目。根据题目,这是一条有端点的直线道路,那么根据上述的第一条基本数量关系,则:

路长 = 间隔距离 × (棵数 − 1)

= 4 × (20 − 1)

= 76(米)

故正确答案为 B。

【例题3】有一个正方形操场,边长为 50 米,沿场边每隔 1 米栽一棵树,问栽满四周可栽多少棵树?( )

A. 199   B. 200   C. 201   D. 202

【解析】答案为 B。根据上述的第三条基本数量关系,这是一条环形的封闭道路,且每隔 1 米栽 1 棵树,也即操场的总长即为栽树的数量,正确答案为 B。

8. 对分问题

【例题1】一根绳子长 40 米,将它对折剪断;再对折剪断;第三次对折剪断,此时每根绳子长多少米?( )

A. 5   B. 10   C. 15   D. 20

【解析】答案为 A。对分一次为 2 等份,对分二次为 2×2 等份,对分三次为 $2 \times 2 \times 2$ 等份,由此可知答案为 A。无论对折多少次,都依此类推。

【例题2】用绳子测柜子的长度,绳子两折时多余 60 厘米,绳子三折时则差 40 厘米,问绳子长多少厘米?( )

A. 240   B. 440   C. 600   D. 800

【解析】答案为 C。假设绳子长为 x 厘米,则阅读题目我们可以发现这一等量关系:绳子两折后的长度减去多余的 60 厘米,等于绳子三折后的长度加上差的 40 厘米,而这两个量都等于柜子的长度。

所以我们可以列出一个一元一次方程: $\frac{x}{2} - 60 = \frac{x}{3} + 40$。解这个方程得到 x = 600,即绳子长为 600 厘米。

9. 青蛙跳井问题

【例题】青蛙在井底向上爬,井深10米,青蛙每次跳上5米,又滑下来4米,像这样青蛙需跳几次方可跳出井外?（　　　）

　　A. 5次　　　　　　B. 6次　　　　　　C. 9次　　　　　　D. 10次

【解析】答案为B。每次跳上5米滑下4米,实际上就是每跳一次向上前进1米,因井深10米,故而需跳10次就可跳出井了,很多考生这样推算就错了,被题中的枝节所蒙蔽了。实际上,当青蛙跳到第五次的时候,距离井口只有5米了,那么再跳一次就可以跳出井口,这样总共只跳了6次,故而正确答案为B。

10. 预算问题

【例题】某单位召开一次会议,会前制定了费用预算。后来由于会期缩短了3天,因此节省了一些费用,仅伙食费一项就节约了5000元,这笔钱占预算伙食费的1/3。伙食费预算占会议总预算的3/5。问会议的总预算是多少元?（　　　）

　　A. 20000　　　　B. 25000　　　　C. 30000　　　　D. 35000

【解析】答案为B。只要根据题目给出的数量关系,一步一步计算即可得出正确结果。

伙食费节约的5000元占预算伙食费用的1/3,则预算伙食费用为:5000÷1/3＝15000(元)。而这15000元占总预算的3/5,则总预算为:15000÷3/5＝25000(元),故正确答案为B。

11. 日历问题

【例题】某一天小张发现办公桌上的台历已经有7天没有翻了,就一次翻了7张,这7天的日期加起来,得数恰好是77,问这一天是几号?（　　　）

　　A. 13　　　　　　B. 14　　　　　　C. 15　　　　　　D. 17

【解析】答案为C。此题实质上是一道等差数列的问题。7天加起来数字之和为77,则平均数11就是位于中间那天的日期数目,即11号,则今天是11号后的第四天,即今天是15号,故正确答案为C。

12. 集合问题

【例题】某班共有50名学生,参加数学和外语两科考试,已知数学成绩及格的有40人,外语成绩及格的有25人,据此可知数学成绩及格而外语成绩不及格者至少有多少人?（　　　）

　　A. 10人　　　　　B. 15人　　　　　C. 20人　　　　　D. 30人

【解析】答案为B。这是一道典型的集合问题。根据题意,可首先排除D选项,因为外语成绩及格的有25人,外语成绩不及格的不可能超过50－25＝25(人)。另外已知数学成绩及格的有40人,那么即使这40人当中有25人同时外语成绩及格,那么至少还有15人数学成绩及格而外语成绩不及格,也就是说数学成绩及格而外语成绩不及格的人数浮动范围当在15～25人之间,所以B项为正确答案。

13. 概率问题

【例题】在一本300页的书中,数字"1"在书中出现了多少次?（　　　）

　　A. 140　　　　　　B. 160　　　　　　C. 180　　　　　　D. 200

【解析】答案为B。此题为概率问题。解答概率问题,考生要掌握一些基本的概率求解公式。解此题的便捷办法就是分别从个位、十位、百位来计算数字"1"在1～300这300个数字中出现的次数。由推算可知,个位出现"1"的数字为1、11、21、……281、291,共30次,十位出现"1"的数字为11、12、13、……218、219,共30次,百位出现"1"的数字为100、101、102、……198、199,为100次,所以"1"在书中共出现了160次,正确答案为B。

14. 图形运算题

图形运算题是近两年国家公务员录用考试中较为频繁出现的一种题型,要求应考者根据提供的图形,理解并找出其中蕴涵的数量关系,并进行简单的数学运算,按照题目要求正确作答。

图形运算题也和其他运算题型一样,都是有规律可循的,考生在解答这类题型的时候。也需要注意去发现图形中蕴涵的数量关系和规律,从而达到事倍功半的效果。

【例题1】如图所示,一个正方形分成了五个大小相等的长方形,每一个长方形的周长都是36米,问这个正方形的周长是多少米?(   )

A.56   B.60   C.64   D.68

【解析】答案为B。要求正方形的周长,必须知道正方形的边长,而正方形的边长又与小长方形的长、宽有着密切关系:正方形的边长等于长方形的长,且从图形可知长方形的长是宽的5倍,而长方形的周长已知为36米,那么我们可以由此求出长方形的长、宽分别为15米、3米,亦即正方形的边长为15米,问题迎刃而解,正方形的周长为$15 \times 4 = 60$(米),正确答案为B。

【例题2】如图所示,圆柱底面周长为4米、高为3米。一个小虫从A点绕圆柱一周,爬到A点正下方的B点,则小虫爬过的最短路程是多少米?(   )

A.4米   B.5米   C.6米   D.7米

【解析】答案为B。此题的关键仍然是发现图形中所包含的数量关系。根据题意,我们知道小虫是在圆柱的侧面上由A点向B点运动,从直观的图形来看,小虫的运动轨迹是一个不规则的形状,这就很难求解。我们可以把圆柱的侧面展开来看,如下图所示,这样小虫沿着圆柱侧面的运动就被转化为小虫沿着长为4米、宽为3米的长方形的对角线的运动,也就是说小虫所爬过的最短路程就是两条直角边长分别为4米、3米的直角三角形的斜边长。经过这样的转化以后,问题就变得简单了许多,联想到经典的勾股定理,很容易便能求出小虫爬过的最短距离为5米,即正确答案为B。

15. 其他问题

【例题1】某次考试有30道判断题,每做对一道题得4分,不做或做错一道题扣2分。已知小王的分数是96分,问他做对了多少道题?(   )

A.24   B.25   C.26   D.28

【解析】答案为C。此题只需列出一个一元一次方程即可。假设小王做对的题目数量为x、则根据题意可以列出方程:$4x - 2 \times (30 - x) = 96$。解方程得$x = 26$,所以小王做对题目的数量是26,即正确答案为C。

【例题2】一个体积为1立方米的正方体,如果将它分为体积各为1立方分米的正方体,并沿一条直线将它们一个一个连起来,问可连多长?(   )

A.10米   B.100米   C.1000米   D.10000米

【解析】答案为B。体积为1立方米的正方体可分为1000个体积为1立方分米的小正方体,那么就可以排1000分米长,而1000分米就是100米,因此正确答案为B。

【提示】考生在答题时一定要注意题目的细节和要求。在本题中,很多考生因为在快速答题中把注意力集中在了具体的数字上,而忽略了题中要求的单位是米,故而错选了C项,这是非常可惜的。

【例题3】有一段布料,正好做16套儿童服装或12套成人服装。已知做3套成人服装比做2套儿童服装多用布6米,问这段布有多少米?(   )

A.18   B.24   C.36   D.48

【解析】答案为D。根据题意,假设布有x米,列出一元一次方程:$\frac{x}{12} \times 3 - \frac{x}{16} \times 2 = 6$,解得$x = 48$米,故而正确答案为D。

【提示】此题也可以不通过列方程求解的方法来求得正确答案。根据题意,这段布料正好可以做16套儿童服装或12套成人服装,也就是说做3套成人服装的布料可以做4套儿童服装,而做3

套成人服装比做2套儿童服装多用布6米,我们因此可以推算出来这多出来的6米布正好可以做2套儿童服装,也就是说做2套儿童服装用布6米,所以我们很容易推算出来这段布料的总长为48米。

【例题4】一瓶油第一次吃去 $\frac{1}{5}$ 斤,第二次吃去余下的 $\frac{3}{4}$,这时,瓶内还有油0.2斤。问这瓶油原来有多少斤?( )

A.0.5　　　　B.1　　　　C.1.5　　　　D.2

【解析】答案为B。根据题意,知道后来剩下的油量而不知原来的油,因此可采取逆推法解题。首先求出第二次吃完以后瓶内最后剩的0.2斤油相当于第一次剩余的几分之几。因为第二次吃去第一次剩余的3/4,则剩下的占 $1-\frac{3}{4}=\frac{1}{4}$。这样,第一次吃完以后剩余的油量为 $0.2\div(1-\frac{3}{4})=$ $0.2\div\frac{1}{4}=0.8$(斤)。用第一次剩油量再加上第一次用去的 $\frac{1}{5}$(斤),则可求出原来有油 $0.8+\frac{1}{5}=$ 1(斤),故B项是正确选项。

【例题5】树上有8只小鸟,一个猎人举枪打死了1只,问树上还有几只鸟?( )

A.6　　　　B.4　　　　C.2　　　　D.0

【解析】答案为D。此题与其说是一道数学运算题,倒不如说是一道脑筋急转弯题。国家公务员录用考试里也经常会出现此类的题目,题目非常巧妙、有趣,有的甚至是一些趣味数学的题目,考生对这些都要了解和熟悉,对于这些考查智力和技巧的题目才能顺利作答。

根据题意,枪响之后,树上的鸟或死或飞,是不会再有鸟了,因此正确答案为D。

解题技巧点拨

1. 首先要认真阅读题目,理解其中的数量关系,并注意抓住题目中的一些关键信息,重在找出数量之间隐含的规律。

2. 在理解题目的基础上,努力找出其中隐含的规律或者解题的捷径,这样就可以避免浪费时间的常规计算,达到事半功倍的效果。考生要记住,国家公务员录用考试中的题目,几乎每一道数学运算题都有巧妙的解法,所以在解答数学运算题的时候,要重在找出数量之间隐含的规律,重在发现巧妙的解题方法,这样看似多费了时间,而实质上是节省了时间,因为上来就用常规计算,所用的时间可能更多。同时在运算过程中注意多用心算、少用笔算,以节省时间。

3. 在备考过程中熟悉、掌握本书中所归纳、总结的常见数学问题的类型以及其解题技巧,并能做到举一反三,这样既可有备无患,又可以增强必胜的信心。

4. 掌握一些客观题常用的解题技巧来提高答题的准确率。国家公务员录用考试行政职业能力测验现在全部采用客观试题,客观试题有一定的解题规律,比如排除法、比较法解题等,熟练掌握这些客观题解题技巧会帮助考生快速、准确地选出正确的答案,从而提高答题的效率。

5. 进行适当的强化训练,熟悉解题的方法、技巧,锻炼、提高实战的能力。

仿真强化训练

(一)

1.1+11+111+1111+11111+111111 的值为:( )

A.123456　　　B.123466　　　C.123366　　　D.123356

2.87.68+25.49+63.74+92.16+23.31 的值为:

A.292.37　　　B.292.38　　　C.286.35　　　D.294.35

3.$\left[\sqrt{\sqrt{\frac{1}{4}}\sqrt{\frac{1}{4}}}\right]^2$ 的值为:( )

A.$\frac{1}{8}$　　　B.$\frac{1}{4}$　　　C.$\frac{1}{2}$　　　D.1

4. 最大的四位数加最小的两位数,和是多少?(　　)

　　A.10000　　　　B.10001　　　　C.10009　　　　D.10010

5. 一列火车从北京开往上海,时速 80 公里/小时,两地相距 1440 公里。如果火车早上 6 点从北京出发,问几点到上海?(　　)

　　A.20　　　　B.22　　　　C.24　　　　D.次日 2

6. 机器 A 单独完成一项工作需 5 小时,如果机器 A 和 B 同时工作,则只用 2 小时即可完成,如果机器 B 单独工作,问需多少小时才能完成该项工作?(　　)

　　A.$3\frac{1}{3}$　　　　B.3　　　　C.$2\frac{1}{2}$　　　　D.$2\frac{1}{3}$

7. 在一学校,35% 的学生出生于夏天,23% 的学生在春天出生,如果 12% 或 60 个学生在秋天出生,问生于冬天的学生有多少个?(　　)

　　A.18　　　　B.30　　　　C.150　　　　D.180

8. 周某以四个钉子 0.25 元的价格买进一批钉子,再以三个 0.22 元的价格卖出,共获利 2.6 元,问他买了多少个钉子?(　　)

　　A.300　　　　B.240　　　　C.180　　　　D.160

9. 两个村庄相距 20 公里,小明从甲村骑车出发前往乙村。他开始以每小时 20 公里的速度骑了 18 分钟,接着又以每小时 14 公里的速度骑完剩下的路程。问他共花了多少分钟才能骑完全程?(　　)

　　A.78　　　　B.74　　　　C.70　　　　D.66

10. 有一块圆形田地,其半径为 50 米,如果沿边每隔 1 米栽一棵树,问栽满四周可栽多少棵树?(　　)

　　A.314　　　　B.315　　　　C.313　　　　D.不知道

11. 有一段布料,正好做 12 套儿童或 8 套成人服装,已知做 3 套成人服装比做 2 套儿童服装多用 4 米。问这段布共有多少米?(　　)

　　A.19.2　　　　B.20.2　　　　C.21.2　　　　D.22.2

12. 马某把 12600 元钱存入银行 A,年利息率为 7.25%。如果他把这些钱存入银行 B,利息率是 6.5%,那么他一年将少得多少利息?(　　)

　　A.47.25 元　　　　B.84.5 元　　　　C.94.5 元　　　　D.194.5 元

13. 有 40 个气球,其中 30% 是红色的,其余是黄色的。如果有的黄色气球系了小绳,问没系小绳的黄色气球有几个?(　　)

　　A.7　　　　B.12　　　　C.18　　　　D.21

14. 赵义在 9 次测验中的平均分是 17 分,如果第十次测验后,他的十次平均分为 18 分,问最后一次测验他得多少分?(　　)

　　A.30　　　　B.27　　　　C.23　　　　D.19

15. 在一桌子上有 47 本书,其中 27 本是小说,32 本是红色的封面,6 本既不是小说也不是红色封面。问桌子上有多少本带红色封面的小说?(　　)

　　A.18　　　　B.17　　　　C.16　　　　D.15

(二)

1. $3508^2 - 3510 \times 3508$ 的值为:(　　)

　　A.7020　　　　B. −2　　　　C. −3508　　　　D. −7016

2. $(0.333 \times 8.33) \div (0.222 \times 0.833)$ 的值为:(　　)

　　A.30　　　　B.15　　　　C.7.5　　　　D.5

3. $8992 \times 88 - 8993 \times 87$ 的值为:(   )

A. 8905　　　　B. 8805　　　　C. 8705　　　　D. 8915

4. $(1 - \frac{1}{100}) \times (1 - \frac{1}{99}) \times (1 - \frac{1}{98}) \times \cdots \times (1 - \frac{1}{90})$ 的值为:(   )

A. $\frac{1}{108872}$　　B. $\frac{1}{1088720}$　　C. $\frac{89}{100}$　　D. $\frac{1}{100}$

5. 如果 $x = 45, y = \frac{1}{4}$, 问 $\sqrt{\frac{xy}{1+y}}$ 的值是多少?(   )

A. 0　　　　B. $\sqrt{3}$　　　　C. 3　　　　D. $\sqrt{15}$

6. 两个工程队修一公路,甲工程队 10 天修了 45 公里,乙工程队以比甲工程队快两倍的速度修了 15 天,问乙工程队修了多少公里?(   )

A. 102.5　　　　B. 202.5　　　　C. 135　　　　D. 235

7. 某种产品的价格从 1960 至 1970 年的增长幅度与从 1970 年到 1980 年的增长幅度相同。如果它 1970 年的价格为 1.2 元,相当于 1960 年的 150%,那么 1980 年时的价格是多少?(   )

A. 1.8 元　　　　B. 2 元　　　　C. 2.4 元　　　　D. 2.7 元

8. 一本书 320 页,小张第一天读了全书的 $\frac{1}{8}$,第二天比第一天多读 40 页,则剩下的页数占全书的:(   )

A. $\frac{1}{4}$　　　　B. $\frac{3}{8}$　　　　C. $\frac{5}{8}$　　　　D. $\frac{2}{3}$

9. 一人从甲地骑车到乙地,走了全程的 $\frac{3}{8}$ 后,离两地的中点还有 4 公里,问甲乙两地相距多少公里?(   )

A. 28　　　　B. 30　　　　C. 32　　　　D. 34

10. 某商品打 7.5 折后,商家仍然可得 25% 的利润。如果该商品是以每件 16.8 元的价格购进的,问该商品在货架上的标价是多少?(   )

A. 21.9 元　　　B. 25.2 元　　　C. 26.25 元　　　D. 28 元

11. 一男孩以每小时 3 公里的速度沿公路行走,一辆时速 45 公里的卡车从后面赶上并超过他,问 20 分钟后,卡车与男孩相距几公里?(   )

A. 15　　　　B. 13　　　　C. 14　　　　D. 16

12. 某迪斯科舞厅每周三实行特价售票,平时买三张票的钱可买五张优惠票,问优惠价比原价便宜百分之几?(   )

A. 20%　　　　B. 33%　　　　C. 40%　　　　D. 60%

13. 老刘、老曹、老孙三人的教龄共 96 年,如老刘比老曾多教 9 年,比老孙少教 9 年,问老孙教了几年书?(   )

A. 23　　　　B. 32　　　　C. 35　　　　D. 41

14. 一汽车有一个 12 升的油箱,但只装了其容量的 $\frac{3}{4}$ 的油。等这些油消耗了一半时,它跑了 135 公里,问这辆轿车每用一升油可跑多少公里?(   )

A. 40　　　　B. 30　　　　C. 35　　　　D. 45

15. 某班有 30 个学生,其中 20 个人选修了古代史课,25 个人选修了文学概论,问两门课都不选的人最多有多少个?(   )

A. 10　　　　B. 15　　　　C. 20　　　　D. 5

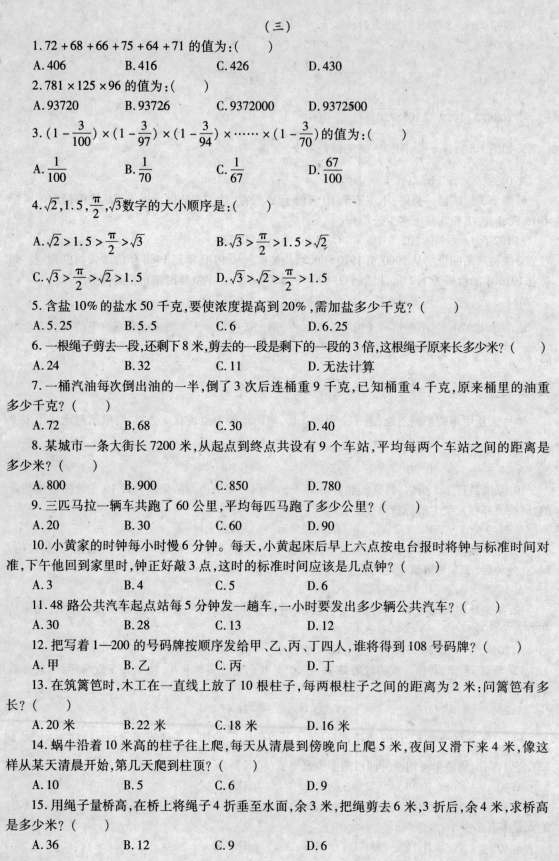

（三）

1. $72 + 68 + 66 + 75 + 64 + 71$ 的值为：（　　　）

A. 406　　　　B. 416　　　　C. 426　　　　D. 430

2. $781 \times 125 \times 96$ 的值为：（　　　）

A. 93720　　　B. 93726　　　C. 9372000　　　D. 9372500

3. $(1 - \frac{3}{100}) \times (1 - \frac{3}{97}) \times (1 - \frac{3}{94}) \times \cdots \times (1 - \frac{3}{70})$ 的值为：（　　　）

A. $\frac{1}{100}$　　　B. $\frac{1}{70}$　　　C. $\frac{1}{67}$　　　D. $\frac{67}{100}$

4. $\sqrt{2}, 1.5, \frac{\pi}{2}, \sqrt{3}$ 数字的大小顺序是：（　　　）

A. $\sqrt{2} > 1.5 > \frac{\pi}{2} > \sqrt{3}$　　　　　　B. $\sqrt{3} > \frac{\pi}{2} > 1.5 > \sqrt{2}$

C. $\sqrt{3} > \frac{\pi}{2} > \sqrt{2} > 1.5$　　　　　　D. $\sqrt{3} > \sqrt{2} > \frac{\pi}{2} > 1.5$

5. 含盐 10% 的盐水 50 千克，要使浓度提高到 20%，需加盐多少千克？（　　　）

A. 5.25　　　B. 5.5　　　C. 6　　　D. 6.25

6. 一根绳子剪去一段，还剩下 8 米，剪去的一段是剩下的一段的 3 倍，这根绳子原来长多少米？（　　　）

A. 24　　　B. 32　　　C. 11　　　D. 无法计算

7. 一桶汽油每次倒出油的一半，倒了 3 次后连桶重 9 千克，已知桶重 4 千克，原来桶里的油重多少千克？（　　　）

A. 72　　　B. 68　　　C. 30　　　D. 40

8. 某城市一条大街长 7200 米，从起点到终点共设有 9 个车站，平均每两个车站之间的距离是多少米？（　　　）

A. 800　　　B. 900　　　C. 850　　　D. 780

9. 三匹马拉一辆车共跑了 60 公里，平均每匹马跑了多少公里？（　　　）

A. 20　　　B. 30　　　C. 60　　　D. 90

10. 小黄家的时钟每小时慢 6 分钟。每天，小黄起床后早上六点按电台报时将钟与标准时间对准，下午他回到家里时，钟正好敲 3 点，这时的标准时间应该是几点钟？（　　　）

A. 3　　　B. 4　　　C. 5　　　D. 6

11. 48 路公共汽车起点站每 5 分钟发一趟车，一小时要发出多少辆公共汽车？（　　　）

A. 30　　　B. 28　　　C. 13　　　D. 12

12. 把写着 1—200 的号码牌按顺序发给甲、乙、丙、丁四人，谁将得到 108 号码牌？（　　　）

A. 甲　　　B. 乙　　　C. 丙　　　D. 丁

13. 在筑篱笆时，木工在一直线上放了 10 根柱子，每两根柱子之间的距离为 2 米；问篱笆有多长？（　　　）

A. 20 米　　　B. 22 米　　　C. 18 米　　　D. 16 米

14. 蜗牛沿着 10 米高的柱子往上爬，每天从清晨到傍晚向上爬 5 米，夜间又滑下来 4 米，像这样从某天清晨开始，第几天爬到柱顶？（　　　）

A. 10　　　B. 5　　　C. 6　　　D. 9

15. 用绳子量桥高，在桥上将绳子 4 折垂至水面，余 3 米，把绳剪去 6 米，3 折后，余 4 米，求桥高是多少米？（　　　）

A. 36　　　B. 12　　　C. 9　　　D. 6

1. $\dfrac{\frac{1}{7}}{\frac{1}{5}}+\dfrac{7}{5}$ 的值为：（   ）

A.1   B.$\dfrac{12}{35}$ C.$\dfrac{50}{35}$ D.$\dfrac{74}{35}$

2.1+3+5+7+9+11+13 的值是：（   ）

A.49   B.50   C.48   D.38

3.11+101+1001+10001 的值是：（   ）

A.11118   B.11011   C.11110   D.11114

4. 某工厂的产品有 5% 不合格,这些不合格产品的 4% 被拿到市场上去销售,问在市场上销售的不合格产品占该厂总产品数的百分比是多少？（   ）

A.0.125%   B.0.2%   C.0.8%   D.1.25%

5. 在一次测验中,3 个学生得了 90 分,9 个学生得了 80 分,4 个学生得了 70 分,4 个学生得了 60 分。这 20 个学生的平均分是多少？（算术平均数）（   ）

A.84   B.83   C.88   D.75.5

6. 如果 2−x(1/x)=19−4x,那么 x 等于：（   ）

A.−3   B.4   C.5   D.4.5

7. 在一公司,每月总共给 12 名生产工人 18000 元,而 36 名管理人员每月则共获 63000 元,问管理人员的月工资比生产工人的月工资高多少？（   ）

A.62.5 元   B.187.5 元   C.250 元   D.375 元

8. 一学校的 750 名学生或上历史课,或上算术课,或两门课都上。如果有 489 名学生上历史课,606 位学生上算术课,问有多少学生两门课都上？（   ）

A.117   B.144   C.261   D.345

9. 一工人一周的正常工作时间为 40 小时,工资为每小时 12 元,如一周工作的时间超过 40 个小时,则超过的时间的工资是正常工资的 1.5 倍。问如一工人一周工作了 52 小时,其在这一周可得多少钱？（   ）

A.690 元   B.696 元   C.960 元   D.969 元

10. 吴某正站在一列有 500 人的长队中,如果在他前面有 345 人,那么在他后面有多少人？（   ）

A.153   B.154   C.155   D.254

11. 一电信公司在周一到周五的晚上八点到早上八点以及周六、周日全天,实行长途通话的半价收费,问一周内有几个小时长话是半价收费？（   ）

A.100   B.96   C.108   D.112

12. 一话剧共分三幕。第一幕的演出时间比第三幕短 18 分钟;第二幕的演出时间是第一幕的两倍。如果全剧的演出时间是 138 分钟,问第三幕的演出时间是多少分钟？（   ）

A.30   B.39   C.46   D.48

13. 在一工厂,40% 的工人有至少 5 年的工龄,16 个工人有至少 10 年的工龄。如果 90% 的工人的工龄不足 10 年,问工龄至少 5 年但不足 10 年的工人有多少个？（   ）

A.48   B.64   C.80   D.144

14. 某一天老王发现办公桌上的台历已经有 9 天没有翻了,就一次翻了 9 张,这 9 天的日期加起来,得数是 108。问这一天是几号？（   ）

A.15   B.16   C.17   D.18

15.一语文试卷分成两部分:第一部分有 20 个题目,其中选择题占 10%;第二部分有 30 个题目,选择题占 20%。则选择题在整个试卷中占:(　　)

A.8%   B.15%   C.16%   D.30%

(五)

1. $(\sqrt{2}+1)\times(\sqrt{2}-1)\times(\sqrt{3}+1)\times(\sqrt{3}-1)$ 的值为:(　　)

A.2   B.3   C.$2\sqrt{6}$ D.5

2. $0.5+\left[\left(\dfrac{2}{3}\times\dfrac{3}{8}\right)\div 4\right]-\dfrac{9}{16}$ 的值为:(　　)

A.$\dfrac{29}{16}$ B.$\dfrac{19}{16}$ C.$\dfrac{15}{16}$ D.0

3. $\sqrt[5]{0.00034}$ 的值为:(　　)

A.0.004   B.0.02   C.0.04   D.0.2

4.要购买一价值 110 元的物品,事先已付了 10% 的定金,问还要交多少钱才可买下?(　　)

A.100 元   B.99 元   C.98 元   D.101 元

5.光明小学会议场原有座位 28 排,每排 32 座,扩建后增加了 4 排,另每排增加 8 座,扩建后可以多坐多少人?(　　)

A.384   B.395   C.374   D.364

6.甲的年龄比乙的年龄小 $\dfrac{1}{6}$,乙的年龄比丙大 $\dfrac{1}{3}$,甲比丙大 4 岁,求丙的年龄?(　　)

A.32   B.36   C.40   D.42

7.五年级一班体育小组同学测量身高,其中一个同学身高 154 厘米,一个同学身高 153 厘米,有两个同学身高都是 150 厘米,还有两个同学的身高是 148 厘米,问这个小组同学的平均身高是多少厘米?(　　)

A.155.5   B.150.5   C.150   D.149.5

8.一种收录机,连续两次降价 10% 后,现在的售价是 405 元,求原价是多少元?(　　)

A.490   B.500   C.520   D.560

9.飞行员前 4 分钟用半速飞行,后 4 分钟用全速飞行,在 8 分钟内一共飞行了 72 公里,问飞机全速飞行时每小时的速度是多少公里?(　　)

A.540   B.720   C.432   D.360

10.某套丛书每隔两年出版一本,前 5 次出版的年代和是 9955,这套丛书的第一本是哪一年出版的?(　　)

A.1986   B.1987   C.1988   D.1989

11.某哨所有 12 名战士守卫,轮流派 2 名战士站岗,一昼夜 24 小时,平均每人站岗几小时?(　　)

A.2   B.6   C.8   D.4

12.一件上衣的成本为 40 元,其打八折后的卖价比成本价高 25%,它的原售价是多少?(　　)

A.150 元   B.62.5 元   C.52.5 元   D.37.5 元

13.一运动队在已进行过的 15 场比赛中的胜率为 40%。如果在剩下的比赛中胜率上升至 75%,那么其在整个比赛中的胜率为 60%。请问剩下的场次是多少?(　　)

A.12   B.20   C.24   D.30

14.修一条水渠,原计划由 16 人每天工作 7.5 小时,6 天完工。由于急需引水,要求 4 天完成,

并且增加2人,求每天工作几小时?(　　)

A.12　　　　　　B.10　　　　　　C.8　　　　　　D.14

15.甲、乙两地相距95公里。张、李二人骑车从两地同时出发,相向而行。张每小时14公里,李每小时13公里。李在行进中因修车耽误了1小时,然后继续行驶,与张相遇。问从出发到相遇,经过几小时?(　　)

A.6　　　　　　B.5　　　　　　C.4　　　　　　D.3

参考答案及解析

(一)

1. A。本题共有六项数,从个位加起,则个位相加为6,十位相加为5,依此求得本题答案为123456。

2. B。$87.68 + (25.49 + 23.31) + (63.74 + 92.16) = 292.38$。

3. B。原式 $= \sqrt{\frac{1}{4}} \sqrt{\frac{1}{4}}$。

4. C。$9999 + 10 = 10009$。

5. C。$6 + \frac{1440}{8} = 24$。

6. A。假设工程量为 S,B 需要 T 小时完成,则 $\left(\frac{S}{15} + \frac{S}{T}\right) \times 2 = S$,解得 $T = \frac{10}{3}$。

7. C。$(100\% - 35\% - 23\% - 12\%) \times \frac{60}{12\%} = 150$。

8. B。$\dfrac{2.6}{\frac{0.22}{3} - \frac{0.25}{4}}$。

9. A。$\frac{20 - 20 \times 0.3}{14} + 0.3 = 1.3$(小时)$= 78$(分钟)。

10. A。$2\pi \frac{R}{1} = 314$。

11. A。假设这段布料长为 x,则 $\frac{3x}{8} - \frac{2x}{12} = 4$,解得 $x = 19.2$。

12. C。$12600 \times (7.25\% - 6.5\%) = 94.5$。

13. D。$40 \times (1 - 30\%) \times \left(1 - \frac{1}{4}\right) = 21$。

14. B。$18 \times 10 - 17 \times 9 = 27$。

15. A。$27 - (47 - 6 - 32) = 18$。

(二)

1. D。$3508 \times (3508 - 3510) = -7016$。

2. B。$\frac{0.333}{0.222} \times \frac{8.33}{0.833} = 15$。

3. A。$(8993 - 1) \times 88 - 8993 \times (88 - 1) = 8993 \times 88 - 88 - 8993 \times 88 + 8993 = 8993 - 88 = 8905$。

4. C。$\frac{99}{100} \times \frac{98}{99} \times \cdots\cdots \frac{89}{90} = \frac{89}{100}$。

5. C。3。

6. B。$(45 \div 10) \times 3 \times 15 = 202.5$。

7. A。$1.2 \times 150\% = 1.8$(元)。

8. C。 $\dfrac{320-(320\times\dfrac{1}{8}\times2+400)}{320}=\dfrac{5}{8}$

9. C。 $\dfrac{4}{\dfrac{1}{2}-\dfrac{3}{8}}=32$。

10. D。 $16.8\times\dfrac{1.25}{0.75}=28$。

11. C。 $(45-3)\times\dfrac{20}{60}=14$。

12. C。 $\dfrac{\dfrac{5}{3}-1}{\dfrac{5}{3}}=\dfrac{2}{5}$。

13. D。假设三人的教龄分别是 x、y、z,则 $x+y+z=96$;$x-y=9$;$z-x=9$,解得 $z=41$。

14. B。 $\dfrac{135}{12\times\dfrac{3}{4}\times\dfrac{1}{2}}=30$。

15. D。由题意可知,没有选古代史的有 $30-20=10$(人),没有选文学概论的有 $30-25=5$(人),则两门都没选的人最多有:$10-5=5$(人)。

(三)

1. B。 $(72+68)+(66+64)+75+71=416$。

2. C。 $781\times5\times4\times5\times4\times5\times6=781\times12000=9372000$。

3. D。 $\dfrac{97}{100}\times\dfrac{94}{97}\times\dfrac{91}{94}\cdots\cdots\dfrac{67}{70}=\dfrac{67}{100}$。

4. B。

5. D。设需加 x 千克盐,则 $\dfrac{50\%\times10+x}{50+x}=20\%$,解得 $x=6.25$(千克)。

6. B。 $3\times8+8=32$。

7. D。 $\dfrac{9-4}{0.5\times0.5\times0.5}=40$。

8. B。 $\dfrac{7200}{9-1}=900$。

9. C。 $\dfrac{60\times3}{3}=60$。

10. B。 $(15-6+1)\times6=60$ 即到下午三点为止共慢了一个小时,所以正确时间应该是 4 点钟。

11. C。 $60\div5+1=13$。

12. D。 $108\div4=27,27$ 为能被 3 整除,故第 108 号码应该分给第三个人,即为丙。

13. C。 $(10-1)\times2=18$。

14. C。假设蜗牛第 x 天爬到屋顶,则 $5x-4(x-1)=10$,得 $x=6$。

15. D。假设绳长为 x,则 $\dfrac{x}{4}-3=\dfrac{x-6}{3}-4$,解得 $x=36$,故桥高为:$\dfrac{36}{4}-3=6$。

(四)

1. D。

2. A。原式 $=(1+13)+(3+11)+(5+9)+7=14\times3+7=49$。

88

3. D。本题中四项数的个位都是1,相加后的个位必定是4,在四个选项中只有 D 项数的个位为4。

4. B。$5\% \times 4\% = 0.2\%$。

5. D。$\dfrac{90 \times 3 + 80 \times 9 + 70 \times 4 + 60 \times 4}{20} = 75.5$。

6. D。$2 - 1 = 19 - 4x, x = 4.5$。

7. C。$\dfrac{63000}{36} - \dfrac{18000}{12} = 250$。

8. D。假设单上历史课为 x 名学生,单上算术课的为 y 名学生,两门都选的为 z 名学生,则 $x + y + z = 750$;$x + z = 489$;$y + z = 606$;求得 $z = 345$。

9. B。$40 \times 12 + (52 - 40) \times 12 \times 1.5 = 696$。

10. B。$500 - 345 - 1 = 154$。

11. A。$12 \times 5 + 24 \times 2 - 8 = 100$(注意,周五晚上零点到早上 8 点,同周六早上零点到 8 点是重复的)。

12. D。假设三幕话剧的时间分别是:x、y、z,则 $z - x = 18$;$y = 2x$;$x + y + z = 138$;解得 $z = 48$。

13. A。不足 5 年工龄的有 $100\% - 40\% = 60\%$,至少 5 年不足 10 年工龄的有:$90\% - 60\% = 30\%$,至少有 10 年工龄为 $100\% - 90\% = 10\%$,工龄至少 5 年但不足 10 年的工人有:$16 \div 10\% \times 30\% = 48$。

14. C。假设第一次翻的日期为 x,则 $9x + (1 + 2 + \cdots\cdots 8) = 108$,求得 $x = 8$,所以 $8 + 8 + 1 = 17$。

15. C。$\dfrac{20 \times 10\% + 30 \times 20\%}{20 + 30} = 16\%$。

(五)

1. A。$(2 - 1) \times (3 - 1) = 2$。

2. D。

3. D。

4. B。$110 \times (100\% - 10\%) = 99$。

5. A。$(32 + 8) \times (28 + 4) - 28 \times 32 = 384$。

6. B。假设甲乙丙年龄分别为:x、y、z,则 $\dfrac{y - x}{y} = \dfrac{1}{6}$,$\dfrac{y - z}{z} = \dfrac{1}{6}$,$x - z = 4$,解得 $z = 36$。

7. B。$\dfrac{154 + 153 + 2 \times 150 + 2 \times 148}{6} = 150.5$。

8. B。$\dfrac{405}{0.9 \times 0.9} = 500$。

9. B。假设飞机全速飞行时的速度是 x,则 $\dfrac{4x}{2} + 4x = 72 \times 60$,得 $x = 720$。

10. B。$\dfrac{9955}{5} + 4 = 1987$。

11. D。$\dfrac{12}{2} = 6, \dfrac{24}{6} = 4$。

12. B。假设原售价为 x,则 $\dfrac{80\% x - 40}{40} = 25\%$,解得 $x = 62.5$。

13. B。假设剩下的场次是 x,则 $\dfrac{15 \times 40\% + 75\% x}{x + 15} = 60\%$,得 $x = 20$。

14. B。$\dfrac{16 \times 7.5 \times 6}{4 \times (16 + 2)} = 10$。

15. C。假设经过了 x 个小时,则 $14x + 13(x - 1) = 95$,解得 $x = 4$。

第三章 判断推理

★题型一览图

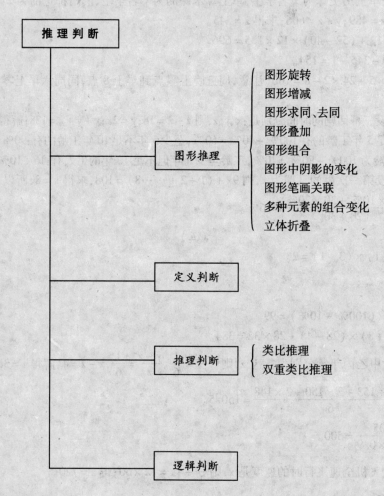

考试大纲要求

判断推理主要测查应考者对各种事物关系的分析推理能力,涉及对图形、语词概念、事物关系和文字材料的理解、比较、组合、演绎和归纳等。

考试大纲解读

判断推理能力是人的思维能力的核心部分,其涵义是指人们根据一定的先知条件,通过自己拥有的知识、思维进行判定、推断,对事物得出自己的结论的能力。通过对一个人的判断推理能力的判定,能够反映出他对事物的本质及事物之间联系的认知能力的高低。而人民警察所从事的工作无论对象、内容都是非常复杂的,且工作的结果具有一定的不确定性,因此,作为人民警察,其判断推理能力必须达到一定的水平,才能为完成日常工作打下良好的基础。正是基于这种原因,人民警察的录用才将判断推理作为一种基本的测试题型列入行政职业能力测验。

判断推理测验主要考查应考者的逻辑推理判断能力,而逻辑推理判断能力主要包括逻辑判断与逻辑推理两种能力。考查的内容涉及数学图形、词语概念、事件关系和文字材料的理解等诸多方面,需要综合运用比较、分析、概括、演绎、归纳和综合判断等多种抽象思维能力,因此判断推理题一直是行政职业能力测验的重点和难点,也是历年来许多考生最为头疼的题型之一。

第一节 图 形 推 理

考点解析

考试大纲对"图形推理"的要求:每道题给出一套或两套图形,要求应考者认真观察找出图形排列的规律,选出符合规律的一项。

图形推理题型主要考查应考者的抽象推理能力。因为它不依赖于具体的事物,也较少受到知识和文化背景的影响,往往靠人的直觉和图形上的想象,因而有人称此种测验为"文化公平"测验。图形推理与数字推理一样,要求应考者从已给出的图形排列中,找出图形排列的规律,再根据该规律推导出合乎规律的图形。

图形推理测验的形式主要有:一是常规图形推理。一道题包含两套图形,这两套图形具有某种相似之处又有差异存在,通常其中一套图形中包含一个问号,要求根据两套图形的规律推理,在所给之备选图形中选择最适合的取代问号。二是图形辨析和视觉推理。要求找到左边四个图形所呈现的规律,从右边给出的四个图形中找出与左边图形最先匹配的一个。三是平面图形的空间还原。要求从所给的平面几何图形选择一个适合该平面图形的空间图形。

典型例题详解

图形推理测验的试题都是遵循一定的规律的,应考者应当在复习过程中了解、熟悉其规律,并善于运用这些规律解决问题。解答图形推理试题应当注意、把握以下规律:第一,图形大小的变化规律;第二,图形旋转或者移动的规律;第三,图形相对或者相似的规律;第四,图形组合与叠加的变化规律;第五,图形阴影部分的变化规律;第六,图形构成元素数量递增或递减(减小)的变化规律;第七,图形构成元素笔画的相同、增减的变化规律;第八,图形构成元素移动、方向的变化规律;第九,图形构成元素组合或者分解的变化规律;第十,图形构成元素形状的变化规律;第十一,图形构成元素相同规律;第十二,一笔画成的规律,等等。

近几年人民警察的录用考试中,图形推理题型主要采取以下几种形式:

第一种:给出四个呈现某种规律的图形,要求从给出的四个备选图形中选出一个,能够与给出的四个图形连续上,并使得规律得以延续,从而使五个图形的变化和排列呈现出一致的规律性。

【例题】

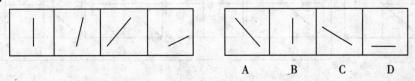

A B C D

【解析】答案为 D。最左边的图形中的直线是向上直立的,其后图形中的直线逐渐向右倒下,第五个图形中的直线应该恰好倒下,因此正确答案为 D。

第二种:每道题中包含两套图形和可供选择的四个图形。第一套图形包括三个图形,作答题参考之用,第二套图形包括两个图形和一个问号。应考者应从供选择的四个图形中选出最适合取代问号的一个图形。需要注意的是,两套图形具有某种相似性,要求应考者从已给出图形的排列方式中,找出图形排列的规律,并根据这个规律推导出问号处应填上什么样的图形而不违背这个规律。正确的答案不仅使两套图形表现出一致的规律或最大的相似性,而且应使第二套图形也表现出自己的特征。

【例题】

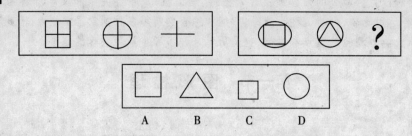

【解析】答案为 D。第一套图形中的前两个图形的共同之处就是第三个图形,依此类推,第二套图形中前两个图形的相同之处就是圆形,因此正确答案为 D。

第三种:即所谓的立体图形判断。给出一个黑白两色组成的图形(纸板),然后折叠,在提供的几个立体图中找出正确的折叠方式来。当然,立体图形的推理判断考查形式是多种多样的,考生可以预测并进行练习。这种题型主要考查应考者的空间想象能力。

【例题】

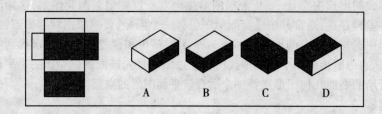

【解析】答案为 D。所给出的纸板折叠之后是一个长方体,这个长方体应该是上下两个面以及面积最小的一个侧面(短侧面)有阴影,通过观察可以发现 A、B、C 三项都是长侧面有阴影,只有 D 项符合条件,因此正确答案为 D。

第四种:图形辨别题。左边给出一个目标图形,右边给出四个供选择的图形。要求应考者从这四个图形中找出与左边图形完全一样的一个,这个图形可以是经过一定角度旋转的。这主要是考查应考者的图形空间想象能力和判断能力。这种题型在中央、国家公务员录用考试里已经不见,但很多地方还在采用。

【例题】

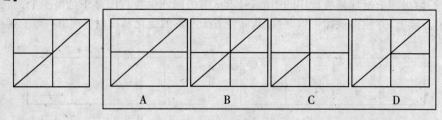

【解析】答案为 D。备选项 D 顺时针旋转 $180°$,即与给出的目标图形完全一样。以上是图形推理题的四种基本题型。解答图形推理题的基本方法是:仔细观察已经给出的图形,寻找其中的变化规律,并把这一套规律加以运用,选出符合要求的图形。所给出的图形的变化要点主要包括:外形,图形组成元素的数量、性质(点、线及其各种组合),图形及其组成元素的变化(移动、旋转、叠压等)的规律,阴影的组成及其变化,笔画的多少,等等。

下面就以图形变化中几种常见的规律为例,具体讲述如何解答图形推理题。希望对大家了解、熟悉相关规律有所帮助。

（一）图形旋转

【例题】

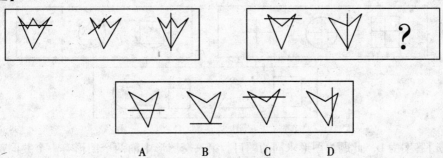

A   B   C   D

【解析】答案为 C。通过观察发现第一套图形中直线按顺针方向旋转,每次 135°。第二套图形的前两个图形中的直线也是沿顺时针方向旋转,每次 90°,根据第一套图形的规律推断,第三个图形中的直线应该是再顺时针方向旋转 90°,呈水平方向。另外,根据第一套图形中的直线怎么旋转都会与不规则图形的上部曲线交叉这一特点,第二套图形中第三个图形的直线也应当与不规则图形上部的曲线交叉,因此只有 C 项满足要求,故而 C 为正确答案。

（二）图形增减

【例题1】

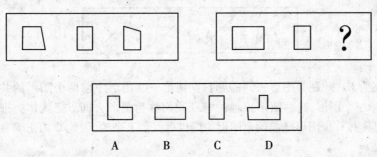

A   B   C   D

【解析】答案为 C。先观察第一套图形,其规律是:把第一个图形中与第二个图形相同的部分减去,然后把剩余的图形加在第二个图形的上部即得到第三个图形。由此推理第二套图形,只有 C 项图形满足要求,故而正确答案为 C。

【例题2】

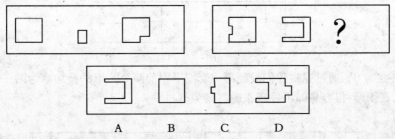

A   B   C   D

【解析】答案为 B。仔细观察第一套图形我们会发现,第一个图形在右下角减去第二个图形即为第三个图形,也就是说第二、三个图形组合在一起就是第一个图形。我们把此规律应用到第二套图形中,很容易发现第一个图形减去第二个图形后即为选项 B 所给出的图形,因此正确答案为 B。

（三）图形求同、去同

【例题1】

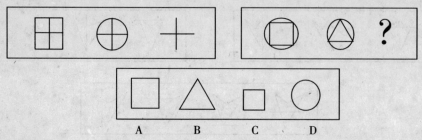

【解析】答案为D。此题为图形求同的题目。第一套图形中前两个图形有一个共同部分，就是都有一个"十"，而这个部分正好是第三个图形，这种图形推理我们称为图形求同。类推到第二套图形，我们发现，第二套图形中前两个图形的共同部分就是都有一个圆，则根据第一套图形的规律推断，问号处所代表的图形当为圆形，即答案为D。

【例题2】

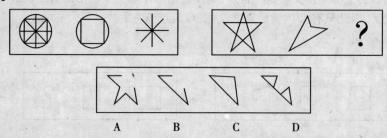

【解析】答案为C。此题为图形去同的题目。把第一套图形中前两个图形的共同部分去掉以后，就可以得到第三个图形，这种图形推理的特征我们称为图形去同。把规律类推到第二套图形，我们就可以发现只有C项图形是前两个图形去同以后保留下来的，因此C为正确答案。

（四）图形叠加

【例题1】

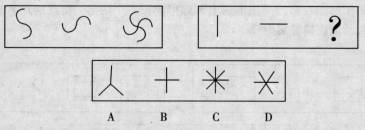

【解析】答案为B。通过观察我们发现第一套图形中前两个图形的叠加即为第三个图形。用此规律推导第二套图形，很容易即可发现正确答案为B。

【例题2】

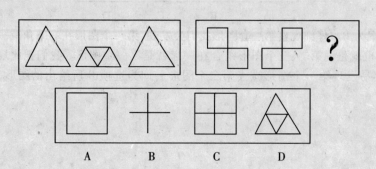

【解析】答案为C。在第一套图形中,前两个图形都是第三个图形的一部分,并且前两个图形有相同的部分,叠加之后可以得到第三个图形。这种叠加我们称为保留重叠的叠加。

【例题3】

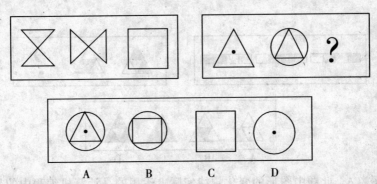

A　　　B　　　C　　　D

【解析】答案为D。观察第一套图形,前两个图形存在着共同的地方,即中间都有两条交叉线,而第三个图形没有了中间的交叉线,但却保留了前两个图形的不相同的部分,可见第一套图形的规律是叠加去同,即不保留重叠的叠加。把此规律类推到第二套图形中,前两个图形的共同之处就是都有三角形,而两者叠加之后去掉相同部分——三角形即可得到图形D。因此正确答案为D。

(五)图形组合

【例题】

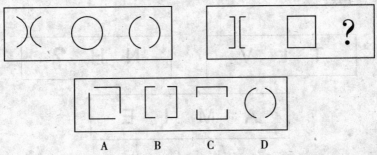

A　　　B　　　C　　　D

【解析】答案为B。首先观察第一套图形,我们发现三个图形的组成部分相同,区别在于它们的组合方式不同:第一个图形是两个半圆背对,第二个是相对并组成一个圆形,第三个是相对但有一定的距离。根据此规律,我们看第二套图形,发现组合的元素是两个半方形,第一个图形两个半方图形背对,第二个图形则是两个半方形相对且组成了一个正方形,那么根据前述规律很容易推知备选图形中的B项为正确答案。

(六)图形中阴影的变化

【例题1】

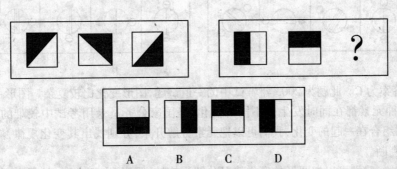

A　　　B　　　C　　　D

【解析】答案为B。根据第一套图形阴影部分的变化我们发现,第一个图形中的阴影在左上角,第二个图形中的阴影在右上角,第三个则在右下角,由此可见阴影部分是呈顺时针旋转的。再看第二套图形,第一个图形中的阴影在左半部,第二个图形中的阴影在上半部,根据第一套图形的变化规律,我们可以推断第二套图形的第三个图形当为 B,即阴影按照顺时针方向转到了右半部,正确答案为 B。

【例题2】

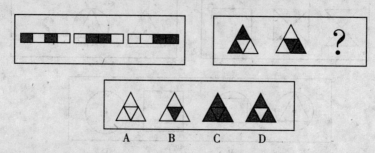

A　　　B　　　C　　　D

【解析】答案为 A。此题中图形的变化规律实际上运用的是计算机编程中的异或运算规律。仔细观察第一套图形,发现三个图形的基本结构相同,都是由四个小方块构成,只是阴影的位置不同。再看阴影变化的规律:前两个图形对应位置是相同的,即都有阴影或都没有阴影,则第三个图形中的对应位置就都有阴影;如果前两个图形对应位置不同,即一个有阴影,一个没有阴影,则第三个图形对应部分就没有阴影。根据这个规律,我们很快就会找出第二套图形的最后一个应该是备选答案的 A 项,即正确答案为 A。

（七）图形笔画关联

【例题】

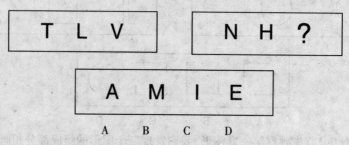

A　　　B　　　C　　　D

【解析】答案为 A。此题遵循的规律是笔画规律。第一套图形中的三个图形都由两画组成,而第二套图形中的前两个图形都是由三画组成的,那么根据第一套图形的笔画规律,第三个图形也应当是三画组成的,即正确答案为 A。

（八）多种元素的组合变化

【例题】

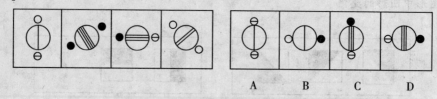

A　　　B　　　C　　　D

【解析】答案为 C。此题为 2003 年考试中的一道试题,图形变化比较复杂。图形由多种元素组合在一起,各种元素都在同时发生着不同的变化,是国家公务员录用考试中较难的图形推理题。对于多种元素组合在一起的变化,我们可以把元素分解开来,分别找出其变化规律,然后再组合起来观察,综合判断。

就此题来说,我们可以把图形的变化情况分解为旋转、阴影、内部大圆、外部小圆、大圆内部线条的变化、小圆内部线条阴影的变化等多个元素来考查。首先看旋转的情况。整个大图形是按照顺时针方向、每次旋转45°。这样一个变化规律来运动的,那么最后一个图形当为竖直的,只有 A、C 两项符合条件,排除 B、D 两项。再看小圆与大圆内部线条的关系。只要两个小圆所在的直线与大圆内部的线条垂直,两个小圆的特征就相同,即都为阴影或都为空白,否则,两个小圆的特征不同,而 A、C 两项中只有 C 项满足此项条件,因此 C 为正确答案。

【总结】对于多种元素组合在一起的变化,我们除了按照上述分析去寻找规律以外,还要善于运用排除法去排除错误的选项,这样不断地缩小目标,或许在分析的中途即可找出正确答案,从而节省了宝贵的时间,为考生赢得主动。

（九）折叠变化

【例题】

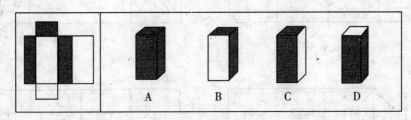

【解析】答案为 B。首先要对给出的纸板有一个仔细的观察,根据图形中的阴影与白的关系对折叠以后的立体图形事先有一个想象,并在大脑中形成轮廓,或者直接将出纸板图形中的阴影与空白的关系运用到选择项中,逐一排除,直至找到正确答案。无论是哪一种解题思路,关键的地方都是要抓住阴影部分的位置,只有找准了阴影部分的位置才能够迅速而准确地将正确答案找出来。

解题技巧点拨

1. 仔细观察所给出的图形。观察的要点是图形各个组成元素的特征及其变化趋势,如角度旋转、增减、叠加、求同、阴影变化等。

2. 找出给出图形的变化规律,并依据找出的规律去推理图形的下一步变化,或套到第二套图形上推理未知的图形。

3. 在观察图形、找出规律的过程中,考生需要注意的是,要善于结合第二套图形,用备选项中的图形来帮助自己,有时候备选项中的图形也会启发我们顺利找到图形的变化规律。

4. 在选择答案的时候注意力要集中,不要因为发生视觉错误而误选。

仿真强化训练

（一）

1.

2.

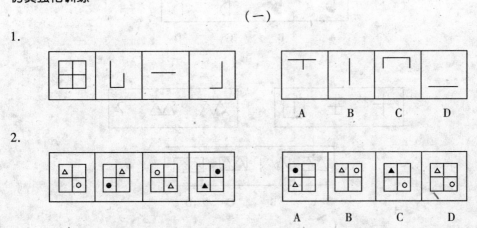

3.

A B C D

4.

A B C D

5.

A B C D

6.

A B C D

7.

?

A B C D

8.

?

A B C D

9.

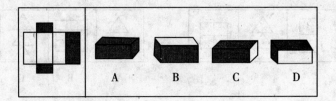

10.

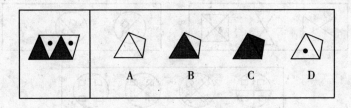

(二)

1.

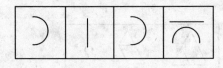 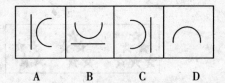

2.

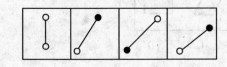 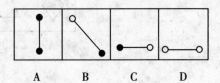

3.

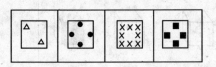 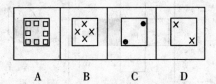

4.

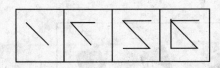 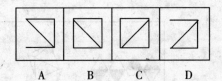

5.

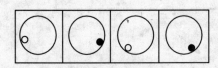 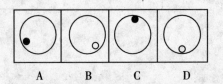

6.

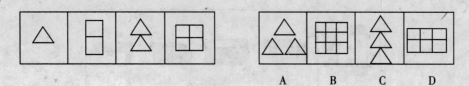

A   B   C   D

7.

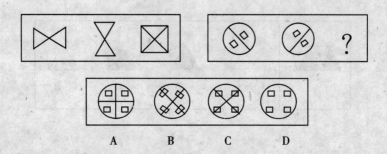

A   B   C   D

8.

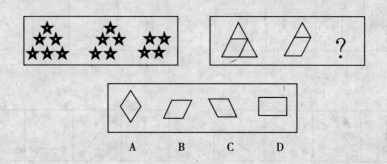

A   B   C   D

9.

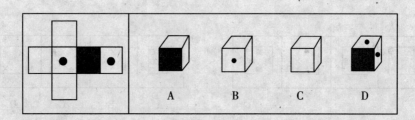

A   B   C   D

10.

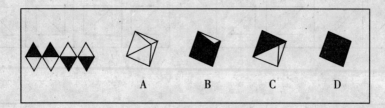

A   B   C   D

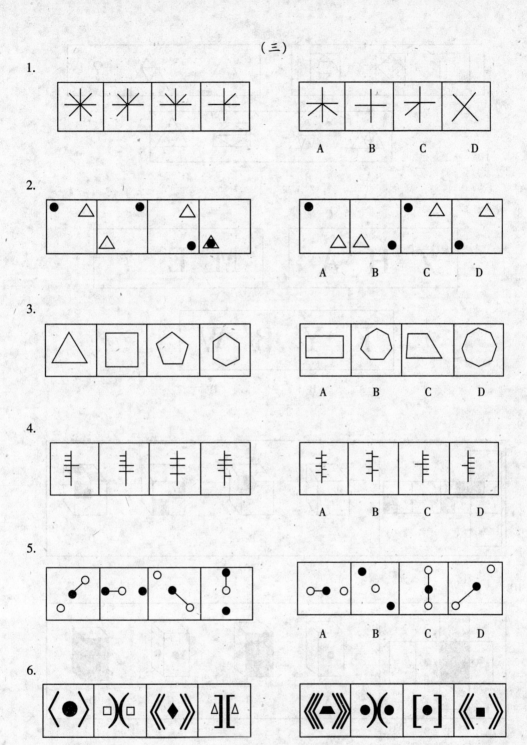

1.

A B C D

2.

A B C D

3.

A B C D

4.

A B C D

5.

A B C D

6.

A B C D

7.

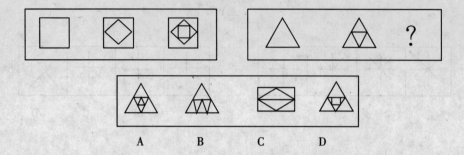

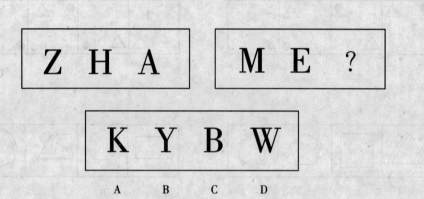

8.

Z H A   M E ?

K Y B W

A B C D

9.

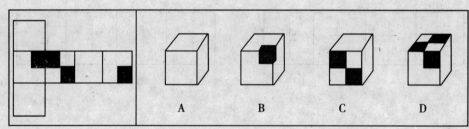

10.

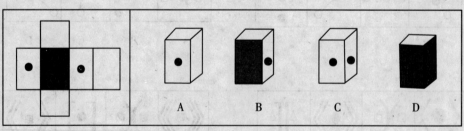

参考答案及解析

（一）

1. A。第一个图形是"田"字形，显然后面的几个图形组成了第一个图形。

2. D。田字格里的圆和三角形顺时针旋转。

3. D。横线上放的图形在图形的变化中，空心和实心依次交替变化，而横线下方的竖线，从第二个图形开始依次增加。

4. C。图形中的横线顺时针方向旋转。

5. A。

6. B。本题中在一直线上的图形，以45度，顺时针旋转。

7. A。阴影部分依次增多。

8. C。根据第一套图形的规律，第二个元素在第一个图元素上增加上下两画，第三个图形在第二个元素的基础上增加左右两画。

9. D。该纸板折叠后为长方体，面积最小的两个侧面为阴影部分，面积最大的一个侧面为阴影部分。

10. C。该纸板折叠后为三角椎体，该椎体的相邻两个侧面有阴影，其余相邻的两个有小圆点。

（二）

1. A。

2. C。最左边的图形是向上直立的，后面的图形沿直线顺势倒下，并且实心圆和空心圆间隔替换，故选 C。

3. D。正方形里面的小图形个数规律为2,4,6,4,2，并根据小图形在长方形里的位置和第一幅图一样，选 D。

4. B。图中笔画依次增多。

5. D。图中大圆圈内有个小圆圈在滚动，每滚动一次，位置就会降低一点，并且实心圆和空心圆交替一次，故选 D。

6. C。第一、第三个图形为三角形组成，且第三个图形是两个第一个图形垂直叠加，第二、第四个图形为正方形组成，依此推出第五个图形为三角形组成，并且数目要递增，且垂直叠加。

7. A。第一、第二个图形叠加成第三个图形。

8. B。根据第一套图形的规律，第二个元素为第一个元素去掉右下角部分，第三个元素为第二个元素去掉最上面的部分，故选 B。

9. B。此题折叠后为正方体，其中两个对称的侧面有实心圆，还有一个面有阴影。只有 B 正确。

10. C。该纸板折叠后为三角椎体，该椎体的相邻两个侧面有阴影。

（三）

1. B。图形是个"米"字形，随着图形的变化，从右下角斜线依次逆时针减少，到第五个图形，右上角的斜线消失。即为 B。

2. C。题中实心圆依次移向下一个直角，而三角形依次移动两次到下下个直角。

3. B。题中图形的边数依次增加。

4. C。题中图形的竖线右侧的横线依次增加，到第五个图形后变成了五根横线，只有 C 合适。

5. D。题中图依次顺时针旋转45度，每旋转一次空心圆变为实心圆，实心圆变为空心圆。

6. A。

7. A。把第一个图形叠加到第二图形中内，即为第三个图形。

8. D。第一套图形中，元素均为三画，第二套图形中前两个元素为四画，则第三个元素也为四画。

9. C。所给的纸板折叠后是一个正方体，在这个正方体一侧有两个斜对称的阴影部分，在这个侧面相邻的一面,有和阴影部分相连接的有阴影的小正方形,在这个侧面的对面有一个有阴影的小正方形。

10.B。所给纸板折叠后是一个长方体,在较大面积的长方形两个侧面有对称的黑点,在大面积的长方形有阴影。

第二节 定 义 判 断

考点解析

考试大纲对"定义判断"的要求:每道题先给出一个概念的定义,然后分别列出四种情况,要求应考者严格依据定义选出一个最符合或者最不符合该定义的答案。

定义判断主要考查应考者运用给定的标准进行分析、判断的能力。定义判断在法、检系统职业能力倾向测试中常见,也是人民警察一项基本的职位要求。

定义是揭示概念特有属性的逻辑方法,所谓特有属性就是该类事物与其他事物的区别点,把握定义也就是把握这个区别点。因此应考者在做定义判断题的时候,首先就要注意严格、准确地把握定义的关键词和核心意思。有时候定义因为追求严谨而使用很多非常拗口的词语、句子,需要考生集中精力认真阅读。然后,考生应从定义出发,仔细阅读文中所给的各种事例,并把事例和给出的定义相对照,看看是否和定义的规定相符合。如果能够仔细界定哪些符合定义,哪些不符合定义,就可以得到正确的答案。

在做定义判断题的时候,考生需要特别注意的一点是:题干中给出的概念的定义是正确的,不容置疑的,不要对定义提出质疑,不要在进行判断的时候掺入自己已有的知识、经验等,否则会影响正确答案的选择。

典型例题详解

【例题1】谋杀:当一个人不但企图造成另一个人的死亡,而且也造成了这个人的死亡,或是由于一个人的行为,明明知道其正做着一件可能造成另外的人被杀死的危险的事情,其仍然不顾别人生命而造成他人的死亡。

根据以上的定义,下面哪种行为是典型的谋杀:(　　)

A. 于力清与妻子发生争吵,打了她一巴掌,为的是不让她再哭,不巧将她打倒,她在倒下时,头碰在地板上,后来由于头部受伤而死亡

B. 一位老人得了一种绝症,不能忍受痛苦,请求护士给他服用致死剂量的安眠药,这个护士非常同情老人,就给了他,结果老人死亡

C. 曾宪以每小时25公里的速度在拥挤的公路上驾车行驶,没留神,他失去了对汽车的控制,撞上另外一辆汽车并引起爆炸,结果同车赵某死亡

D. 汤啸,动物园管理员,正在动物园打扫老虎的笼子,打扫完后,他忘了锁门就离去,结果,虎从笼子里跑出来,咬死了一个游客

【解析】答案为B。严格依据定义进行判断。A项中的"不巧"一词、C项中的"没留神"一词、D项中的"忘了锁门"一词表明A、C、D三项所说的都是无意中造成的死亡,不是典型的谋杀。只有B项中的属于谋杀,因为虽然是出于同情,但护士肯定知道给病人服用致死剂量的安眠药是会导致病人死亡的,这与定义是符合的,所以B项为正确答案。

【总结】定义判断中给出的定义一般都是很严谨的术语,因此考生在分析选择项的时候要善于抓住一些语言上的细节去和定义做比较,这样就会比较容易做出正确的判断。

【例题2】生产、销售伪劣产品罪,是指生产者、销售者在产品中掺杂、掺假,以假充真,以次充好,或者以不合格产品冒充合格产品,销售金额在5万元以上的行为。

根据定义,下列选项所列情形中,哪些构成生产、销售伪劣产品罪?(　　)

A. 王某开办的地下药厂生产脚气灵软膏,售出后获利5.6万元,经鉴定该药属于假药,对治疗脚气病根本没有疗效

B. 个体食品店老板秦某为贪便宜长期进货销售冒充双汇牌子的"远香"牌火腿肠,获利5万元。经查,该火腿肠虽是冒牌的,但质量也到了同类行业的基本标准

C. 杨某从别人那里购进大量低质的化妆品,销售数额45,000元,造成很多人脸部伤害,有的甚至毁容

D. 江某命令工人制造假酒,用了甲醇,结果造成五六人中毒失明

【解析】答案为A。根据定义仔细分析,我们可以看出:(1)如果销售者销售的产品不合格或使用性能存在瑕疵而事先作出说明的,不构成犯罪,也不构成生产、销售伪劣产品罪。(2)生产者虽然生产了大量的伪劣产品,但该生产者没有销售该产品,或者销售者虽然购买了大量伪劣产品但没有销售该产品,一般不能认定构成本罪。因为刑法规定构成生产、销售伪劣产品罪必须是"销售金额在5万元以上",没有销售,当然不存在销售金额,更谈不上达到5万元以上。当然,对这种情况,有可能构成其他罪。(3)生产、销售伪劣产品罪只能由故意构成,如果行为人由于疏忽大意而使产品中掺入杂或假的东西或错把次的、不合格的产品当成好的、合格的产品销售的,不构成本罪。(4)情节显著轻微危害不大的,不认为是犯罪。对比备选项,A项经鉴定该药属于假药,对治疗脚气病根本没有疗效,说明也没有什么危险性,行为人制造假药,肯定是一种生产、销售伪劣产品的行为,而且行为数额已经达到了规定的5万元,构成了生产、销售伪劣产品罪。因此A为正确答案。

【例题3】交通肇事罪:又称为交通重大事故罪,是指从事交通运输的人员因违反规章制度而发生的重大交通事故,致人重伤、死亡或者使公私财产遭受重大损失的行为。

根据上面的定义,下面哪一种行为构成了典型的交通肇事罪:(　　)

A. 运输公司王某送货途中,一小学生突然横穿马路,他来不及刹车将其撞成重伤

B. 朋友婚礼上,经不住大家的劝酒,司机小刘多喝了几杯。送新人回家的路上,小刘因为酒后迷糊,开车撞倒了路边的电线杆

C. 姚某在公司受到了老板的不公正待遇,积郁已久。一日,为了报复,他开车将老板撞成了重伤

D. 修车行替司机小李修车时,忘了检修刹车,结果小李在高速公路上刹车无效,撞上了另一辆汽车,使得同车的赵某死亡

【解析】答案为B。根据定义,交通肇事罪是由于违反了规章制度而造成了重大伤亡或财产损失,并非蓄意伤害或意外事件,故只有答案B最符合该定义。

【例题4】能力:指从事各种活动、适应生存所必需的且影响活动效果的心理特征的总和。能力决定了员工可以达到的绩效水平。能力可以分为智力和躯体能力,它不同于知识和技能。

根据以上定义,下面哪种行为属于能力的范畴:(　　)

A. 小王今年拿到了清华大学的博士学位

B. 小李的刀具加工技术确实非常不一般,连外国人都点名要他去那里工作

C. 小孙背诵圆周率能背到小数点后100位

D. 小赵是个漫画迷,他可以跟你说三天三夜漫画故事

【解析】答案为C。在所给选项中,A选项只是说一种现象,不符合能力定义,B选项是说明小李技术水平高,没有提及其所影响的活动效果,D选项跟B选项类似。只有C选项包含了定义中所规定能力的两个方面:从事活动、适应生存所必需的心理特征与影响活动效果的心理特征,C选项中这两个方面分别为:记忆(隐含)和能背诵到小数点后100位,所以只有C选项为正确选项。

【例题5】国家指导价:指由县级(含县级)以上各级人民政府物价部门、业务主管部门按照国

家规定权限,通过规定基准价和浮动幅度、差率、利润率、最高限价和最低保护价等,指导企业制定的商品价格和收费标准。

根据定义判断哪种情况属于国家指导价?(　　)

A. 某贸易公司购进一批钢材,当时钢材属于紧俏货,其他公司的售出价格远远高于钢铁公司的出厂价。但为了维护该公司的声誉,公司经理决定钢材的定价以不高出50%的利润为原则

B. 某织袜厂生产了一批袜子,由于棉线的价格上涨,因此厂里决定由原来的每双2元提高到每双3元

C. 由于汽油等原料、人工费用的不断不涨,市公共汽车公司一直亏损经营,为此公共汽车司机希望提高车票价格,经市政府批准,公共汽车票价在原来的基础上全部提高1倍

D. 由于粮食减产,粮食价格不断上扬,引起市场波动,为此市场物价部门宣布粮食的最高售价

【解析】答案为D。根据定义,A、B、C三个选项都不属于国家指导价,因为贸易公司可自行提高钢材价格,织袜厂可自行提高价格,汽车公司经市政府同意后也可提价。而粮食价格则由政府制定了最高售价,因此D是正确的选项。

【例题6】健康:指一个人智力正常,行为合乎情理,能够适应正常工作、社会交往或者学习,能够抵御一般疾病。

根据健康的定义,下列属于健康的是:(　　)

A. 大学教授老李,虽然五十多岁但工作起来仍然精力充沛,在今年春天患流感

B. 张婶十九岁的儿子肖聪,读书十一年还是小学二年级水平,但是从小到大没生过什么大病;体力活可以干得很好

C. 小胡硕士毕业后,工作表现一直很优秀。自一次事故后,当工作压力比较大的时候就会精神失常

D. 小刘身体很好,工作非常努力,孝敬父母,但是很多同事说他古怪,不愿与其交往

【解析】答案为A。根据定义,B、C、D三项都与健康的定义有不符之处;B项中肖聪读书十一年还是小学二年级水平,属于智力不正常,C项中的小胡在工作压力比较大的时候会精神失常,D项中小刘行事古怪,同事不愿与其交往,影响正常的社会交往。只有A项与定义相符,流感不是一般的感冒,患流感与否不能作为健康与否的判断标准。故而A为正确答案。

【例题7】犯罪中止:在犯罪过程中,自动放弃犯罪或者自动有效地防止犯罪结果的发生。

根据上述定义,下列情况属于犯罪中止的是:(　　)

A. 一个歹徒意图抢劫一位先生的包,不料他看错了人,这位先生是一位身着便衣的警察,两个人一交手,歹徒发现自己不是对手,于是落荒而逃

B. 一中学生因成绩不好而被老师罚站,自觉颜面尽失。于是趁夜色带着一把刀闯进老师家中要把老师杀掉,这位老师虽然身体瘦弱,但却沉着冷静,他展开心理攻势,使这位学生认识到后果的严重性,终于放下了手中的刀

C. 一个盗窃集团盯上了一家大公司,准备伺机行窃。后来听说该公司由于一笔大买卖翻了船,现已濒临破产,于是打消了偷盗该公司的念头

D. 一大学生得知其父母在家中受人百般欺凌,十分气愤,瞅了个机会把仇人打死了。后来他醒悟过来了,十分后悔,马上跑到公安局自首

【解析】答案为B。在做题之前,我们先分析一下犯罪中止的概念。首先,必须在犯罪过程中;其次,犯罪分子必须自动放弃犯罪;或者有效地防止犯罪结果的发生。下面我们分析选项中给出的案例。选项A中歹徒本非自动放弃了犯罪,他是因为受害者反抗而犯罪未遂;选项B中该种学生持刀闯入老师家中,已经构成了犯罪行为,在老师的心理攻势之下,他自动放弃了犯罪行为,而该行为是他完全有能力完成的,属于犯罪中止,选项C不能构成犯罪中止,因为其行为是由于犯罪

对象的情况发生了使其不能实现其犯罪目的的变化,而在犯罪准备阶段停止了犯罪,属于犯罪预备;选项 D 中该大学生的行为已经导致了犯罪结果的发生,也就不成立犯罪中止。故选 B。

【例题8】国家赔偿:指国家机关及其工作人员违法行使行政、侦查、检察、审判、监狱管理等职权,侵犯公民、法人和其他组织的合法权益并造成损害的,由法律规定的赔偿义务机关对受害人予以赔偿的法律制度。

下列不属于国家赔偿条件的是:(　　)

A. 国家赔偿以国家机关及其工作人员违法行使职权为前提

B. 国家赔偿以法律规定为赔偿准则

C. 国家赔偿以侵犯公民、法人和其他组织的合法权益并造成损害为条件

D. 国家赔偿以财政部门为赔偿义务机关

【解析】答案为 D。由相关定义可知,国家赔偿的义务机关不仅仅是财政部门,在本题中未提到赔偿义务机关的具体部门。故选 D。

【例题9】行政许可:指行政主体根据行政相对人的申请,依法赋予其从事某种事项或活动的资格或者权利的行政行为。

根据以上定义,下列行为属于行政许可的是:(　　)

A. 登记　　　　　　　　　　　　　B. 产品质量认证

C. 颁发营业执照　　　　　　　　　D. 授予荣誉称号

【解析】答案为 C。A、D 项一般不存在申请人问题。B 项并非赋予其从事某种事项或者活动的资格或者权利的行政行为。故选 C。

【例题10】行政复议参加人:指行政争议的当事人和与行政争议的具体行政行为有利害关系而参加行政复议的人。

根据以上定义,下列不是行政复议参加人的是:(　　)

A. 行政复议的被申请人　　　　　　B. 行政复议的第三人

C. 行政复议的鉴定人　　　　　　　D. 行政复议第三人委托的律师

【解析】答案为 C。本题的 A、B 项中的行政复议的申请人是行政争议的当事人,行政复议当事人委托的律师属委托代理人,以当事人名义享有权利义务,类似于当事人的地位。行政复议的鉴定人是为了在程序上协助复议的顺利进行,在实体上与复议没有权利义务关系。故选 C。

解题技巧点拨

1. 准确把握定义项的关键词和核心意思

定义揭示了概念的特有属性,特有属性是该类事物与其他事物的区别之处。通过关键词把握定义就是要把握这些区别之处,也只有这样才能快速、准确地理解定义。因此,抓住关键词是解答定义判断题的最重要的途径。常见的定义中的关键词主要有这样几类:"主体"即"概念的承受者"、"内容"、"时间"、"地点"、"对象"等。

2. 对选择项进行归纳和抽象,并在此基础上把握其关键词

这些关键词会帮助应考者快速判断该选择项是否与题干给出的定义相符,从而达到事半功倍的效果。

3. 解答定义判断题应遵循的原则

首先,注意严格从题干给出的定义出发进行分析判断,而不要从自己对概念的理解或者自己已掌握的概念定义去衡量,当题干的定义与自己已掌握的定义有差异时,注意必须以题干中的定义为准,即题干所给出的定义是不容怀疑的。如果在判断的时候加入了自己的主观理解,很容易出现偏差。

其次,充分利用自己的背景知识准确理解定义项的关键词,并对选项中的叙述进行准确地归

纳和抽象。这里要特别提醒应考者注意，当遇到自己所学专业的概念时，不要把简单问题复杂化，而要紧扣题干所给的定义本身及其关键词。

仿真强化训练

（一）

1. 招标：是招标人在买卖大宗商品、发包建设项目或合作经营某项业务前，不经过一般交易磋商程序，而是公开征求应征人递盘竞争，最后由招标人选定交易对象订约的交易方式。

下列交易方式属于招标的是：（　　）

A. 县政府为修建二级公路，发布通告，征求具二级资质以上单位前来竞标

B. 美国悬赏 500 万美元活捉拉登

C. 华通公司上市股票以十元价格抛出

D. 李叔的别墅想出售，便标价九十万，并声明可以议价

2. 回避制度：是指与刑事案件有某种利害关系或其他特殊关系的司法工作人员，包括侦查人员、检察人员、审判人员、书记员、鉴定人、翻译人员等，不能参加该案件处理工作的一项诉讼制度。

在某一案件中，下列人员可以不回避的是：（　　）

A. 当事人妈妈，法院法医鉴定员

B. 当事人哥哥，负责法院同声翻译

C. 当事人的同学，邮递员，住在法院隔壁

D. 当事人的父亲，该县检察院副检察长，党组宣传委员

3. 假想防卫：是指客观上并不存在正在进行的不法侵害，而行为人主观上误认为正在发生不法侵害，而对想像的"侵害人"实施了防卫行为。

下列不属于假想防卫的是：（　　）

A. 某人隐约发现有人躲在窗下，以为是盗窃犯来偷东西，用棍子将其打伤，结果却发现是小孩在捉迷藏

B. 乙某在街上走时发现前面一个正是公安局通缉的贪污犯，随即上前将其抓住，结果发现认错人了

C. 村民李某因连续被盗十分恼火，一天晚上，他发现有人悄悄走进其院子，顺手便打却发现原来是儿子回来晚了

D. 甲某深夜拦路抢劫，结果发现是自己的中学同学，深感内疚，向其道歉，却被闻讯赶来的人暴打一顿

4. 监护：是指为了保护无民事行为能力的人或限制民事行为能力的人的合法权益而由特定的公民、组织对其人身、财产及其他合法权益进行监督、管理和保护的一种法律制度。

根据上述定义，下列各项中不属于监护的是：（　　）

A. 小明在未满 10 周岁之前，其父母一直照料他的衣食住行，还时刻注意他的身体健康。为了小明，其父母花费很多时间、精力

B. 小刚是一个 15 周岁的学生，尚未完成九年义务教育却非要退学，其父母说什么也不答应，非要他最少读完初中

C. 王飞在 24 岁那年，父母给他介绍了一个对象，尽管王飞很不愿意，双方家长还是共同努力撮合了这桩婚姻

D. 赵某因受到打击患上了严重的精神分裂症，往往会做出许多令人意想不到的事情。住院期间，其妻子怕他出事，一直看着他，不让他走出医院

5. 共同犯罪：是指二人以上共同故意犯罪。共同犯罪必须具备以下三个条件：第一，犯罪主体是两个以上达到刑事责任年龄具有刑事责任能力的人；第二，有共同的犯罪故意；第三，有共同的

犯罪行为。

根据上述定义,下列情况中哪一个属于共同犯罪?（　　）

A. 一公司职员在最后离开时忘了锁门。一惯偷发现后进入行窃,盗走了大量钱款及贵重物品

B. 两人有矛盾,怀恨已久。一日酒后其中一人王某找了一个兄弟,二人商议要除掉其对头顾某,其兄弟一时激于义气,独自操刀到顾家意图行凶,砍伤顾某,幸被拉住,没有出人命

C. 公司的总经理与会计两人串通好,一起做手脚,侵吞公款达三十多万元

D. 有一个人非法制造炸药,然后便宜出售以获取一些收入。有一天,一个自称姓许的人从他那里买了大量炸药,然后实施了一件震惊全国的大爆炸案

6. 留置:是指债权人按照合同约定占有债务人的动产,债务人不按合同约定的期限履行债务的,债权人有权依法留置该动产,以该财产的折价或者以拍卖、变卖该财产的价款优先受偿。

根据上述定义,下列情况中属于留置的是:（　　）

A. 一企业家雄心勃勃,他在企业效益特别好的时候,并没有把利润以股息、红利、奖金等形式散发下去,而是留在企业,作为进一步发展的资本

B. 银行在康某到期仍无力偿还贷款的情况下,以其作为抵押的房产折价拍卖后全部款项归人银行

C. 某企业因经营不善,无力偿还其所欠另一家企业的债务,依据合同,在其宣告破产后,另一家企业直接接管并拥有了该企业

D. 一古董商因买进一批重要文物需大笔钱财,因此他向一位同行签订合同借款 500 万。在合同生效后,根据合同另一古董商取走了他店里的一批古董作为抵押

7. 行政许可:是指行政主体根据行政相对人的申请,依法赋予其从事某种事项或活动的资格或者权利的行政行为。

根据以上定义,下列行为属于行政许可的是:（　　）

A. 登记　　　　　　　　　　　B. 产品质量认证
C. 颁发营业执照　　　　　　　D. 授予荣誉称号

8. 人工智能:能够模仿人的智能和行为,在复杂多变的未知环境中能够感知环境和决策规划,从而主动地执行任务或者完成设定的目标。按照定义,下列属于人工智能范畴的是:（　　）

A. 全自动洗衣机在使用者把衣服加进之后,能够自动地完成注水、洗衣、换水和甩干等一系列的洗衣流程

B. 装配线机器人能够根据工程师预先设定的参数,完成不同机器设备的不同零部件的装配工作

C. 性格测试软件能够根据测试者的各种输入参数,按照设计好的算法进行计算,从而给出被测试者的性格描述

D. 日本索尼公司新研制的机器狗,能够根据人的穿着和外貌特征识别出男女,分别用"先生您好"和"小姐您好"和不同的人打招呼

9. 共同共有:是指两个或两个以上的共有人对共有财产享有同等权利并承担同等的责任和义务。

根据上述定义,下面哪一种情况属于共同共有?（　　）

A. 某百万富翁死前立下遗嘱,言明他所有的存款及房产折价后,平等地分给他的两个儿子,两个人各享有一半财产的继承权

B. 某大学的学生宿舍按规定应该每个宿舍住六个人,由于人数原因,最后一个安排的宿舍里只有三个人。后学校给每个宿舍配了一台饮水机,这三个人的宿舍也装了一个

C. 某风险投资商投资于某一正在发展的小型企业,并言明该企业以后实行股份制,原企业董

事长拥有30%的股份,风险投资商占有70%的股份

D. 两个伙伴合伙开办了一家公司,一个负责经营,一个负责开发,但他们在合伙前就以书面的形式言明,两人共同拥有这家公司,但是一旦破产欠债,管开发的人不负责还债

10. 仲裁:是双方当事人,根据国家有关法律的规定或根据他们之间事前或事后的协议,自愿地把争议提交第三者(依法建立的仲裁机构),申请第三者以中间人的身份,依法对当事人间发生的争议进行判断,作出裁决,从而解决纠纷的一种法律制度。

下列活动属于仲裁的是:(   )

A. 李红和丈夫闹矛盾,上法院申请离婚

B. 村里的几户人家因为争水而斗殴,请德高望重的村长主持公道

C. 甲公司和乙公司约定,若合同无法执行,不得私自估算财产,而由市仲裁委派人估算

D. 省人大做出对李某的罢免决定

(二)

1. 反诉:是指在已经开始的民事诉讼中,被告向审判机关提出的旨在使原诉被撤销或失去作用的请求。反诉中被告即是本诉的原告,反诉最迟应在本诉判决之前提起。反诉只能向审理本诉的审判机关提起,反诉与本诉的诉讼标的或诉讼理由应当具有牵连的关系。

根据上述定义,下面哪种情况属于反诉?(   )

A. 两人因为民事纠纷诉诸法律,法庭作出一审判决,被告胜诉,原告不服,于是又向高一级的人民法院提出了诉讼请求

B. 一个无业游民有一次私闯别人住宅被人以入室行窃罪告上法庭。但是在他进入主人房间时发现了主人有重大的杀人嫌疑,于是他以谋杀罪对该主人进行起诉

C. 一工厂经理因挪用公款被会计发现,因怕他会告发,于是恶人先告状,以渎职等罪名对会计进行起诉

D. 广东两家公司发生经济纠纷,卖方因为买方拒不履行合同,交付全部货款对买方进行起诉。在审理中,买方认为因为是卖方货物质量太差造成的,买方理由充分,因而对原告进行起诉,以讨个说法

2. 不公平竞争:是一个企业采用不正当或者不公平的手段,提高其产品的市场份额,给生产同类产品的竞争对手造成了不公平的市场环境,严重损害其竞争对手的利益。

根据定义,下列行为不是不公平竞争的是:(   )

A. 微软在其操作系统中捆绑IE浏览器,用户购买操作系统的同时也购买了IE浏览器,导致大量用户不再另外购买其竞争对手Netscape的浏览器

B. 20世纪80年代,IBM公司投入大量资金研制超大型计算机的关键技术,成功之后申请专利,造成20世纪90年代在超大型计算机领域IBM一手遮天的局面

C. A公司和B公司都生产减肥药品,为了扩大其市场占有份额,提高销售利润,A公司在电视台和一些报纸上大做宣传,指出B公司药品的种种缺点和副作用,导致消费者拒买B公司的产品

D. A公司为了和B公司争夺市场份额,制作电影广告,显示一架机徽为A的战机向即将倾覆的(标志为B)军舰投下重磅炸弹

3. 电子商务:是指通过数字通信进行商品和服务的买卖以及资金的转账。

根据上述定义,下列不属于电子商务的是:(   )

A. 微软公司建立自己的主页,提供网上订购电脑软件业务

B. 企业与企业之间通过网络银行实现转账支付

C. 新浪网每天向人们免费提供大量信息

D. 亚马逊网络书店在网络上接受订单,但通过邮寄的方法交付产品

4. 法人：是指具有民事权利能力和民事行为能力，依法独立享有民事权利、承担民事义务的组织。法人需要具备四个条件：①法人必须依法成立；②法人必须有自主经营的财产；③法人必须有明确的组织机构、名称和场所；④法人必须能够独立地承担民事责任。

根据上述定义，下列哪一个属于法人：（　　）

A. 驻港部队

B. 国营百货大楼

C. 清华大学建筑系

D. 省高教自考办公室

5. 行政复议参加人：是指行政争议的当事人和与行政争议的具体行政行为有利害关系而参加行政复议的人。

根据以上定义，下列不是行政复议参加人的是：（　　）

A. 行政复议的被申请人

B. 行政复议的第三人

C. 行政复议的鉴定人

D. 行政复议第三人委托的律师

6. 犯罪预备：是指为了犯罪准备工具、制造条件的行为。

根据以上定义，下列行为中，甲的行为属于犯罪预备的是：（　　）

A. 甲、乙、丙、丁四人预谋某晚去某超市盗窃，由甲提供一辆三轮车。届时甲因害怕未去，由乙、丙、丁三人用甲提供的三轮车盗走超市的大批名贵手表

B. 甲与乙有仇，遂寻机报复。一天甲得知乙一人在家，便携带匕首向乙家走去，途中突然腹痛，只得返回家中

C. 甲于某日携带匕首前往乙家，准备杀乙泄愤，途中遇联防人员巡逻，甲深感害怕，折返家中

D. 甲在树丛中向仇人乙射击，连开了两枪未击中乙，乙因害怕而求饶，甲在能够继续开枪的情况下不再开枪

7. 漏税：指纳税人并非故意未缴或者少缴税款的行为。对漏税者税务机关应当令其限期照章补缴所逾税款；逾期未缴的，从漏税之日起，按日加收税款滞纳金。

根据上述定义，下列情况中属于漏税行为的是：（　　）

A. 杜某开了一家书店，税务部门规定对他的税款实行查账征收。当顾客不要求开发票时，他就不开发票；而当有大笔交易并且客户要求开发票时，他就将发票客户联撕下来，客户联与存根联分别填写，客户联上按实际数字填写，而存根联上则填写较小的数字

B. 某著名歌星在某城市举行了一场个人演唱会，票房收入高达 40 万元，根据演出协议，这位歌星拿到了票房收入的 25% 约 10 万元。第二天，该歌星又开赴另一城市演出去了

C. 小李是一家小商店的店主，主要经营日用百货，税务管理部门核定他每月缴税款 500 元，他每个月都准时到税务局主动缴纳税款，但上个月由于家中出了事情，几乎没有营业，当然也就没有什么盈利，因此他就没有到税务局去缴纳税款

D. 黄兴是一个屠夫，他干这一行已经好多年了，最近猪肉紧缺，价格上涨很快，县物价局对猪肉作了最高限价。由于购买生猪的价格又很高，他们的利润很低。为此，黄兴对税务征管员说，如果政府不取消限价，他们就不缴纳税款

8. 广告：指为了商业目的，由商品经营者或服务提供者承担费用，通过一定媒介或一定形式，如通过报刊、电视、路牌、橱窗等，直接或间接地对自己推销的商品或者所提供的服务进行的公开的宣传活动。

下列属于广告活动的是：（　　）

A. 水泥厂的厂长为了更好地销售水泥,向邻县的包工头送礼一百万元

B. 小布什为了当总统,不惜重金在电视上和报刊上发表演说

C. 李宁牌服装赞助中国体育代表团出征奥运会,获得良好的社会效应和经济效益

D. 老师规定学生考试一定要用圆珠笔

9. 国家赔偿:是指国家机关及其工作人员违法行使行政、侦查、检察、审判、监狱管理等职权,侵犯公司、法人或其他组织的合法权益并造成损害的,由法律规定的赔偿义务机关对受害人予以赔偿的法律制度。

根据上述定义,下列属于国家赔偿的是:(   )

A. 某战士因公殉职,国家追认其为烈士,并发给其家人每年1万元的抚恤金

B. 工商机关因错误地吊销某个体户的营业执照,使其蒙受经济损失,因此给予一次性2万元赔偿

C. 公务员李某因丢失从邻居处借来的一条金项链,赔了人家3000多元钱

D. 国家财政每年从税收中拿出一部分用于扶贫建设

10. 合同:是当事人之间设立、变更、终止民事关系的协议。依法成立的合同,受法律保护。合同的成立要遵循两项原则:①合法原则;②平等互利、协商一致、等价有偿原则。

根据上述定义,下列不属于合同的是:(   )

A. 学校扩展校园需要征地,经过协商后与学校周围的地产所有者签订契约,以每平方米2500元的价格购进,先付钱后拆迁。契约在一个月内没有履行者要受到罚款

B. 一家企业与原料供应厂商订立了一年的合作关系契约,企业一次性提供给原料厂10万元资金供其周转,原料厂保证每月要向企业提供一定数量的原料

C. 两个盗窃犯在作案前订立生死协议,一旦两个人中有一个人被抓住,绝不可以供出第二个人

D. 一家出版商与某作家签订一份合作协议,作家写一本15万字的纪实小说,出版商在成书后付给他1万元稿费作为报酬,逾期不能交付就要按日扣钱

（三）

1. 社会保障:是国家和社会依据一定的法律和规定,通过国民收入的再分配,对社会成员的基本生活权利予以物质保障的一系列社会安全制度。

下列不属于社会保障的是:(   )

A. 国家面向工资劳动者提供的保障女职工生育期间生活的生育保险

B. 社会给下岗职工提供最低生活补助

C. 国家给所有退休军人提供生活保障

D. 红十字会向灾区人民发放生活救济

2. 无效婚姻:是指欠缺婚姻成立条件的男女结合情形,它包括违反法定条件的无效婚姻和违反法定程序的婚姻。结婚的法定条件为:①必须男女双方完全自愿;②必须达到法定婚龄。③必须符合一夫一妻制。结婚程序大致分申请、审查、登记三个环节。

根据上述定义,下列属于无效婚姻的是:(   )

A. 两个70多岁的老人因同时丧偶失去照应,遂登记后结为夫妻

B. 小林与三姐青梅竹马,但双方父母都反对这门亲事,于是二人毅然私奔过上了事实上的夫妻生活

C. 一位50岁的中年画家娶了一位27岁的女青年为妻,生活幸福

D. 张大哥与冯二姐的婚姻是父母找人撮合的,但也经过了他们二人的同意

3. 联营:是指两个或两个以上的企业之间、企业与事业单位之间,在平等自愿的基础上,为实

现一定的经济目的而实行联合的一种形式。

根据上述定义,下列几个情形中不属于联营的是:(　　)

A. 在国家教育部的引导和支持下,为了实现资源的有效共享,也为了北大能尽快发展成为世界一流大学,北京大学与原北京医科大学合并,合并后的北医大成为北京大学医学部

B. 美国一家电视公司与一家网络公司利用各自的优势,共同出资新建了一家传媒公司,两家公司共同经营、共负盈亏,但新公司独立承担民事责任

C. 一家钢铁厂与一家机器公司签订合同,钢铁厂以较低的价格向机器公司提供钢材,以使其在市场上占据有利地位,钢铁厂对机器公司的销售利润享有一定分成,但不负责其亏损,二者仍是独立经营

D. 一家食品厂与一家连锁店签订协议,该食品厂的产品只提供给这一家连锁店出售,但要保证一个较高的价格,两家按一定的比例分享收益

4. 无效民事行为:是指从一开始就没有法律约束力的民事行为。下列民事行为是无效的:

(1)无民事行为能力的人实施的;

(2)限制民事行为能力的人依法不能独立实施的;

(3)一方以欺诈、胁迫的手段或乘人之危,使对方在违背真实意思的情况下所为的;

(4)恶意串通,损害国家、集体或第三人利益的;

(5)违反法律或社会公共利益的;

(6)以合法形式掩盖非法目的。

根据上述定义,下列属于无效民事行为的是:(　　)

A. 小王大学毕业后回到家乡,要建设家乡。在新一届村委会选举的时候,他郑重地行使了自己的选举权与被选举权,并当选为村长

B. 李老汉今年85岁了,前几天忽然因为心脏病住进了医院,他有三个儿子,怕他们在自己死后闹矛盾,于是立下了遗嘱:他所有的财产由三个儿子平分

C. 某中学三个女生有较好的音乐天赋,她们组成的乐队经常在各种校际比赛中获奖。一个唱片公司口头上许以高酬,并在没有通过其父母的同意下使她们与之签约,并中止了学业

D. 某公民在与其妻子生活了5年之后发觉两人已经实在无法继续生活下去了,于是向法院提出离婚

5. 合同转让:是指合同主体发生变更,即由新的合同当事人代替旧的合同当事人,但合同的客体,即合同的标的并没有发生变化。合同转化有两种情形:一是债权的转让,即由原债权人将债权转让给新债权人,从而使新债权人代替原债权人;二是债务承担,即由新债务人代替原债务人负担债务。这两种情况,债权人和债务人都发生了变化,债的性质和内容则没有改变。

下列不属于合同转让情形的一项是:(　　)

A. 小王欠小李100元钱,但由于特别的原因,让张先生替小王还债

B. 小王借给小李1000元钱,现在小王不在,让邻居帮他收下,等他回来再交给小王

C. 小王借给小李1000元钱,但小王让小李将钱还给张先生

D. 公司甲支付10万元帮助公司乙还债给公司丙,公司乙再帮甲收回在公司丁的欠款

6. 先用权:是指专利申请之前,已有人制造或使用的必要准备,则在批准申请人的专利权以后,上述人员仍可在原范围内继续制造或使用的权利。国际上一般都把先用权当作不能视为侵犯专利的情况之一。

根据以上定义,下列陈述中哪种情况不属于先用权:(　　)

A. 照相机切换镜头技术有很多科研人员都在研究,甲厂获得技术专利后,其他人有先用权而不被追究

B. 王某的一项发明申请了专利后,他的好朋友知道了他的专利内容,开始使用专利进行生产

C. 某餐厅都使用某一商号,后来甲用这一商号的名字申请了专利,乙仍在使用

D. 甲和乙在生产同种包装的产品,甲申请了专利,乙就停止了使用这种外包装,另行换用包装

7. 行政处罚:是指行政相对人违反行政管理,依法应当给予处罚的行政行为。

根据以上定义,下列行为属于行政处罚的是:(　　　　)

A. 某县土地管理局对下属某一土地管理所所长给予警告的处分

B. 某市人民政府对甲、乙两村委会就争议的土地所有权作出的裁决

C. 某市税务局对涉嫌违法的某公司账户的查封

D. 某县建委对县人民政府涉嫌违法的建筑作出限期拆除的决定

8. 共同犯罪:是指二人以上共同故意犯罪。

根据以上定义,下列行为属于共同犯罪的是:(　　　　)

A. 甲欲杀乙,故意将装好子弹的枪支给丙,并骗丙说是空枪,叫丙向乙瞄准恐吓乙,结果乙中弹身亡。甲与丙构成共同犯罪

B. 赵某之妻提出离婚,赵坚决反对,并与其好友高某商量对策。高某说,想办法把她脸弄伤,让她不能再嫁人。于是两人合谋买了一瓶强酸装入喷雾器内,并约定某晚一起去赵妻娘家,毁其妻的容貌。当晚,高某的小孩患急性痢疾,高失约未去,赵独自一人毁了其妻的容貌。赵某与高某构成共同犯罪

C. 甲将其依法持有的猎枪寄存乙处,某日甲至乙处,对乙讲明,要用该猎枪杀丙,请乙交还猎枪,甲遂持枪杀丙。甲乙构成共同犯罪

D. 张某、李某经共谋后于深夜蒙面携带管制刀具进入一狭窄街巷抢劫。张叫李把住街口,防止他人进来,自己深入街巷,持刀抢劫了一妇女现金 3000 元。

张欲独吞此款,对李讲该妇女身上一分钱都没有,李信以为真。张、李的行为属于共同犯罪

9. 隐私权:是在不违反法律的情况下,为了保护个人的名誉和形象,个人对其个人行为和个人材料保密,不让他人非法获知的权利。

下面属于隐私权的是:(　　　　)

A. 某明星拒绝向司法机关透露和某涉嫌贪污犯之间交往细节的权利

B. 犯罪嫌疑人向司法机关保守自己在案发时间的行为秘密的权利

C. 某涉嫌贪污犯向媒体保守自己收入来源秘密的权利

D. 某已婚官员对新闻媒体不承认和某女之间存在婚外恋的权利

10. 正当防卫:是为了使国家、公共利益、本人或其他人的人身、财产和其他权利免受正在进行的不法侵害,而采取的制止不法侵害的行为,对不法侵害人造成损害的,不负刑事责任。

根据上述定义,下面哪种情况属于正当防卫?(　　　　)

A. 某人白天时发现工厂有一批零件散落在外面,没有收入库房。晚上他翻墙进入工厂准备把这些零件偷出去,不巧被工厂的保卫看见,两人在扭打过程中该工人无意中打到保安的头上,造成保安严重的脑震荡

B. 某人在街上闲逛时发现一个较大的孩子在欺负一个较小的孩子,他实在看不下去,于是走过去拳打脚踢,把那个较大的孩子打成重伤

C. 江工程师在下班途中听到有人在喊救命,走过去后发现有三个小流氓在欺负一个青年女子,他大喝一声,谁知三人不但不跑,反而围了上来,他双拳难敌六手,不得已掏出随身带的水果刀捅了其中一人一刀抽身跑了

D. 一人民警察在制止一起暴力事件中,不意被一歹徒打了一枪,当场身亡

参考答案及解析

（一）

1. A。B项中没有体现招标人是在买卖大宗商品;C项没有体现出竞争;D项中不符合题中的不经过一般交易磋商程序。A正确。

2. C。法院法医鉴定员、负责法院同声翻译、检察院副院长这些人员都是司法工作人员,都应回避,而C项中的邮递员既与刑事案件没有利害关系又不是司法工作人员,故选C。

3. B。B项中没有发生不法侵害,故选择B。

4. C。A、B、D中的未满10周岁的小明、15岁的学生小刚、有严重精神分裂症的赵某都是题中所述的监护对象,即无民事行为能力或限制民事行为能力的人,而C项中的24岁的王飞不属于保护对象。故选C。

5. C。A、B、D都没有符合题中所述的第二、第三条。

6. D。

7. C。注意题意是依法赋予其从事某种事项的行为,故只有C正确。

8. D。题中指出要能模仿人的行为根据环境的变化主动地执行任务,A、B、C都是人为设定好的参数,只能按部就班去做,只有D正确。

9. B。题意中指明共同共有是对共有财产而言,所以A、C不符合;又共同共有需承担共同责任,所以D不符合,故选B。

10. C。仲裁机构需依法建立,排除B;仲裁是按照双方当事人的协议自愿把争议交给第三者处理,排除A、D;只有C正确。

（二）

1. D。题中所述反诉最迟应在本诉判决之前提起,排除A;反诉与本诉的诉讼标的应当具有牵连,排除B;而C项不符合被告审判机关提出的旨在使原诉被撤销或失去作用的请求,故选D。

2. C。注意题中采用不正当手段给对方产生了不利的结果,只有C符合。

3. C。C项中没有体现题意的买卖或者资金转帐,故选择C。

4. B。

5. C。题为不是行政复议参加人,只有C。

6. A。题中指出为犯罪准备工具、制造条件的,只有A符合。

7. B。注意漏税是纳税人并非故意的行为,只有B符合这种行为。

8. C。广告是为了商业的目的,排除B;它是通过一定的媒介来推销自己的一种公开宣传活动,排除A、D,故选C。

9. B。国家赔偿是指国家机关工作人员因违法行使职权造成了对他人的伤害,显然A、C、D都不符合题意,只有B正确。

10. C。C项不符合题中合法原则。

（三）

1. D。由题可知,社会保障是国家和社会依据一定的法律,通过国民收入再分配,所给予的制度,D项中没有体现,故选D。

2. B。B项中小林和三姐不符合法定程序的婚姻,属无效婚姻。

3. A。由题意可知联营是为了实现一定的经济目的而实行联合,而A项显然不是。

4. C。显然看出A、B、D中的小王、李老汉、提出离婚的夫妇都是有民事行为能力的人,而且他们的做法都符合法律和社会公共利益,而C项中,实施签合同的是三个无民事行为能力的中学生,故属于无效民事行为。

5. B。题中合同转让使得债权人和债务人都发生了变化,而B项中,债权人小王和债务人小李的身份没有发生变化,故选 B。

6. B。B 中王某的好朋友是在王某申请了专利以后,使用专利进行生产,不符合题意中专利申请之前已有人使用、制造,故 B 项不属于先用权。

7. A。由题意知行政处罚是对行政相对人进行行政处罚,故选择 A。

8. D。A 项中丙并不知道枪中装有子弹,所以丙不是故意杀掉乙的,排除 A;B 项中高某失约没有和赵一起犯罪,排除 B;C 项中乙并没有参与到甲的杀人事件中,排除 C。

9. D。注意隐私权是在不违反法律的前提下对自己的个人隐私进行保护,故选 D。

10. C。注意题意是由于对不法行为的制止,而对不法人造成的伤害,只有 C 符合。

第三节　类比推理

考点解析

考试大纲对"类比推理"的要求:给出一对相关的词,然后要求应考者仔细观察,在备选答案中找出一对与之在逻辑关系上最为贴近或相似的词。

类比推理是指从特殊性的前提得出特殊性的结论的推理。是根据两个或两类对象在某些属性上的相同,推断出它们在另外的属性上也相同的一种推理。类比推理是一种常用的判断推理方法,主要考查的是应考者的推理能力。

类比推理题的形式是,题干给出一对相对的词,要求根据自己的一般知识对所给的词语之间的逻辑关系作出判断,并在四个备选答案中找出一对与题干所体现的逻辑关系最为贴近或相似的一项。

类比推理主要有两种:关系类比推理和性质类别推理。

关系类别推理是根据两个或两类对象之间的关系在某些方面(如 a、b、c、d 等方面)类似于另两个或两类对象之间的关系,现又知前两个或两类对象在另一方面存在的关系,从而推知后两个或两类对象也在另一方面存在关系。这是一种以关系的相同或者相似为根据而进行的类比推理。这种关系推理题型是过去出现过的。

性质类比推理是根据两个或两类对象的某些性质上的相同或相似,又知其中一个或一类对象还具有另外一种性质,从而推知另一个或一类对象也具有这另外一种性质的类比推理。这种性质类比推理是 2008 年考试大纲新增加的一种题型。

在类比推理题中,题干的词语所体现的逻辑关系主要有:所属关系、对立关系、相似关系、解释关系等。

类比方法是人们在创造性思维时普遍使用的方法。它是一种从个别到个别,从一般到一般的类比推理。当人们发现某一个熟悉的事物和另一熟悉的事物之间具有某些类似之处时,借助于类比的方法,从熟悉事物的属性中推论出不熟悉事物具有相同属性的方法,称为类比法。这种推理能力是人民警察职业素质的重要部分。

典型例题详解

(一)类比推理

根据近几年全国各地考试中出现的类比推理题型,题干所给出的两个词之间的关系,可以将类比推理题区分为以下一些类型:

1. 原因与结果

【例题】努力:成功

A. 生根:发芽　　　　　　　　　　　　B. 耕耘:收获

C. 城市:乡村　　　　　　　　　　　　D. 原告:被告

【解析】这是 2002 年下半年江苏省国家公务员录用考试的行政职业能力倾向测验中的一道类比推理题。答案为 B。该题题干中的两个词具有某种条件(或因果)关系,即只有努力才能成功或者说努力是成功必不可少的原因之一。弄清了这一关系,就很容易找出正确的答案。

2. 工具与作用

【例题】汽车:运输

A. 渔网:编织　　　　　　　　　B. 编织:渔网

C. 捕鱼:渔网　　　　　　　　　D. 渔网:捕鱼

【解析】此题答案为 D。

3. 物体与其运动空间

【例题】轮船:海洋

A. 飞机:海洋　　　　　　　　　B. 海洋:鲸鱼

C. 海鸥:天空　　　　　　　　　D. 河流:芦苇

【解析】此题答案为 C。

4. 特定环境与专门人员

【例题】山野:猎手

A. 生猪:工厂　　　　　　　　　B. 教室:学生

C. 农民:阡陌　　　　　　　　　D. 野兽:旷野

【解析】此题答案为 B。

5. 整体与其构成部分

【例题】水果:苹果

A. 香梨:黄梨　　　　　　　　　B. 树木:树枝

C. 家具:桌子　　　　　　　　　D. 天山:高山

【解析】这是 2002 年下半年江苏省国家公务员录用考试的行政职业能力倾向测验中一道类比推理题。该题题干中"水果:苹果"两个词之间是一般和特殊的关系,所以答案为选项 C。选项 B 的两个词之间的关系是整体与部分的关系。选项 D 的两个词之间的关系是特殊与一般的关系。

6. 同一类属下的两个相互并列的概念

【例题】绿豆:豌豆

A. 家具:灯具　　　　　　　　　B. 猴子:树木

C. 鲨鱼:鲸鱼　　　　　　　　　D. 香瓜:西瓜

【解析】答案为 D。对于此题,考生常常是看到哪里就选到哪里,尤其是选项 C,其中的鲸鱼其实不是鱼,而是哺乳动物。

7. 同一事物的两个不同称谓

【例题】芙蕖:荷花

A. 兔子:月亮　　　　　　　　　B. 住宅:府第

C. 伽蓝:寺庙　　　　　　　　　D. 映山红:杜鹃

【解析】此题答案为 C。因为芙蕖是荷花的书面别称,而伽蓝是寺庙的书面别称。

8. 事物的出处与事物

【例题】稻谷:大米

A. 核桃:桃仁　　　　　　　　　B. 棉花:棉子

C. 西瓜:瓜子　　　　　　　　　D. 枪:子弹

【解析】此题答案为 B。因为稻谷是大米的唯一来源,而棉花是棉子的唯一来源。

9. 工具与作用对象

【例题】剪刀：布匹

A. 玻璃：门窗   B. 锯子：木头

C. 衣服：缝纫机   D. 门窗：玻璃

【解析】此题答案为 B。

10. 作者与作品

【例题】罗贯中：三国演义

A. 宋江：水浒传   B. 鲁迅：少年闰土

C. 王勃：长恨歌   D. 吴承恩：西游记

【解析】此题答案为 D。

11. 物品与制作材料

【例题】书籍：纸张

A. 毛笔：宣纸   B. 文具：文具盒

C. 菜肴：萝卜   D. 飞机：大炮

【解析】此题答案为 C。

12. 专业人员与其面对的对象

【例题】作家：读者

A. 售货员：顾客   B. 校长：教师

C. 官员：改革   D. 经理：营业员

【解析】此题答案为 A。

13. 作品中的人物与作品

【例题】猪八戒：西游记

A. 水浒传：林冲   B. 蒲松龄：聊斋志异

C. 黄飞虎：封神演义   D. 红楼梦：林黛玉

【解析】此题答案为 C。

14. 特殊与一般

【例题】馒头：食物

A. 食品：饼干   B. 头：身体

C. 手：食指   D. 钢铁：金属

【解析】此题答案为 D。

以上所列举的只是常见的一些种类，考生应该通过平时的练习来分析、积累，这样就可以不断提高自己的答题能力。

为加深对类比推理的理解和把握，下面选择两个难度稍大一些的例题。

【例题1】一般人总会这样认为，既然人工智能这门新兴学科是以模拟人的思维为目标，那么，就应该深入地研究人思维的生理机制和心理机制。其实，这种看法很可能误导这门新兴学科。如果说，飞机发明的最早灵感是来自于鸟的飞行原理的话，那么，现代飞机从发明、设计、制造到不断改进，没有哪一项是基于对鸟的研究之上的。

上述议论，最可能把人工智能的研究，比作以下哪项？（　　　）

A. 对鸟的飞行原理的研究

B. 对鸟的飞行的模拟

C. 飞机的不断改进

D. 飞机的设计制造

【解答】正确答案为 D。

【解析】题干所作的类比分析是：飞机的发明、设计制造和改进并非基于对鸟的研究，因此，人工智能的研究也不应基于对人思维的生理和心理机制的研究。显然，这里，把对人思维的生理和心理机制的研究，比作对鸟的研究；把人工智能的研究，比作飞机的发明、设计制造和改进。D 项和项 C 项都和题干的上述类比相关，但显然 D 项比 C 项作为题干人工智能研究的类比对象更为恰当。

【例题 2】小光和小明是一对孪生兄弟，刚上小学一年级。一次，他们的爸爸带他们去密云水库游玩，看到了野鸭子。小光说："野鸭子吃小鱼。"小明说："野鸭子吃小虾。"哥俩说着说着就争论起来，非要爸爸给评评理。爸爸知道他们俩说得都不错，但没有直接回答他们的问题，而是用例子来进行比喻。说完后，哥俩都服气了。

以下哪项最可能是爸爸讲给儿子们听的话？（　　）

A. 一个人的爱好是会变化的。爸爸小时候很爱吃糖，你奶奶管也管不住。到现在，你让我吃我都不吃。

B. 什么事儿都有两面性。咱们家养了猫，耗子就没了。但是，如果猫身上长了跳蚤也是很讨厌的。

C. 动物有时也通人性。有时主人喂它某种饲料吃得很好，若是陌生人喂，怎么也不吃。

D. 你们兄弟俩的爱好几乎一样，只是对饮料的爱好不同。一个喜欢可乐，一个喜欢雪碧。你妈妈就不在乎，可乐、雪碧都行。

【解答】正确答案为 D。

【解析】在题干中，两人说的"野鸭子吃小鱼"和"野鸭子吃小虾"都有可能性，可能一部分野鸭子吃小鱼，另一部分野鸭子吃小虾，也可能是野鸭子既吃小鱼又吃小虾。所以两个孩子的话并不矛盾，他们只是片面地看到了野鸭子某一种行为，各执一词，争论不休。在 D 中，爸爸用哥俩各有偏好和妈妈既喝可乐又喝雪碧的例子进行类比，说明同一个群体的不同个体可能有不同偏好，一个主体也可以有不同的行为。由于比喻恰当，哥俩也就服气了。选项 C、D 用的不是比喻，与题干不符。选项 A 虽然用了比喻，但是说的是小孩和大人的区别，而题干中并未讨论小鸭子和大鸭子。选 B 不妥，因为 B 辩的是事物的两面性，含有人的主观评价，与题干的含义相距较远。

【总结】要特别注意，不能将两个或两类本质不同的事物，按其表面的相似来机械地加以比较而得出某种结论，否则就要犯机械类比的错误。

（二）双重类比推理

【例题】（　　）对于　梨　相当于　服装　对于（　　）

A. 苹果——毛衣　　　　　　　　　　B. 水果——衬衣

C. 书包——鞋帽　　　　　　　　　　D. 果汁——衣橱

【解析】答案为 B。梨是一种水果，衬衣是一种服装。正确答案是 B。

【总结】解答这种新的双重类比推理题型的主要方法是：首先从四个选项中找出一个可能与题干中第一个词有关系的词，并找出二者的关系；再从选项中找出与题干中第二个词语对应的词，分析其是否有之前得出的逻辑关系。特别应当注意的是：（1）由于运用类比推理所得到的认识，有时可能是不正确的，那么就应当进一步去验证它；（2）不能将两个或两类本质不同的事物，按其表面的相似来机械地加以比较而得出某种结论，否则就要犯机械类比的错误。在类比推理中，如果把对象间的偶然相似作为根据，或者在实质不同的两类对象之间进行类比，就会产生谬误。

解题技巧点拨

1. 快速阅读试题，初步判断题干中所给两个词的关系。

2. 按照本章前文中总结的题干所给词的 14 种关系，排除离题较远的选择项。

3. 对最接近题干的两组选项进行认真比较，注意各种关系之间的细微差别，有些关系是非常接近的,容易混淆,应当注意加以区别。例如,整体与部分关系和一般与特殊关系的差别细微;另外,还要注意关系是有顺序的,例如,整体与部分关系不可能是部分与整体关系。这样才能找出最符合或最接近题干逻辑关系的选项。

4. 注意知识的积累,这是快速、准确做题的基础。

仿真强化训练

（一）

1. 本科:研究生
A. 学士:硕士　　　B. 本科:高中　　　C. 讲师:教授　　　D. 初中:高中

2. 学校:学生
A. 交通工具:汽车　　　　　　　B. 企业:职工
C. 互联网:电脑　　　　　　　　D. 通信工具:手机

3. 绿豆:豌豆
A. 家具:灯具　　　B. 鲸鱼:鲨鱼　　　C. 猴子:树木　　　D. 香瓜:西瓜

4. 水果:苹果
A. 天山:高山　　　B. 家具:桌子　　　C. 香梨:黄梨　　　D. 树木:树枝

5. 峨眉山:四川
A. 黄山:安徽　　　B. 庐山:江西　　　C. 五台山:山西　　　D. 泰山:山东

6. 完璧归赵:蔺相如
A. 闻鸡起舞:曹操　　　　　　　B. 黄粱美梦:卢生
C. 负荆请罪:廉颇　　　　　　　D. 草木皆兵:石勒

7. 蜜蜂:蜂蜜
A. 橡胶:塑料　　　B. 牛:牛肉　　　C. 蚌:珍珠　　　D. 鸟:鸟巢

8. 瞄准:射击
A. 闪电:下雨　　　B. 学习:进步　　　C. 打铃:下课　　　D. 入水:游泳

9. 空调:风扇
A. 电梯:楼梯　　　　　　　　　B. 橱窗:天窗
C. 领带:围巾　　　　　　　　　D. 衣柜:衣架

10. 救生圈:浮力
A. 压路机:阻力　　　　　　　　B. 降落伞:重力
C. 高压锅:压力　　　　　　　　D. 润滑力:摩擦力

11. 饭馆:食堂
A. 歌剧:京剧　　　B. 市场:商场　　　C. 宾馆:宿舍　　　D. 教师:老师

12. 员工:经理
A. 大学:教育部　　　B. 使馆:大使　　　C. 孩子:父母　　　D. 教学楼:大学

13. 酸奶:奶酪
A. 木头:桌子　　　B. 豆浆:豆腐　　　C. 干冰:冰块　　　D. 土壤:沙土

14. 元宵节:灯谜
A. 端午节:龙舟　　　B. 清明节:菊花　　　C. 春节:饺子　　　D. 中秋节:嫦娥

15. 醋:酸
A. 叶:绿　　　B. 花:红　　　C. 雪:白　　　D. 雨:涝

16. 东奔西走:奔走
A. 上和下睦:和睦　　　　　　　B. 左思右想:思想

C. 南腔北调:腔调　　　　　　　　　　D. 日积月累:积累

17. 钟表:时光

A. 潜艇:深度　　　B. 铅笔:素描　　　C. 毛衣:温暖　　　D. 天平:质量

18. 玫瑰:爱情

A. 烛光:母爱　　　B. 小草:卑微　　　C. 金子:财富　　　D. 雄鹰:搏击

19. 恐慌:灾难

A. 热情:朋友　　　B. 死亡:危险　　　C. 快乐:富裕　　　D. 内疚:错误

20. 森林:煤

A. 蛋:鸡　　　　　B. 雨水:空气　　　C. 河流:海洋　　　D. 事件:历史

21. 电:电灯

A. 纸:纸张　　　　B. 风:风筝　　　　C. 河:河流　　　　D. 石:石块

22. 军衔:将军

A. 教室:校长　　　B. 土坡:巨石　　　C. 街道:汽车　　　D. 商标:商品

23. 狗:鼠

A. 马:牛　　　　　B. 猫:虎　　　　　C. 狼:狗　　　　　D. 鹅:鸭

24. 西藏:新疆

A. 陕西:内蒙古　　B. 广西:广东　　　C. 甘肃:宁夏　　　D. 重庆:天津

25. 烟锁池塘柳:金木水火土

A. 皓月:乾坤　　　　　　　　　　　　B. 氧化:人气
C. 四书五经:甲乙丙丁　　　　　　　　D. 雾罩黄山松:东西南北中

26. 算盘:电脑

A. 马车:铁路　　　B. 火车:轮船　　　C. 明月:电灯　　　D. 蒲扇:空调

27. 显微镜:观察

A. 书:扉页　　　　B. 宇宙:星星　　　C. 天气:大气　　　D. 软盘:存储文件

28. 民主:专制

A. 国家:人民　　　B. 贪官:百姓　　　C. 文明:野蛮　　　D. 青年:老人

29. 莲子:爱慕

A. 知音:流水　　　B. 菊花:金黄　　　C. 江南:小巧　　　D. 孺子牛:奉献

30. 摩擦:生热

A. 冬天:寒流　　　B. 海啸:灾难　　　C. 高薪:养廉　　　D. 位高:权重

31. 篝火:寒冷

A. 日记:隐私　　　B. 网络:代沟　　　C. 键盘:手写　　　D. 湖泊:干渴

32. 罗曼蒂克:浪漫

A. 博客:网络日志　B. 洗手间:厕所　　C. 一级棒:顶好　　D. 厚道:老实

33. 理念:行动

A. 哲学:席位　　　B. 文学:创作　　　C. 航标:航行　　　D. 文化:传统

34. 过滤:纯净

A. 绿化:植被　　　B. 努力:成功　　　C. 痛苦:悲伤　　　D. 波浪:潮汐

35. 运动员:陪练员

A. 工人:机修工　　B. 盲人:导盲犬　　C. 钢琴家:调琴家　D. 教授:学生

36. 科学:逻辑

A. 报社:报纸　　　B. 运动会:足球场　C. 水壶:水杯　　　D. 电器:电视机

37. 盐:咸

A. 花:香　　　　　B. 丝:棉　　　　　C. 光:亮　　　　　D. 墨:臭

38. 七夕:织女

A. 除夕:晚会　　　B. 清明:先烈　　　C. 重阳:茱萸　　　D. 端午:屈原

39. 时钟:手表

A. 电脑:鼠标　　　B. 火车:飞机　　　C. 电视机:遥控器　　D. 录音机:收音机

40. 家父:父亲

A. 老妪:老伴　　　B. 鼻祖:祖宗　　　C. 作者:笔者　　　D. 鄙人:自己

41. 枪:子弹

A. 汽车:汽油　　　B. 门:窗户　　　C. 桌子:椅子　　　D. 表带:手表

42. 费解:理解

A. 难看:漂亮　　　B. 组合:合并　　　C. 坚固:塌陷　　　D. 疏忽:忽略

43. 温度计:摄氏度

A. 体积:立方米　　B. 秒表:秒　　　　C. 考试:成绩　　　D. 天平:重量

(二)

1. (　　)对于　成功　相当于　耕耘　对于(　　)

A. 失败——播种　B. 努力——收获　C. 懒惰——施肥　D. 骄傲——劳作

2. (　　)对于　运输　相当于　渔网　对于(　　)

A. 运送——编织　B. 转动——渔夫　C. 运转——丝线　D. 汽车——捕鱼

3. (　　)对于　海洋　相当于　海鸥　对于(　　)

A. 火车——海鸟　B. 狍鱼——鱼儿　C. 轮船——天空　D. 乌龟——海水

4. (　　)对于　猎手　相当于　教室　对于(　　)

A. 猎物——房间　B. 山野——学生　C. 猎枪——上课　D. 子弹——自习

5. (　　)对于　苹果　相当于　家具　对于(　　)

A. 桃子——木材　B. 土地——木匠　C. 水果——桌子　D. 果农——房间

6. (　　)对于　豌豆　相当于　香瓜　对于(　　)

A. 豆制品——水果　B. 豆腐——桃子　C. 农民——香蕉　D. 绿豆——西瓜

7. (　　)对于　荷花　相当于　伽蓝　对于(　　)

A. 藕粉——佛教　B. 池塘——颜色　C. 芙蕖——寺庙　D. 月色——映山红

8. (　　)对于　大米　相当于　棉花　对于(　　)

A. 小米——种植　B. 稻谷——棉籽　C. 苹果——被子　D. 玉米——农民

9. (　　)对于　布匹　相当于　锯子　对于(　　)

A. 剪子——木工　B. 剪刀——木头　C. 抹布——工具　D. 衣服——锯齿

10. (　　)对于　罗贯中　相当于　尤三姐　对于(　　)

A. 李逵——王勃　B. 刘备——曹雪芹　C. 唐僧——施耐庵　D. 宋江——吴承恩

11. (　　)对于　纸张　相当于　菜肴　对于(　　)

A. 宣纸——厨师　B. 造纸厂——烹饪　C. 书籍——蔬菜　D. 笔墨——水果

12. (　　)对于　读者　相当于　销售员　对于(　　)

A. 作家——顾客　　　　　　　　B. 学生——收银机

C. 人物——货币　　　　　　　　D. 思考——销售部经理

13. (　　)对于　西游记　相当于　黄飞虎　对于(　　)

A. 李逵——水浒传　　　　　　　B. 武松——聊斋志异

122

C. 猪八戒——封神演义　　　　　　　　D. 刘备——三国演义

14. （　　）对于 食物 相当于 钢铁 对于（　　）
A. 土地——手枪　B. 农民——钢厂　C. 播种——金刚石　D. 馒头——金属

15. （　　）对于 成功 相当于 自满 对于（　　）
A. 懒惰——骄傲　B. 发奋——失败　C. 玩耍——自大　D. 厌学——虚心

16. （　　）对于 耗子 相当于 莲花 对于（　　）
A. 猫——莲蓬　　B. 老鼠——荷花　C. 狗——荷叶　　D. 老鼠药——狗

17. （　　）对于 水 相当于 旋律 对于（　　）
A. 烹饪——演奏　B. 大海——音符　C. 游泳——谱曲　D. 解渴——作曲家

18. （　　）对于 拼图 相当于 瓷砖 对于（　　）
A. 七巧板——镶嵌　B. 画家——瓦片　C. 画图——厕所　D. 彩笔——砖头

19. （　　）对于 洗衣机 相当于 比喻 对于（　　）
A. 衣服——修辞　B. 冰箱——拟人　C. 电器——文章　D. 电源——感叹词

20. （　　）对于 和平 相当于 洁白 对于（　　）
A. 绿色——纯洁　B. 战争——白色　C. 发展——墨黑　D. 联合国——黑色

参考答案及解析

（一）

1. D。题干部分"本科和研究生"都是指学历，而且存在递进关系，题支部分的 A 项虽然也存在递进关系，但它指的是学位，故不符合。B 项虽然指的都是学历，但两者并不是递进关系，故不符合。C 项虽然是递进关系，但它指的是职称，故也不符合。D 项不仅指的是学历，而且也存在递进关系，故选 D。

2. B。题干中的学校与学生存在着组成关系，即学校主要是由学生组成。由此判断的话，四个备选答案都符合要求，但题干的"学校和学生"还体现着一点：前者是指一个场所，后者是指个体的人；在四个备选答案中，只有 B 项符合要求。故选 B。

3. D。对于此题，A、C 易排除，但须注意选项 B 中的鲸鱼不是鱼，而是哺乳动物。故选 D。

4. B。该题题干中的两词之间是一般和特殊的关系。选项 A 的两个词的关系是特殊与一般的关系。选项 D 的两个词之间的关系是整体与部分的关系。选项 C 的两个词的关系是并列关系。故选 B。

5. C。本题中如果直接判断峨眉山与四川的关系，除了所属关系以外，不能找出其他关系，但如果结合五台山与峨眉山的相似性可知两者都是佛教名山，故选 C。

6. C。根据常识，我们可以知道闻鸡起舞、黄粱美梦、负荆请罪、草木皆兵的主人公分别是：祖逖、卢生、廉颇、苻坚，但只要知道负荆请罪的是廉颇，即使不知道其他几个也能够直接判断出答案。

7. C。蜜蜂能持续生产蜂蜜，而蚌能持续生成珍珠，蜂蜜和珍珠都对人类有很大益处。故选 C。

8. D。瞄准是射击前的步骤，而入水是游泳前的步骤。故选 D。

9. A。空调和风扇有个共同作用就是使人凉快，而电梯和楼梯的共同作用就是让人上楼。故选 A。

10. C。救生圈能产生浮力，高压锅能产生压力，故选 C。

11. C。本题考查有相同功能的不同场所且后一个与学校有关。故选 C。

12. C。经理领导和带领员工，父母教导和引导孩子。故选 C。

13. B。酸奶和奶酪都是奶制品，豆浆和豆腐都是豆制品。故选 B。

14. A。该题考查中国传统节日与其代表性的事物，只有 A 项符合。故选 A。

15. C。醋是酸的，雪是白的。而叶不一定绿的，花也不一定都是红的。故选 C。

123

16. D。前四字词语与后一个两字词语表达的意思都为一致,且两个词语均为动词,符合条件的只有 D 项。故选 D。

17. D。钟表是用来度量时间的,而天平是用来称物品重量的。故选 D。

18. C。玫瑰象征爱情,金子象征财富。故选 C。

19. D。恐慌:灾难是结果与其发生原因的关系;内疚:错误也是结果与其发生原因的关系。故选 D。

20. D。森林可以演变为煤,事件可以成为历史。故选 D。

21. B。能量与作用对象的关系。故选 B。

22. D。军衔是将军的标志,商标是商品的标志。故选 D。

23. A。生肖动物的关系。故选 A。

24. D。相同行政区划的关系,西藏、新疆同是自治区;重庆、天津都是直辖市。故选 D。

25. B。字与偏旁部首的关系。故选 B。

26. D。算盘的计算功能被电脑所替代,蒲扇的扇风纳凉功能被空调取代。故选 D。

27. D。本题考查物品与其作用,显微镜是用来进行观察的,而软盘是用来存储文件的。故选 D。

28. C。民主的反义词是专制,文明的反义词是野蛮。故选 C。

29. D。莲子象征了爱慕,孺子牛代表了奉献。故选 D。

30. C。摩擦能产生热量;高薪能养廉。故选 C。

31. D。篝火可以解除寒冷,湖泊可以解除干渴。故选 D。

32. A。罗曼蒂克是英文单词 romantic 的中文音译,意思是浪漫,而博客是英文单词 blog 的中文音译,意思是网络日志。故选 A。

33. C。理念指引行动,航标指引航行。故选 C。

34. B。经过过滤,才能纯净;经过努力,才能成功。故选 B。

35. C。陪练员和运动员是一种辅助关系,只有 C 项最符合条件。故选 C。

36. D。包含与被包含的关系。故选 D。

37. C。盐是咸的,花不一定是香的,光一定是亮的,墨不一定是臭的,故选 C。

38. D。七夕节是关于织女的故事,端午节是关于屈原的故事,故选 D。

39. B。时钟与手表都有表示时间的功能,火车与飞机都有载人的功能,故选 B。

40. D。家父是谦辞,与父亲表示同一个人,鄙人是自己的谦称,故选 D。

41. A。枪装上子弹后才能发挥作用,装上了汽油的汽车才能奔跑,故选 A。

42. C。前一对词的词性分别为形容词和动词,且其描述的状态为相反状态,符合此条件的是坚固和塌陷,故选 C。

43. B。摄氏度是温度计测量温度的计量单位,而秒是秒表测量时间的计量单位,立方米虽然是体积的计量单位,但是温度计和秒表都是客观存在的具体的物体,而体积不,故排除 A。故选 B。

(二)

1. B。该题题干中的努力对于成功具有某种条件(或因果)关系,即只有努力才能成功或者说努力是成功必不可少的原因之一。弄清了这一关系,就很容易找出正确答案是 B。故选 B。

2. D。汽车的作用在于运输,渔网的作用是捕鱼。两者的关系是"工具与作用"的关系。故选 D。

3. C。轮船航行于海洋之上是物体与其运动空间的关系,选项中只有海鸥和天空是物体与其运动空间的关系,故选 C。

4. B。山野和猎手是特定环境与专门人员的关系,选项中只有教室与学生是特定环境与专门人员的关系,故选 B。

5. C。该题题干中"水果与苹果"两个词之间是一般和特殊的关系,家具与桌子之间也是一般和特殊的关系,故选 C。

6. D。对于此题,绿豆与豌豆属于豆类,而香瓜与西瓜同属于瓜类。故选 D。

7. C。本题主要考点为同一事物的两个不同称谓,芙蕖是荷花的书面别称,伽蓝是寺庙的书面别称。故选 C。

8. B。本题考点是事物的来源,稻谷是大米的来源,棉花是棉子的来源。故选 B。

9. B。本题考点是工具与其作用对象的关系,剪刀用来剪布匹,锯子用来锯木头。故选 B。

10. B。本题考点为作品中的人物与作者的关系。刘备是罗贯中笔下的人物,而尤三姐是曹雪芹笔下的人物。故选 B。

11. C。纸张是做成书籍的材料,而蔬菜是制作菜肴的材料。故选 C。

12. A。本题考点是专业人员与其服务的对象。作家的服务对象是读者,而售货员服务的对象是顾客。故选 A。

13. C。本题考点是作品中的人物与作品的关系,猪八戒是西游记中的人物,而黄飞虎是封神演义中的人物。故选 C。

14. D。本题考点是特殊与一般的关系,馒头与食物是特殊与一般的关系,钢铁与金属也是特殊与一般的关系。故选 D。

15. B。本题考点是因果关系,发奋才会成功,自满导致失败。故选 B。

16. B。本题考点是同物异名之间的关系,老鼠又叫耗子,莲花又称荷花,故选 B。

17. B。本题考点是整体与组成部分之间的关系,"海"主要是由"水"组成的;"旋律"主要是由"音符"组成的。故选 B。

18. A。本题考点是物体与其功能之间的关系,"七巧板"可以用来拼图,而"瓷砖"可以用来镶嵌。故选 A。

19. B。本题考点是并列关系,"冰箱"和"洗衣机"同属于电器,是并列关系,而"比喻"和"拟人"都是修辞手法,也是并列关系。故选 B。

20. A。本题考点是象征关系。绿色象征和平,白色象征纯洁。故选 A。

第四节　逻辑判断

考点解析

考试大纲对"逻辑判断"的要求:每道题给出一段陈述,这段陈述被假设是正确的,不容置疑的。要求应考者根据这段陈述,选择一个最恰当答案,该答案应与所给的陈述相符合,应不需要任何附加说明即可以从陈述中直接推出。

逻辑判断也称演绎推理,该题型主要考查应考者的逻辑推理及判断能力。

逻辑判断部分试题的内容涉及自然和社会生活的各个领域,但这里更强调对逻辑关系的正确把握,考查应考者对各种信息的理解、分析、综合、判断、推理等思维能力,并不专门考核逻辑学和各个领域的专门知识。要求应考者尽可能在短时间内在冗长的文字和繁琐的细节中,理清问题的逻辑思路并找到正确答案。

典型例题详解

应当注意:(1)在逻辑判断中,前提与结论之间有着必然的联系,结论绝不能超出前提所规定的范围。因此,应考者在答题时,必须严格按照题目给出的陈述假设来进行推理,不能因觉得给出的陈述假设不太合乎常理,或与自己已有的知识、经验有偏差而忽视题目中所陈述的事实,并随意掺入个人的主观臆断。正确答案总是与所给的陈述相符。（2）逻辑判断试题设计的特点是，所给出的备选项具有很强的迷惑性，每个选项看起来都有道理。需要注意的是，有道理的选项并不等于与题干部分的陈述直接相关，正确的答案应该与陈述直接相关，也就是说，只能从题干的前提陈述直接推出。

【例题1】刑警队需要充实缉毒组的力量，关于队中的哪些人来参加该组，已商定有以下意见：（1）如果甲参加，则乙也参加；（2）如果丙不参加，则丁参加；（3）如果甲不参加而丙参加，则队长戊参加；（4）队长戊和副队长已不能都参加；（5）上级决定副队长已参加。

根据以上规定，下列推理完全正确的是：（　　）

A.甲、丁、已参加

B.丙、丁、已参加

C.甲、乙、已参加

D.甲、乙、丁、已参加

【解析】答案为D。此题为2002年中央国家机关公务员考试演绎推理的一道题。此类题可以先从条件入手，把条件中的数据抽象化，运用数学符号来表示，以帮助考生作答。

（1）甲→乙；（2）丙→丁；（3）甲∩丙→戊；（4）戊∩已；（5）已参加。由（4）、（5）得出（6）戊不参加。

再从答案的四个选项入手，运用排除法。

选项A，如果甲参加，由（1）得出乙也参加，选项不符合，排除A。

选项B，如果丙参加而甲不参加，由（3）得出戊参加，但这与我们刚得出的结论（6）矛盾，排除B。

选项C，如果丙不参加，由（2）得出丁参加，选项不符合（2）的条件，排除C。

所以，选项D为正确答案。本题看似复杂，但只要一步步推理，就能得出正确答案。

【例题2】如果某人是杀人犯，那么案发时他在现场。据此，我们可以推出：（　　）

A.张三案发时在现场，所以张三是杀人犯

B.李四不是杀人犯，所以李四案发时不在现场

C.王五案发时不在现场，所以王五不是杀人犯

D.许六不在案发现场，但许六是杀人犯

【解析】答案为C。题目中只给出了"如果某人是杀人犯，那么案发时他在现场"的前提，然后选项中给出了四种情况，对于这种题目，考生需要一个选项一个选项地去分析、排除，直到找出正确答案。A项中张三案发时在现场，但不能断定他就是杀人犯，因为前提条件只说如果某人是杀人犯，则案发时他一定在现场，并没有说及在现场的就一定是杀人犯这个结论。B项中说李四不是杀人犯，但他也有可能在现场。D项直接与前提矛盾。因此只有C项是正确的，是直接从题目给出的前提里推出来的。

【例题3】人文社会科学与自然科学在更高层次上具有统一性和共同性。在我国人文社会科学领域，许多伪劣产品是在人文社会科学与自然科学的学术规范不同的借口之下生产出来的，甚至受到好评的。

据此可以得出：（　　）

A.人文社会科学与自然科学需要遵守共同的学术规范

B.人文社会科学要引入自然科学的学术规范

C.自然科学要引入人文社会科学的学术规范

D.人文社会科学与自然科学的两种学术规范是相互独立的

【解析】答案为A。选项中的B、C、D三项都与题目中给出的前提"人文社会科学与自然科学在

更高层次上具有统一性和共同性"相矛盾,因此都是错误的,只有 A 项能从题目陈述中直接推出,故而 A 为正确答案。

【例题4】作为唯一一支留在世界杯的南美球队,下一场比赛巴西将迎战淘汰了丹麦的英格兰球队。巴西队教练斯科拉里不愿谈论如何与英格兰较量,而他的队员也保持着清醒的头脑。在击败顽强的比利时队后,斯科拉里如释重负:"我现在脑子里想的第一件事就是好好放松一下。"

依上文我们无法知道的是:( )

A.巴西队本届世界杯中再也不会与南美球队比赛

B.由于没有做好充分的准备,斯科拉里不愿意谈论与英格兰的较量

C.与比利时的比赛很艰苦,所以赛后斯科拉里如释重负

D.英格兰在与巴西比赛之前必须要战胜丹麦

【解析】答案为 B。仔细阅读原文后我们看备选项:A 项可以直接从原文的"作为唯一一支留在世界杯的南美球队"一句推出,C 项可以直接从原文"在击败顽强的比利时队后,斯科拉里如释重负"一句推出,D 项可以从原文"下一场比赛巴西将迎战淘汰了丹麦的英格兰球队"一句直接推出,只有 B 项内容原文没有提到,原文只说"巴西队教练斯科拉里不愿谈论如何与英格兰较量",并没有交代为什么不愿意谈,因此 B 项不能直接从原文推出。故而正确选项是 B。

【例题5】对于穿鞋来说,正合脚的鞋子比过大的鞋子好。不过,在寒冷的天气,尺寸稍大点的毛衣与一件正合身的毛衣差别并不大。这意味着:( )

A.不合脚的鞋不能在冷天穿

B.毛衣的大小只不过是式样问题,与其功能无关

C.不合身的衣服有时仍然有穿用价值

D.在买礼物的时候,尺寸不如用途那样重要

【解析】答案为 C。在这段陈述中根本没有提到冬天穿鞋的问题,因而也不存在合脚与否的问题,这样选项 A 被排除。选项 B 的"毛衣的大小只不过是式样问题,与其功能无关",在陈述中是难以直接推出的。整个陈述只字未提买礼物的事,所以选项 D 也应排除在正确答案之外。故选项 C 为正确答案。在此题中,选项 B 迷惑性最大,它往往使人脱离陈述的材料而直接依据自己的经验和想法作出错误的判断。

【例题6】售价 2 元一市斤洗洁精分为两种:一种加有除臭剂,另一种没有除臭剂。尽管两种洗洁精的效果相同,但没加除臭剂的洗洁精在持久时间方面明显不如有除臭剂的洗洁精。因为后者:( )

A.味道更好闻些

B.具有添加剂

C.从长远来看更便宜

D.比其他公司的产品更便宜

【解析】答案为 A。从陈述来看,文中没有提到各公司产品的比较问题,售价都是 2 元一斤,所以,C、D 两项可以排除。文中也没有提到两种洗洁精有没有放添加剂的问题,故选项 B 也应排除。因此选项 A 为正确答案。

【例题7】过去的 20 年里,科幻类小说占全部小说的销售比例从 1% 提高到了 10%。其间,对这种小说的评论也有明显的增加。一些书商认为,科幻小说销售量的上升主要得益于有促销作用的评论:

以下哪项如果为真,最能削弱题干中书商的看法?( )

A.科幻小说的评论,几乎没有读者

B.科幻小说的读者中,几乎没有人读科幻小说的评论

C. 科幻小说评论文章的读者，几乎都不购买科幻小说

D. 科幻小说评论文章的作者中，包括著名的科学家

【解析】答案为 C。诸选项中，A、B 和 C 项都能削弱题干中书商的看法，但是，A 项是说科幻小说的评论几乎没有影响，B 项是说科幻小说的评论在科幻小说的读者中几乎没有影响，C 项是说科幻小说的评论对于它的读者有负影响，即起了科幻小说的负促销作用。显然，C 项比 A 项和 B 项更能削弱题干。D 项不能削弱题干。

【例题8】在司法审判中，所谓肯定性误判是指把无罪者判为有罪，否定性误判是指把有罪者判为无罪。肯定性误判就是所谓的错判，否定性误判就是所谓的错放。而司法公正的根本原则是"不放过一个坏人，不冤枉一个好人"。

某法学家认为，目前，衡量一个法院在办案中是否对司法公正的原则贯彻得足够的好，就看它的肯定性误判率是否足够低。

以下哪项，如果为真，能最有力地支持上述法学家的观点？（　　）

A. 错放，只是放过了坏人；错判，则是既放过了坏人，又冤枉了好人

B. 宁可错判，不可错放，是"左"的思想在司法界的反映

C. 错放造成的损失，大多是可弥补的；错判对被害人造成的伤害，是不可弥补的

D. 各个法院的否定性误判率基本相同

【解析】答案为 D。从题干可以得知，无论错判还是错放，都不利于体现司法公正。因此，肯定性误判率和否定性误判率二者缺一不可，都应当成为衡量法院办案是否公正的标准。题干中的法学家认为，一个法院的错判率越低，说明越公正，要使这个显然片面的观点成立，必须满足一个条件，即各个法院的错放率基本相同。否则，即使一个法院错判率足够的低，但同时它的错放率也足够的高，就并没有体现司法公正。备选项中除了 D 项，其余各项都不足以使题干中法学家的观点成立。其中，A 和 C 项对法学家的观点有所支持，但它们断定的只是就错判和错放二者对司法公正的危害而言，前者比后者更严重，但由此显然得不出法学家的结论。

【例题9】美国法律规定，不论是驾驶员还是乘客，坐在行驶的小汽车中必须系好安全带。有人对此持反对意见。其理由是，每个人都有权冒自己愿意承担的风险，只要这种风险不会给别人带来损害。因此，坐在汽车里系不系安全带，纯粹是个人的私事，正如有人愿意承担风险去炒股，有人愿意承担风险去攀岩纯属他个人的私事一样。

以下哪项，如果为真，最能对上述反对意见提出质疑？（　　）

A. 尽管确实为了保护每个乘客自己，而并非为了防备伤害他人，但所有航空公司仍然要求每个乘客在飞机起飞和降落时系好安全带

B. 汽车保险费近年来连续上涨，原因之一，是由于不系安全带造成的伤亡使得汽车保险赔偿费连年上涨

C. 在实施了强制要求系安全带的法律以后，美国的汽车交通事故死亡率明显下降

D. 法律的实施带有强制性，不管它的反对意见看来多么有理

【解析】答案为 B。如果 B 项为真，则说明不系安全带不是汽车主的纯个人私事，它引起的汽车保险费的上涨损害了全体汽车主的利益。这就对题干中的反对意见提出了有力的质疑。而其余各项均不能对题目中给出的反对意见构成质疑。

【例题10】广告：

本厨师培训班有着其他同类培训班所没有的特点，就是除了传授高超的烹饪技艺外，还负责向毕业生提供确实有效的就业咨询。去年进行咨询的本培训班毕业生中，100% 都找到了工作。为了在烹饪业找到一份理想的工作，欢迎您加入我们的行列。

为了确定该广告的可信性，以下哪个相关问题是必须询问清楚的？（　　）

Ⅰ去年有多少毕业生？

Ⅱ去年有多少毕业生进行就业咨询？

Ⅲ上述就业咨询在咨询者找到工作的过程中，究竟起到了多少作用？

Ⅳ咨询者找到的工作，是否都属于烹饪行业？

A. Ⅰ、Ⅱ、Ⅲ、Ⅳ   B. Ⅰ、Ⅱ和Ⅲ

C. Ⅱ、Ⅲ、Ⅳ   D. Ⅲ、Ⅳ

【解析】答案为 C。为了确定上述广告的可信性，去年毕业生中有多少人进行就业咨询是必须弄清楚的，因为如果进行就业咨询的毕业生极少（例如只有一个人），那么，即使全部都找到了工作，也是一个很弱的根据，很难就此让人建立对广告的信任。广告的中心，是宣传它的就业咨询的有效性。不了解去年毕业生的总人数，也能了解其中进行就业咨询的人数，反过来，了解了去年毕业生的总人数，不一定能了解其中进行就业咨询的人数，因此，去年毕业生的人数和确定广告的可信性没有直接关系。所以，Ⅰ不必询问清楚，Ⅱ必须询问清楚。Ⅲ必须询问清楚，否则，如果事实上就业咨询在上述咨询者找到工作的过程中没起什么作用，那么，咨询者全部找到工作的事实，不能用来说明就业咨询的效果。另外，Ⅳ也必须询问清楚，因为广告词说："为了在烹饪业找到一份理想的工作，欢迎您加入我们的行列"，由此可知，广告中所说的就业咨询，显然是指烹饪业内，要确定该广告的可信性，当然要根据咨询者在烹饪业内的就业状况。根据以上分析，正确答案为 C。

【例题11】交通部科研所最近研制了一种自动照相机，凭借其对速度的敏锐反应，当且仅当违规超速的汽车经过镜头时，它会自动按下快门。在某条单向行驶的公路上，在一个小时中，这样的一架照相机共摄下了 50 辆超速汽车的照片。从这架照相机出发，在这条公路前方的 1 公里处，一批交通警察于隐蔽处在进行目测超速汽车能力的测试。在上述同一个小时中，某个警察测定，共有 25 辆汽车超速通过。由于经过自动照相机的汽车一定经过目测处，因此，可以推定，这个警察的目测超速汽车的准确率不高于 50%。

要使题干的推断成立，以下哪项是必须假设的？（   ）

A. 在该警察测定为超速的汽车中，包括在照相机处不超速而到目测处超速的汽车

B. 在该警察测定为超速的汽车中，包括在照相机处超速而到目测处不超速的汽车

C. 在上述一个小时中，在照相机前不超速的汽车，到目测处不会超速

D. 在上述一个小时中，在照相机前超速的汽车，都一定超速通过目测处

【解析】答案为 D。D 项是题干的推断所必须假设的，否则，如果在照相机前超速的汽车，到目测处并不超速，则通过目测处的超速汽车就可能少于 50 辆，则警察的目测准确率就可能高于 50%。而其余各项不是必须假设的。故而正确答案为 D。

【总结】从以上例题可以看出，在解答逻辑判断试题时，读懂题干、弄清楚给出的前提条件，并采用"排除法"，逐步缩小分析的范围是一种比较可行的解题方法。

解题技巧点拨

1. 在逻辑判断中，前提与结论之间有必然性的联系，结论不能超出前提所断定的范围。因此，在解答此种试题时，必须紧扣陈述，正确答案应与所给的陈述相符。

2. 试题的备选答案具有很强的迷惑性，可能每个选项看起来都是有道理的，但注意有道理并不等于与这段陈述直接相关，正确的答案应从陈述中直接推出。

3. 因为陈述是被限设为正确的，不容置疑的，因此，当你觉得试题中所给的陈述有的可能不太合乎常理的时候，要以给出的陈述为准，不能以自己具备的知识进行推理。逻辑判断测验的目的不是考生对前提的真假能否作出判断，而是考查考生从给定前提推出结论的能力，即对逻辑推理的规则的运用能力。

4. 在遇到比较复杂的判断推理题的时候，可以把需要推理的内容借助符号、图形、表格等形式

直观化,从而帮助应考者快速、准确地进行推理。

5.了解、熟悉、掌握一些基本的推理方法。没有必要去专门学习逻辑学,因为推理的方法、规则本身就是从人们日常的思维实践中总结出来的,没有专门学习过逻辑学也能够进行简单的推理。掌握一些基本的逻辑推理方法对于提高推理的准确性和速度有一定的帮助。

6.在推理过程中充分利用解答客观题的排除法,因为有些复杂的逻辑推理不一定进行到底,因为有可能在推理的过程中就已经排除掉了三个选项,这会帮助考生快速选择出答案。

仿真强化训练

(一)

1.许多人并不完全相信概率的规律,尽管这一规律一再显示出了它的准确性。例如,甚至在学校里研究概率理论的人中,也有许多人对乘坐商用飞机的恐惧超过了对乘坐行驶在高速公路汽车上的恐惧,尽管汽车行驶所造成伤亡的危险比飞机航行所造成的危险高出二十多倍。

以下四项中,哪一项最能解释人们对概率的不信任?(　　)

A.对概率规律的充分理解要求具有高级的统计分析方面的知识

B.只有在学术环境中,人们才充分相信概率的规律

C.汽车相撞的概率还不至于大到使许多人不去乘坐它的程度

D.汽车所造成的重大伤亡事故大多数不是由汽车自身的原因导致的

2.从群体的每一个个体都具有某一个特性的前提是不能轻易地得出群体也是具有这一特性。道理很简单,每个进比赛场的网球选手都有可能赢得比赛,但不可能所有进比赛场的选手都能赢得比赛。

以下四项,哪一项犯了上文所描述的逻辑错误?(　　)

A.据估计银河系中有约 1000 万颗行星可能有生命存在,因此,为了排除其他星球有生命存在的可能性,需要进行到第 1000 万次宇宙探险

B.每个候选人都有机会被指定为三个委员会成员中的一个,所以,有可能所有的候选人都被指定为委员会成员

C.每个竞选市长的人乍一看都具备当选的资格,所以,不经过一番考察就排除他们中的任何一个都是错误的

D.你可以一直欺骗某些人,也可以有时欺骗所有的人,但不可能一直欺骗所有的人

3.所有巴克纳文集都保存在藏书室里,藏书室里的书是无价的,藏书室里没有海明威写的书,藏书室里的每一本书都列入目录卡。

如果上述命题为真,则以下哪项必然为真?(　　)

A.所有无价的书都保存在藏书室里

B.海明威的书是无价的

C.列在目录卡中的巴克纳文集没有价值

D.巴克纳文集中不包括海明威写的书

4.金刚石与石墨同由碳元素构成,但性质相差极远。金刚石坚硬无比,石墨却比较柔软。研究发现,其性能差异的根源在于碳原子的排列结构不同。这说明:(　　)

A.排列顺序和结构的不同可能引起事物质的飞跃

B.金刚石中的碳原子排列比较紧密

C.可以用石墨来制造金刚石

D.金刚石比石墨更有价值

5.美国"氢弹之父"泰勒几乎每天都有 10 个新想法,其中有 9 个半是错的,但他并不在乎。"每天半个对的新想法"积起来,使泰勒获得了巨大的成功,因此:(　　)

A. 要创新就会犯错误

B. 新想法总会有90%是错的

C. 美国人并不在乎错误

D. 要创新就不要怕犯错误

6. 在政府与粮食生产者和消费者的权利义务关系中,政府的权利很大,其承担的责任和义务也相应地较大;生产者和消费者的权利较小,其承担的责任和义务也相对较小。因此:(   )

A. 政府在这个权利义务关系中吃亏了

B. 生产者和消费者在这个权利义务关系中处于不利地位

C. 从某一单一主体来看,权利与义务是对等的,不存在谁吃亏的问题

D. 两个方面都吃亏了

7. 人文社会科学与自然科学作为专门化的论辩形式在更高层次上具有统一性和共同性。在我国人文社会科学界,许多伪劣产品是在人文社会科学的学术规范与自然科学的学术规范不同的借口之下生产出来,甚至受到好评的。因此:(   )

A. 尽管人文社会科学与自然科学有区别,但更重要的是寻找两者都必须遵守的共同的学术规范

B. 人文社会科学要引入自然科学的学术规范

C. 自然科学要引入人文社会科学的学术规范

D. 人文社会科学学术规范与自然科学学术规范之间是"井水不犯河水"的关系

8. 有一天,张三、李四、王五在一起,互相指责别人说谎话。张三指责李四说谎话,李四指责王五说谎话,王五指责张三和李四都说谎话(当然都是指他们现在所说的话)。

请问:从他们的指责中推论,谁说真话?(   )

A. 张三   B. 李四   C. 王五   D. 都是真话

9. 瓦特没有受过高等教育,但瓦特是大发明家。可见:(   )

A. 大发明家没受过高等教育

B. 没受过高等教育的是大发明家

C. 有些大发明家并未受过高等教育

D. 受过高等教育的不是大发明家

10. 中国目前进行的改革意味着社会结构的重组与创新。经济的市场化与政治的民主化是现代社会进步的两个车轮。但民主政治的发展不仅仅依托于民主体制的构建,还要立足于对民主体制在文化上的承认,因此,民主政治既缺乏根源,又会出现操作失效的境况。因此:(   )

A. 建设民主政治,首先要构建民主体制

B. 建设民主政治的条件是具有民主政治文化

C. 只要经济发展了,就可发展民主政治

D. 民主政治在任何情况下实施都有利于社会的进步

11. 在亚太经济合作中,经济技术合作搞不好,贸易投资自由化也必然受到很大制约。亚太经合组织成员间经济发展程度有很大不同,人均国民生产总值最低与最高相差在几十倍以上。只有大力加强经济技术合作,才能为发展中成员创造更多的发展机会,并扩大市场,使它们逐步缩小与发达成员间的经济差距。因此:(   )

A. 经济技术合作比贸易投资自由化更重要

B. 经济技术合作只对发展中成员有利

C. 发达成员反对经济技术合作

D. 经济技术合作,既是发展中成员的要求,也有利于发达成员开拓商品市场

12. 所有能干的管理人员都关心下属的福利,所有关心下属福利的管理人员在满足个人需求方面都很开明;在满足个人需求方面不开明的所有管理人员不是能干的管理人员。由此可以推出:(   )

A. 不能干的管理人员关心下属的福利

B. 有些能干的管理人员在满足个人需要方面不开明

C. 所有能干的管理人员在满足个人需要方面开明

D. 不能干的管理人员在满足个人需要方面开明

13. 只有年满十八岁,才有选举权。张强已满十八岁,则:(   )

A. 张强有选举权

B. 张强不一定有选举权

C. 张强还没有选举权

D. 张强有被选举权

14. 天气预报说明天温度是 10—25 度,偏南风 6—7 级,可第二天却冷得让人受不了,这表明:(   )

A. 天气预报全是胡说

B. 人只能是自然的俘虏

C. 天气变幻莫测

D. 天气预报是完全正确的,只是人们应将温度与风力结合起来考虑

15. 我国现行的法律、法规已有1200多件,每年中共中央和国务院还要下发近100个新的政策文件。这些法律、法规和文件,已经覆盖了中国社会经济发展的各个方面,如果它们真正都得到切实的贯彻执行,就会有力地推动中国社会经济健康地发展。因此:(   )

A. 应该继续制定更多的法律、政策

B. 应该采取措施切实地贯彻执行现有的法律、政策

C. 应该减少新法律的制定

D. 应该加强法律工作

(二)

1. 当一项关于阿司匹林在防止人们患心脏病方面的效力的研究得到积极的结论后,研究人员立即把这些结果提交给医学杂志,医学杂志在六周后发表了结果。如果这些结果能够早点发表的话,许多在这期间发病的心脏病患者将会避免患病。

如果以下哪项为真,将会最大限度地削弱上述论证?(   )

A. 医学杂志的工作人员为尽快发表研究的结论而加班加点地工作

B. 经常服用阿司匹林的人胃溃疡的发病率高于平均水平

C. 医学杂志的法规是只有经过严格的复查后,文章才能发表

D. 只有当一个人经常服用阿司匹林两年后,患心脏病的危险才会减少

2. 一些受大众喜欢的电视广告是那些幽默广告。但是,作为一种广告艺术,幽默有它的弱点。研究表明,许多喜欢幽默广告的观众清晰地记得这则广告,却几乎没有人能记得广告中被推销产品的名字,这使得人们对幽默广告的广告效力产生了怀疑。无论怎样,有趣的或让人高兴的广告会增加产品的销售。

上述的论证是以下列哪项为假设的?(   )

A. 幽默广告有降低观众眼中产品的可信度的倾向

B. 一则在产品名称的设计上失败的商业广告不会增加产品的销量

C. 幽默广告可以使看广告的兴趣转向娱乐

D. 广告的最终目的是增加被推销产品的知名度

3. 改吸"低量型"的烟,即用标准机器测量时比一般香烟产生较少的尼古丁、焦油和一氧化碳的香烟,一般来说并不会减少诱发心脏病的危险。这一研究成果是令人惊讶的,因为尼古丁和一氧化碳一直被认为是促发心脏病的原因。

以下四项,哪项如果为真,最有助于消除文中的不一致?(　　)

A. 一氧化碳和焦油都不是让人上瘾的物质

B. 从抽"高量型"的烟转抽"低量型"烟的人常常是靠增加吐气的次数和吸烟的深度来获得补偿,目的是保持他们习以为常的尼古丁水平

C. 对诱发心脏病来说,尼古丁的危害并不像一氧化碳那样严重

D. 对本人就是烟民的人来说,吸进其他人抽的烟是导致心脏病危险的更重要的因素

4. 教育上"谁受益,谁出钱"这一提法如果是正确的话,只能理解为国家是教育的最大受益者。这是因为一方面教育的经济效益,虽然不能直接、立即体现在市场经济交换过程中,却存在于社会之中;另一方面教育不仅有经济效益,而且是国家综合国力的重要组成部分。因此:(　　)

A. 教育经费主要由国家承担是合理的

B. 教育经费应由个人、社会与国家共同承担

C. 教育是个人的事情,因此经费也应由本人负责

D. 应该实行由幼儿园到大学的免费教育

5. 如果排进河中的污水含汞量过高,那么这些汞就会被河中的藻类等浮游生物所吸收;这些浮游生物为鱼所食,汞就会在鱼体内积蓄起来,人吃了较多的这种鱼,就会产生汞中毒。所以:(　　)

A. 要消除汞中毒,就不要吃鱼

B. 要消除汞中毒,就不要吃河中的鱼

C. 要消除汞中毒,必须禁止向河中倾倒垃圾

D. 要消除汞中毒,必须消除河水中过量的汞

6. 事物发展的根本原因,不是在事物的外部而是在事物的内部,在于事物内部的矛盾性。任何事物内部都有矛盾性。因此:(　　)

A. 任何事物都处在不断的运动和发展之中

B. 有一部分事物可以处于静止状态

C. 处于运动和发展中的事物都以同样的速度向前进

D. 当一个社会处于封闭状态时,这个社会就是一个静止的社会

7. 随着社会现代化程度的不断提高,社会化分工日益精细,人与人之间的依赖程度也愈来愈高,人们的生活重心正逐渐由工作单位向社区转移。而就本质而言,人与人之间的互动关系构成了社区生活的主要内容。因此:(　　)

A. 人际关系怎么样正越来越直接地影响着人们的生活质量

B. 在社区生活中每个人都要作出无私奉献

C. 将来,人们只会对社区倾注热情,而对工作单位却不甚关心

D. 有了社区生活后,亲戚关系将不重要了

8. 随着我国国民经济基础不断加强,生产规模急剧扩大,社会化和专业化程度的提高,商品经济的迅速发展,地方之间要求发展横向经济联系的呼声日益高涨。经济体制改革为这种社会化的横向经济联系开辟了道路,从而使我国现阶段各地方间的经济开放度空间扩大。可见:(　　)

A. 横向经济联系日益增多

B. 地方经济开放度日益扩大

C. 横向经济联系的内容日益丰富

D. 经济体制改革为横向经济开辟了道路

9. 小英、小红、小燕三个人讨论一道题,当每人都把自己的解法说出后,小英说:"我做错了。"小红说:"小英做对了。"小燕说:"我做错了。"老师看过她们的答案并听了她们的上述意见后,说三个人有一个人答案正确,有一个人意见正确。

据此,我们可以知道作出正确答案的是:(　　)

A. 小红　　　　　　B. 小英　　　　　　C. 小燕　　　　　　D. 不能确定

10. 行政分权的改革事实上并没有使经济决策权从中央政府转移到企业手中。地方政府通过各种非正式的机制,不仅控制了地方性的资源,而且还截留并扩大了对企业的控制权。可见:(　　)

A. 行政分权改革实际上是把权力转给了地方政府

B. 行政分权的改革已经失败

C. 地方政府破坏了行政分权改革

D. 地方政府成为行政分权改革的障碍

11. 有许多政策,在理论上、原则上无懈可击,论证也周详严密,但忽视具体的实施细则,为某些单位和个人寻找对策,专钻空子,造成了可乘之机。因而:(　　)

A. 一定要重视政策的具体实施细则

B. 政策执行往往会出问题

C. 政策执行时每一环节都是有意义的

D. 政策制定与执行应相互结合

12. 在机器人"深蓝"与"俄国的一位世界级象棋大师"的对弈中,深蓝最后胜出,但深蓝的每一个程序都是人类编制的。由此可见:(　　)

A. 机器人是有智能的

B. 机器人的智能是人类赋予的

C. 机器人智能发展可能超过人类

D. 机器人用途广泛

13. 在没有英雄的年代里,作家演绎得更多的只能是凡人的故事。这也许正是时代的悲哀,也是张爱玲的悲哀。使她成为了极其优秀的作家,而不是伟大作家的局限就在这里。这意味着:(　　)

A. 在有英雄的年代里,一定会产生伟大作家

B. 张爱玲所处的时代是一个没有英雄的时代

C. 同时代的作家都没有张爱玲优秀

D. 张爱玲的作品不能激励人、鼓舞人

14. 在市场经济中,所有的经济行为主体都主动参与经济活动。如果没有适当的行为规则,或者有适当的行为规则却没有法律的保障,那么经济生活就会陷入不确定的状态。可见:(　　)

A. 市场经济需要法律的保障

B. 经济生活中规则是最为重要的

C. 市场经济本身会创造出规则

D. 市场经济本身会创造出法律

15. 制度包含正式的法律规则和非正式的风俗习惯两个方面。它是交易的结果,制度确立之后便形成相对稳定的利益格局,从而产生制度惯性。在这种惯性中,风俗习惯的变迁与法律规则的变迁都比较缓慢。所以:(　　)

A. 制度的变迁是渐进的过程

B. 制度形成后便不会发生变化

C. 制度变迁是自发的

D. 随着制度的完善,制度变迁会越来越慢,甚至"终结"

(三)

1. 虽然这个瓶子的标签标明的是"醋",但是将苏打加入时并没有产生气泡。因为将醋这样的酸性液体和苏打加到一起时,其混合物会产生气泡,所以这瓶里装的肯定不是醋。

以下四项中,哪一项准确地指出了上述论证中的逻辑错误?( )

A. 它忽略科学原理只有在受控的实验中才能得到精确验证的常识

B. 它的推论依靠了"气泡"这个概念的模糊性

C. 它错误地排除了被观察对象的另一种解释

D. 它忽视了瓶中装的可能是非醋的其他酸性液体

2. 在具有选举权的人当中,所有选民都是年满 18 岁的人,有些农民不是年满 18 岁的人,有些选民是农民,所有少年都不满 18 岁。

如果上述命题为真,以下哪项命题必然假?( )

A. 有些农民是选民

B. 有些选民年满 18 岁

C. 所有少年都不是农民

D. 有些少年是选民

3. 考古学家发现的证据表明,甚至在旧石器时代,人类便存在着灵魂不死的信念。在靠近古代部落附近的墓地遗址发现了像衣服、工具和武器这样的随葬品,就是有关灵魂不死信念的最早证据。

以下四项中,哪一项是上述论证所依赖的假设?( )

A. 只有人们相信灵魂不死,才会随葬衣服、工具、武器这样的随葬品

B. 灵魂不死的信念是大部分宗教信仰的核心信条

C. 如果在墓地遗址没有发现随葬品,就证明那时人们还没有灵魂不死的信念

D. 在墓地发现的衣服、工具和武器是近代的物品

4. 过去人们都认为知识就是力量,大多数教师都只传授具体知识,教师讲,学生听,学生被动地接受知识。新的教育观念认为,学生必须掌握独立探索的方法,获得不断深造的能力;具有与集体合作的品质,与他人合作解决问题的社交能力;具备自如表达思想的能力,等等。这意味着:( )

A. 旧的传统教育观念不教授学习方法

B. 知识本身没有多大的力量

C. 掌握方法比掌握知识更重要

D. 新旧两种教育观念是相互矛盾、互不相容的

5. "如果不想当司令就不是好士兵",此句与哪句话相等?( )

A. 好士兵都想当司令

B. 只想当司令的士兵不是好士兵

C. 不好的士兵不想当司令

D. 想当司令的士兵就是好士兵

6. 从经济理论和历史经验看,发达国家与发展中国家分别存在需求不足与供给不足的问题。对于发达国家来说,尽管社会普遍富裕,但是经济处于非充分就业状态,社会出现富裕中的贫困,

市场有效需求不足;对于发展中国家来说,经济中的总供给与总需求都是低水平,但主要是总供给不足,短缺现象普遍。这意味着:(　　)

A. 发展中国家主要存在着供给不足,短缺现象普遍
B. 发达国家存在着需求不足的现象
C. 发达国家存在着富裕中的贫困现象
D. 发达国家和发展中国家分别存在需求不足与供给不足的问题

7. 旅行社刚刚为三位旅客预订了飞机票。这三位旅客是荷兰人比尔、加拿大人伯托和英国人丹皮。他们三人一个去荷兰、一个去加拿大、一个去英国。据悉比尔不打算去荷兰,丹皮不打算去英国,伯托既不去加拿大,也不去英国。所以:(　　)

A. 伯托去荷兰,丹皮去英国,比尔去加拿大
B. 伯托去荷兰,丹皮去加拿大,比尔去英国
C. 伯托去英国,丹皮去荷兰,比尔去加拿大
D. 伯托去加拿大,丹皮去英国,比尔去荷兰

8. 普通的人可以从政府功能的扩张中获得种种组织收益,同时,所有的权力尤其是政府的权力都存在着被滥用或误用的可能性。二十世纪的人类从政府功能扩张中取得了生活方面的诸多保障,但也因此而在生活方面遭受了诸多的危险。可见:(　　)

A. 对普通人来说,政府总是意味着一定的收益或一定的危险
B. 政府的功能是双重的
C. 政府的功能是危险的
D. 政府对普通人而言,是具有两面性的

9. 如果长期饮用高山上的温泉水和火山地带的温泉水,那么就是饮含氟量较高的水;如果长期饮用含氟量较高的水,那么牙齿上就会有白色的斑点。那么:(　　)

A. 山里人牙齿上一定有白色的斑点
B. 牙齿上有白色斑点的人,必是山里人
C. 除了火山地带和高山地区的人,其他地方的人牙齿上不可能有白色的斑点
D. 长期饮用温泉水的山里人牙齿上肯定有白色的斑点

10. 地方保护主义使德国国内市场分崩离析,妨碍经济地区专业化分工的发展;同时,地方保护主义强化了地方政府以及所属企业的短期行为,并因此而妨碍了经济结构的调整;另外,地方保护主义妨碍了中央产业政策的实施效果。可见:(　　)

A. 地方保护主义普遍存在
B. 地方保护主义对经济生活具有非常消极的影响
C. 地方保护主义对社会生活具有非常消极的影响
D. 地方保护主义是对中央权威的挑战

11. 个体总是生活在一定的制度安排中,中国传统儒家制度安排大多是非正式的,强调行为规则的内化过程,不重视外在强制约束,具有较高的灵活性。因此:(　　)

A. 在儒家制度安排下,个体能以自我对制度规则的理解来灵活地调整自己的行为规则
B. 在儒家制度安排下,个体可以随心所欲,不受任何约束
C. 在儒家制度安排下,个体能获得最大的自由
D. 儒家制度具有现代性

12. 科普宣传的目的是引导公众用科学的思想观察问题、用科学的方法处理问题。知识不存在的地方,愚昧就自命为科学。迷信是人类处于蒙昧时代难以正确解释种种自然和社会现象的产物。迷信成为一些人骗人赚钱的工具后,掺入了好多貌似合理的伪科学知识,具有较大的欺骗性。

因此:（　　）

A. 在迷信前面,科学无能为力

B. 相信周易预测、看风水、看手相的人越来越少

C. 掌握科学知识是破除迷信的根本途径

D. 现在迷信的人还很多,人仍处于蒙昧时代

13. 社会主义社会在生产资料的社会主义改造完成以后,社会的主要矛盾是人民日益增长的物质文化生活需要同落后的社会生产力之间的矛盾。政府为了满足人民日益增长的物质和文化生活的需要,必须把工作中心及时转移到经济建设上来,大力发展社会生产力,加强对经济的管理。可见:（　　）

A. 政府经济管理职能是由社会主要矛盾所决定的

B. 坚持以经济建设为中心是重要的

C. 政府职能中经济职能是重要的

D. 社会主要矛盾是重要的

14. 天则经济研究所创办的主要目的之一就是要使中国经济学走向世界。任何理论的创新与发展都离不开实践。中国的改革实践为我国的经济学发展提供了肥沃的土壤。同时,它也是国外经济学者,特别是"过渡经济学家"研究的热点,但中国的改革问题终归只能以中国人自己的研究为基础,所以:（　　）

A. 中国经济学已经走向世界并达到世界一流水平

B. 天则经济研究中国的改革实践为主要研究对象

C. 中国经济学已不再需要向国外学习、借鉴了

D. 国外经济学家研究中国的改革不大可能取得成果

15. 对于与居民人口数量息息相关的整个地毯市场来说,扩展的空间是相对有限的。大多数人购买地毯不过一二次,第一次是在二三十岁,然后可能是五六十岁的时候。这样,那些生产地毯的公司在地毯市场上占有一席之地的方式就只能是吞并竞争者,而不是进一步拓展市场。

以下四项,哪一项对上述的结论提出了最有力的质疑?（　　）

A. 大多数地毯生产商还销售其它的地面覆盖物

B. 近十年里,本行业三分之二的合并行为都导致那些新合并的公司利润和收入的下降

C. 地毯市场上几家主要商号通过降低生产成本而降低价格,这正在使其它的生产者自动放弃这个市场

D. 大多数地位稳固的地毯生产商销售好多种不同牌子和品种的地毯,在市场上没有留下可使新品牌挤入的空隙

参考答案及解析

（一）

1. D。A、B 显然是相信概率的,D 项中人们排除汽车本身所造成伤亡的概率,这说明了人们对概率的不信任,故选 D。

2. B。本题的逻辑错误是以偏概全,B 项中在所有候选人中,只能选出三个委员,所以不能认为所有的候选人都能成为委员,故选 B。

3. D。A 项应改为不是所有无价的书都保存在藏书室里;B 项中不能判定海明威的书是否无价;C 项应改为列在目录卡中的巴克纳文集是无价的,只有 D 正确。

4. A。本题的主干是最后一句话,即物质排列结构的不同其性质相差甚远,前面的内容是对最后一句话的举例说明。故选 A。

5. D。

6. C。题意是说政府的权利越大承担的责任也越大,生产者和消费者的权利越小其承担的责任也越小。这说明权利和义务是对等的,比较四个选项 C 正确。

7. A。选项中的 B、C、D 三项都与题目中给出的前提"人文社会科学与自然科学在更高层次上具有统一性和共同性"相矛盾,因此都是错误的,只有 A 项能从题目陈述中直接推出,故而 A 为正确答案。

8. B。如果张三说的是真话,那么李四说的是假话,则王五不在撒谎,这样我们推出张三是在撒谎,显然矛盾,故张三说的是假话,若李四说的是真话,推出王五说的是假话,故李四说的是真话。

9. C。

10. B。本题主要讲了建设经济政治化和民主政治化的关系,比较四个选项 B 正确。

11. A。本题突出了经济技术合作的重要性,故选择 A。

12. C。A 项应改为不是所有不能干的管理人员都关心下属福利;B 项应改为并不是所有能干的管理人员在满足个人需要方面开明;D 项明显错误。故选 C。

13. B。年满十八周岁只是有选举权的条件之一,所以张强不一定有选举权。

14. D。从温度上看天气应该是暖和的,但是风力有 6—7 级,人就会感觉冷,故应把温度和风力结合起来考虑,选 D。

15. B。题意是说我们每天制定的许多法律制度,没有得到真正实施,如果得到真正实施的话就会推动经济的发展,因此我们应切实地贯彻执行现有的法律和政策,故选 B。

(二)

1. D。本段旨在说明,这篇阿司匹林能防止心脏病的报道若早点发表的话,很多人会避免患病。作者想说明的显然是个时间问题。D 项所述服阿司匹林 2 年才起效,这就削弱了题意。故选 D。

2. C。本题的论点是:幽默广告使人们对广告的效力产生了怀疑,题中说幽默广告只记得这个广告,却没能记住广告中的产品的名字,这可能是人们看这样的广告时的兴趣已经转向了娱乐。故选 C。

3. B。

4. A。题中一开始就说教育"谁受益,谁出钱",后面又说教育受益最大的是国家,因此教育经费主要由国家承担是合理的。故选 A。

5. D。由题意可知,人们产生汞中毒最根本的原因是河水中含有过量的汞,那么要消除汞中毒,就必须消除河水中过量的汞。

6. A。

7. A。本题的意思是人与人之间的关系构成了社区生活的主要活动。故选择 A。

8. A。题干意思是横向经济在不断地发展。故正确答案是 A。

9. C。假设小英的意见是正确的,那么小红和小燕的意见是错误的,则小燕所做的答案是正确的。故选 C。

10. A。由题意可知行政分权改革本意是把权力转移到企业手中,可事实上却转到了地方政府手中。故选 A。

11. A。由题意可知由于忽视了政策的具体实施导致某些单位有机可乘,因而选择 A。

12. B。题中给出机器人的每一个程序都是人类编制,可见机器人的智能是人类赋予的。

13. B。由题意看出,张爱玲没有成为伟大的作家,只成为优秀的作家,是因为所处的年代是一个没有英雄的年代,所有比较四个答案,B 项正确。

14. A。由题意看出,在市场经济中如果没有适当的行为规则和法律的保障,那么经济就会陷入不确定的状态,由此可见,市场经济需要法律的保障,故选 A。

15. A。由题意可知,制度包括法律规则和风俗习惯,那么风俗习惯和法律规则的变迁比较缓慢,就意味着制度的变迁是个渐进的过程,故选 A。

(三)

1. C。

2. D。由题意可知,所有选民都是年满 18 岁的,那么未满 18 岁的全都不是选民,而所有少年都是未满 18 岁的,则所有少年都不是选民,故选 D。

3. A。由题意可知,考古学家发现人类存在灵魂不死的信念的证据是:在墓地遗址中发现了陪葬的衣服、工具、武器等。显然要使考古学家的发现得到证实,前提的假设就是考古学家发现的证据能说明人类相信灵魂不死,故选 A。

4. C。由题意可知,旧的教育观念是让学生掌握知识,新的教育观念认为学生掌握学习方法更为重要,所以根据题意我们知道掌握方法比掌握知识更重要。

5. A。

6. D。本题是在讲发达国家和发展中国家在需求和供给方面各自存在的问题,故选 D。

7. B。由题意知伯托肯定去荷兰,丹皮不去英国,则肯定去加拿大,剩下比尔去英国,故选择 B。

8. A。本题的主干是第一句话,普通人可以从政府那里得到利益,同时也存在危险,后面的话是对主干的阐述。B、C、D 项所述都偏离题意。

9. D。题意可知,高山上的温泉水和火山地带的温泉水含氟量较高,而饮用这样的水,人的牙齿上就会有白色斑点。比较四个答案 D 正确。

10. B。本题主要讲了地方保护主义对经济生活的妨碍作用。可见它对我们的经济生活起着消极的作用,故选 B。

11. A。由题意可知,在儒家制度安排下,个体能比较灵活地调整自己,而不是 B、C 项所说能够随心所欲或者获得最大自由等,这都是夸大和歪曲了题意,故选 A。

12. C。本题显然是在宣传科学,批判迷信,比较四个选项,A、D 项背离题意,B 项偏离题意,只有 C 项所述正确。

13. A。本题可用排除法,很明显 B、C、D 均不是题中所述要点。

14. B。从题中看出,中国的改革实践也是外国学者研究的热点,但是,中国的改革问题只能以中国人自己研究为基础,而天则经济研究所就是研究这个的,故选 B。

15. C。题意是说地毯公司想有一席之地只能吞并不能开拓。C 项中通过降价迫使其他地毯公司放弃生产,来达到进一步开拓市场的目的,这显然是对题意提出了质疑。

第四章 常识判断

考试大纲要求

常识判断主要测查应考者的法律知识运用能力,涉及宪法、民法商法、行政法、经济法、刑法、诉讼法等。

考点解析

常识判断又称基础知识,主要是考查考生在平时生活中对社会百科知识涉猎的广泛程度,即常说的考查知识面广不广。基础知识的内容包罗万象,但是2008年这部分国家公务员行政职业能力测验大纲要求主要测查应考者的法律知识运用能力。现代社会是法律社会,法律常识是现代公民必备的知识,尤其对于有志于加入公安队伍的年轻人来说,多学习法律知识是非常必要的,也是准备这部分考试的关键。公安机关是国家的治安行政执法和刑事执法的专门机关,人民警察作为执法者,熟悉、掌握法律知识是其最基本的素质要求。

这部分试题要求应考者对一些事物间的联系依据所具备的法律知识作出判断,需要应考者对现象、事物或行为及其引起的后果进行分析,并依据法律知识作出正确的判断。题目的一般形式有两种:一种是题干给出一个常识性的现象,备选项提供了这一现象产生的四种原因,要求考生选出一个最合理的;另一种是单纯性的知识测试,要求考生对题目涉及的知识要有一定的了解,并从备选项中找出正确答案。

由于法律知识涵盖的内容庞杂,且涉及面广,所以常识判断题的解答主要依赖于平时的知识积累,这就要求广大考生在平时的学习、生活、工作中多多观察,勤于思考。对于基础的法律知识要能巩固掌握,对于社会中发生法律事件,要通过多看报纸、电视、网络等途径了解。要达到一定的知识程度在短期内是难以做到的,但考生却可以通过在备考过程中进行大量的强化训练,迅速补充、掌握一些知识,最大程度地达到考试的要求。

考试要点简介

2008年大纲明确规定常识判断主要侧重测查法律知识的运用能力,并列举了6类法律,即宪法、行政法、经济法、民商法、刑法、诉讼法。报考者要注意复习演练。据此,我们把宪法、行政法、经济法、民法、商法、刑法、诉讼法等方面的内容一一作出归纳,方便应考者复习。

第一节 宪 法 知 识

(一)中国的政党制度

我国国家制度上坚持中国共产党对国家政治的领导,政党制度实行共产党领导的多党合作制,这是我国人民民主专政政权的一个突出特色。

除了中国共产党以外,我国还有八个民主党派,即中国国民党革命委员会,简称"民革";中国民主同盟,简称"民盟";中国民主建国会,简称"民建";中国民主促进会,简称"民进";中国农工民主党,简称"农工";中国致公党,简称"致公";九三学社,简称"九三";台湾民主自治同盟,简称"台盟"。

"长期共存、互相监督、肝胆相照、荣辱与共"是中国共产党同各民主党派合作的基本方针。

（二）爱国统一战线

宪法在序言中作出了规定："在长期的革命和建设过程中，已经结成由中国共产党领导的，有各民主党派和各人民团体参加的，包括全体社会主义劳动者、社会主义事业的建设者、拥护社会主义的爱国者和拥护祖国统一的爱国者的广泛的爱国统一战线，这个统一战线将继续巩固和发展。"

（三）经济制度

1. 所有权制度

（1）社会主义公有制

社会主义公有制是指生产资料归全社会或社会一部分人所有、由国家或一部分人的组织负责管理、经营或享有占有权的所有制形式。

全民所有制经济，即国有经济，是生产资料归社会全体成员公有、由代表全国人民的国家占有生产资料的一种所有制形式。

公有制经济的另一种形式就是劳动群众集体所有制经济，简称集体经济。

随着改革开放事业的发展，公有制经济的具体实现形式出现了多样化发展的趋势，不单单包括国有经济和集体经济，而且还包括混合所有制经济中的国有成分和集体成分。

（2）非公有制经济

劳动者个体经济。它是由城乡个体劳动者占有少量生产资料和产品，以自己从事劳动为基础的一种经济形式。

私营经济是在法律规定范围内生产资料属于私人所有、存在雇佣劳动关系的一种经济形式，它可以是独资企业、合伙组织或有限责任公司。

外商投资企业。

2. 分配制度

分配制度：坚持按劳分配为主体、多种分配方式并存的分配制度。

3. 财产权制度

（1）公共财产权

社会主义的公共财产，或说公有财产，包括全民所有财产即国有财产和劳动群众集体所有的财产。

（2）个人财产权和继承权

国家保护公民的合法收入、储蓄、房屋和其他合法财产的所有权。这里，"合法财产"是指公民个人通过合法的劳动和其他合法方式获得并占有一定财产的权利。它包括生活资料所有权和生产资料所有权。

（四）国家结构形式

国家结构形式是指特定国家划分国家内部区域，调整整体与部分、中央和地方之间关系的原则与方式。

1. 国家结构形式的分类

现代国家结构形式主要有两大类：单一制和复合制。

（1）单一制国家是由若干行政区域单位或自治单位组织的单一主权的国家。

（2）复合制国家是指由两个或多个成员国联合组成的联盟国家或国家联盟。近代复合制国家主要有邦联和联邦两种形式。

邦联是几个独立的国家为了一定的目的而结成的比较松散的国家联合，组成邦联的目的主要有经济的、军事的和文化的要求。

联邦是由两个或多个成员国（邦、州、省、共和国等）组成的复合制国家。

2. 中国的国家结构形式是单一制

（五）国家的行政区域划分

行政区域划分又称行政区划,既可以表示对国家领土进行划分的国家行为,又可以表示这种国家行为的结果。

现行宪法规定的我国行政区划是:

①全国分为省、自治区、直辖市;

②省、自治区分为自治州、县、自治县、市;

③县、自治县分为乡、民族乡、镇;

④直辖市和较大的市分为区、县;

⑤自治州分为县、自治县、市。

由此可见,按照宪法的规定,我国行政区域基本上划分为三级,即省级、县级和乡级,有些地方划分为四级。在宪法规定之外,还有一些不成文的行政管理区域划分情况(本书略)。

（六）公民权利

1. 平等权。中华人民共和国公民在法律面前一律平等

公民在法律面前一律平等是指:

(1)公民不分民族、种族、性别、职业、家庭出身、宗教信仰、教育程度、财产状况、居住期限,都一律平等地享有宪法和法律规定的、在政治上、社会上、经济上和文化上等一切领域内的权利,也都平等地履行宪法和法律规定的义务,即守法上的平等;

(2)任何人的合法权益都一律平等地受到保护,对违法行为一律依法予以追究,不允许任何违法犯罪分子逍遥法外,即司法上的平等;

(3)在法律面前,不允许任何公民享有法律以外的特权,任何人不得强迫任何公民承担法律以外的义务,不得使公民受到法律以外的处罚,即反对特权。

2. 政治权利和自由

(1)选举权和被选举权。

(2)政治自由。政治自由是公民表达自己政治意愿的自由,包括言论、出版、集会、结社、游行、示威等方面的自由。

(3)宗教信仰自由。宗教信仰自由是人们相信某种超自然神力的拯救力量及相关神学学说的自由。

(4)公民的诉愿权。诉愿权也叫请愿权。在我国,公民的诉愿权是对一类宪法权利的统称,即批评权、建议权、申诉权、控告权、检举权,以及取得赔偿权。

3. 人身自由

(1)人身自由。狭义的人身自由是指公民的肉体和精神不受非法侵犯,即不受非法的限制、搜查、拘留和逮捕。

(2)人格尊严。人格尊严是指公民作为平等的人的资格和权利,应受到国家和社会的承认和尊重。

(3)住宅不受侵犯的权利。

(4)通信自由和通信秘密。

4. 社会经济、教育和文化方面的权利

(1)财产权。

(2)劳动的权利和义务。

(3)劳动者的休息权。

(4)退休人员的生活保障权。退休制度是指达到一定年龄的劳动者离开劳动岗位,进行休息

或休养,并按规定领取一定的退休金、离休金或退休保险金的制度。

(5)物质帮助权。物质帮助权是公民因特定原因不能通过其他正当途径获得必要的物质生活手段时从国家和社会获得生活保障、享受社会福利的一种权利。

(6)受教育的权利和义务。中华人民共和国公民有受教育的权利和义务。

(7)文化权利和自由。中华人民共和国公民有进行科学研究、文学艺术创作和其他文化活动的自由。

5. 特定主体的权利

(1)妇女的权利。中华人民共和国妇女在政治的、经济的、文化的、社会的和家庭的生活等各方面享有同男子平等的权利。

(2)保护婚姻、家庭、母亲、儿童和老人。

(3)华侨、归侨和侨眷的权益。华侨是居住在外国的中国公民。

(4)烈军属的权利。国家和社会保障残废军人的生活,抚恤烈士家属,优待军人家属。

6. 外国人的权利

(1)国家保护的外国人的权利。中华人民共和国保护在中国境内的外国人的合法权利和利益,在中国境内的外国人必须遵守中华人民共和国的法律。

(2)庇护权。中华人民共和国对于因为政治原因要求避难的外国人,可以给予受庇护的权利。

(七)公民的基本义务

(1)维护国家统一和民族团结;

(2)遵守宪法和法律;

(3)维护祖国的安全、荣誉和利益;

(4)服兵役;

(5)依法纳税;

(6)其他基本义务。

夫妻双方有实行计划生育的义务;父母有抚养教育未成年子女的义务,成年子女有赡养扶助父母的义务。

(八)选举制度

1. 选举权的普遍性原则

享有选举权的基本资格只有三个:公民资格、法定年龄资格和政治权利状况。

年满18周岁、具有中国国籍、依法享有政治权利的人们都可自由地行使选举权和被选举权,不受任何法律上的或人为的剥夺。

2. 选举权的平等性原则

我国《选举法》第4条规定,"每一选民在一次选举中只有一个投票权"。因此,选举权的平等性主要有两个表现:一是一人一票,二是选票价值相等。

3. 直接选举与间接选举并用的原则

直接选举是由选民直接投票选举代议机关代表或其他公职人员的选举。

间接选举是由选民先选出代表或选举人,再由代表或选举人投票选举上一级代表机关代表或其他公职人员的选举。我国选举制度的直选或间选主要是指人大代表的产生方式。

全国人民代表大会的代表,省、自治区、直辖市、设区的市、自治州的人民代表大会的代表,由下一级人民代表大会选举。不设区的市、市辖区、县、自治县、乡、民族乡、镇的人民代表大会的代表,由选民直接选举。可见,我国县级以下的基层人大采取直接选举的方式产生代表,而县级以上的人大则采取间接选举的方式,二者并用。

4. 秘密投票原则

秘密投票是指选民在投票时只需在选票所列候选人姓名下以符号形式注明同意或不同意,无需署名,并且在填写选票后亲自投入票箱的投票方式。

5. 选举的保障原则

全国人民代表大会和地方各级人民代表大会的选举经费,由国库开支。

为保障选民和代表自由行使选举权和被选举权,对有下列违法行为的,应当依法给予行政处分或者刑事处分:

(1)用暴力、威胁、欺骗、贿赂等非法手段破坏选举或者妨害选民和代表自由行使选举权和被选举权的;

(2)伪造选举文件、虚报选举票数或者有其他违法行为的。

(九)全国人民代表大会

1. 全国人大的性质和地位

全国人民代表大会是最高国家权力机关,又是国家的立法机关。

中华人民共和国的一切权力属于人民,人民行使国家权力的机关是全国人民代表大会和地方各级人民代表大会。

2. 全国人大的组成和任期

全国人大由代表组成。根据现行《宪法》和《选举法》,全国人大由省、自治区、直辖市的人民代表大会和军队选出的代表组成;香港和澳门特别行政区,两地的全国人大代表将单独选出。这表明,我国实行地域代表制与职业代表制相结合、以地域代表制为主的代表机关组成方式。

根据现行《选举法》和《组织法》,代表以间接方式由各省、自治区、直辖市人大和军队选举产生,农村每一代表所代表的选民数应4倍于城市每一代表所代表的人口数。全国人大代表名额总数不超过3000名,由全国大常委会确定各选举单位代表名额比例的分配。

宪法规定的全国人大任期是5年,在任期届满前的两个月以前,全国人大常委会必须完成下一届全国人大代表的选举工作。如果遇到不能进行选举的非常情况,由全国人大常委会以全体委员2/3以上的多数通过,可以推迟选举,延长本届全国人大的任期,但在非常情况结束后一年以内,全国人大常委会必须完成下届全国人大代表的选举。

3. 全国人大的职权

(1)宪法修改权和监督权。宪法的修改由全国人大常委会或者1/5以上的全国人大代表提议,并由全国人大以全体代表的2/3以上的多数通过。1982年宪法已经过四次修改。

全国人大是进行宪法监督的最高机关,其内容主要有两个方面:

第一,监督各项法律、行政法规、地方性法规以及各种规章是否符合宪法的原则和条文规定;

第二,监督一切国家机关、武装力量、各政党和社会团体、各企业事业组织的行为是否违反宪法。

(2)基本法律的制定权和修改权。基本法律是为宪法实施而由全国人大制定的最重要的法律,主要包括民刑法律、诉讼法、组织法、选举法、民族区域自治法、有关特别行政区的立法等。

(3)中央国家机关组织权。全国人大选举全国人大常委会委员长、副委员长、秘书长和委员,选举国家主席、副主席,选举中央军事委员会主席、最高人民法院院长、最高人民检察院检察长;根据国家主席的提名,决定国务院总理的人选,根据国务院总理的提名决定国务院副总理、国务委员、各部部长、各委员会主任、审计长和秘书长的人选;根据中央军事委员会主席的提名决定中央军委副主席和委员的人选。对于以上人员,根据全国人大主席团或者3个以上的代表团或者1/10以上的代表的罢免案,全国人大有权依照法定程序,在主席团提请大会审议并经全体代表过半数的同意后,予以罢免。

（4）国家重大问题决定权。全国人大有权审查和批准国民经济和社会发展计划以及有关计划执行情况的报告；审查和批准国家预算和预算执行情况的报告；批准省、自治区和直辖市的建制；决定特别行政区的设立及其制度；决定战争与和平问题；等等。

（5）最高监督权。全国人大有权监督由它产生的其他国家机关的工作，这些国家机关都要向全国人大负责，并报告工作。具体说，这一监督权分为规范监督和工作监督两类。

规范监督是对规范性法律文件的审查，主要指有权改变或撤销全国人大常委会不适当的决定。

工作监督包括全国人大听取并通过全国人大常委会的工作报告，听取、建议修改和通过国务院的工作报告，听取最高人民法院、最高人民检察院的工作报告；中央军委主席也要向全国人大负责。

（6）其他职权。宪法规定，全国人大有权行使"应当由最高国家权力机关行使的其他职权"。这一弹性条款为全国人大处理难以预料的新问题、重大紧急问题提供了宪法依据。

（十）全国人民代表大会常务委员会

1. 全国人大常委会的性质和地位

全国人大常委会是全国人大的常设机关，也是行使国家立法权的机关。它隶属于全国人大，必须服从全国人大的领导和监督，向全国人大负责并报告工作。

2. 全国人大常委会的组成和任期

全国人大常委会在每届全国人大第一次会议时，由全国人大从代表中选举委员长、副委员长若干人、秘书长和委员若干人组成。与全国人大代表不同，全国人大常委会组成人员实行专职制，不得担任国家行政机关、审判机关和检察机关的职务。《宪法》还规定，全国人大常委会组成人员中应有适当名额的少数民族人员。

全国人大常委会的任期与全国人大相同，即5年。但全国人大常委会在任期结束的时间上与全国人大略有不同。按照《宪法》第66条第1款的规定：全国人大常委会"行使职权到下届全国人民代表大会选出新的常务委员会为止"。全国人大常委会的组成人员可以连选连任，但委员长、副委员长连续任职不得超过两届。

3. 全国人大常委会的职权

（1）宪法解释权和宪法监督权。宪法明确规定了常委会的宪法解释权，是宪法解释法定的最高机关。

（2）立法权和法律解释权。全国人大常委会在宪法规定的范围内行使立法权，有权制定和修改除由全国人大制定的基本法律以外的其他法律。全国人大常委会还可以修改、补充由全国人大制定的基本法律，但不得与该法的基本原则相抵触。全国人大常委会还有权解释法律，不仅可以解释它自己制定的法律，还可以解释由全国人大制定的法律。

（3）国家重大事务的决定权。在全国人大闭会期间，全国人大常委会有对国民经济和社会发展计划以及国家预算的部分调整方案的审批权；有权决定批准或废除同外国缔结的条约和重要协议；决定驻外全权代表的任免；规定军人和外交人员的等级制度和其他专门等级制度，规定和决定授予国家勋章和荣誉称号；决定特赦；国家遭受武装侵犯或者必须履行国家间共同防止侵略的条约的情况，有权决定宣布战争状态；决定全国总动员和局部动员；决定全国或者个别省、自治区和直辖市进入紧急状态等。

（4）任免权。在全国人大闭会期间，全国人大常委会有权根据国务院总理的提名，决定部长、委员会主任、审计长、秘书长的人选；根据中央军委主席的提名，决定中央军委其他组成人员的人选；根据最高人民法院院长的提请，任免副院长、审判员、审判委员会委员和军事法院院长；根据最高人民检察院检察长的提请，任免副检察长、检察员、检察委员会委员和军事检察院检察长，并且批准省、自治区、直辖市人民检察院检察长的任免。

（5）监督权。与全国人大一样，也分为法律监督权和国家机关工作的监督权两类。

在法律监督权范围内，全国人大常委会有权撤销国务院制定的同宪法、法律相抵触的行政法规、决定和命令；有权撤销省、自治区、直辖市的国家权力机关制定的同宪法、法律和行政法规相抵触的地方性法规和决议。

在国家机关工作监督权上，全国人大常委会对其他由全国人大产生的中央国家机关部门有权进行监督，主要有三种方式：

第一，在全国人大常委会会议期间，常委会组成人员10人以上联名，可以向国务院及其各部委、最高人民法院、最高人民检察院提出书面质询案；

第二，国务院、最高人民法院、最高人民检察院在每次常委会会议上，围绕本单位职权范围内的事务向常委会作工作汇报；

第三，全国人大常委会开展对法律实施工作进行考查的执法检查，或对司法机关的工作进行个案监督。

（6）其他职权。由于全国人大常委会是全国人大的常设机关，所以，与全国人大的职权范围不同，它没有宪法上自己的弹性权力。在宪法明列的职权之外，常委会的其他职权必须经全国人大授权方能享有；在授权范围内，全国人大常委会可以作出有法律约束力的决定。

4. 全国人大常委会的会议制度

根据全国人大组织法的规定，全国人大常委会每两个月举行一次，由委员长负责召集和主持；必要时可召集临时会议。常委会会议没有预备会议，而是由委员长决定议程等程序事项。

开会的形式基本上有四种：

第一种形式是全体会议，即全体委员参加的会议，是会议召集主要形式。只有这种会议形式才能通过法律和作出具有法律效力的决议。

第二种形式是委员长会议，由委员长、副委员长、秘书长组成，其任务是处理全国人大常委会的日常工作，但不能代替常委会本身行使职权，即其决议没有法律效力，只处理有关的立法和工作程序问题。

第三种形式是小组会议或分组会议。讨论问题或审议议案。分组会议也不能作出有法律约束力的决议。

第四种形式是联组会议，是在讨论重大问题或有争议问题时各小组联合召开的会议，一般由委员长负责宣布召开。

5. 全国人大常委会的工作程序

以法律案为例，全国人大常委会的工作也可分为四大程序：

第一，提出法案。提案主体有三类：委员长会议，各中央国家机关和全国人大各专门委员会，常委会10人以上联名；此外还有全国人大主席团决定由常委会进一步审议的法案。

第二，审议法案。立法法通过后，全国人大常委会对法案审议的一个重大变化就是引入了"三读"程序，列入议程的法案一般要经过三次常委会会议的审议。

第三，通过法案。常委会全体组成人员过半数投赞成票，法案便获得通过。

第四，公布法律。法案通过后便成为国家法律，由国家主席签署主席令予以公布。

（十一）全国人民代表大会各委员会

1. 专门委员会。全国人大专门委员会是按专业分工而设立的辅助性工作机构。

专门委员会分有名和无名两类：有名委员是在宪法中明文列举的，包括民族委员会、法律委员会、财政经济委员会、教育科学文化卫生委员会、外事委员会和华侨委员会。专门委员会是全国人大根据需要设立的，目前有内务司法委员会、环境与资源保护委员会、农业与农村委员会。专门委员会的任务是在全国人大及其常委会的领导下，研究、审议、拟定有关议案或提出有关报告，交全国人大或其常委会处理。具体包括：

第一，审议全国人大主席团或常委会交付的议案；

第二，向全国人大主席团或常委会提出属于全国人大或常委会职权范围内同本委员会有关的议案；

第三，审议全国人大交付的被认为同宪法、法律相抵触的国务院的行政法规、决定和命令，国务院各部委的命令、指示和规章，省、自治区、直辖市人大及其常委会的地方性法规和决议，以及省、自治区、直辖市人民政府的决定、命令和规章，并提出报告；

第四，审议全国人大主席团或常委会交付的质询案，听取受质询机关对质询案的答复，必要时向全国人大主席团或常委会提出报告；

第五，对属于全国人大或常委会职权范围内同本委员会有关的问题，进行调查研究，提出建议。

专门委员会是常设性的机构，在全国人大会议期间向大会负责，在全国人大闭会期间向全国人大常委会负责。专门委员会成员由全国人大主席团在代表中提名，大会选举产生；在全国人大闭会期间，全国人大常委会可以补充任命个别副主任委员和委员。此外，全国人大常委会可以根据需要任命若干非代表的专家作为委员会的顾问，他们有权列席各专门委员会的会议，发表意见，但无表决权。专门委员会每届任期5年，与每届全国人大相同。

2. 调查委员会。全国人大及其常委会在认为必要时，可以组织对于特定问题的调查委员会。调查委员会的组成人员必须是全国人大代表，其产生办法与专门委员会委员的产生办法类似。调查委员会是临时性的委员会，无一定任期，对特定问题的调查任务一经完成，该委员会即予撤销。

（十二）全国人大代表

1. 代表的权利

（1）提出议案的权利。代表的这项权利只能集体行使：30名以上的代表联名才能提出议案，1/10以上的代表联名才可以提出对全国人大常委会组成人员、国家主席、国家副主席、国务院组成人员、中央军委组成人员、最高人民法院院长、最高人民检察院检察长的罢免案，1/5以上的代表才能提出宪法修正案草案。

（2）提出质询和询问的权利。全国人大会议期间，一个代表团或30名以上的代表联名，可以提起对国务院、国务院各部委、最高人民法院、最高人民检察院的质询案。质询属于代表监督权的主要形式，受质询的机关应当作出口头或书面的答复。

（3）言论免责权。代表在全国人大各种会议上的发言和表决不受法律追究。

（4）刑事豁免权。代表在全国人大会议期间，非经全国人大主席团许可，闭会期间非经全国人大常委会许可，不受逮捕或刑事审判。代表因为现行犯被刑事拘留，执行拘留的公安机关应当立即向全国人大主席团或全国人大常委会报告，如果主席团或常委会作出相反的决定，公安机关必须马上释放代表。

（5）工作便利权和物质权利。在代表出席全国人大会议或履行其他职务时，其所在单位必须给予时间和工资方面的保障。代表履行职务时，根据实际需要享受国家的补贴和国家提供的其他便利条件。

2. 代表的义务

（1）模范遵守宪法和法律，在自己参加的生产、工作和社会活动中，协助宪法和法律的实施。

（2）同原选举单位和人民群众保持密切联系，听取和反映他们的意见和要求，认真履行自己作为民意代表的职责。

（3）接受原选举单位的监督，向原选举单位报告工作；原选举单位有权罢免自己选出的代表。

（4）保守国家秘密。

（十三）国家主席

中华人民共和国主席是我国的国家元首，对内对外代表国家。它不是握有一定国家权力的个人，而是一个国家机关，包括国家主席和副主席。

1. 国家主席的产生和任期

国家主席、副主席的任职基本条件有二：

一是在政治方面，国家主席、副主席人选必须是有选举权和被选举权的中华人民共和国公民；

二是年龄方面，必须年满 45 周岁。

产生程序是：由全国人大主席团提出国家主席和副主席的候选人名单，然后经各代表团酝酿协商，再由主席团根据多数代表的意见确定正式候选人名单（等额名单），最后由主席团把确定的候选人交付大会表决，由大会选举产生国家主席和副主席。

国家主席、副主席的任期同全国人大每届任期相同，即都是 5 年，连续任职不得超过两届。

国家主席和副主席可以由全国人大罢免。

2. 国家主席的职权

我国国家主席没有个人决策权，他的职权要同全国人大及其常委会的职权结合起来行使。国家主席行使职权时，主要采取主席令的形式。根据《宪法》规定："中华人民共和国主席根据全国人民代表大会的决定和全国人民代表大会常务委员会的决定，公布法律，任免国务院总理、副总理、国务委员、各部部长、各委员会主任、审计长、秘书长，授予国家的勋章和荣誉称号，发布特赦令，宣布进入紧急状态，宣布战争状态，发布动员令……中华人民共和国主席代表中华人民共和国，进行国事活动，接受外国使节；根据全国人民代表大会常务委员会的决定，派遣和召回驻外全权代表，批准和废除同外国缔结的条约和重要协定。"国家主席的职权主要有以下四个方面：

（1）公布权。即公布法律，发布命令的权限。法律在全国人大或全国人大常委会正式通过后，由国家主席予以颁布施行。

国家主席根据全国人大或者全国人大常委会的决定，发布特赦令、戒严令、动员令、宣布战争状态等。

（2）任免权。全国人大或全国人大常委会确定国务院总理、副总理、国务委员、各部部长、各委员会主任、审计长、秘书长的正式人选后，由国家主席宣布其任职；在相反的情况下，宣布其免职。根据全国人大常委会的决定，国家主席派出或召回代表国家的常驻外交代表，即驻外使节。

（3）外事权。国家主席代表国家接受外国使节，进行国事活动。根据全国人大常委会的决定，国家主席宣布批准或废除条约和重要协定。

（4）授予荣誉权。包括授予国家的勋章和荣誉称号。

国家副主席在任职资格上与国家主席相同，但在宪法上没有独立的权力，他的职责主要是协助国家主席工作，可以受国家主席的委托，代替国家主席出席、接受外国使节等。副主席受委托行使国家元首职权时，具有与国家主席同等的法律效力，所处理的国务具有与国家主席同等的法律效力。

3. 国家主席职务的补缺

《宪法》第 84 条规定："中华人民共和国主席缺位的时候，由副主席继任主席职位；中华人民共和国副主席缺位的时候，由全国人民代表大会补选；中华人民共和国家主席、副主席都缺位的时候，由全国人民代表大会补选；在补选以前，由全国人大常委会委员长暂时代理主席职位。"

（十四）国务院

中华人民共和国国务院，即中央人民政府，是最高国家权力机关的执行机关，是最高国家行政机关。

1. 国务院的组成和任期

国务院由总理、副总理若干人、国务委员若干人、各部部长、各委员会主任、审计长、秘书长组成。国务院总理人选根据国家主席的提名,由全国人大决定;副总理、国务委员、各部部长、各委员会主任、审计长和秘书长根据总理的提名,由全国人大决定;在全国人大闭会期间,根据总理的提名,由全国人大常委会决定部长、委员会主任、审计长和秘书长的任免。组成人员的任免决定以后,都由国家主席宣布。

国务院的任期每届与全国人大的任期相同,即为5年。任期届满后,由新一届的全国人大决定,组成新的国务院。宪法规定,总理、副总理、国务委员和秘书长的连续任职不得超过两届。

2. 国务院的领导体制和工作制度

领导体制是首长负责制,即国务院整体实行总理负责制,各部委实行部长、主任负责制。

工作制度:在宪法上,国务院的会议有两种形式:全体会议和常务会议。全体会议包括国务院的全体组成人员,常务会议由总理、副总理、国务委员和秘书长组成。

3. 国务院的职权

国务院的职权也就是国家的最高行政权,根据《宪法》第89条的规定,有如下几个方面:

(1)法规制定权。包括规定行政措施、制定行政法规、发布决定和命令的权力。

(2)提案权。为了完成宪法和最高国家权力机关规定的各项任务,国务院有责任向最高国家权力机关提出有关的法律草案、计划和报告以及计划和报告的执行情况,等等,经最高国家权力机关审议批准,使之成为指导社会生活和经济建设的法律文件。

(3)领导权。包括对所属部委和地方各级行政机关的领导权和监督权。

(4)管理权。包括对国防、民族、民政、文教、经济、华侨、外交等各项行政工作的领导和管理权。

(5)任免权。主要是对全国行政人员进行任免和奖惩的权力。

(6)紧急状态决定权。是指国务院有权决定省、自治区、直辖市的范围内部分地区进入紧急状态。

(7)其他职权。主要是指由全国人大及其通过明确的决议,以法律形式授予的上述列举权力之外的职权。

4. 国务院各机构

(1)职能机构。国务院的职能机构就是国务院为履行其管理社会的职能而成立的业务机关,即指国务院的各部、各委员会。国务院各部委的设立、撤销和调整由总理提出,由全国人大或全国人大常委会决定。各部委受国务院的统一领导,对国务院总理负责。

各部设部长1人,副部长2至4人;各委员会设主任1人,副主任2至4人,委员5至10人。部长和主任都是国务院的组成人员。各部委首长领导本部门的工作,召集和主持部务会议、委务会议和委员会会议,签署上报国务院的请示、报告和发布的命令、规章、指示。

(2)工作机构。国务院的工作机构是国务院和各部委为完成特定管理任务而设立的、相对独立于各部委的专业机关,即指各专业局、署、室。直属于国务院的专业局也叫国务院直属机关,如国家工商行政管理局、海关总署、国务院参事室等。直属机构的法律地位低于各部委,其负责人也不是国务院的组成人员,他们的任免由国务院自行决定。直属机构中还有直属的事业单位,如新华通讯社、中国科学院、国家地震局等。此外还有各部委所管理的专业局,叫做国家局,地位低于国务院直属局,如国家煤炭工业局、国家烟草专卖局、国家邮政局等。

(3)办事机构。办事机构是协助总理处理专项事务和内部事务的支持机关,其中最主要的是国务院办公厅,由国务院秘书长领导,负责处理国务院的日常工作。办公厅下面也设立一些机构。如港澳办公室、国家机关事务管理局等。

(十五)中央军委

中央军事委员会是全国武装力量的最高领导机关。

1. 中央军委的组成和任期

中央军委由主席、副主席若干人、委员若干人组成。主席由全国人大选举产生；根据主席的提名，全国人大决定其他组成人员的人选。全国人大有权罢免主席和其他组成人员。在全国人大闭会期间，全国人大常委会根据主席的提名，决定其他组成人员的人选。中央军委每届任期同全国人大每届任期相同，即为期5年，但没有届数限制。

2. 中央军委的责任

中央军委实行主席负责制。主席有权对中央军委职权范围内的事务作出最后决策。

宪法规定，中央军委主席对全国人大和全国人大常委会负责，从而确认中央军委在中央国家机关体系中从属于最高国家权力机关的法律地位，也确认了我国的武装力量属于人民的性质。全国人大有权罢免中央军委主席和其他组成人员。

（十六）最高人民法院

1. 最高人民法院的性质和地位

最高人民法院是国家的最高审判机关，统一监督地方各级人民法院和专门人民法院的审判工作。

2. 最高人民法院的组成和任期

最高人民法院由院长、副院长若干人和审判员若干人组成。最高人民法院院长由全国人大选举和罢免，他既是国家最高司法人员，又是最高人民法院的行政领导人。副院长、审判员、审判委员会委员和军事法院院长，由全国人大常委会根据最高人民法院院长的提请任免。

最高人民法院院长的任期与全国人大的每届任期相同，即为5年，连续任职不得超过两届。对于副院长等人员则没有专门的任职届数限制。

3. 最高人民法院的职权

最高人民法院的主要任务就是依照法律程序审理案件，适用法律，解决社会纠纷。

4. 最高人民法院的责任

最高人民法院是行使国家司法权的最高审判机关，从法律角度上说，它在工作中只服从法律。人民法院依照法律规定独立行使审判权，不受行政机关、社会团体和个人的干涉。

（十七）最高人民检察院

1. 最高人民检察院的性质和地位

人民检察院是国家的法律监督机关，最高人民检察院是行使国家最高检察权的机关，是保卫人民民主专政政权的重要工具之一。所谓国家检察权，就是为了保障宪法和法律的统一实施的监督权。最高人民检察院在人民检察院系统中居于最高地位，是最高的法律监督机关。

2. 最高人民检察院的组成和任期

最高人民检察院由检察长、副检察长若干人和检察员若干人组成。最高人民检察院检察长由全国人大选举和罢免。副检察长、检察员、检察委员会委员、军事检察院检察长由最高人民检察院检察长提请全国人大常委会任免。

最高人民检察院检察长的任期与全国人大的任期相同，每届5年，连续任职不得超过两届。对于副检察长、检察员没有特定要求。

3. 最高人民检察院的职权

最高人民检察院检察权的范围主要是：

（1）提起公诉权。

（2）侦查权。

（3）审判监督权。

（4）监所监督权。

（5）领导权。即领导下级人民检察院工作的权力。

4. 最高人民检察院的责任

由于最高人民检察院也属于司法机关体系，因此，与人民法院一样，也要求有司法独立的权利。所以，人民检察院依照法律规定独立行使检察权，不受行政机关、社会团体和个人的干涉。

（十八）人民政协

1. 人民政协的性质和地位

中国人民政治协商会议简称人民政协，是中国人民爱国统一战线的组织，是中国共产党领导的多党合作和政治协商的重要机构。

2. 人民政协的组成和任期

中国人民政治协商会议全国委员会由中国共产党、各民主党派、无党派民主人士、人民团体、各少数民族和各界代表、台湾同胞和归国侨胞的代表以及特别邀请的人士组成。中国人民政治协商会议地方委员会的组成，根据当地情况，参照全国委员会的组成决定。各级人民政协每届任期都是5年，对其成员连选连任没有届数的限制。

3. 人民政协的任务和作用

政协的任务和作用主要有三大类：政治协商、民主监督和参政议政。

（十九）民族区域自治制度

民族区域自治制度是指在我国领域内，在国家统一领导下，以少数民族聚居区为基础，建立自治地方，设立自治机关，行使自治权的基本政治制度。

民族自治机关是指民族自治地方设立的国家权力机关和国家行政机关，即自治区、自治州和自治县的人大及人民政府。不包括法院和检察院。

（二十）特别行政区享有的自治权

（1）行政管理权，特区依基本法自行管理特区行政事务，除国防、外交以及其他根据基本法应当由中央人民政府处理的行政事务外，特别行政区有权依照基本法的规定，处理有关对外事务，维护社会治安。

（2）立法权。特区可以制定在本地实施的法律，但要报全国人大常委会备案，如法律被发回则自然失效。

（3）独立的司法权和终审权，但对国防、外交等国家行为无管辖权。

第二节　行政法知识

（一）行政法的基本原则

1. 行政法治原则

（1）依法行政。依法行政是法治原则对政府行为的一个基本要求，即公共行政组织必须依照法定权限、法定方式、法定程序来实施行政管理行为。

（2）控制滥用自由裁量权。当代法治既允许行政自由裁量，也强调对自由裁量给予有效的控制，如立法的授权控制，行政程序规则的约束，行政复议与行政诉讼事后进行的合理性监督，等等。

（3）责任政府。依法行政，合理行使自由裁量权是从正面对行政的要求，任何公共行政组织若违背这一要求，都必须承担相应的法律后果，即法律责任。单纯强调政府必须如何，而忽视政府违反这一"必须的义务"后应当承担的责任，则无法从实质上控制行政权力的滥用。

（4）维护和促进人权。建立在人权理念基础上的法治，是人类真正需要的法治。这就要求：第一，无论是立法机关的立法还是行政立法，都应当充分考虑人的基本尊严、自由和权利；第二，行政机关在法律未作细致、明确规定，享有自由裁量权之时，亦应尊重、保障人的基本尊严、自由和权利。

2. 行政公正原则

实体公正，就是行政组织作出的行政决定，在内容上必须达到不徇私情，不存偏见，不武断专横；总而言之，相同情况相同对待，不同情况不同对待；合理考量相关因素，不考量不相关因素。

程序公正，就是指行政组织在作出行政决定时，必须遵循形式上符合正义要求的程序。行政法在制度设计上也更多强调程序上看得见的公正，具体包括：自己不得决定与自己切身利益有关的事项；在对两个以上行政相对人尤其是有着相互冲突之利害关系的行政相对人作出决定时，不得进行单方接触；在作出对行政相对人不利的行政决定之前应听取行政相对人的意见。

3. 行政公开原则

行政公开的具体要求可以分为三个层面：

（1）行政决定公开。任何行政决定，只要涉及外部公共管理事项，无论是行政政策、行政立法、行政执法，还是行政裁决、行政复议，最终的决定内容都应当以适当的形式公开。

（2）行政过程公开。就具体的行政执法行为而言，为了保证决定的公正性，行政组织一般需要遵循听取行政相对人意见、告知行政相对人有关信息（包括在行政管理过程中享有的权利）、说明依据和理由等程序，而这实际上也是在向具体的行政相对人公开其管理过程。

（3）行政信息公开。包括原始信息以及行政组织对原始信息进行分析处理后形成的信息，除属于法定保密范围的以外，一般都必须公开。而且，法定保密的范围也渐趋受到限制。

4. 行政效率原则

在公共行政管理方面提倡效率原则，目的在于尽可能减少不必要的行政耗费（包括时间、人力、财物等），以实现管理效益的最大化。

行政效率原则主要有下述要求：

（1）行政组织精简；

（2）行政程序规则化、模式多样化；

（3）行政决策的成本效益分析。

（二）行政主体的种类

在我国行政主体可以分为两大类：一是行政机关；二是法律、法规授权的组织（又称为"被授权的组织"）。

1. 行政机关，泛指国家机关之中行使公共行政管理职能的那一类机关。

2. 法律、法规授权的组织，即法律、行政法规、地方性法规授予行使行政权力的组织。非行政机关的组织，经法律、法规的特别授权，即可成为独立实施公共行政管理职能的行政主体。法律、法规授权的组织也不只局限于非政府系列的组织，还包括并非行政机关，但又属于政府系列的行政机构。

而行政法律主体是一个宽泛的概念，凡是行政法律关系中涉及的主体都可以被归入行政法律主体，包括行政主体、行政相对人、监督行政主体，等等。

行政机关委托的组织则不是独立的行政主体，它行使权力必须以委托机关的名义，责任也由委托机关承担，这是它与行政机关和法律法规授权的组织最大的区别。

关于派出机关和派出机构。派出机关在我国只有三类，分别是地区行政公署、区公所和街道办事处；派出机构在日常生活中则很多，例如派出所、工商所。派出机关和派出机构最大的区别在于：派出机关是独立的行政主体，能够独立承担责任；而派出机构则不是独立的行政主体，不能以自己的名义行使权力，除非它有法律法规的明确授权。

（三）行政行为的无效、撤销和废止三者的区别

"废止"与"撤销"的不同是：前者针对合法行为，行政行为自废止之日起失效；后者针对违法或

者不适当的行为,撤销的效力溯及行政行为作出之日。

无效行政行为与可撤销行政行为的主要区别体现在以下四个方面:①明显、重大的违法行为。无效行政行为是明显、重大的违法行为,其与违法行政行为是种属关系。②抵抗权。对于一般的违法或者不当行政行为,依公定力原理,行政相对人不得抵抗,必须先行服从。而针对无效行政行为,行政相对人享有一定的和平抵抗权。③请求权。行政相对人可以在任何时候请求有权机关确认并宣布行政行为无效,而对于可撤销行政行为,行政相对人只能依法定程序、在法定期间内提出撤销的请求。④确认权。有权机关可以在任何时候确认行政行为无效,而对于可撤销行政行为,超过法定期限之后,有权机关不得撤销。

（四）行政行为的成立要件

行政行为是指具有公共行政职权的机关和组织及其工作人员行使行政职权而作出的对外直接产生法律后果的行为。

从以上对行政行为的界定看,公共行政组织作出的行政行为必须具备若干构成要件:

（1）主体要件,即行政行为是由具有公共行政职权的机关和组织及其工作人员作出的。

（2）公务要件,即行政行为是行政组织实际行使职权而作出的行为。判断行政组织的行为是否行政行为,关键在于该组织是否实际行使了行政职权,而是否为行政职权的行使又必须从所处的法律关系性质、行为的目的、行为的外在表现形式等方面予以判断。

（3）外部法律后果要件,即在此处所界定的行政行为是指对外以实现某种法律后果为目的的行为,由此排除行政组织的内部行为。

（五）行政行为的合法要件

行政行为的合法性可以分为形式合法性与实体合法性两类:

1. 形式合法性

行政行为的形式合法性体现在:

（1）管辖合法,即从事项、地域、级别等因素来看,行政行为是在行政机关的管辖权限范围内。

（2）程序合法,即行政行为是行政机关遵循法定程序或者正当程序作出的。

在我国,对程序合法的审查基本上属于法条主义,也就是看行政行为是否符合了法律规定的程序。

（3）形式合法,即行政行为是以书面形式作出的。行政行为原则上以书面形式为要件,但是,不排除以口头形式或者法律允许的其他形式作出,如警察指挥交通。

2. 实体合法性

《行政诉讼法》第54条规定,具体行政行为实体合法与否的判断标准大致上有三种:

（1）主要证据充足,即行政行为的作出是建立在充足、合法的证据基础之上的。

（2）正确适用法律规范,即行政机关依靠充足的证据对事实作出认定以后,针对相应的事实正确适用了法律、法规、规章和其他规范性文件。

（3）行为必须公正、合理、适当,即行政机关在认定事实、适用法律的时候,应当合理行使自由裁量权,以使行为的内容公正、适当。

（六）立法、行政立法和抽象行政行为

立法是个宽泛的概念,狭义的立法仅指立法机关的立法,广义的立法则指凡是国家机关制定规则的活动。行政立法是指主体为行政机关的制定规则的活动。行政机关制定普遍适用的规则的活动,被称为抽象行政行为,行政立法只是抽象行政行为中的一部分。只有制定行政法规、部分规章、地方政府规章的活动才是行政立法。仅就制定规则本身来说,行政立法和抽象行政行为是同一的,把行政立法和其他抽象行政行为分开,可能是基于一种认识,通常认为行政立法属于法律渊源,而其他抽象行政行为不属于法律渊源。

（七）法律、行政法规、地方性法规、部门规章、地方政府规章的区分

全国人大及其常委会制定法律；国务院制定行政法规；地方人大及其常委会制定地方性法规；国务院各部委和国务院直属机构制定部门规章；省、自治区、直辖市人民政府，省、自治区人民政府所在地的市人民政府，经济特区市人民政府以及经国务院批准的较大市人民政府制定地方政府规章。行政规章分为部门规章和地方政府规章。

法律在效力等级上仅次于宪法，行政法规、行政规章都低于法律，地方性法规尽管在效力等级上低于行政法规，但高于相应的地方政府规章。

（八）行政处罚和行政处分

行政处罚是指行政机关对违反行政法规范尚未构成犯罪的行政相对人给予制裁的具体行政行为。

行政处分主要指行政机关对公务员的违法、违纪行为进行的惩戒。所以两者最显著的区别是对象不同。行政处分的对象是行政机关内部的工作人员。

行政处罚的种类，包括警告、罚款、没收违法所得、没收非法财物、责令停产停业、暂扣或者吊销许可证、暂扣或者吊销执照、行政拘留以及法律、行政法规规定的其他行政处罚。

行政处罚和行政强制的区别：行政处罚是一种以惩戒违法为目的、具有制裁性的具体行政行为。行政强制是指有关国家机关对个人或者组织的身体、财产、行为等予以强制而采取的，除了行政处罚以外的措施。行政强制并不一定指向违法行为，即使有的行政强制确实针对违法行为，其直接目的不在于惩戒和制裁，而在于调查或者制止违法行为，更多地是阻止违法行为的继续，或者在于保护公民、法人或者其他组织的合法权益不受损害。两者的区别在于行政处罚针对的主要是行政相对人的违法行为，带有惩戒性质。行政强制并不是在任何情形下都带有惩戒性质，当事人通常没有违法的故意或过失。

（九）行政处罚的原则

1. 处罚法定原则

处罚法定原则，即行政处罚的设定权、处罚主体、被处罚的行为以及处罚种类、内容和程序等都由法律、法规或者规章予以确定。

2. 处罚与教育相结合原则

《行政处罚法》第5条规定："实施行政处罚，纠正违法行为，应当坚持处罚与教育相结合，教育公民、法人或者其他组织自觉守法。"

3. 公正、公开原则

《行政处罚法》第4条规定："行政处罚遵循公正、公开的原则。设定和实施行政处罚必须以事实为依据，与违法行为的事实、性质、情节以及社会危害程序相当。对违法行为给予行政处罚的规定必须公布；未经公布的，不得作为行政处罚的依据。"

根据《行政处罚法》第4条以及其他相关条款，行政处罚必须要以公开为原则，这包括两个方面：第一，行政处罚的依据要公布；第二，行政处罚的决定过程要公开。

4. 一事不再罚原则

一事不再罚原则是指行政机关对行政相对人的同一违法行为，不得给予两次以上的同类处罚。此外，《行政处罚法》第28条规定："违法行为构成犯罪，人民法院判处拘役或者有期徒刑时，行政机关已经给予当事人行政拘留的，应当依法折抵相应刑期。违法行为构成犯罪，人民法院判处罚金时，行政机关已经给予当事人罚款的，应当折抵相应罚金。"这也在一定程度上体现出不得给予两次以上"同类"处罚的精神。

5. 保障当事人权利原则

公民、法人或者其他组织对行政机关所给予的行政处罚，享有陈述权、申辩权；对行政处罚不

服的,有权依法申请行政复议或者提起行政诉讼。公民、法人或者其他组织因行政机关违法给予行政处罚受到损害的,有权依法提出赔偿要求。

（十）行政处罚的种类

1. 人身自由罚,即短期剥夺或限制人身自由的处罚。此类处罚主要有行政拘留。

2. 行为罚(能力罚),即限制或剥夺某人行为能力或资格的处罚,如责令停产停业,吊销、暂扣许可证或执照。

责令停产停业是行政机关责令从事违法行为的企业或者个体工商户停止生产、停止营业。

3. 财产罚,即行政机关强制限制或者剥夺从事违法行为的行政相对人一定的财产权益,主要形式有罚款和没收。

4. 声誉罚(申诫罚),即行政机关通过某种形式使违法者的名誉、声誉、信誉或精神上的利益受到一定限制或贬损,以使其不再违法。主要形式有警告和通报批评。

警告是行政机关对违法情节较轻的行政相对人予以谴责和告诫,申明其从事的行为是违法的,以促其不再重犯。

通报批评是行政机关以书面的形式公开批评、谴责违法的行政相对人,指出其存在的违法行为,促其不再重犯。

（十一）行政处罚的设定权配置

行政处罚确立是分层级的,就设定范围而言是一种"倒金字塔形"的设定权配置结构。

1. 全国人大及其常委会

法律可以设定各种行政处罚。限制人身自由的行政处罚,只能由法律设定。

2. 国务院

行政法规可以设定除限制人身自由以外的行政处罚。法律对违法行为已经作出行政处罚规定,行政法规需要作出具体规定的,必须在法律规定的给予行政处罚的行为、种类和幅度的范围内规定。

3. 省级人大及其常委会

省会市、国务院批准的较大市、经济特区市人大及其常委会地方性法规可以设定除限制人身自由、吊销企业营业执照以外的行政处罚。法律、行政法规对违法行为已经作出行政处罚规定,地方性法规需要作出具体规定的,必须在法律、行政法规规定的给予行政处罚的行为、种类和幅度的范围内规定。

4. 国务院各部委、国务院授权的有行政处罚权的直属机构

国务院部、委员会制定的规章可以在法律、行政法规规定的给予行政处罚的行为、种类和幅度的范围内作出具体规定。尚未制定法律、行政法规的,前款规定的国务院部、委员会制定的规章对违反行政管理秩序的行为,可以设定警告或者一定数量罚款的行政处罚。罚款的限额由国务院规定。国务院可以授权具有行政处罚权的直属机构依照本条第一款、第二款的规定,规定行政处罚。

5. 省级政府、省会市政府、国务院批准的较大市政府及经济特区市政府

《行政处罚法》第13条规定:"省、自治区、直辖市人民政府和省、自治区人民政府所在地的市人民政府以及经国务院批准的较大的市人民政府制定的规章可以在法律、法规规定的给予行政处罚的行为、种类和幅度的范围内作出具体规定。尚未制定法律、法规的,前款规定的人民政府制定的规章对违反行政管理秩序的行为,可以设定警告或者一定数量罚款的行政处罚。罚款的限额由省、自治区、直辖市人民代表大会常务委员会规定。"

（十二）间接强制执行和直接强制执行

间接强制执行包括代执行和执行罚。代执行,又称代履行,是指行政相对人(义务人)拒不履行行政决定所确定的义务,行政机关委托第三人代为履行,并向义务人收取执行费用。执行罚是

指行政机关对拒不履行行政决定所确定的义务的义务人,科以新的金钱给付义务,以迫使其履行的强制执行措施。

直接强制执行是指行政机关自己直接采取作用于人身或者财产的方法,迫使义务人履行义务,如强制传唤、强制划拨、强制销毁。

(十三)行政许可的设定

1. 可以设定的事项和可以不设的前提

《行政许可法》第12条规定了五类可以设定行政许可的事项:

(1)普通许可(驾驶执照、排污许可等)。普通许可是行政机关确认自然人、法人或者其他组织是否具备从事特定活动的条件的许可方式。它是实践中运用最广泛的一种行政许可。其适用于"直接涉及国家安全、公共安全、经济宏观调控、生态环境保护以及直接关系人身健康、生命财产安全等特定活动,需要按照法定条件予以批准的事项"。普通许可的功能是防止危险和保障安全,一般没有数量限制。

(2)特许(电信、公路、天然气、水等)。特许是行政机关向被许可人授予某利、特殊权利的许可方式,主要适用于"有限自然资源的开发利用、公共资源的配置以及直接关系公共利益的特定行业的市场准入等,需要赋予特定权利的事项"。特许的功能是分配稀缺资源,一般有数量限制,相对人取得特许一般应当支付一定费用。

(3)认可(律师资格、执业医师资格等)。认可是行政机关确定申请人是否具备特殊信誉、特殊条件或者特殊技能的许可方式。适用于"从事提供公众服务并且直接关系公共利益的职业、行业,需要具备特殊信誉、特殊条件或者特殊技能等资格、资质的事项"。认可的功能是确认从业水平或者某种技能、信誉,一般都要通过考试、考核等方式并根据考试、考核结果决定是否给予认可,没有数量限制。

(4)核准。核准是行政机关对某些事项是否达到特定技术标准、技术规范作出判断的许可方式。适用于"直接关系公共安全、人身健康、生命财产安全的重要设备、设施、产品、物品,需要按照技术标准、技术规范,通过检验、检测、检疫等方式进行审定的事项"。核准的功能也是防止危险和保障安全,是否给予许可的依据主要是技术性、专业性的,没有数量限制,一般要根据实地检验、核验、检测等作出决定。例如,住宅建设、高压锅炉的生产和使用、动物制品等。

(5)登记(企业登记、社会团体登记)。登记是行政机关确立企业或者其他组织主体资格的许可方式。登记的功能是确立申请人的主体资格。在登记制度之下,未经合法登记取得特定主体资格不得从事相关社会经济活动,没有数量限制,行政机关一般对申请登记的材料只进行形式审查,通常可以当场作出决定。

为了更加有效地限制政府过多地干预社会,《行政许可法》第13条规定:即便属于上述5类事项的,如果出现以下一种情形,可以不设行政许可:

(1)公民、法人或者其他组织能够自主决定的;

(2)市场竞争机制能够有效调节的;

(3)行业组织或者中介机构能够自律管理的;

(4)行政机关采用事后监督等其他行政管理方式能够解决问题的。

这些就是可以不设行政许可的前提。换言之,《行政许可法》确立了私人自主优先、市场调节优先、社会自治优先、事后监督优先以及其他管理方式优先(如行政指导、行政奖励、行政劝诫、行政合同、事中监督、事后行政处罚等)的原则。

2. 设定许可的主体及规范性文件

(1)全国人大及其常委会可以通过法律的形式设定许可;

(2)国务院可以通过行政法规和决定的形式设定许可;

（3）省、自治区、直辖市人大及其常委会、省级政府所在地的市人大及其常委会、国务院批准的较大市人大及其常委会、经济特区市人大及其常委会可以通过地方性法规的形式设定许可；

（4）省级人民政府可以通过规章的形式设定临时性许可。

临时性的行政许可实施满一年需要继续实施的，应当提请本级人民代表大会及其常务委员会制定地方性法规。

不过，为了维护全国市场的统一，促进人才、企业和商品在各地的交流，行政许可法规定地方性法规和规章：

（1）不得设定应当由国家统一确定的公民、法人或者其他组织的资格、资质的行政许可；

（2）不得设定企业或者其他组织的设立登记及其前置性行政许可；

（3）不得限制其他地区的个人或者企业到本地区从事生产经营和提供服务；

（4）不得限制其他地区的商品进入本地区市场。

（十四）行政许可法的原则

1. 执法便民原则；

2. 执法效率原则；

3. 执法公开原则；

4. 执法公正原则；

5. 执法公信原则。

（十五）行政复议

1. 行政机关受理行政复议的范围

公民、法人或者其他组织认为具体行政行为侵犯其合法权益，向行政机关提出行政复议申请，行政机关受理行政复议申请、作出行政复议决定。

有下列情形之一的，公民、法人或者其他组织可以依照本法申请行政复议：

（1）对行政机关作出的警告、罚款、没收违法所得、没收非法财物、责令停产停业、暂扣或者吊销许可证、暂扣或者吊销执照、行政拘留等行政处罚决定不服的；

（2）对行政机关作出的限制人身自由或者查封、扣押、冻结财产等行政强制措施决定不服的；

（3）对行政机关作出的有关许可证、执照、资质证、资格证等证书；变更、中止、撤销的决定不服的；

（4）对行政机关作出的关于确认土地、矿藏、水流、森林、山岭、草原、荒地、滩涂、海域等自然资源的所有权或者使用权的决定不服的；

（5）认为行政机关侵犯合法的经营自主权的；

（6）认为行政机关变更或者废止农业承包合同，侵犯其合法权益的；

（7）认为行政机关违法集资、征收财物、摊派费用或者违法要求履行其他义务的；

（8）认为符合法定条件，申请行政机关颁发许可证、执照、资质证、资格证等证书，或者申请行政相关审批、登记有关事项，行政机关没有依法办理的；

（9）申请行政机关履行保护人身权利、财产权利、受教育权利的法定职责，行政机关没有依法履行的；

（10）申请行政机关依法发放抚恤金、社会保险金或者最低生活保障费，行政机关没有依法发放的；

（11）认为行政机关的其他具体行政行为侵犯其合法权益的。

2. 不能提起公安行政复议的情形

根据《行政复议法》的规定，公民、法人或者其他组织不服公安机关作出的行政处分或者其他人事处理决定，不服公安机关对民事纠纷作出的调解或者参与的其他民事活动纠纷处理，不能提起行政复议。

（十六）行政诉讼

公民、法人或者其他组织认为行政机关和行政机关工作人员的具体行政行为侵犯其合法权益，有权依照本法向人民法院提起诉讼。

公民、法人或者其他组织对行政复议决定不服的，可以依照《行政诉讼法》的规定向人民法院提起行政诉讼，但是法律规定行政复议决定为最终裁决的除外。

1. 人民法院受理行政诉讼的范围

根据我国《行政诉讼法》的规定，人民法院受理公民、法人和其他组织对行政机关下列具体行政行为不服而提起的诉讼：

第一，对拘留、罚款、吊销许可证、执照、责令停产停业、没收财物等行政处罚不服的；

第二，对限制人身自由或者对财产的查封、扣押、冻结等行政强制措施不服的；

第三，认为行政机关侵犯法律规定的经营自主权的；

第四，认为符合法定条件申请行政机关颁发许可证和执照，行政机关拒绝颁发或者不予答复的；

第五，申请行政机关履行保护人身权、财产权的法定职责，行政机关拒绝履行或者不予答复的；

第六，认为行政机关没有依法发给抚恤金的；

第七，认为行政机关违法要求履行义务的；

第八，认为行政机关侵犯其人身权、财产权的。

此外，人民法院还受理法律、法规规定可以起诉的其他行政案件。

2. 人民法院不受理行政诉讼的事项

根据我国《行政诉讼法》的规定，人民法院不受理公民、法人或者其他组织对下列事项提起的行政诉讼：

第一，国防、外交等国家行为；

第二，行政法规、规章或者行政机关制定、发布的具有普遍约束力的决定、命令；

第三，行政机关对行政机关工作人员的奖惩、任免等决定；

第四，法律规定由行政机关最终裁决的具体行政行为。

第三节　民法知识

（一）民法的概念

民法，是指一切调整平等主体之间的财产关系和人身关系的法律规范的名称。

民法上"平等"的基本含义，是具有独立人格的民事主体在民法上地位平等。

财产关系是指具有经济内容的社会关系。

人身关系是与特定人自身密切联系且无财产内容的社会关系。人身关系由人格和身份所产生。

（二）我国民法的基本原则

1. 平等原则；

2. 自愿原则；

3. 诚实信用原则；

4. 权利不得滥用原则。

（三）民事法律关系

1. 民事法律关系的特征

民事法律关系是民事主体之间发生的、具有民事权利义务内容的社会关系,是民法调整的财产关系和人身关系在民法上的表现。

(1)民事法律关系以民事权利义务为内容,具有法律强制力。即民事法律关系内容的实现为法律所保障。

(2)民事法律关系根据民法的规定而产生,适用民法的调整方法和基本原则。

2. 民事法律关系要素

(1)主体。民事法律关系是指参加民事法律关系,享受民事权利、承担民事义务的人(也称为民事权利义务主体、民事主体或当事人)。

民法上的"人"是指民事主体,包括自然人(本国公民与外国公民、无国籍人)、法人以及其他某些可以参加民事法律关系的组织(称为非法人团体)。国家在特殊场合也可以参加民事活动(如发行国库券),国家在民事活动领域被视为"公法人"。

(2)内容。民事法律关系的内容是指民事主体在民事法律关系中所享有的权利和承担的义务。

(3)客体。民事法律关系的客体是指民事主体享有的民事权利和承担的民事义务所共同指向的事物。

民事法律关系主要客体主要包括:

第一,物。作为民事法律关系客体的物可以是天然物,也可以是劳动创造物,但它不仅具有物理属性,而且具有法律属性,即民法上的物一般应当具有财产的性质。

第二,行为。作为民事法律关系客体的行为是专指为满足他人利益而进行的活动,主要是提供劳务、提供服务一类行为(如运送货物、完成工作等)。

第三,智力成果。智力成果是脑力劳动创造的精神财富,如发明创造、文学作品等。智力成果是一种无形财产,是知识产权法律关系的客体。

第四,人身利益。人身利益包括生命健康、姓名、名誉、荣誉等。人身利益是人身权法律关系的客体。

(四)民事法律事实的种类

民事法律事实是根据民法的规定,能够引起民事法律关系的产生、变更或消灭的客观情况。

1. 事件

事件是指不以当事人主观意志为转移的客观现象。能够成为民事法律事实的事件主要有:

(1)不可抗力。不可抗力是指不能预见、不能避免也不能克服的客观情况,包括自然灾害(地震、台风、冰雹、洪水等)和意外事故(战争等)。

(2)时间的经过。一定时间的经过可以依法导致一定法律后果的发生。如根据时效制度的规定时效期间的届满,可以使权利人的权利归于消灭。

(3)人的出生和死亡。自然人的出生导致该自然人人身权利的产生。自然人的死亡导致继承关系的产生,也可导致婚姻法律关系的消灭。

2. 行为

行为是民事主体有意识的活动。行为包括积极的活动(称为"作为"),也包括消极的不活动(称为"不作为")。

(1)事实行为。事实行为是法律仅凭行为所产生的一定事实而直接赋予其法律后果的行为。该行为引起一定的法律后果,与行为人的主观意志以及行为本身是否具有合法性质无关。其主要包括:

①不当得利,是指无法律上的原因,造成他人损失而获得利益。如甲的鸡跑入乙的鸡群,乙占有甲的鸡无法律上的根据。又如甲拾得乙丢失的钱包据为己有,等等。

②无因管理,是指无法定或约定义务,为他人利益而管理他人事务并支出费用的行为。如当事人主动为邻人抢修房屋以避免倒塌并付出修理费用或遭受经济损失。

除不当得利、无因管理行为之外,民事主体所进行的生产、创作、发明创造等活动,也是引起民事法律关系产生的事实行为。

(2)民事行为。民事行为是指民事主体在民事活动中实施的、试图发生一定民事法律后果的行为。其主要包括:

①民事法律行为,是民事主体依法实施的旨在引起预期的民事法律后果的行为。民事法律行为是合法的民事行为,具有法律效力。民事法律行为是产生、变更或消灭民事法律关系最主要的法律事实。

②效力未定的民事行为,是行为成立后,其是否发生法律效力尚不确定,必须等待法律规定的事实的出现才能具有效力的民事行为。如限制行为能力人超出法定范围独立实施的行为,必须等待其法定代理人承认才能有效。

③可变更、撤销的民事行为,是不完全具备民事法律行为的条件,经当事人主张即可变更或撤销的民事行为。这种民事行为经当事人请求变更后,即成为有效的民事行为;经当事人请求撤销,则发生无效的后果。如果当事人不在法定时间内提出撤销请求,该行为即确定地具有法律效力。

④无效的民事行为,是不具备民事法律行为的条件,依法不能产生行为人预期的民事法律后果的民事行为。如内容违法的民事行为,从行为开始即不具备法律效力。

(3)违法行为。违法行为是当事人实施的违背法律禁止性规定,损害他人合法利益的行为。主要包括:

①侵权行为,是指非法侵犯他人财产权利或人身权利的行为。如侵犯他人所有权、知识产权或人格权的行为等。侵权行为依法产生损害赔偿及其他法律后果。

②违约行为,是违反合同义务的行为。合同订立以后,如果当事人不履行合同义务,又无法定免责原因,则违约行为人依法承担违反合同的民事责任。

(五)民事权利能力

自然人的民事权利能力,是自然人成为民事主体,享受民事权利和承担民事义务的资格。

我国《民法通则》第9条规定:"公民从出生时起到死亡时止,具有民事权利能力,依法享有民事权利,承担民事义务。"即自然人的民事权利能力始于自然人出生,并为自然人终身享有。

在我国,自然人民事权利能力开始的时间,以婴儿活着并离开母亲身体的时间为准。对此,我国最高人民法院《关于贯彻执行〈中华人民共和国民法通则〉若干问题的意见》第1条明确规定:"公民的民事权利能力自出生时开始。出生的时间以户籍证明为准。没有户籍证明的,以医院出具的出生证明为准。没有医院证明的,参照其他有关证明认定。"

(六)宣告失踪

宣告失踪是指自然人失踪达一定期限,根据利害关系人的申请,人民法院依照法定程序宣告其为失踪人的法律制度。

1. 宣告失踪的条件

(1)须有失踪的事实。

(2)须失踪达到法定期限。《民法通则》第20条规定:"公民下落不明满两年的,利害关系人可以向人民法院申请宣告他为失踪人。"自然人因一般原因失踪的,其失踪时间应从音讯消失之次日起算;战争期间失踪的,其失踪时间应从战争结束之日起算。

(3)须利害关系人向人民法院提出宣告失踪的申请。利害关系人是指与失踪人存在法律上的权利义务关系的人,包括失踪人的配偶、父母、子女、兄弟姐妹、祖父母、外祖父母以及其他与失踪人有民事权利义务关系的人,如债权人、债务人等。自然人失踪以后,利害关系人可以申请宣告其失踪,也可以不申请宣告其失踪。如无利害关系人申请,人民法院不得主动进行失踪宣告。

（4）须人民法院根据法定程序进行失踪宣告。

2. 宣告失踪的法律后果

宣告失踪的后果是失踪人的财产依法由他人代管。人民法院在宣告自然人失踪以后,应指定失踪人的配偶、父母、成年子女或关系密切的其他亲属、朋友为其财产代管人。

（七）宣告死亡

宣告死亡是自然人失踪达到法定期限,经利害关系人申请,人民法院依法定程序宣告失踪人已经死亡的法律制度。

1. 宣告死亡的条件

（1）须有失踪的事实。

（2）须失踪达到法定期限。根据《民法通则》第23条的规定,因一般原因失踪和在战争中失踪的,利害关系人申请宣告死亡,须失踪人失踪达四年。因意外事故失踪的,申请宣告死亡须失踪人失踪达两年,从意外事故发生之日起算。

（3）须利害关系人向人民法院提出宣告死亡的申请。利害关系人应依以下顺序行使申请权:配偶;父母、子女;兄弟姐妹、祖父母、外祖父母、孙子女、外孙子女;其他与失踪人有民事权利义务关系的人。

（4）须人民法院依法定程序进行死亡宣告。根据《民事诉讼法》第134条规定,人民法院在收到宣告死亡的申请后,应发出寻找失踪人的公告,公告期为一年。公告期满后,如仍未获得失踪人的消息,人民法院可用判决的方式宣告该失踪人死亡。被宣告死亡的人,判决宣告之日为其死亡的日期。

2. 宣告死亡的法律后果

在失踪人被宣告死亡后,对于失踪人失踪前所涉及的民事法律关系,发生与自然死亡相同的法律后果,即被宣告死亡的自然人的民事权利能力归于消灭,其财产由继承人依法继承,其婚姻关系归于消灭。

但是,被宣告死亡的自然人的民事权利能力的消灭具有相对性:一方面,宣告死亡只是法律对于失踪人已经死亡的一种推定,并不意味着失踪人确定死亡。如果失踪人事实上并未死亡,则有关其已经死亡的推定可以被推翻;另一方面,如果被宣告死亡的人事实上并未死亡,则其在生存地仍然有权实施民事行为。

3. 被宣告死亡的人重新出现的法律后果

宣告死亡是对失踪人已经死亡的一种推定。通常情况下,被宣告死亡的人事实上已经死亡,只是无法证实。但在特殊情况下,被宣告死亡的人也可能并未死亡。如果被宣告死亡的人重新出现或确切知道其下落,则宣告死亡的推定即被推翻,可导致以下法律后果:

（1）经本人或利害关系人的申请,人民法院应当撤销死亡宣告,亦即被宣告死亡的人没有丧失其权利能力。

（2）被宣告死亡的人在其生存地实施的民事行为如果符合法律规定,仍然能够发生法律效力。

（3）如果事后查明,被宣告死亡的人实际死亡（自然死亡）的时间与宣告死亡的时间不一致的,被宣告死亡引起的法律后果仍然有效,但自然死亡前实施的民事法律行为与被宣告死亡引起的法律后果相抵触的,则以其实施的民事法律行为为准。但是,如果该被宣告死亡的人在实际死亡之前,依照法律规定设立了一份有效的遗嘱,则根据宣告死亡而已经分配的遗产,应当按照该遗嘱的指定重新分配。

（4）被宣告死亡又重新出现的人,有权请求返还财产。

（5）被宣告死亡的人重新出现时,如果其配偶没有再婚,夫妻关系自行恢复,无须办理任何手续。配偶已经再婚,则其重新建立的婚姻关系受法律保护。再婚后又离婚或再婚后其配偶死亡的,其与被宣告死亡又重新出现的人的婚姻关系不能自行恢复,即双方愿意重新建立婚姻关系,必须进行婚姻登记。

(6)在宣告死亡期间,被宣告死亡人的子女被他人收养的,于死亡宣告被撤销后,该收养关系仍受法律保护,只有在收养人及有表达意见能力的被收养人同意的情况下,收养关系才能予以解除。

（八）自然人民事行为能力的分类

自然人的民事行为能力是自然人以自己的行为设定民事权利义务的资格,即自然人依法独立进行民事活动的资格。

1. 完全民事行为能力

具有完全民事行为能力的自然人,可以独立地实施法律规定自然人有权实施的一切民事行为。

根据我国《民法通则》的规定,年满18周岁的自然人具有完全民事行为能力。此外,年满16周岁不满18周岁,以自己的劳动收入为主要生活来源的自然人视为完全民事行为能力人。

2. 限制民事行为能力

在我国,限制民事行为能力人包括年满10周岁但不满18周岁的自然人和不能完全辨认自己行为的精神病人,还包括对比较重要的民事行为缺乏判断能力和自我保护能力,并且不能预见其行为后果的患痴呆症的人。

限制民事行为能力人可以独立进行与其年龄、智力相适应的民事活动。

此外,限制民事行为能力人可以独立实施接受奖励、赠与及报酬等"纯法律上利益"的行为。

限制民事行为能力人如果需要参加重要的民事活动,应由其法定代理人代理,或者事前征得法定代理人的同意,也可事后征得法定代理人的追认。

3. 无民事行为能力

无民事行为能力指完全不具备民事行为能力,原则上不能参加任何民事活动。

在我国,无民事行为能力人包括未满10周岁的儿童和不能辨认自己行为的精神病人,还包括痴呆症患者。无民事行为能力人既不能自己独立实施民事行为,也不能经他们的法定代理人的同意而独立实施民事行为。如无民事行为能力人需要实施民事行为,只能由他们的法定代理人代理。

不过,为保护无民事行为能力人的利益,有关司法解释规定,无民事行为能力人接受奖励、赠与及报酬的行为有效。

（九）监护

监护是指对无民事行为能力人、限制民事行为能力人的人身权、财产权及其他合法利益进行监督和保护。担任监护职责的人称为监护人,监护人可以是具有完全民事行为能力的自然人,也可以是社会组织。作为监护对象的无民事行为能力人、限制民事行为能力人称为被监护人。

1. 监护人的职责

(1)保护被监护人的身体健康,保证被监护人有正常的物质生活条件,还应关心被监护人的智力发展及品德修养。

(2)管理和保护被监护人的财产,作为法定代理人代理被监护人进行民事活动及参加民事诉讼。

(3)对被监护人损害他人合法权利的行为,依法承担民事责任。

2. 监护的设立方式

(1)法定监护,是指监护人直接根据法律规定而产生。

根据《民法通则》的规定:"未成年人的监护人首先应由其父母担任,如父母死亡或无监护能力的,按顺序应由以下人员担任:祖父母、外祖父母;成年的兄、姐;未成年人父母所在单位或者未成年人住所地的居民委员会、村民委员会或者民政部门。"

精神病人的法定监护人按顺序由以下人员担任：配偶；父母；成年子女；其他近亲属；精神病人的所在单位或者住所地的居民委员会、村民委员会或者民政部门。除此以外，经有关单位同意，精神病人的其他亲属、朋友愿意担任监护责任，也可以担任监护人。

（2）指定监护，是指监护人由人民法院或其他有权指定监护人的单位、组织的指定而产生。

根据《民法通则》的规定，指定监护有两种情况：

第一，未成年人或者精神病人没有近亲属或近亲属丧失监护能力时，有关单位或居民委员会、村民委员会可以从愿意承担监护责任的其他近亲属、朋友中指定监护人；

第二，当近亲属对于由谁担任监护人发生争议时，有关单位、组织可以进行调解并从他们中间指定监护人。

在以指定监护方式设立监护时，如果当事人对指定不服，可以向人民法院起诉，由人民法院作出维持或撤销原指定的判决，如果原指定被判决撤销，人民法院应另行指定监护人。

（十）自然人的住所

住所是自然人生活和活动的主要场所。

（十一）法人条件

法人是具有民事权利能力和民事行为能力，依法独立享有民事权利、承担民事义务的组织。

法人构成要件：

（1）依法成立；

（2）有必要的独立财产；

（3）有自己的名称、组织机构和场所；

（4）能够独立承担民事责任。

（十二）动产与不动产

不动产指土地及其定着物即固定并附着于土地的物，如房屋及其他建筑物、固定于土地的其他设施等。

动产指不动产以外的物，如汽车、电视机、珠宝、图书等。

（十三）民事法律行为

1. 民事法律行为特征

民事法律行为简称法律行为，是指民事主体基于意思表示，设立、变更或者终止民事权利义务的合法行为。

（1）民事法律行为以当事人的意思表示为要素。意思表示是民法上的一个专门术语。指民事主体将其想要发生民事后果的内心意志以一定方式表现于外部的行为。

（2）民事法律行为以发生一定的民事后果为要素。这里的民事后果是指民事权利义务的产生、变更或者消灭。民事法律行为的这一特征由两个层次的内容所构成：

第一，民事法律行为是行为人以引起预期的民事后果为目的而自愿实施的行为；

第二，民事法律行为是合法行为。

2. 民事法律行为的成立条件

根据我国《民法通则》第55条的规定，民事法律行为的成立应当具备以下条件：

（1）行为人具有相应的民事行为能力；

（2）意思表示真实；

（3）内容不违背法律禁止性规定。

3. 民事法律行为的形式

民事法律行为的形式是指当事人进行意思表示所采用的具体方式。

我国《民法通则》第56条对民事法律行为的形式作了原则性的规定:"民事法律行为可以采用书面形式、口头形式或者其他形式。法律规定采用特定形式的,应当依照法律规定。"

在我国,民事法律行为的形式主要有四种:

(1)口头形式。

(2)书面形式。

①一般书面形式。我国民法对民事法律行为的一般书面形式的要求不太严格,除具有正式文本的合同书之外,任何记载于书面文件的民事法律行为,包括信函、电报、电传、传真等,都属于书面形式。此外,利用计算机互联网络订立的合同(电子商务),也是一种书面形式。一般书面形式在格式上比较灵活,内容上可繁可简,是绝大多数较为重要的民事法律行为所采取的方式。

②特殊书面形式。

公证形式。公证形式是指经过公证机关公证的书面法律行为,如经过公证的合同、经过公证的遗嘱等。

鉴证形式。鉴证形式是指经过有关机构鉴证的书面民事法律行为,其通常仅适用于合同行为。

见证形式。见证形式是指经过无利害关系人在场证明的书面民事法律行为,如有见证人在场时设立的遗嘱。

审核及登记形式。审核及登记形式是指经过行政主管机关审核批准或者登记的民事法律行为。

(3)视听资料形式。

视听资料形式是指采用录音、录像等形式实施的民事法律行为。

(4)默示形式。

默示形式是极为特殊的进行意思表示的方式,分为以下两种:

①作为的默示形式。作为的默示形式又叫"推定行为",指以语言、文字以外的某种积极行为所进行的意思表示。

②不作为的默示形式。不作为的默示形式又叫"沉默",指当事人的沉默本身,在一定条件下被推定为进行了意思表示。

无效的民事行为是专指在法律上必然地不发生法律效力的民事行为,即绝对无效的民事行为。

绝对无效的民事行为主要是其内容违反法律禁止性规定的民事行为,包括:以合法形式掩盖非法目的的民事行为;双方恶意串通,损害国家、集体或第三人利益的民事行为;内容违反公共利益,损害公共秩序的民事行为等。

(十四)可变更、撤销的民事行为

可变更、撤销的民事行为是指欠缺有效条件,当事人依法有权请求人民法院予以变更或者撤销的民事行为,即相对无效的民事行为。

可变更、撤销的民事行为主要是意思表示不真实的民事行为。具体包括:因受欺诈、胁迫、乘人之危实施的民事行为;因重大误解而实施的民事行为;内容显失公平的民事行为等。

(十五)效力未定的民事行为

效力未定的民事行为是指其有效或无效处于不确定状态的民事行为。

1. 在未经其法定代理人同意的情况下,限制行为能力人实施的超越其行为能力范围的民事行为。这种行为事后经法定代理人承认,可为有效。

2. 无权处分行为。无权处分行为指没有处分权而擅自处分他人财产的行为。无权处分行为事后经权利人承认,可为有效。

3. 无权代理行为。无权代理行为是指行为人没有代理权、超越代理权范围或代理权终止以后实施的"代理行为"。无权代理行为如事后得到被代理人的承认,可为有效。

4. 自己代理或双方代理行为。自己代理行为指代理人以被代理人名义与自己实施的民事行为;双方代理行为指代理人同时代理双方当事人实施的民事行为。自己代理或双方代理有可能损害被代理人利益,为法律所禁止。但如果被代理人事后承认,可发生效力。

5. 未经债权人同意的债务转移行为。债务人将所承担的债务转由他人承担,必须经过债权人的同意才能有效。如果债务人转移债务未经债权人同意,但事后得到债权人的承认,则债务转移行为有效。

（十六）代理

民法上的代理,是指代理人在代理权限范围内,以被代理人名义与第三人为民事法律行为,从而对被代理人直接发生权利义务的行为。例如,甲委托乙代其购买某种物品,乙即以甲的名义与丙订立该种物品的买卖合同,由此而产生的合同权利义务,直接由甲承受。这里,甲是被代理人（又称"本人"）,乙是代理人,丙是第三人（又称"相对人"）。

根据代理权产生的不同方式分为:

1. 法定代理是指代理人的代理权直接根据法律规定而产生。如我要《民法通则》第 14 条规定:"无民事行为能力人、限制民事行为能力人的监护人是他的法定代理人。"

2. 指定代理是指代理人的代理权根据人民法院或其他机关的指定而产生。例如,根据我国《民法通则》第 16、17 条的规定,人民法院及村民委员会等有权为未成年人或精神病人指定监护人,也就是指定法定代理人。由于指定代理人的机关及代理权限都是由法律直接规定的,因此,指定代理不过是法定代理的一种特殊类型。

3. 委托代理是指代理人的代理权根据被代理人的委托授权行为而产生。因委托代理中,被代理人是以意思表示的方法将代理权授予代理人,故又称为"委托代理"。

（十七）诉讼时效

诉讼时效是指,权利人在法定期间内不行使请求权,即丧失依诉讼程序强制义务人履行义务的权利的法律制度。

根据我国《民法通则》的规定,诉讼时效分为以下两种:

1. 一般诉讼时效

一般诉讼时效又称普通诉讼时效,指由民法典统一加以规定,普遍适用于一般的民事法律关系的诉讼时效。我国《民法通则》第 135 条规定,一般诉讼时效期间为 2 年。

2. 特殊诉讼时效

特殊诉讼时效指由法律、法令、条例特别规定的,适用于某些特定的民事法律关系的诉讼时效。我国《民法通则》第 137 条规定,下列情形诉讼时效期间为 1 年:

（1）身体受到伤害要求赔偿的;

（2）出售质地不合格的商品未声明的;

（3）延付或拒付租金的;

（4）寄存的财物被丢失或损毁的。

根据《民法通则》第 137 条的规定,诉讼时效期间从权利人知道或者应当知道其权利被侵害时起计算。这就是说,诉讼时效的起算需要同时具备两个条件:一是权利受到侵害,二是权利人知道或者应当知道其权利受到侵害。

诉讼时效的中止指诉讼时效进行期间,由于某种法定事由的出现,致使权利人无法行使请求权,因而法律规定暂时停止诉讼时效的进行,待阻碍事由消失后,诉讼时效又继续进行计算。

《民法通则》第 139 条:在诉讼时效期间的最后 6 个月内,因不可抗力或者其他障碍不能行使请求权的,诉讼时效中止。从中止时效的原因消除之日起,诉讼时效期间继续计算。

诉讼时效的中断指在诉讼时效进行期间,因权利人行使权利的行为,使已经进行的时效期间全部归于无效,待法定事由消除后,时效期间又重新开始计算。

《民法通则》第140条:诉讼时效因提起诉讼、当事人一方提出要求或者同意履行义务而中断。从中断时起,诉讼时效期间重新计算。能够引起诉讼时效中断的法定事由包括:起诉、请求、承认。

（十八）承担民事责任的方式

承担民事责任的方式主要有:

(1)停止侵害;

(2)排除妨碍;

(3)消除危险;

(4)返还财产;

(5)恢复原状;

(6)修理、重作、更换;

(7)赔偿损失;

(8)支付违约金;

(9)消除影响、恢复名誉;

(10)赔礼道歉。

以上承担民事责任的方式,可以单独适用,也可以合并适用。

第四节 商法知识

（一）公司法

1. 概述

(1)公司是指依照公司法在中国境内设立的有限责任公司和股份有限公司。

(2)公司是企业法人,有独立的法人财产,享有法人财产权。公司以其全部财产对公司的债务承担责任。

有限责任公司的股东以其认缴的出资额为限对公司承担责任;股份有限公司的股东以其认购的股份为限对公司承担责任。

(3)公司可以设立分公司,分公司不具有法人资格,其民事责任由公司承担。

公司可以设立子公司,子公司具有法人资格,依法独立承担民事责任。

2. 有限责任公司

(1)设立条件。

①股东符合法定人数;

②股东出资达到法定资本最低限额;

③股东共同制定公司章程;

④有公司名称,建立符合有限责任公司要求的组织机构;

⑤有公司住所;

⑥有限责仼公司由50个以下股东共同出资设立。

国家授权投资的机构或者国家授权的部门可以单独投资设立国有独资的有限责任公司。

(2)有限责任公司章程。

有限责任公司章程需载明:

①公司名称和住所;

②公司经营范围;

③公司注册资本;

④股东的姓名或者名称；

⑤股东的出资方式、出资额和出资时间；

⑥公司的机构及其产生办法、职权、议事规则；

⑦公司的法定代表人；

⑧股东会会议认为需要规定的其他事项；

⑨股东应当在公司章程上签名、盖章。

（3）出资额。

有限责任公司的注册资本不得少于3万元。法律、行政法规对有限责任公司注册资本的最低限额有较高规定的，从其规定。

股东可以用货币出资，也可以用实物、知识产权、土地使用权等可以用货币估价并可以依法转让的非货币财产作价出资；但是，法律、行政法规规定不得作为出资的财产除外。对作为出资的非货币财产，应当评估作价，核实财产，不得高估或者低估作价。法律、行政法规对评估作价有规定的，从其规定。

（4）成立日期。

公司营业执照签发日期，为有限责任公司成立日期。

（5）股东会职权。

股东会由全体股东组成，是公司的权力机构，依法行使下列职权：

①决定公司的经营方针和投资计划；

②选举和更换非由职工代表担任的董事、监事决定有关董事、监事的报酬事项；

③审议批准董事会的报告；

④审议批准监事会或者监事的报告；

⑤审议批准公司的年度财务预算方案、决算方案；

⑥审议批准公司的利润分配方案和弥补亏损方案；

⑦对公司增加或者减少注册资本作出决议；

⑧对发行公司债券作出决议；、

⑨对公司合并、分立、解散、清算或者变更公司形式作出决议；

⑩修改公司章程；

⑪公司章程规定的其他职权。

（6）董事会职权。

董事会对股东会负责，行使下列职权：

①召集股东会会议，并向股东会报告工作；

②执行股东会的决议；

③决定公司的经营计划和投资方案；

④制订公司的年度财务预算方案、决算方案；

⑤制订公司的利润分配方案和弥补亏损方案；

⑥制订公司增加或者减少注册资本以及发行公司债券的方案；

⑦制订公司合并、分立、解散或者变更公司形式的方案；

⑧决定公司内部管理机构的设置；

⑨决定聘任或者解聘公司经理及其报酬事项，并根据经理的提名决定聘任或者解聘公司副经理、财务负责人及其报酬事项；

⑩制定公司的基本管理制度；

⑪公司章程规定的其他职权。

（7）经理职权。

有限责任公司可以设经理,由董事会决定聘任或者解聘。经理对董事会负责,行使下列职权:

①主持公司的生产经营管理工作,组织实施董事会决议;

②组织实施公司年度经营计划和投资方案;

③拟订公司内部管理机构设置方案;

④拟定公司的基本管理制度;

⑤制定公司的具体规章;

⑥提请聘任或者解聘公司副经理、财务负责人;

⑦决定聘任或者解聘除应由董事会决定聘任或者解聘以外的负责管理人员;

⑧董事会授予的其他职权。

公司章程对经理职权另有规定的,从其规定。

经理列席董事会会议。

（8）监事会、不设监事会的公司的监事的职权。

监事会、不设监事会的公司的监事行使下列职权:

①检查公司财务;

②对董事、高级管理人员执行公司职务的行为进行监督,对违反法律、行政法规、公司章程或者股东会决议的董事、高级管理人员提出罢免的建议;

③当董事、高级管理人员的行为损害公司的利益时,要求董事、高级管理人员予以纠正;

④提议召开临时股东会会议,在董事会不履行本法规定的召集和主持股东会会议职责时召集和主持股东会会议;

⑤向股东会会议提出提案;

⑥依照公司法第 152 条的规定,对董事、高级管理人员提起诉讼;

⑦公司章程规定的其他职权。

监事可以列席董事会会议,并对董事会决议事项提出质询或者建议。

监事会、不设监事会的公司的监事发现公司经营情况异常,可以进行调查;必要时,可以聘请会计师事务所等协助其工作,费用由公司承担。

3. 国有独资公司,是指国家单独出资、由国务院或者地方人民政府授权本级人民政府国有资产监督管理机构履行出资人职责的有限责任公司。

4. 股份有限公司

（1）设立股份有限公司,应当具备下列条件:

①发起人符合法定人数;

②发起人认购和募集的股本达到法定资本最低限额;

③股份发行、筹办事项符合法律规定;

④发起人制定公司章程,采用募集方式设立的经创立大会通过;

⑤有公司名称,建立符合股份有限公司要求的组织机构;

⑥有公司住所。

设立股份有限公司,应当有 2 人以上 200 人以下为发起人,其中须有半数以上的发起人在中国境内有住所。股份有限公司注册资本的最低限额为人民币 500 万元。法律、行政法规对股份有限公司注册资本的最低限额有较高规定的,从其规定。

（2）发行股份的股款缴足后,必须经依法设立的验资机构验资并出具证明。发起人应当自股款缴足之日起 30 日内主持召开公司创立大会。创立大会由发起人、认股人组成。

发行的股份超过招股说明书规定的截止期限尚未募足的,或者发行股份的股款缴足后,发起人在 30 日内未召开创立大会的,认股人可以按照所缴股款并加算银行同期存款利息,要求发起人返还。

发起人应当在创立大会召开 15 日前将会议日期通知各认股人或者予以公告。创立大会应有代表股份总数过半数的发起人、认股人出席,方可举行。

创立大会行使下列职权:

①审议发起人关于公司筹办情况的报告;

②通过公司章程;

③选举董事会成员;

④选举监事会成员;

⑤对公司的设立费用进行审核;

⑥对发起人用于抵作股款的财产的作价进行审核;

⑦发生不可抗力或者经营条件发生重大变化直接影响公司设立的,可以作出不设立公司的决议。

创立大会对前款所列事项作出决议,必须经出席会议的认股人所持表决权过半数通过。

(3)股份发行。

第一,股份有限公司的资本划分为股份,每一股的金额相等。

公司的股份采取股票的形式。股票是公司签发的证明股东所持股份的凭证。

第二,股份的发行,实行公平、公正的原则,同科类的每一股份应当具有同等权利。

同次发行的同种类股票,每股的发行条件和价格应当相同;任何单位或者个人所认购的股份,每股应当支付相同价额。

第三,股票发行价格可以按票面金额,也可以超过票面金额,但不得低于票面金额。

(4)清算。清算组在清理公司财产、编制资产负债表和财产清单后,应当制定清算方案,并报股东会、股东大会或者人民法院确认。

公司财产在分别支付清算费用、职工的工资、社会保险费用和法定补偿金,缴纳所欠税款,清偿公司债务后的剩余财产,有限责任公司按照股东的出资比例分配,股份有限公司按照股东持有的股份比例分配。

清算期间,公司存续,但不得开展与清算无关的经营活动。公司财产在未依照前款规定清偿前,不得分配给股东。

清算组在清理公司财产、编制资产负债表和财产清单后,发现公司财产不足清偿债务的,应当依法向人民法院申请宣告破产。

公司经人民法院裁定宣告破产后,清算组应当将清算事务移交给人民法院。

(二)合伙企业法

根据 2006 年第十届全国人民代表大会常务委员会第二十三次会议修订的《中华人民共和国合伙企业法》,合伙企业,是指自然人、法人和其他组织依照本法在中国境内设立的普通合伙企业和有限合伙企业。

设立合伙企业,应当具备下列条件:

(1)有二个以上合伙人,合伙人为自然人的,应当具有完全民事行为能力;

(2)有书面合伙协议;

(3)有合伙人认缴或者实际缴付的出资;

(4)有合伙企业的名称和生产经营场所;

(5)法律、行政法规规定的其他条件。

合伙人可以用货币、实物、土地使用权、知识产权或者其他财产权利出资;上述出资应当是合伙人对货币以外的出资需要评估作价的,可以由全体合伙人协商确定,也可以由全体合伙人委托法定机构进行评估。

合伙人以劳务出资的,其评估办法由全体合伙人协商确定,并在合伙协议中载明。

合伙人应当按照合伙协议约定的出资方式、数额和缴付出资的期限,履行出资义务。

各合伙人按照合伙协议实际缴付的出资,为对合伙企业的出资。

应当注意掌握:《合伙企业法》承认了有限合伙企业,与普通合伙企业相比,有限合伙企业由普通合伙人和有限合伙人组成,普通合伙人对合伙企业债务承担无限连带责任,有限合伙人以其认缴的出资额为限对合伙企业债务承担责任。

（三）破产法

企业法人不能清偿到期债务的,并且资产不足以清偿全部债务或者明显缺乏清偿能力的依照《企业破产法》规定清偿债务。

新《企业破产法》的适用范围扩大到企业法人。具体包括以下内容:

（1）企业法人。

（2）对商业银行、证券公司、保险公司等金融机构的破产作出了特殊规定。商业银行、证券公司、保险公司等金融机构有本法第2条规定情形的,国务院金融监督管理机构可以向人民法院提出对该金融机构进行重整或者破产清算的申请。

（3）对合伙企业、个人独资企业、学校、医院等非企业法人的破产清算作出了明确规定。企业法人之外的其他组织的清算,如果属于破产清算的,参照适用新破产法。

（四）个人独资企业法

个人独资企业,是指依照个人独资企业法在中国境内设立,由一个自然人投资,财产为投资人个人所有,投资人以其个人财产对企业债务承担无限责任的经营实体。

个人独资企业的基本性质和特征:个人独资企业是非法人营业性组织。投资主体是一个自然人,而不是其他任何形式的主体;财产为投资人个人所有,企业无独立财产;投资人的责任形式只能是无限责任。

1. 设立个人独资企业应当具备下列条件:

（1）投资人为一个自然人;

（2）有合法的企业名称;

（3）有投资人申报的出资;

（4）有固定的生产经营场所和必要的生产经营条件;

（5）有必要的从业人员。

个人独资企业投资人对本企业的财产依法享有所有权,其有关权利可以依法进行转让或继承。

个人独资企业投资人在申请企业设立登记时明确以其家庭共有财产作为个人出资的,应当依法以家庭共有财产对企业债务承担无限责任。

2. 个人独资企业的设立条件:

（1）投资人为一个自然人,该自然人只能是具有中国国籍的自然人,不包括外国的自然人,外商独资企业适用外资企业法;法律法规禁止从事营利性活动的自然人不能设立,例如公务员;投资人投资的财产不限于其个人财产,可以以家庭共有财产出资,若申请企业设立登记时明确以其家庭共有财产作为对企业出资的,应当以家庭共有财产对企业债务承担无限责任;如果明确以其个人财产出资的,以其个人财产对企业债务承担无限责任。

（2）有合法的企业名称。不得使用"有限责任"与"公司"字样。个人独资企业使用的名称应当与其在登记机关登记的名称相符合。

（3）有投资人申报的出资。由投资人的无限责任决定,不要求个人独资企业有最低注册资本金,仅仅要求有申报的出资。而设立合伙企业要求有合伙人实际缴付的出资。

(4)个人投资企业的投资人投资于个人企业后,并不转移所有权,其仍可依法对其投资的财产进行处分,独资企业本身无独立财产权。

（五）票据法

票据,是指汇票、本票和支票。

票据权利是指持票人向票据债务人请求支付票据金额的权利,包括付款请求权和追索权。

票据代理必须是明示的,隐存的代理不发生代理的后果。无权代理发生后,由无权代理人承担票据责任,越权代理发生后实行责任分担。民法上关于无权代理与越权代理的规定在票据代理中不适用。

（六）保险法

保险是指投保人根据保险合同的约定,向保险人支付保险费,保险人对于合同约定的可能发生的事故因其发生所造成的财产损失承担赔偿保险金责任,或者当被保险人死亡、伤残、疾病或者达到合同约定的年龄、期限时承担给付保险金责任的商业保险行为。

海上保险适用海商法的有关规定;海商法未作规定的,适用本法的有关规定。

国家支持发展为农业生产服务的保险业,农业保险由法律、行政法规另行规定。

（七）海商法

海商法是调整海上运输关系、船舶关系的法律规范的总称。

我国当前海商法规范体系以1993年7月1日起正式施行的《中华人民共和国海商法》为核心。

我国海商法适用于海上或与海相通的可航水域的货物及旅客运输以及船舶碰撞和海难救助等海上事故。但《海商法》第四章海上货物运输合同的规定不适用于我国港口之间的海上货物运输。

第五节　经济法知识

（一）反不正当竞争法

1. 调整对象

不正当竞争,是指经营者违反反不正当竞争法规定,损害其他经营者的合法权益,扰乱社会经济秩序的行为。经营者,是指从事商品经营或者营利性服务(以下所称商品包括服务)的法人、其他经济组织和个人。

2. 不正当竞争行为

(1)混淆行为。

假冒他人的注册商标;

擅自使用知名商品特有的名称、包装、装潢,或者使用与知名商品近似的名称、包装、装潢,造成和他人的知名商品相混淆,使购买者误认为是该知名商品;

擅自使用他人的企业名称或者姓名,引人误认为是他人的商品;

在商品上伪造或者冒用认证标志、名优标志等质量标志,伪造产地,对商品质量作引人误解的虚假表示。

(2)商业贿赂行为。经营者不得采用财物或者其他手段进行贿赂以销售或者购买商品。在账外暗中给予对方单位或者个人回扣的,以行贿论处;对方单位或者个人在账外暗中收受回扣的,以受贿论处。经营者销售或者购买商品,可以以明示方式给对方折扣,可以给中间人佣金。经营者给对方折扣、给中间人佣金的,必须如实入账。接受折扣、佣金的经营者必须如实入账。

(3)虚假宣传行为。经营者不得利用广告或者其他方法,对商品的质量、制作成分、性能、用途、生产者、有效期限、产地等作引人误解的虚假宣传。

（4）侵犯商业秘密行为。以盗窃、利诱、胁迫或者其他不正当手段获取权利人的商业秘密；披露、使用或者允许他人使用以前项手段获取的权利人的商业秘密；违反约定或者违反权利人有关保守商业秘密的要求，披露、使用或者允许他人使用其所掌握的商业秘密。

第三人明知或者应知前款所列违法行为，获取、使用或者披露他人的商业秘密，视为侵犯商业秘密。本条所称的商业秘密，是指不为公众所知悉、能为权利人带来经济利益、具有实用性并经权利人采取保密措施的技术信息和经营信息。

（5）低价倾销行为。经营者不得以排挤竞争对手为目的，以低于成本的价格销售商品。

有下列情形之一的，不属于不正当竞争行为：

①销售鲜活商品；

②处理有效期限即将到期的商品或者其他积压的商品；

③季节性降价；

④因清偿债务、转产、歇业降价销售商品。

（6）不正当有奖销售行为。经营者不得从事下列有奖销售：

①采用谎称有奖或者故意让内定人员中奖的欺骗方式进行有奖销售；

②利用有奖销售的手段推销质次价高的商品；

③抽奖式的有奖销售，最高奖的金额超过五千元。

（7）诋毁商誉行为。经营者不得捏造、散布虚伪事实，损害竞争对手的商业信誉、商品声誉。

（二）拍卖法

1. 定义

拍卖是指以公开竞价的形式，将特定物品或者财产权利转让给最高应价者的买卖方式。

2. 基本原则

合法原则、三公原则（公开、公正、公平）、诚信原则。

3. 拍卖当事人

（1）拍卖人。拍卖人是指依照拍卖法和《中华人民共和国公司法》设立的从事拍卖活动的企业法人。

设立拍卖企业，应当具备下列条件：

①有100万元人民币以上的注册资本；

②有自己的名称、组织机构、住所和章程；

③有与从事拍卖业务相适应的拍卖师和其他工作人员；

④有符合本法和其他有关法律规定的拍卖业务规则；

⑤有公安机关颁发的特种行业许可证；

⑥符合国务院有关拍卖业发展的规定；

⑦法律、行政法规规定的其他条件。

（2）拍卖师。拍卖师应当具备下列条件：

①具有高等院校专科以上学历和拍卖专业知识；

②在拍卖企业工作两年以上；

③品行良好。

被开除公职或者吊销拍卖师资格证书未满五年的，或者因故意犯罪受过刑事处罚的，不得担任拍卖师。

（3）竞买人。竞买人是指参加竞购拍卖标的的公民、法人或者其他组织。

第一，竞买人可以自行参加竞买，也可以委托其代理人参加竞买。

第二,竞买人有权了解拍卖标的的瑕疵,有权查验拍卖标的和查阅有关拍卖资料。

第三,竞买人一经应价,不得撤回,当其他竞买人有更高应价时,其应价即丧失约束力。

第四,竞买人之间、竞买人与拍卖人之间不得恶意串通,损害他人利益。

(4)买受人。买受人是指以最高应价购得拍卖标的的竞买人。

第一,买受人应当按照约定支付拍卖标的的价款,未按照约定支付价款的,应当承担违约责任,或者由拍卖人征得委托人的同意,将拍卖标的再行拍卖。

第二,拍卖标的再行拍卖的,原买受人应当支付第一次拍卖中本人及委托人应当支付的佣金。再行拍卖的价款低于原拍卖价款的,原买受人应当补足差额。

第三,买受人未能按照约定取得拍卖标的的,有权要求拍卖人或者委托人承担违约责任。

第四,买受人未按照约定受领拍卖标的的,应当支付由此产生的保管费用。

4. 拍卖规则

瑕疵告知义务、底价规则、价高者得规则。

(三)招标、投标法

在中华人民共和国境内进行下列工程建设项目,包括项目的勘察、设计、施工、监理以及与工程建设有关的重要设备、材料等的采购,必须进行招标:

(1)大型基础设施、公用事业等关系社会公共利益、公众安全的项目;

(2)全部或者部分使用国有资金投资或者国家融资的项目;

(3)使用国际组织或者外国政府贷款、援助资金的项目。

前款所列项目的具体范围和规模标准,由国务院发展计划部门会同国务院有关部门制定,报国务院批准。

(四)消费者权益保护法

1. 适用对象

(1)消费者为生活消费需要购买、使用商品或者接受服务,其权益受消费者权益保护法保护;

(2)经营者为消费者提供其生产、销售的商品或者提供服务,应当遵守消费者权益保护法;

(3)农民购买、使用直接用于农业生产的生产资料时,参照消费者保护法执行。

2. 消费者权利

(1)消费者在购买、使用商品和接受服务时享有人身、财产安全不受损害的权利。

消费者有权要求经营者提供的商品和服务,符合保障人身、财产安全的要求。

(2)消费者享有知悉其购买、使用的商品或者接受的服务的真实情况的权利。

消费者有权根据商品或者服务的不同情况,要求经营者提供商品的价格、产地、生产者、用途、性能、规格、等级、主要成分、生产日期、有效期限、检验合格证明、使用方法说明书、售后服务,或者服务的内容、规格、费用等有关情况。

(3)消费者享有自主选择商品或者服务的权利。

消费者有权自主选择提供商品或者服务的经营者,自主选择商品品种或者服务方式,自主决定购买或者不购买任何一种商品、接受或者不接受任何一项服务。

消费者在自主选择商品或者服务时,有权进行比较、鉴别和挑选。

(4)消费者享有公平交易的权利。

消费者在购买商品或者接受服务时,有权获得质量保障、价格合理、计量正确等公平交易条件,有权拒绝经营者的强制交易行为。

(5)消费者因购买、使用商品或者接受服务受到人身、财产损害的,享有依法获得赔偿的权利。

(6)消费者享有依法成立维护自身合法权益的社会团体的权利。

(7)消费者享有获得有关消费和消费者权益保护方面的知识的权利。

消费者应当努力掌握所需商品或者服务的知识和使用技能,正确使用商品,提高自我保护意识。

(8)消费者在购买、使用商品和接受服务时,享有其人格尊严、民族风俗习惯得到尊重的权利。

(9)消费者享有对商品和服务以及保护消费者权益工作进行监督的权利。

消费者有权检举、控告侵害消费者权益的行为和国家机关及其工作人员在保护消费者权益工作中的违法失职行为,有权对保护消费者权益工作提出批评、建议。

3. 经营者的义务

(1)经营者向消费者提供商品或者服务,应当依照《中华人民共和国产品质量法》和其他有关法律法规的规定履行义务。

经营者和消费者有约定的,应当按照约定履行义务,但双方的约定不得违背法律、法规的规定。

(2)经营者应当听取消费者对其提供的商品或者服务的意见,接受消费者的监督。

(3)经营者应当保证其提供的商品或者服务符合保障人身、财产安全的要求。对可能危及人身、财产安全的商品和服务,应当向消费者作出真实的说明和明确的警示,并说明和标明正确使用商品或者接受服务的方法以及防止危害发生的方法。

经营者发现其提供的商品或者服务存在严重缺陷,即使正确使用商品或者接受服务仍然可能对人身、财产安全造成危害的,应当立即向有关行政部门报告和告知消费者,并采取防止危害发生的措施。

(4)经营者应当向消费者提供有关商品或者服务的真实信息,不得作引人误解的虚假宣传。

经营者对消费者就其提供的商品或者服务的质量和使用方法等问题提出的询问,应当作出真实明确的答复。

商店提供商品应当明码标价。

(5)经营者应当标明其真实名称和标记。

租赁他人柜台或者场地的经营者,应当标明其真实名称和标记。

(6)经营者应供商品或者服务,应当按照国家有关规定或者商业惯例向消费者出具购货凭证或者服务单据;消费者索要购货凭证或者服务单据的,经营者必须开具。

(7)经营者应当保证在正常使用商品或者接受服务的情况下其提供的商品或者服务应当具有的质量、性能、用途和有效期限;但消费者在购买该商品或者接受该服务前已经知道其存在瑕疵的除外。

经营者以广告、产品说明、实物样品或者其他方式表明商品或者服务的质量状况的,应当保证其提供的商品或者服务的实际质量与表明的质量状况相符。

(8)经营者提供商品或者服务,按照国家规定或者与消费者的约定,承担包修、包换、包退或者其他责任的,应当按照国家规定或者约定履行,不得任意拖延或者无理拒绝。

(9)经营者不得以格式合同、通知、声明、店堂告示等方式作出对消费者不公平、不合理的规定,或者减轻、免除其损害消费者合法权益应当承担的民事责任。

格式合同、通知、声明、店堂告示等含有前款所列内容的,其内容无效。

(10)经营者不得对消费者进行侮辱、诽谤,不得搜查消费者的身体及其携带的物品,不得侵犯消费者的人身自由。

4. 消费者协会职能

(1)向消费者提供消费信息和咨询服务;

(2)参与有关行政部门对商品和服务的监督、检查;

(3)就有关消费者合法权益的问题,向有关行政部门反映、查询,提出建议;

(4)受理消费者的投诉,并对投诉事项进行调查、调解;

（5）投诉事项涉及商品和服务质量问题的，可以提请鉴定部门鉴定，鉴定部门应当告知鉴定结论；

（6）就损害消费者合法权益的行为，支持受损害的消费者提起诉讼；

（7）对损害消费者合法权益的行为，通过大众传播媒介予以揭露、批评。

各级人民政府对消费者协会履行职能应当予以支持。

5. 争议的解决

（1）争议解决的方式：

第一，与经营者协商和解；

第二，请求消费者协会调解；

第三，向有关行政部门申诉；

第四，根据与经营者达成的仲裁协议提请仲裁机构仲裁；

第五，向人民法院提起诉讼。

（2）解决争议的几项特定规则：

第一，消费者在购买、使用商品时，其合法权益受到损害的，可以向销售者要求赔偿。销售者赔偿后，属于生产者的责任或者属于向销售者提供商品的其他销售者的责任的，销售者有权向生产者或者其他销售者追偿。

消费者或者其他受害人因商品缺陷造成人身、财产损害的，可以向销售者要求赔偿，也可以向生产者要求赔偿。属于生产者责任的，销售者赔偿后，有权向生产者追偿。属于销售者责任的，生产者赔偿后，有权向销售者追偿。

消费者在接受服务时，其合法权益受到损害的，可以向服务者要求赔偿。

第二，消费者在购买、使用商品或者接受服务时，其合法权益受到侵害，因原企业分立、合并的，可以向变更后承受其权利义务的企业要求赔偿。

第三，使用他人营业执照的违法经营者提供商品或者服务，损害消费者合法权益的，消费者可以向其要求赔偿，也可以向营业执照的持有人要求赔偿。

第四，消费者在展销会、租赁柜台购买商品或者接受服务，其合法权益受到损害的，可以向销售者或者服务者要求赔偿。展销会结束或者柜台租赁期满后，也可以向展销会的举办者、柜台的出租者要求赔偿。展销会的举办者、柜台的出租者赔偿后，有权向销售者或者服务站追偿。

（五）产品质量法

1. 生产者的产品质量义务

（1）作为的义务。

第一，不存在危及人身、财产安全的不合理的危险，有保障人体健康和人身、财产安全的国家标准、行业标准的，应当符合该标准。

第二，具备产品应当具备的使用性能。但是，对产品存在使用性能的瑕疵作出说明的除外。

第三，符合在产品或者其包装上注明采用的产品标准，符合以产品说明、实物样品等方式表明的质量状况。

第四，产品或者其包装上的标识必须真实，并符合下列要求：

①有产品质量检验合格证明；

②有中文标明的产品名称、生产厂厂名和厂址；

③根据产品的特点和使用要求，需要标明产品规格、等级、所含主要成分的名称和含量的，用中文相应予以标明，需要事先让消费者知晓的，应当在外包装上标明，或者预先向消费者提供有关资料；

④限期使用的产品，应当在显著位置清晰地标明生产日期和安全使用期或者失效日期；

⑤使用不当,容易造成产品本身损坏或者可能危及人身、财产安全的产品,应当有警示标志或者中文警示说明;

⑥裸装的食品和其他根据产品的特点难以附加标识的裸装产品,可以不附加产品标识;

⑦易碎、易燃、易爆、有毒、有腐蚀性、有放射性的危险物品以及储运中不能倒置和其他有特殊要求的产品,其包装质量必须符合相应要求,依照国家有关规定作出警示标志或者中文警示说明,表明储运注意事项。

(2)不作为的义务。

第一,生产者不得生产国家明令淘汰的产品。

第二,生产者不得伪造产地,不得伪造或者冒用他人的厂名、厂址。

第三,生产者不得伪造或者冒用认证标志等质量标志。

第四,生产者生产产品,不得掺杂、掺假,不得以假充真、以次充好,不得以不合格产品冒充合格产品。

2. 销售者的产品质量义务

(1)销售者应当建立并执行进货检查验收制度,验明产品合格证明和其他标识。

(2)销售者应当采取措施,保持销售产品的质地。

(3)销售者不得销售国家明令淘汰并停止销售的产品和失效、变质的产品。

(4)销售者销售的产品的标识应当符合本法第二十七条的规定。

(5)销售者不得伪造产地,不得伪造或者冒用他人的厂名、厂址。

(6)销售者不得伪造或者冒用认证标志等质量标志。

(7)销售者销售产品,不得掺杂、掺假,不得以假充真、以次充好,不得以不合格产品冒充合格产品。

(六)税法

1. 概述

(1)税收的基本特征。

法定性、强制性、无偿性。

(2)税法体系。

商品税法:增值税法、消费税法、营业税法、关税法;

所得税法:企业所得税法、个人所得税法;

财产税法:资源税法、房产税法、土地税法、契税法、车船税法;

行为税法:印花税法、筵席税法、屠宰税法。

2. 增值税法

(1)税率。

基本税率(17%)、低税率(13%)、零税率(0%)。

(2)免征增值税。免征增值税的产品主要有:

①农业生产者销售的自产农业产品;

②避孕药品和用具;

③古旧图书;

④直接用于科学研究、科学试验和教学的进口仪器、设备;

⑤外国政府、国际组织无偿援助的进口物资和设备;

⑥来料加工、来件装配和补偿贸易所需进口的设备;

⑦由残疾人组织直接进口供残疾人专用的物品;

⑧销售自己使用过的物品。

3. 消费税法

征税对象:烟、酒及酒精、化妆品、护肤护发品、贵重首饰、鞭炮、焰火、汽油、柴油、汽车轮胎、摩托车、小汽车。

4. 营业税法

税率:

交通运输业、建筑业、邮电通信业、文化体育业:3%。

服务业、转让无形资产、销售不动产:5%。

金融保险业:8%。

娱乐业:20%。

5. 企业所得税法

税率为25%。

6. 个人所得税法

(1)税率。

工资、薪金所得:5% ~45%。

个体工商户的生产、经营所得:5% ~35%。

稿酬所得:20%。

劳务报酬所得:20%。

特许权使用所得,利息、股息、红利所得,财产租赁所得,财产转让所得,偶然所得,其他所得:20%。

(2)税收减免。减免税收的事项有:

①省级人民政府、国务院部委和中国人民解放军军以上单位,外国组织、国际组织颁发的科学、教育、技术、文化、卫生、体育、环境保护等方面的奖金;

②国债和国家发行的金融证券利息;

③按照国家统一规定发给的补贴、津贴;

④福利费、抚恤金、救济金;

⑤保险赔款;

⑥军人的转业费、复员费;

⑦按照国家统一规定发给干部、职工的安家费、退职费、退休工资、离休工资、离休生活补助费;

⑧依照我国有关法律规定应予免税的各国驻华使馆、领事馆的外交代表、领事官员和其他人员的所得;

⑨中国政府参加的国际公约、签订的协议中规定免税的所得;

⑩经国务院财政部门批准免税的所得。

(七)劳动法

1. 概述

(1)适用范围。

在中华人民共和国境内的企业、个体经济组织(以下统称用人单位)和与之形成劳动关系的劳动者,适用本法。国家机关、事业组织、社会团体和与之建立劳动合同关系的劳动者,依照本法执行。

(2)劳动者就业权利。

劳动者就业,不因民族、种族、性别、宗教信仰不同而受歧视。

妇女享有与男子平等的就业权利。在录用职工时,除国家规定的不适合妇女的工种或者岗位外,不得以性别为由拒绝录用妇女或者提高对妇女的录用标准。

残疾人、少数民族人员、退出现役的军人的就业，法律、法规有特别规定的，从其规定。

禁止用人单位招用未满 16 周岁的未成年人。

文艺、体育和特种工艺单位招用未满 16 周岁的未成年人，必须依照国家有关规定，履行审批手续，并保障其接受义务教育的权利。

2. 劳动合同法

劳动合同是劳动者与用人单位确立劳动关系、明确双方权利和义务的协议。建立劳动关系应当订立劳动合同。

（1）劳动合同的效力。下列劳动合同无效或者部分无效：

①以欺诈、胁迫的手段或者乘人之危，使对方在违背真实意思的情况下订立或者变更劳动合同的；

②用人单位免除自己的法定责任、排除劳动者权利的；

③违反法律、行政法规强制性规定的。

对劳动合同的无效或者部分无效有争议的，由劳动争议仲裁机构或者人民法院确认。

（2）劳动合同的内容及形式。劳动合同应当以书面形式订立，并具备以下条款：

①劳动合同期限；

②工作内容；

③劳动保护和劳动条件；

④劳动报酬；

⑤劳动纪律；

⑥劳动合同终止的条件；

⑦违反劳动合同的责任。

劳动合同除前款规定的必备条款外，当事人可以协商约定其他内容。

（3）可备条款。

①劳动合同可以约定试用期。试用期最长不得超过 6 个月。

②劳动合同当班人可以在劳动合同中约定保守用人单位商业秘密的有关事项。

③劳动合同期满或者当事人约定的劳动合同终止条件出现，劳动合同即行终止。

（4）劳动合同的解除。

①经劳动合同当事人协商一致，劳动合同可以解除。

②劳动者有下列情形之一的，用人单位可以解除劳动合同：

第一，在试用期间被证明不符合录用条件的；

第二，严重违反用人单位规章制度的；

第三，严重失职，营私舞弊，对用人单位利益造成重大损害的；

第四，被依法追究刑事责任的。

有下列情形之一的，用人单位可以解除劳动合同，但是应当提前 30 日以书面形式通知劳动者本人或者额外支付劳动者一个月工资：

①劳动者患病或者非因工负伤，在规定的医疗期满后不能从事原工作，也不能从事由用人单位另行安排的工作的。

②劳动者不能胜任工作，经过培训或者调整工作岗位，仍不能胜任工作的。

③劳动合同订立时所依据的客观情况发生重大变化，致使劳动合同无法履行，经当事人协商不能就变更劳动合同达成协议的。

④用人单位需裁减人员 20 人以上或者裁减不足 20 人但占企业职工总数 10% 以上的，应当提前 30 日向工会或者全体职工说明情况，听取工会或者职工的意见，裁减人员方案经向劳动行政部

门报告后,可以裁减人员。用人单位依据本条规定裁减人员,在6个月内重新招用人员的,应当通知被裁减的人员,并在同等条件下优先招用被裁减的人员。

(5)劳动者有下列情形之一的,用人单位不得解除劳动合同。

①从事接触职业病危害作业的劳动者未进行离岗前职业健康检查,或者疑似职业病病人在诊断或医学观察期间的;

②在本单位患职业病或者因工负伤并经确认丧失或者部分丧失劳动能力的;

③患病或者非因工负伤,在规定的医疗范内的;

④女职工在孕期、产期、哺乳期的;

⑤在本单位连续工作满15年,且距法定退体年龄不足5年的;

法律、行政法规规定的其他情形。

(6)劳动者可以立即解除劳动合同,不需事先告知用人单位的情形:

①用人单位以暴力、威胁或者非法限制人身……如非法手段强迫劳动的;

②用人单位违章指挥、强令冒险作业危及劳动者人身安全的。

3. 劳动基准法

(1)工作时间及休息休假。

国家实行劳动者每日工作时间不得超过8小时,平均每周工作时间不超过44小时工时制度。

对实行计件工作的劳动者,用人单位应当根据《劳动法》第36条规定的工时制度合理确定其劳动定额和计件报酬标准。

用人单位应当保证劳动者每周至少休息1日。

用人单位在下列节日期间应当依法安排劳动者休假:元旦、春节、国际劳动节、国庆节,法律、法规规定的其他休假节日。

用人单位由于生产经营需要,经与工会和劳动者协商后可以延长工作时间,一般每日不得超过1小时;因特殊原因需要延长工作时间的,在保障劳动者身体健康的条件下延长工作时间每日不得超过3小时,但是每月不得超过36小时。

有下列情形之一的,用人单位应当按照下列标准支付高于劳动者正常工作时间工资的工资报酬:

①安排劳动者延长工作时间的,支付不低于工资的150%的工资报酬;

②休息日安排劳动者工作又不能安排补休的,支付不低于工资的200%的工资报酬;

③法定休假日安排劳动者工作的,支付不低于工资的300%的工资报酬;

④国家实行带薪年休假制度。

⑤劳动者连续工作1年以上的,享受带薪年休假。具体办法由国务院规定。

(2)工资。

工资分配应当遵循按劳分配原则,实行同工同酬。

工资水平在经济发展的基础上逐步提高。国家对工资总量实行宏观调控。

用人单位根据本单位的生产经营特点和经济效益,依法自主确定本单位的工资分配方式和工资水平。

国家实行最低工资保障制度。最低工资的具体标准由省、自治区、直辖市人民政府规定,报国务院备案。用人单位支付劳动者的工资不得低于当地最低工资标准。

确定和调整最低工资标准应当综合参考下列因素:

①劳动者本人及平均赡养人口的最低生活费用;

②社会平均工资水平;

③劳动生产率;

④就业状况；

⑤地区之间经济发展水平的差异。

工资应当以货币形式按月支付给劳动者本人。不得克扣或者无故拖欠劳动者的工资。

劳动者在法定休假日和婚丧假期间以及依法参加社会活动期间，用人单位应当依法支付工资。

（3）劳动安全卫生。

用人单位必须建立、健全劳动安全卫生制度，严格执行国家劳动安全卫生规程和标准，对劳动者进行劳动安全卫生教育，防止劳动过程中的事故，减少职业危害。

用人单位必须为劳动者提供符合国家规定的劳动安全卫生条件和必要的劳动防护用品，对从事有职业危害作业的劳动者应当定期进行健康检查。

从事特种作业的劳动者必须经过专门培训并取得特种作业资格。

国家建立伤亡事故和Ⅰ职业病统计报告和处理制度。县级以上各级人民政府劳动行政部门、有关部门和用人单位应当依法对劳动者在劳动过程中发生的伤亡事故和劳动者的职业病状况，进行统计、报告和处理。

国家对女职工和未成年工实行特殊劳动保护。

女职工特殊保护：

①禁止安排女职工从事矿山井下、国家规定的第四级体力劳动强度的劳动和其他禁忌从事的劳动。

②不得安排女职工在经期从事高处、低温、冷水作业和国家规定的第三级体力劳动强度的劳动。

③不得安排女职工在怀孕期间从事国家规定的第三级体力劳动强度的劳动和孕期禁忌从事的活动。对怀孕7个月以上的女职工，不得安排其延长工作时间和夜班劳动。

④女职工生育享受不少于90天的产假。

⑤不得安排女职工在哺乳未满1周岁的婴儿期间从事国家规定的第三级体力劳动强度的劳动和哺乳期禁忌从事的其他劳动，不得安排其延长工作时间和夜班劳动。

未成年工特殊保护：

未成年工是指年满16周岁未满18周岁的劳动者。

①不得安排未成年工从事矿山井下、有毒有害、国家规定的第四级体力劳动强度的劳动和其他禁忌从事的劳动。

②用人单位应当对未成年工定期进行健康检查。

（4）社会福利及保险。

国家发展社会保险事业，建立社会保险制度，设立社会保险基金，使劳动者在年老、患病、失业、生育等情况下获得帮助和补偿。

社会保险水平应当与社会经济发展水平和社会承受能力相适应。

社会保险基金按照保险类型确定资金来源，逐步实行社会统筹。用人单位和劳动者必须依法参加社会保险，缴纳社会保险费。

劳动者在下列情形下，依法享受社会保险待遇：退休、患病、负伤、因工伤残或者患病、失业、生育。劳动者死亡后，其遗属依法享受遗属津贴。

4. 劳动争议

用人单位与劳动者发生劳动争议，当事人可以依法申请调解、仲裁、提起诉讼，也可以协商解决。调解原则适用于仲裁和诉讼程序。

（八）土地管理法

1. 土地所有权

（1）中华人民共和国实行土地的社会主义公有制，即全民所有制和劳动群众集体所有制，即国家所有土地的所有权由国务院代表国家行使。任何单位和个人不得侵占、买卖或者以其他形式非法转让土地。土地使用权可以依法转让。国家为公共利益的需要，可以依法对集体所有的土地实行征用。

（2）国家实行土地用途管制制度。国家编制土地利用总体规划，规定土地用途，将土地分为农用地、建设用地和未利用地。严格限制农用地转为建设用地，控制建设用地总量，对耕地实行特殊保护。农用地是指直接用于农业生产的土地，包括耕地、林地、草地、农田水利用地、养殖水面等；建设用地是指建造建筑物、构筑物的土地，包括城乡住宅和公共设施用地、工矿用地、交通水利设施用地、旅游用地、军事设施用地等；未利用地是指农用地和建设用地以外的土地。使用土地的单位和个人必须严格按照土地利用总体规划确定的用途使用土地。

（3）城市市区的土地属于国家所有。农村和城市郊区的土地，除由法律规定属于国家所有的以外，属于农民集体所有；宅基地和自留地、自留山，属于农民集体所有。

（4）国有土地和农民集体所有的土地，可以依法确定给单位或者个人使用。使用土地的单位和个人，有保护、管理和合理利用土地的义务。

（5）农民集体所有的土地依法属于村农民集体所有的，由村集体经济组织或者村民委员会经营、管理；已经分别属于村内两个以上农村集体经济组织的农民集体所有的，由村内部该农村集体经济组织或者村民小组经营、管理；已经属于乡（镇）农民集体所有的，由乡（镇）农村集体经济组织经营、管理。

2. 土地利用总体规划按照下列原则编制

（1）严格保护基本农田，控制非农业建设占用农用地；

（2）提高土地利用率；

（3）统筹安排各类、各区域用地；

（4）保护和改善生态环境，保障土地的可持续利用；

（5）占用耕地与开发复垦耕地相平衡；

（6）县级土地利用总体规划应当划分土地利用区，明确土地用途。乡（镇）土地利用总体规划应当划分土地利用区，根据土地使用条件，确定每一块土地的用途，并予以公告。

3. 国家实行基本农田保护制度

下列耕地应当根据土地利用总体规划划入基本农田保护区，严格管理：

（1）经国务院有关主管部门或者县级以上地方人民政府批准确定的粮、棉、油生产基地内的耕地；

（2）有良好的水利与水土保持设施的耕地，正在实施改造计划以及可以改造的中、低产田；

（3）蔬菜生产基地；

（4）农业科研、教学试验田；

（5）国务院规定应当划入基本农田保护区的其他耕地，各省、自治区、直辖市划定的基本农田应当占本行政区域内耕地的百分之八十以上。

4. 建设用地征用下列土地的，由国务院批准

（1）基本农田；

（2）基本农田以外的耕地超过35公顷的；

（3）其他土地超过70公顷的。

（九）城市房地产管理法

1. 房地产开发用地

（1）土地使用权出让。土地使用权出让，是指国家将国有土地使用权（以下简称土地使用权）在一定年限内出让给土地使用者，由土地使用者向国家支付土地使用权出让金的行为。

（2）土地使用权划拨。下列建设用地的土地使用权，确属必需的，可以由县级以上人民政府依法批准划拨：

①国家机关用地和军事用地；

②城市基础设施用地和公益事业用地；

③国家重点扶持的能源、交通、水利等项目用地；

④法律、行政法规规定的其他用地。

2. 房地产转让

下列房地产，不得转让：

（1）以出让方式取得土地使用权的，不符合本法第38条规定的条件的；

（2）司法机关和行政机关依法裁定、决定查封或者以其他形式限制房地产权利的；

（3）依法收回土地使用权的；

（4）共有房地产，未经其他共有人书面同意的；

（5）权属有争议的；

（6）未依法登记领取权属证书的；

（7）法律、行政法规规定禁止转让的其他情形。

3. 商品房预售

商品房预售，应当符合下列条件：

（1）已交付全部土地使用权出让金，取得土地使用权证书。

（2）持有建设工程规划许可证。

（3）按提供预售的商品房计算，投入开发建设的资金达到工程建设总投资的25%以上，并已经确定施工进度和竣工交付日期。

（4）向县级以上人民政府房产管理部门办理预售登记，取得商品房预售许可证明。商品房预售人应当按照国家有关规定将预售合同报县级以上人民政府房产管理部门和土地管理部门登记备案。商品房预售所得款项，必须用于有关的工程建设。

（十）环境保护法

1. 定义

环境，是指影响人类生存和发展的各种天然的和经过人工改造的自然因素的总体，包括大气、水、海洋、土地、矿藏、森林、草原、野生生物、自然遗迹、人文遗迹、自然保护区、风景名胜区、城市和乡村等。

2. 我国参加的国际法中的环境保护规范

《联合国海洋法公约》《控制危险废物越境转移及其处置巴塞尔公约》《保护臭氧层维也纳公约》《联合国气候变化框架公约》《联合国生物多样性公约》《南极条约环境保护议定书》。

3. 环境保护法的基本原则

（1）协调发展原则；

（2）预防原则；

（3）污染者负担原则；

（4）公众参与原则。

4. 环境保护法的基本制度

（1）环境规划制度。县级以上人民政府环境保护行政主管部门，应当会同有关部门对管辖范围内的环境状况进行调查和评价，拟订环境保护规划，经计划部门综合平衡后，报同级人民政府批准实施。

（2）清洁生产制度。

（3）环境影响评价制度。建设污染环境的项目，必须遵守国家有关建设项目环境保护管理的规定。建设项目的环境影响报告书，必须对建设项目产生的污染和对环境的影响作出评价，规定防治措施，经项目主管部门预审并依照规定的程序报环境保护行政主管部门批准。环境影响报告书经批准后，计划部门方可批准建设项目设计任务书。

（4）"三同时"制度。是指建设项目需要配置的环境保护设施必须与主体工程同时设计、同时施工、同时投产使用的环境法律制度。该制度为我国首创。

（5）排污收费制度。排放污染物超过国家或者地方规定的污染物排放标准的企业事业单位，依照国家规定缴纳超标准排污费，并负责治理。水污染防治法另有规定的，依照水污染防治法的规定执行。征收的超标准排污费必须用于污染的防治，不得挪作他用，具体使用办法由国务院规定。

（6）总量控制制度。

（7）环境保护许可制度。排放污染物的企业事业单位，必须依照国务院环境保护行政主管部门的规定申报登记。

（8）限期治理制度。对造成环境严重污染的企业事业单位，限期治理。

中央或者省、自治区、直辖市人民政府直接管辖的企业事业单位的限期治理，由省、自治区、直辖市人民政府决定。市、县或者市、县以下人民政府管辖的企业事业单位限期治理，由市、县人民政府决定。被限期治理的企业事业单位必须如期完成治理任务。

（9）环境标准制度。禁止引进不符合我国环境保护规定要求的技术和设备。

因发生事故或者其他突然性事件，造成或者可能造成污染事故的单位，必须立即采取措施处理，及时通报可能受到污染危害的单位和居民，并向当地环境保护行政主管部门和有关部门报告，接受调查处理。

可能发生重大污染事故的企业事业单位，应当采取措施，加强防范。

5. 环境民事诉讼

（1）诉讼时效为3年；

（2）诉讼适用举证责任倒置；

（3）因果关系推定。

第六节　刑　法　知　识

（一）概述

1. 刑法的基本原则

（1）罪刑法定原则。法律明文规定为犯罪行为的，依照法律定罪处刑；法律没有明文规定为犯罪行为的，不得定罪处刑。

（2）刑法面前人人平等原则。对任何人犯罪，在适用法律上一律平等。不允许任何人有超越法律的特权。

（3）罪责刑相适应原则。刑罚的轻重，应当与犯罪分子所犯罪行和承担的刑事责任相适应。

2. 刑法的适用范围

（1）空间效力

我国刑法确定了以属地原则为主，以其他原则的合理因素为补充的综合原则。

凡在中华人民共和国领域内犯罪的，除法律有特别规定的以外，都适用刑法。

凡在中华人民共和国船舶或者航空器内犯罪的，也适用刑法。

犯罪的行为或者结果有一项发生在中华人民共和国领域内的，就认为是在中华人民共和国领域内犯罪。

（2）时间效力

我国刑法的溯及力问题采取从旧兼从轻原则。

中华人民共和国成立以后本法施行以前的行为，如果当时的法律不认为是犯罪的适用当时的法律；如果当时的法律认为是犯罪的，依照本法总则第四章第八节的规定应当追诉的，按照当时的法律追究刑事责任，但是如果本法不认为是犯罪或者处刑较轻的，适用本法。

（二）犯罪

1. 犯罪的定义

根据我国刑法第13条的规定，一切危害国家主权、领土完整和安全、分裂国家、颠覆人民民主专政的政权和推翻社会主义制度破坏社会秩序和经济秩序，侵犯国有财产或者劳动群众集体所有的财产，侵犯公民私人所有的财产或侵犯公民的人身权利、民主权利和其他权利，以及其他危害社会的行为，依照法律应当受刑罚处罚的都是犯罪，但是情节显著轻微危害不大的，不认为是犯罪。

明知自己的行为会发生危害社会的结果，并且希望或者放任这种结果发生，因而构成犯罪的，是故意犯罪。故意犯罪，应当负刑事责任。

应当预见自己的行为可能发生危害社会的结果，因为疏忽大意而没有预见，或者已经预见而轻信能够避免，以致发生这种结果的，是过失犯罪。过失犯罪，法律有规定的才负刑事责任。

行为在客观上虽然造成了损害结果，但不是出于故意或者过失，而是由于不能抗拒或者不能预见的原因所引起的，不是犯罪，属于刑法上的意外事件。

2. 刑事责任能力

（1）刑事责任年龄。根据刑法规定：

已满16周岁的人犯罪，应当负刑事责任。

已满14周岁不满16周岁的人，犯故意杀人、故意伤害致人重伤或者死亡、强奸、抢劫、贩卖毒品、放火、爆炸、投毒罪的，应当负刑事责任。

已满14周岁不满18周岁的人犯罪，应当从轻或者减轻处罚。

因不满16周岁不予刑事处罚的，责令他的家长或者监护人加以管教；在必要的时候，也可以由政府收容教养。

（2）影响刑事责任能力的其他规定。

精神病人在不能辨认或者不能控制自己行为的时候造成危害结果，经法定程序鉴定确认的，不负刑事责任，但是应当责令他的家属或者监护人严加看管和医疗；在必要的时候，由政府强制医疗。

间歇性的精神病人在精神正常的时候犯罪，应当负刑事责任。

尚未完全丧失辨认或者控制自己行为能力的精神病人犯罪的，应当负刑事责任，但是可以从轻或者减轻处罚。

醉酒的人犯罪，应当负刑事责任。

又聋又哑的人或者盲人犯罪，可以从轻、减轻或者免除处罚。

3. 正当防卫与紧急避险

(1)正当防卫。

根据刑法第 20 条的规定,为了使国家、公共利益、本人或者他人的人身、财产和其他权利免受正在进行的不法侵害,而采取的制止不法侵害的行为,对不法侵害人造成损害的,属于正当防卫,不负刑事责任。

正当防卫明显超过必要限度造成重大损害的,应当负刑事责任,但是应当减轻或者免除处罚。

对正在进行行凶、杀人、抢劫、强奸、绑架以及其他严重危及人身安全的暴力犯罪,采取防卫行为,造成不法侵害人伤亡的,不属于防卫过当,不负刑事责任。

(2)紧急避险。

根据刑法第 21 条规定,为了使国家、公共利益、本人或者他人的人身、财产和其他权利免受正在发生的危险,不得已采取的紧急避险行为,造成损害的,不负刑事责任。

紧急避险超过必要限度造成不应有的损害的,应当负刑事责任,但是应当减轻或者免除处罚。

第一款中关于避免本人危险的规定,不适用于职务上、业务上负有特定责任的人。

(3)犯罪的预备、未遂和中止。

为了犯罪,准备工具、制造条件的,是犯罪预备。对于预备犯,可以比照既遂犯从轻、减轻处罚或者免除处罚。

已经着手实行犯罪,由于犯罪分子意志以外的原因而未得逞的,是犯罪未遂。对于未遂犯,可以比照既遂犯从轻或者减轻处罚。

在犯罪过程中,自动放弃犯罪或者自动有效地防止犯罪结果发生的,是犯罪中止。对于中止犯,没有造成损害的,应当免除处罚;造成损害的,应当减轻处罚。

(4)共同犯罪。

共同犯罪是指二人以上共同故意犯罪。

二人以上共同过失犯罪,不以共同犯罪论处;应当负刑事责任的,按照他们所犯的罪分别处罚。

教唆他人犯罪的,应当按照他在共同犯罪中所起的作用处罚。教唆不满 18 周岁的人犯罪的,应当从重处罚。

如果被教唆的人没有犯被教唆的罪,对于教唆犯,可以从轻或者减轻处罚。

(5)单位犯罪。

公司、企业、事业单位、机关、团体实施的危害社会的行为,法律规定为单位犯罪的,应当负刑事责任。

单位犯罪的,对单位判处罚金,并对其直接负责的主管人员和其他直接责任人员判处刑罚。刑法分则和其他法律另有规定的,依照规定。

(三)刑罚的种类

由于犯罪行为而使被害人遭受经济损失的,对犯罪分子除依法给予刑事处罚外,并应根据情况判处赔偿经济损失。

承担民事赔偿责任的犯罪分子,同时被处罚金,其财产不足以全部支付的,或者被判处没收财产的,应当先承担对被害人的民事赔偿责任。

1. 管制

管制的期限,为 3 个月以上 2 年以下。

被判处管制的犯罪分子,由公安机关执行。

被判处管制的犯罪分子,在执行期间,应当遵守下列规定:

(1)遵守法律、行政法规,服从监督;

(2)未经执行机关批准,不得行使言论、出版、集会、结社、游行、示威自由的权利;

（3）按照执行机关规定报告自己的活动情况；

（4）遵守执行机关关于会客的规定；

（5）离开所居住的市、县或者迁居，应当报经执行机关批准。

对于被判处管制的犯罪分子，在劳动中应当同工同酬。

2. 拘役

拘役的期限，为1个月以上6个月以下。

3. 有期徒刑、无期徒刑

有期徒刑的期限，除《刑法》第50条、第69条规定外，为6个月以上15年以下。

4. 死刑

死刑只适用于罪行极其严重的犯罪分子。对于应当判处死刑的犯罪分子，如果不是必须立即执行的，可以判处死刑同时宣告缓期2年执行。

犯罪的时候不满18周岁的人和审判的时候怀孕的妇女，不适用死刑。

5. 罚金

判处罚金，应当根据犯罪情节决定罚金数额。

罚金在判决指定的期限内一次或者分期缴纳。期满不缴纳的，强制缴纳。对于不能全部缴纳罚金的，人民法院在任何时候发现被执行人有可以执行的财产，应当随时追缴。如果由于避遇不能抗拒的灾祸缴纳确实有困难的，可以酌情减少或者免除。

6. 剥夺政治权利

剥夺政治权利是剥夺下列权利：

①选举权和被选举权；

②言论、出版、集会、结社、游行、示威自由的权利；

③担任国家机关职务的权利；

④担任国有公司、企业、事业单位和人民团体领导职务的权利。

7. 没收财产

没收财产是没收犯罪分子个人所有财产的一部分或者全部。没收全部财产的，应当对犯罪分子个人及其扶养的家属保留必需的生活费用。

在判处没收财产的时候，不得没收属于犯罪分子家属所有或应有的财产。

（四）刑罚的具体运用

1. 量刑的概念

对犯罪分子决定刑罚的时候，应当根据犯罪的事实、犯罪的性质、情节和对社会的危害程度，依照刑法的有关规定判处。

犯罪分子违法所得的一切财物，应当予以追缴或者责令退赔；对被害人的合法财产，应当及时返还；违禁品和供犯罪所用的本人财物，应当予以没收。没收的财物和罚金，一律上缴国库，不得挪用和自行处理。

2. 累犯

被判处有期徒刑以上刑罚的犯罪分子，刑罚执行完毕或者赦免以后，在5年以内再犯应当判处有期徒刑以上刑罚之罪的，是累犯，应当从重处罚，但是过失犯罪除外。

危害国家安全的犯罪分子在刑罚执行完毕或者赦免以后，在任何时候再犯危害国家安全罪的，都以累犯论处。

3. 自首与立功

（1）自首。

根据我国刑法规定，犯罪以后自动投案，如实供述自己的罪行的，是自首。对于自首的犯罪分子,可以从轻或者减轻处罚。其中,犯罪较轻的,可以免除处罚。

被采取强制措施的犯罪嫌疑人、被告人和正在服刑的罪犯,如实供述司法机关还未掌握的本人其他罪行的,以自首论。

(2)立功。

根据我国刑法规定,犯罪分子有揭发他人犯罪行为,查证属实的,或者提供重要线索,从而得以侦破其他案件等立功表现的,可以从轻或者减轻处罚;有重大立功表现的,可以减轻或者免除处罚。犯罪后自首又有重大立功表现的,应当减轻或者免除处罚。

4. 数罪并罚

判决宣告以前一人犯数罪的,除判处死刑和无期徒刑的以外,应当在总和刑期以下、数刑中最高刑期以上,酌情决定执行的刑期,但是管制最高不能超过 3 年,拘役最高不能超过 1 年,有期徒刑最高不能超过 20 年。

如果数罪中有判处附加刑的,附加刑仍须执行。

5. 缓刑

对于被判处拘役、3 年以下有期徒刑的犯罪分子,根据犯罪分子的犯罪情节和悔罪表现,适用缓刑确实不致再危害社会的,可以宣告缓刑。

被宣告缓刑的犯罪分子,如果被判处附加刑,附加刑仍须执行。

6. 减刑与假释

(1)减刑,是指对被判处管制、拘役、有期徒刑、无期徒刑的犯罪分子,在执行期间,因确有悔改表现或者立功表现而适当将原判刑罚减轻的刑罚制度。

(2)假释,是指对被判处有期徒刑或无期徒刑的犯罪分子,在执行一定刑期之后,如果确有悔改表现,不致再危害社会的,规定一定的考验期限,予以提前释放的刑罚制度。这是一种附条件的提前释放。

(五)追诉时效

根据我国刑法规定,犯罪经过下列期限不再追诉:

①法定最高刑为不满 5 年有期徒刑的,经过 5 年;

②法定最高刑为 5 年以上不满 10 年有期徒刑的,经过 10 年;

③法定最高刑为 10 年以上有期徒刑的,经过 15 年;

④法定最高刑为无期徒刑、死刑的,经过 20 年。如果 20 年以后认为必须追诉的,须报请最高人民检察院核准。

(六)主要具体犯罪

应当掌握常见的、多发犯罪的定义。(略)

第七节　诉讼法知识

(一)诉讼法的基本概念

1. 诉讼与诉讼法。在我国,诉讼一般是指在国家司法机关的主持下,在当事人和其他诉讼参与人的参加下,按照法定程序解决争讼的各种活动。诉讼法是国家司法机关在当事人和其他诉讼参与人参加下进行诉讼活动必须遵守的法律规范。

2. 刑事诉讼和刑事诉讼法。刑事诉讼是指公安机关、人民检察院、人民法院在当事人及其他诉讼参与人的参加下,依照法律规定的程序和要求,查证、核实犯罪嫌疑人或被告人是否实施了犯罪、应否受刑罚处罚以及应受何种刑罚处罚的活动。刑事诉讼法是国家制定的进行刑事诉讼活动必须遵守的法律规范的总和。

3. 民事诉讼和民事诉讼法。民事诉讼是指人民法院在当事人和其他诉讼参与人的参加下,依法审理和解决当事人之间的民事纠纷所进行的各种活动,以及由此产生的各种诉讼法律关系。民事诉讼法是指国家制定或者认可的,调整人民法院与当事人和其他诉讼参与人之间的民事诉讼活动和民事诉讼法律关系的法律规范的总和。

4. 行政诉讼和行政诉讼法。行政诉讼是指人民法院在当事人和其他诉讼参与人的参加下,依照法律规定的程序和要求,解决行政争议案件的活动。行政诉讼法是指国家制定的,用来调整人民法院与当事人和其他诉讼参与人之间的行政诉讼活动和行政诉讼法律关系的法律规范的总和。

(二)三大诉讼的受案范围和管辖

1. 刑事诉讼的管辖

(1)立案管辖。

《刑事诉讼法》第18条第1款规定:"刑事案件的侦查由公安机关进行,法律另有规定的除外。"《刑事诉讼法》第18条第2款规定,人民检察院受理以下五类案件:①贪污贿赂犯罪;②国家工作人员的渎职犯罪;③国家机关工作人员利用职权实施的非法拘禁、刑讯逼供、报复陷害、非法搜查的侵害公民人身权利的犯罪;④国家机关工作人员利用职权实施的侵害公民民主权利的犯罪;⑤需要由人民检察院直接受理的国家机关工作人员利用职权实施的其他重大犯罪案件。《刑事诉讼法》第18条第3款规定:"自诉案件,由人民法院直接受理。"自诉案件包括:①告诉才处理的案件;②被害人有证据证明的轻微刑事案件;③被害人有证据证明对被告人侵犯自己人身、财产权利的行为应当依法追究刑事责任,而公安机关或者人民检察院不予追究被告人刑事责任的案件。

(2)审判管辖。

根据《刑事诉讼法》第19条至第27条的规定,审判管辖分为普通管辖和专门管辖,其中普通管辖又可分为级别管辖、地域管辖和指定管辖。①级别管辖。基层人民法院管辖第一审普通刑事案件。中级人民法院管辖:第一,危害国家安全案件;第二,可能判处无期徒刑、死刑的普通刑事案件;第三,外国人犯罪的刑事案件。最高人民法院管辖全国性的重大刑事案件。②地域管辖。根据《刑事诉讼法》第24条、第25条的规定,刑事案件由犯罪地的人民法院管辖。如果由被告人居住地的人民法院审判更为适宜的,可以由被告人居住地的人民法院管辖。几个同级人民法院都有管辖权的案件,由最初受理人民法院审判。在必要的时候,可以移送主要犯罪地的人民法院审判。③指定管辖。《刑事诉讼法》第26条规定:"上级人民法院可以指定下级人民法院审判管辖不明的案件,也可以指定下级人民法院将案件移送其他人民法院审判。"④专门管辖,军事法院管辖的是现役军人和军内在编职工的刑事犯罪案件。铁路运输法院管辖的刑事案件,主要是危害和破坏铁路运输和生产、严重破坏铁路交通设施以及在列车上犯罪的案件。铁路运输法院与地方人民法院因管辖不明而发生争议的案件,一般由地方人民法院管辖。

2. 民事诉讼的管辖

(1)级别管辖。根据《民事诉讼法》第18条至第21条的规定,基层人民法院管辖除中级人民法院、高级人民法院、最高人民法院管辖的第一审民事案件以外的其他民事案件。中级人民法院管辖重大涉外案件、在本辖区有重大影响的案件以及最高人民法院确定由中级人民法院管辖的其他案件,包括专利纠纷案件,海事、海商案件。高级人民法院管辖本辖区内有重大影响的第一审民事案件,最高人民法院管辖全国有重大影响的和认为应当由本院审理的第一审民事案件。

(2)地域管辖。①一般地域管辖。以由被告住所地法院管辖为原则,以由原告住所地法院管辖为例外。②特殊地域管辖。因合同纠纷提起的诉讼,由被告住所地或者合同履行地人民法院管辖;因保险合同纠纷提起的诉讼,由被告住所地或者保险标的所在地人民法院管辖;因票据纠纷提起的诉讼,由票据兑付地或者被告住所地人民法院管辖;因铁路、公路、水上、航空运输和联合运输合同纠纷提起的诉讼,由运输始发地、目的地或者被告住所地人民法院管辖;因侵权行为提起的诉讼,由侵权行为地或者被告住所地人民法院管辖;因铁路、公路、水上、航空事故请求损害赔偿提起的诉讼,由事故发生地或者车辆、船舶最先到达地、航空器最先降落地或者被告住所地人民法院管辖;因船舶碰撞或者发生其他海损事故请求损害赔偿提起的诉讼,由碰撞发生地、碰撞船舶最先到达地、加害船舶被扣留地或者被告住所地人民法院管辖;因海难救助费用提起的诉讼,由救助地或者被救助船最先到达地人民法院管辖;因共同海损提起的诉讼,由船舶最先到达地、共同海损理算地或者航程终止地人民法院管辖。

(3)专属管辖。因不动产纠纷提起的诉讼,由不动产所在地人民法院管辖;因港口作业中发生纠纷提起的诉讼,由港口所在地人民法院管辖;因继承遗产纠纷提起的诉讼,由被继承人死亡时住所地或者主要遗产所在地人民法院管辖。

(4)指定管辖。有管辖权的人民法院由于特殊原因,不能行使管辖权的,由上级人民法院指定管辖;两个以上的人民法院因管辖权发生争议,不能协商解决的,报请它们的共同上级人民法院指定管辖。

(5)管辖权的转移。上级人民法院,有权将下级人民法院管辖的第一审民事案件提到本院作为第一审进行审理,或者把本院管辖的第一审民事案件交给下级人民法院作为第一审进行审理;下级人民法院对其管辖的第一审民事案件,认为需要由上级人民法院审理的,可以报请上级人民法院作为第一审进行审理。

(6)移送管辖。人民法院受理案件后,发现本院对该案件没有管辖权,需依法通过裁定的方式将案件移送给有管辖权的人民法院管辖。受移送的人民法院认为对移送来的案件本院也无管辖权,只有依照有关规定报请上级人民法院指定管辖。

3.行政诉讼的受案范围

行政诉讼受案范围,也称法院的主管范围,指人民法院受理行政案件、解决行政争议的范围。

(1)人民法院受理案件的范围:

①对拘留、罚款、吊销许可证和执照、责令停产停业、没收财物等行政处罚不服的;

②对限制人身自由或对财产的查封、扣押、冻结等行政强制措施不服的;

③认为行政机关侵犯法律规定的经营自主权的;

④认为符合法定条件申请行政机关颁发许可证和执照,行政机关拒绝颁发或不予答复的;

⑤申请行政机关履行保护人身权、财产权的法定职责,行政机关拒绝履行或者不予答复的;

⑥认为行政机关没有依法发给抚恤金的;

⑦认为行政机关违法要求履行义务的。

除此之外,法律、法规规定可以提起诉讼的其他行政案件以及公民、法人和其他组织认为行政机关的行为侵犯其他人身权、财产权的,都可以提起行政诉讼。

(2)人民法院不受理事项的范围:

①国防、外交等国家行为;

②行政法规、规章或者行政机关制作、发布的具有普遍约束力的决定、命令;

③行政机关对行政机关工作人员的奖惩、任免等决定;

④法律规定由行政机关最终裁决的具体行政行为。

4.行政诉讼的管辖

(1)级别管辖。根据《行政诉讼法》的规定,基层人民法院管辖普通的第一审行政案件。中级人民法院管辖下列第一审行政案件:①确认发明专利的案件、海关处理的案件;②对国务院各部门或省、自治区、直辖市人民政府所作的具体行政行为提起诉讼的案件;③本辖区内重大复杂的案件。高级人民法院管辖本辖区内重大复杂的第一审行政案件,最高人民法院管辖全国范围内重大复杂的第一审行政案件。

（2）地域管辖。①一般地域管辖。行政案件由最初作出具体行政行为的行政机关所在地的人民法院管辖。②专属管辖。因不动产提起的诉讼，包括因不动产所有权、使用权，因违章建筑的房屋和其他建筑物的拆除以及因不动产引起的诉讼，由不动产所在地的人民法院管辖。③共同管辖。经行政复议的案件，复议机关改变原具体行政行为的，可以由最初作出具体行政行为的行政机关所在地的人民法院管辖，也可以由复议机关所在地的人民法院管辖。对限制人身自由的行政强制措施不服提起的诉讼，由被告所在地或者原告所在地人民法院管辖。两个以上人民法院都有管辖权的案件，原告可以选择其中一个人民法院提起诉讼。原告向两个以上人民法院提起诉讼的，由最先收到起诉状的人民法院管辖。

（3）管辖变更。①移送管辖。人民法院发现所受理的案件不属于自己管辖时，应当依法将案件移送有管辖权的人民法院审理。②指定管辖。由于特殊原因，致使有管辖权的人民法院无法行使管辖权，或者对管辖权发生争议而协商不成的，由上级人民法院指定管辖的法院。③管辖权的转移。上级人民法院有权审判下级人民法院管辖的案件，也可以将自己管辖的案件移交下级人民法院审判。下级人民法院对其管辖的案件，认为需要由上级人民法院审判的，可以报请上级人民法院决定是否移送。

（三）刑事强制措施

人民法院、人民检察院和公安机关根据案件情况，对犯罪嫌疑人、被告人采取刑事强制措施。

1. 拘传

对于不需要逮捕、拘留的犯罪嫌疑人，可以传唤到犯罪嫌疑人所在市、县内的指定地点或者到他的住处进行讯问，但是应当出示人民检察院或者公安机关的证明文件。

拘传持续的时间最长不得超过 12 小时。不得以连续传唤、拘传的形式变相拘禁犯罪嫌疑人。

2. 取保候审与监视居住

人民法院、人民检察院和公安机关对于有下列情形之一的犯罪嫌疑人、被告人，可以取保候审或者监视居住：（1）可能判处管制、拘役或者独立适用附加刑的；（2）可能判处有期徒刑以上刑罚，采取取保候审、监视居住不致发生社会危险性的。但是，对应当逮捕的犯罪嫌疑人、被告人，如果患有严重疾病，或者是正在怀孕、哺乳自己婴儿的妇女，可以采用取保候审或者监视居住的办法。

取保候审、监视居住由公安机关执行。人民法院、人民检察院和公安机关对犯罪嫌疑人、被告人取保候审最长不得超过 12 个月，监视居住最长不得超过 6 个月。

决定对犯罪嫌疑人、被告人取保候审，应当责令犯罪嫌疑人、被告人提出保证人或者交纳保证金。

被取保候审的犯罪嫌疑人、被告人应当遵守以下规定：

（1）未经执行机关批准不得离开所居住的市、县；

（2）在传讯的时候及时到案；

（3）不得以任何形式干扰证人作证；

（4）不得毁灭、伪造证据或者串供。

被监视居住的犯罪嫌疑人、被告人应当遵守以下规定：

（1）未经执行机关批准不得离开住处，无固定住处的，未经批准不得离开指定的居所；

（2）未经执行机关批准不得会见他人；

（3）在传讯的时候及时到案；

（4）不得以任何形式干扰证人作证；

（5）不得毁灭、伪造证据或者串供。

3. 拘留

公安机关对于现行犯或者重大嫌疑分子，如果有下列情形之一的，可以先行拘留：

（1）正在预备犯罪、实行犯罪或者在犯罪后即时被发觉的；

（2）被害人或者在场亲眼看见的人指认他犯罪的；

（3）在身边或者住处发现有犯罪证据的；

（4）犯罪后企图自杀、逃跑或者在逃的；

（5）有毁灭、伪造证据或者串供可能的；

（6）不讲真实姓名、住址，身份不明的；

（7）有流窜作案、多次作案、结伙作案重大嫌疑的。

公安机关拘留人的时候，必须出示拘留证。

拘留后，除有碍侦查或者无法通知的情形以外，应当把拘留的原因和羁押的处所，在24小时以内，通知被拘留人的家属或者他的所在单位。公安机关对于被拘留的人，应当在拘留后的24小时以内进行讯问。在发现不应当拘留的时候，必须立即释放，发给释放证明。对需要逮捕而证据还不充足的，可以取保候审或者监视居住。

4.逮捕

对有证据证明有犯罪事实，可能判处徒刑以上刑罚的犯罪嫌疑人、被告人，采取取保候审、监视居住等方法，尚不足以防止发生社会危险性，而有逮捕必要的，应即依法逮捕。

公安机关要求逮捕犯罪嫌疑人的时候，应当写出提请批准逮捕书，连同案卷材料、证据，一并移送同级人民检察院审查批准。

人民检察院对于公安机关提请批准逮捕的案件进行审查后，应当根据情况分别作出批准逮捕或者不批准逮捕的决定。对于批准逮捕的决定，公安机关应当立即执行，并且将执行情况及时通知人民检察院。对于不批准逮捕的，人民检察院应当说明理由，需要补充侦查的，应当同时通知公安机关。

典型例题详解

【例题1】下列合同中，属于可撤销合同的是：（　　　）

A.甲、乙签订质押合同，约定甲不能如期履行合同义务，则乙取得质物的所有权

B.甲、乙两企业之间的资金借贷合同

C.甲为逃避法院的强制执行，将其财产赠与乙

D.甲因治病急需钱，乙提出以低于市场接近5倍的价格购买甲的珍贵油画，甲无奈之下与乙签订了合同

【解析】答案为D。我国《合同法》所规定的可变更、可撤销合同包括以下几种情况：重大误解、显失公平、欺诈、胁迫、乘人之危所签订的合同。本题选项D符合"乘人之危"的可撤销合同特征，可以把当事人的合同撤销。故选D。

【例题2】法律对社会发展能否起进步作用，决定于：（　　　）

A.是否适用一切经济基础的需要

B.是否能积极地为自己的经济基础服务

C.法律所服务的经济基础是否适应生产力的需要

D.是否适应国家的需要

【解析】答案为C。根据马克思主义经典理论，社会发展与否取决于经济基础是否适应于生产力发展的需要，而法律通过服务于经济基础而间接地影响到社会的发展进步。故选C。

【例题3】大陆法系在法的形式上主要采用：（　　　）

A.判例法　　　　　B.习惯法　　　　　C.法典　　　　　D.不成文法

【解析】答案为C。大陆法系，又称民法法系、罗马法系、罗马—日耳曼法系。它是以罗马法为基础而发展起来的法律的总称。从法律渊源传统看，大陆法系具有制定法的传统，从法典编纂传

统看,大陆法系的一些基本法律一般采用系统的法典的形式。故选 C。

【例题4】下列行为中,哪项属于默示的民事法律行为?(　　)

A. 租期届满后,承租人继续交付租金,出租人继续收取租金

B. 代理期限届满后,委托人没有继续委托,而代理人仍然进行代理行为

C. 甲向乙提出书面要约,双方在此之前未有联系。甲在要约中明确提出,若乙不在 1 个月内提出反对意见,视为同意,1 个月后,乙沉默

D. 甲向其妻子乙提出离婚,乙沉默,后甲以乙的此行为要求法院判决离婚

【解析】答案为 A。默示的民事法律行为的形式是含蓄或者间接表达意思的方式,只有在法律规定和交易习惯允许时才被使用。答案 A 中可以推定当事人之间有默示的意思表示。答案 B 属于无权代理。答案 C 的约定因无法律明文规定而无效。答案 D 中乙沉默不能成为判决离婚的理由。故选 A。

【例题5】甲和乙因合同纠纷诉至法院,诉讼过程中发现下列情形,不应回避的是:(　　)

A. 证人刘某,是乙的妻子

B. 审判员王某,是甲的哥哥

C. 合议庭审判员于某与该案的审理结果有利害关系

D. 合议庭组成人员中的陪审员周某,是甲的弟弟

【解析】答案为 A。审判人员回避的规定,同样适用于本案的陪审员、书记员、翻译人员、鉴定人、勘验人。可知 B、C、D 都应回避,证人虽是当事人的近亲属,但只要提供事实正确,则不应该回避。证人不适用回避制度。故选 A。

【例题6】下列人员中,可暂予监外执行的是:(　　)

A. 马某被判拘役,其声称女儿正在读小学,需要其接送

B. 周某被判无期徒刑,在狱中多次自杀未遂,致使生活不能自理

C. 刘某被判有期徒刑 3 年,服刑过程中患有严重疾病需要保外就医

D. 韩某被判有期徒刑 5 年,其声称丈夫在外地工作,老母病重,儿子年幼,需要其照顾

【解析】答案为 C。对于被判处有期徒刑或者拘役的罪犯,有下列情形之一的,可以暂予监外执行:①有严重疾病需要保外就医的;②怀孕或者正在哺乳自己不满一周岁婴儿的妇女。故选 C。

【例题7】在我国,下列所得中,可以免纳个人所得税的是:(　　)

A. 保险赔款　　　　　　　　　B. 利息股息红利所得

C. 偶然所得　　　　　　　　　D. 财产转让所得

【解析】答案为 A。个人取得下列所得可以免纳个人所得税:

①省级人民政府、国务院部委和中国人民解放军军以上单位,以及外国组织、国际组织颁发的科学、教育、技术、文化、卫生、体育、环境保护等方面的奖金;

②国债和国家发行的金融债券利息;

③按照国家统一规定发给的补贴、津贴;

④福利费、抚恤金、救济金;

⑤保险赔款;

⑥军人的转业费、复员费;

⑦按照国家统一规定发给干部、职工的安家费、退职费、退休工资、离休工资、离休生活补助费;

⑧依照我国有关法律规定应予免税的各国驻华使馆、领事馆的外交代表、领事官员和其他人员的所得;

⑨中国政府参加的国际公约、签订的协议中规定免税的所得;

⑩经国务院财经部门批准免税的所得。

故选 A。

【例题 8】按照我国有关仲裁的法律规定,属于双方当事人之间仲裁得以进行的必要条件的是:( )

A. 双方争议必须是经济纠纷　　　　　B. 双方当事人都同意进行仲裁

C. 由人民法院决定仲裁　　　　　　　D. 当事人一方到仲裁庭立案

【解析】答案为 B。根据《仲裁法》第 4 条可知,只有双方当事人自愿,达成仲裁协议,仲裁委员会才会受理。故选 B。

【例题 9】在行政复议中可作为复议依据,在行政诉讼中则只能作为审判参照的是:( )

A. 行政规章　　　　B. 地方性法规　　　　C. 行政法规　　　　D. 单行条例、自治条例

【解析】答案为 A。根据《行政诉讼法》第 52 条、第 53 条可知法律、行政法规、地方性法规、自治条例、单行条例可以成为行政案件的审判依据,而行政规章在行政案件审判时只能作为审判参照,故选 A。

【例题 10】下列各项中,属于行政处罚的是:( )

A. 罚金　　　　B. 拘役　　　　C. 责令停产停业　　　　D. 管制

【解析】答案为 C。根据《行政处罚法》第 8 条的规定,责令停产停业为行政处罚种类之一,故选 C。

解题技巧点拨

由于这部分的试题涉及的知识面广,应考者总是感觉到无从下手。虽然熟悉、掌握尽量多的法律知识很重要,但是并非每一个应考者都是学习法律专业的,即使是学习法律专业的,在有限的时间内快速、准确地解答大量的题目,也有一定的难度。那么掌握一些解题技巧就可以起到事半功倍的效果。常用的一些解题技巧如下所述:

1. 排除法

在解答客观题时,排除法是最有效的解题方法之一,并且最适合于单项选择题。当确定一个选择项不符合题意时,便迅速将之排除掉,不再考虑,然后将自己的注意力迅速转移到下一个选择项。有时候考生对一些题目涉及的知识比较模糊,选择项也是似是而非,这时使用排除法将最不可能的逐一排除,直至最后确定一个自己认为最合适的答案,这样的正确率是比较高的。

2. 去同存异法

考生在阅读完试题内容和所有选择项后,如果发现选择项中有内容或特征大致相同的,就可以将其排除掉,而保留那些差别较大的选择项,再将剩余的选项进行比较、判断,最后确定一个符合题意的答案。这样就会逐步缩小目标,提高答题的准确性。

【提示】上述的这些解题技巧适用于考生对题目不能做出准确判断的情况。最好的情况是考生能够根据所掌握的知识直接、准确答,在不能肯定的时候可以采取这些技巧来帮助选择。

3. 印象认定法

在采用上述方法后,仍然似是而非,不能肯定答案时,可以根据自己对题目的第一印象来确定答案,即选择自己看到题目后第一感觉认为正确的那个选项。用这种方法做出的选择往往会有比较高的准确率,因为各选择项对于考生大脑的刺激强度是不同的,有的较强,有的较弱,那些似曾熟悉的内容必然会在头脑中最先产生较强的刺激,而这往往就是正确答案。

4. 猜测法

考生在运用其他方法都无法确定正确答案的情况下,可以通过猜测来选择答案,这也有一定的命中率。猜测答题可以避免考生在确定不下来答案的试题上过分深究,不仅耽误了宝贵的考试时间,弄不好还影响自己的注意力和情绪,甚至影响后面答题的顺利进行。

（一）

1. 公务员担任乡级机关、县级机关及其有关部门主要领导职务的,应当实行:（　　）

A. 行政回避　　　　　　　　　　B. 地域回避

C. 任职回避　　　　　　　　　　D. 其他回避

2. 对法律所体现的国家意志起最终决定作用的因素是:（　　）

A. 国家的阶级结构　　　　　　　B. 国家政权的组织形式

C. 一定的社会物质生活条件　　　D. 国家的历史传统

3. 根据现行宪法的规定,下列领导人中连续任职可以超过两届的是:（　　）

A. 最高人民法院院长　　　　　　B. 最高人民检察院检察长

C. 国务委员　　　　　　　　　　D. 全国人大常委会委员

4. 下列关于公务员职位聘任的说法,哪一选项的表述是不正确的?（　　）

A. 聘任合同可以约定试用期,试用期为一个月至六个月

B. 机关聘任公务员,应当按照平等自愿、协商一致的原则,签订书面的聘任合同

C. 根据机关工作需要,经国务院主管部门的批准,可以对专业性较强的职位和辅助性职位实行聘任制

D. 聘任合同经双方协商一致可以变更或者解除

5. 按照我国《民法通则》及其司法解释的规定,父母子女相互之间的扶养、夫妻相互之间的扶养以及其他有扶养关系的人之间的扶养,应当适用与被扶养人有最密切联系的国家的法律。下列哪个国家不可以视为与被扶养人有最密切联系的国家?（　　）

A. 供养被扶养人的财产所在地国　　B. 扶养人和被扶养人的居所地国

C. 扶养人和被扶养人的国籍国　　　D. 扶养人和被扶养人的住所地国

6. 甲出海打鱼因遇台风而未归。两年后,其妻向人民法院申请宣告甲失踪,人民法院依法进行了宣告。但在谁为甲的财产管理人的问题上,其妻与甲母发生争议。经查在甲失踪期间,其妻经常将家中物品搬去同村姘夫丙家与丙共用。甲的财产管理人应为:（　　）

A. 其妻　　　　　　　　　　　　B. 其妻或甲母

C. 甲母　　　　　　　　　　　　D. 其妻和甲母

7. 以下关于共同犯罪的说法哪一项是错误的?（　　）

A. 如果共犯中有一人着手实行犯罪,其他共犯不可能成立犯罪预备

B. 在共同犯罪中仅要求实行犯符合刑法分则中规定的特殊主体身份,对其他教唆犯和帮助犯完全不需要此身份

C. 如果共犯中一人行为导致既遂,则其他共犯人均构成既遂

D. 国家工作人员与一般公民勾结,利用国家工作人员职务上的便利,侵吞公共财物的,对国家工作人员定贪污罪,而对一般公民只能定盗窃罪

8. 经济法的形式,亦称经济法的渊源,是指经济法的存在或表现形式。构成经济法的主体和核心部分的形式为:（　　）

A. 法律　　　　　　　　　　　　B. 部门规章

C. 宪法　　　　　　　　　　　　D. 行政法规

9. 行政机关针对相对人所为的下列哪个行为属于行政给付?（　　）

A. 发放驾驶执照　　　　　　　　B. 发放最低生活保障费

C. 发放营业执照　　　　　　　　D. 发放土地使用证

10. 下列代理行为中,属于滥用代理权的情况的是:（　　）

A. 代理权终止后而为的代理   B. 代理双方当事人进行同一民事行为

C. 超越代理权   D. 没有代理权的代理

11. 某派出所民警以扰乱社会秩序为由扣押了蒋飞的农用车。蒋飞不服,以派出所为被告提起行政诉讼。诉讼过程中,法院认为被告应当是县公安局,要求变更被告,蒋飞拒不同意。法院应当如何处理?( )

A. 裁定终结诉讼   B. 以派出所为被告继续审理

C. 以县公安局为被告予以审理   D. 裁定驳回原告起诉

12. 下列选项中可以作为权利和义务的根本区别的是:( )

A. 权利应当享有,义务可以放弃

B. 权利可以放弃,义务必须履行

C. 权利是与生俱来,义务则是由法律规定的

D. 权利对于一切人都是平等的,义务则因人而异

13. 一方委托他方从事研究所完成的发明创造,在协议未作约定时,其专利申请权归( )享有。

A. 委托方   B. 双方共同

C. 受委托方   D. 专利主管机关指定的人

14. 部委规章可以创设行政处罚的范围是下列哪个选项?( )

A. 警告、罚款与没收财产

B. 警告与一定数额的罚款

C. 限制人身自由、吊销营业执照的行政处罚

D. 警告与罚金

15. 赵某将孙某殴打致轻微伤,孙某要求某县公安局对赵某进行治安管理处罚,某县公安局却不予答复。对于公安局不予答复行为,下列理解中哪一个是正确的?( )

A. 孙某有权提起行政诉讼,因为他属于《行政诉讼法解释》第 13 条第 3 款"要求主管行政机关依法追究加害人的法律责任"

B. 县公安局对孙某未作任何行为,因此孙某不能提起行政诉讼

C. 这种不作为的行政行为并不是具体行政行为,由它引起的争议不属于行政诉讼的受案范围

D. 县公安局不予答复的行为属尚未完结的行为,对孙某尚未产生实际影响,因而不能提起行政诉讼

16. 甲为合伙企业的合伙人,乙为甲个人债务的债权人,当甲的个人财产不足以清偿乙的债务时,根据合伙企业法律制度的规定,乙可以行使的权利是:( )

A. 以对甲的债权抵销其对合伙企业的债务

B. 代位行使甲在合伙企业中的权利

C. 依法请求人民法院强制执行甲在合伙企业中的财产份额用于清偿

D. 自行接管甲在合伙企业中的财产份额

17. 甲因故意杀人罪被判处死刑缓二年执行,在死缓考验期内,越狱并偷开一辆汽车逃跑,警察乙发现后驾车紧追。不得已朝甲开枪射击。甲中弹受伤,致汽车失控而撞死丙。对此案应如何处理?( )

A. 乙对甲的受伤结果负刑事责任

B. 对于甲应当核准执行死刑

C. 乙对丙的死亡结果负刑事责任

D. 甲对丙的死亡应当负刑事责任

18. 新录用的人民警察的试用期为:(　　)

A. 一年　　　　　　　　　　　　B. 两年

C. 三个月　　　　　　　　　　　D. 六个月

19. 下列行为中,属于代理行为的是:(　　)

A. 公司经理以公司名义对外签约的行为

B. 甲代替乙招待乙的朋友的行为

C. 传达室孙大爷将甲寄给乙的信送给乙的行为

D. 公司的售票员向旅客卖票的行为

20. 根据有关规定,对于可撤销民事行为,享有撤销权的当事人未在法定期间内行使撤销权,该行为对当事人具有约束力。当事人可行使撤销权的法定期间是:(　　)

A. 6 个月　　　　　　　　　　　B. 1 年

C. 2 年　　　　　　　　　　　　D. 20 年

21. 甲某遭到乙某等三人的无端殴打,并被乙某用刮刀刺伤。甲某急忙夺路跑走,此时,乙某等人高呼:"抓小偷!"路人丙某不明真相上前抓住甲某。甲某一时难以挣脱,不得已刺伤丙某,得以脱身。事后查明,甲某被乙某刺成重伤,甲某给丙某造成轻微伤害。则甲某的行为:(　　)

A. 属于紧急避险,不负刑事责任

B. 属于避险过当,应当负刑事责任

C. 属于假想防卫,意外事件,不负刑事责任

D. 属于正当防卫,不负刑事责任

22. 下列哪一项属于行政行为?(　　)

A. 某县卫生局购买办公用品

B. 某县民政局起诉建筑公司违法的行为

C. 某县民政局越权处罚违约的建筑公司的行为

D. 某县民政局依建筑合同奖励建筑公司的行为

23. 行政机关在调查或者进行检查时,执法人员一般应为:(　　)

A. 1 人至 2 人　　　　　　　　　B. 2 人以上

C. 3 人以上单数　　　　　　　　D. 5 人以上单数

24. 根据授权制定的行政法规与法律规定不一致,不确定如何使用时,应:(　　)

A. 由国务院裁决　　　　　　　　B. 法律的效力高于行政法规

C. 行政法规的效力高于法律　　　D. 由全国人民代表大会常委会裁决

25. 宪法的适用是指(　　)贯彻落实宪法的活动。

A. 行政机关　　　　　　　　　　B. 立法机关

C. 司法机关　　　　　　　　　　D. 违宪审查机关

26. 国务院设立办公厅,由(　　)领导。

A. 国务委员　　　　　　　　　　B. 国务院总理

C. 国务院副总理　　　　　　　　D. 国务院秘书长

27. 我国刑法的目的是:(　　)

A. 预防犯罪　　　　　　　　　　B. 惩罚犯罪,保护人民

C. 惩罚犯罪分子　　　　　　　　D. 保护人民的利益

28. 债权人的代理人请求债务人履行拖欠的债务,这在法律上引起:(　　)

A. 时效中断　　　　　　　　　　B. 时效的中止

C. 时效的延长　　　　　　　　　D. 法定时效期间的改变

29. 某县政府为加强安全生产工作,由县法制办批示所属安全生产局在某矿区设立煤炭检查站,对过往运煤车辆进行检查,并委托其行使处罚权,则该检查站应当以谁的名义行使处罚权?(　　)

　A. 县安全生产局　　　　　　　　B. 县人民政府

　C. 县政府法制办　　　　　　　　D. 矿区煤炭检查站

30. 标的物在订立合同之前已为买受人占有,合同生效的时间为:(　　)

　A. 交付时　　　　　　　　　　　B. 合同的约定时间

　C. 订立合同时　　　　　　　　　D. 签字盖章时

31. 小黄自幼胆小,性格内向,对法律更是畏而远之。他认为法律是处罚坏人的,是碰不得的。他的这种认识属于下列哪一种?(　　)

　A. 法律心理　　　　　　　　　　B. 法律思想体系

　C. 刑法意识　　　　　　　　　　D. 阶层法律意识

32. 我国《宪法》规定,对于公民的申诉、控告或者检举,有关国家机关(　　),负责处理。

　A. 必须及时回复　　　　　　　　B. 必须认真对待

　C. 必须查清事实　　　　　　　　D. 应当根据不同情况

33. 自治区、自治州、自治县的人民代表大会常务委员会中应当有实行区域自治的民族的公民担任(　　)。

　A. 主任　　　　　　　　　　　　B. 主任或副主任

　C. 主任和副主任　　　　　　　　D. 主任、副主任或委员

34. 地方人民代表大会常务委员会有权(　　)本级人民政府制定的不适当的规章。

　A. 撤销　　　　　　　　　　　　B. 废止

　C. 改变　　　　　　　　　　　　D. 改变或者撤销

35. 钱某系县民政局工作人员,其利用职务之便,挪用救灾款1万元给其朋友做生意。钱某的行为构成:(　　)

　A. 贪污罪　　　　　　　　　　　B. 滥用职权罪

　C. 挪用公款罪　　　　　　　　　D. 挪用特定款物罪

36. 下列情况中,不属于职务发明创造的是:(　　)

　A. 主要是利用本单位的物质技术条件完成的发明创造

　B. 利用本单位的物质技术条件所完成的发明创造,单位与发明人或者设计人订有合同,约定专利权属于发明人或者设计人

　C. 执行本单位的任务所完成的发明创造

　D. 发明人或者设计人利用业余时间进行的发明创造

37. 国务院国有资产监督管理委员会,根据国务院的授权,代表国家履行出资人职责,其监督管理的对象为:(　　)

　A. 中央企业的国有资产

　B. 中央企业的国有资产,但金融类企业除外

　C. 国有独资公司的资产

　D. 各类企业中的国有资产

38. 对于违法行为给予行政处罚必须公开,未经公开的,不得作为行政处罚的依据,这属于《行政处罚法》规定的行政处罚原则中的哪一项?(　　)

　A. 处罚公正公开原则　　　　　　B. 保障相对人权利

　C. 处罚法定原则　　　　　　　　D. 处罚与教育相结合

39.根据《行政复议法》的规定,行政复议申请人在对具体行政行为申请行政复议时,可以一并向行政复议机关提出申请,就该具体行政行为所依据的有关规定的合法性进行审查。这些规定不包括下列哪项?（　　　）

A.国务院部门规定

B.国务院部、委员会规章和地方人民政府规章

C.乡、镇人民政府的规定

D.县级以上地方各级人民政府及其工作部门的规定

40.有关行政赔偿诉讼的性质,下列表述哪一项是正确的?（　　　）

A.一种新的民事诉讼　　　　　　　　B.民事诉讼

C.一种独立的特殊诉讼形式　　　　　D.行政附带民事诉讼

41.人民法院依照法律规定独立行使审判权,不受(　　　)、社会团体和个人的干涉。

A.行政机关　　　　　　　　　　　　B.权力机关

C.上一级人民法院　　　　　　　　　D.检察机关

42.根据刑法规定,司法工作人员贪赃枉法,同时构成徇私枉法罪和受贿罪的,应:(　　　)

A.实行数罪并罚　　　　　　　　　　B.择一重罪处罚

C.以受贿罪定罪处罚　　　　　　　　D.以徇私枉法罪定罪处罚

43.有完全民事行为能力的人在被宣告死亡期间实施的民事法律行为:(　　　)

A.无效　　　　　　　　　　　　　　B.部分有效

C.有效　　　　　　　　　　　　　　D.在撤销死亡宣告后有效

44.继承人在遗产处理前没有作出放弃或接受继承表示的,视为:(　　　)

A.转继承　　　　　　　　　　　　　B.放弃继承

C.丧失继承权　　　　　　　　　　　D.接受继承

45.根据国有资产产权界定管理的有关规定,下列资产中,应当界定为国有资产的是:(　　　)

A.国有企业为安置企业下岗人员无偿投入集体企业的资产

B.国有独资公司投资创办的以集体企业名义注册登记的企业的资产

C.集体企业由国有企业提供担保而未发生担保责任使用银行贷款形成的资产

D.集体企业改组为股份制企业时有偿占用的国有土地折价形成的资产

46.对县级以上的地方各级人民政府工作部门的具体行政行为不服申请的复议,由本级人民政府或者上一级主管部门管辖。但是,法律规定对有些具体部门的行政复议须向其上一级主管部门申请。

这些部门为下列哪项内容?（　　　）

A.海关、金融、国税、外汇管理以及国家安全机关

B.工商管理、环境保护

C.司法行政、审计监察

D.价格管理、质量技术监督

47.下列关于具体行政行为的说法中不正确的一项是:(　　　)

A.具体行政行为所涉及的是少数人的权利和义务

B.具体行政行为既有单方行政行为,也包括双方行政行为

C.具体行政行为在一般意义上属于对抽象行政行为的具体执行

D.具体行政行为是指行政主体针对特定的对象,就特定的事项作出的处理决定

48.在下列选项中,哪一项属于《行政许可法》规定的行政许可?（　　　）

A.产品质量认证　　　　　　　　　　B.发给采矿证

C. 授予荣誉称号   D. 知识产权局授予某发明人专利权

49. 从违法行为的构成要素看,判断某一行为是否违法的关键因素是什么?(　　)

A. 该行为在法律上被确认为违法

B. 该行为有故意或过失的过错

C. 该行为由具有责任能力的主体作出

D. 该行为侵犯了法律所保护的某种社会关系和社会利益

50. 根据我国《宪法》规定,下列选项中哪种情况不是公民获得物质帮助权的条件?(　　)

A. 公民在年老时   B. 公民在疾病时

C. 公民在遭受自然灾害时   D. 公民在丧失劳动能力时

51. 根据我国《宪法》的规定,下列选项哪个是全国人民代表大会常务委员会有权部分修改的规范性法律文件?(　　)

A. 宪法   B. 香港特别行政区的法律

C. 基本法律   D. 国际条约

52. 下列选项中的哪一组情形导致行政处罚决定不能成立?(　　)

①行政机关作出处罚决定前,未依法向当事人告知应予处罚的事实、理由和依据;

②行政机关拒绝听取当事人的陈述、申辩;

③行政处罚没有法定依据;

④行政处罚不遵守法定程序。

A. ①③   B. ②③   C. ①③④   D. ①②

53. 行政复议决定书邮寄送达的,以什么时候为送达日期?(　　)

A. 挂号回执上注明的收件日期

B. 复议机关作出复议决定的日期

C. 邮局寄出复议决定书邮件的邮戳日期

D. 邮局收到复议决定书邮件的邮戳日期

54. 我国现行《刑法》关于溯及力问题采取的原则是:(　　)

A. 从新原则   B. 从旧原则

C. 从新兼从轻原则   D. 从旧兼从轻原则

55. 侵占罪的对象不包括:(　　)

A. 他人的埋藏物   B. 代为保管的他人财物

C. 无主物   D. 他人的遗忘物

56. 公民参与合伙关系,(　　)出资。

A. 可以用劳务   B. 必须用资金

C. 必须用实物   D. 必须用资金或实物

57. 李某因长期不向借款人要求还款,引起诉讼时效期间的届满。李某因此丧失了:(　　)

A. 胜诉权   B. 起诉权

C. 实体权利   D. 借款的所有权

58. 依照《产品质量法》的规定,下列何种产品属于该法所称的产品?(　　)

A. 植物油   B. 三峡大坝   C. 冰毒   D. 电力

59. 国家机关及其工作人员作出下列何种行为造成损害的,受害人有权取得国家赔偿?(　　)

A. 违反国家规定征收财物   B. 行政裁决不当

C. 制定的法规、规章错误   D. 行政机关建房侵占他人用地

60.（2006年二类第103题）

现行宪法规定,自治区的自治条例和单行条例的审批权属于:（　　　）

A. 全国人民代表大会　　　　　　B. 全国人大常委会

C. 国务院　　　　　　　　　　　　D. 本级人民代表大会

61.（2006年二类第109题）

根据我国现行《宪法》和《立法法》的规定,下列行为构成违法的是:（　　　）

A. 全国人大常委会撤销某直辖市人大常委会批准的单行条例

B. 全国人大常委会修改全国人大制定的法律

C. 全国人大改变其常委会批准的自治条例

D. 全国人大常委会通过的法律由国家主席签署主席令予以公布

（二）

1. 一个国家法律环境是否良好,主要看其:（　　　）

A. 法律体系是否完备

B. 立法程序是否合理

C. 执法、守法和监督情况是否受到人们的赞许

D. 执政党在法律中的地位的高低

2. 社会主义生产关系的基础是:（　　　）

A. 按劳分配制度　　　　　　　　B. 劳动者的互助合作关系

C. 共产主义的劳动态度　　　　　D. 生产资料公有制

3. 国务院全体会议由国务院总理、副总理、各部部长、各委员会主任、审计长、秘书长和（　　　）组成。

A. 国务委员　　　　　　　　　　B. 民主党派人士

C. 全国人大委员长　　　　　　　D. 军委主席

4. 下面属于政府机构的是:（　　　）

A. 国务院　　　　　　　　　　　B. 全国人民代表大会

C. 中国人民政治协商会议　　　　D. 中央军事委员会

5. 我国案件审理程序实行的是:（　　　）

A. 两审终审制,但最高人民法院一审判决即为终审判决

B. 单纯的两审终审判,两审后当事人不得上诉

C. 一审终审制,但允许上诉

D. 一审终审但可以复核

6. 居民委员会和村民委员会是:（　　　）

A. 基层群众性自治组织　　　　　B. 基层的人民政权

C. 基层政权的派出机构　　　　　D. 基层群众的经济联合体

7. 王某因为交通肇事而被判处了有期徒刑,他所承担的法律后果称为:（　　　）

A. 法律处分　　　　　　　　　　B. 法律责任

C. 法律制裁　　　　　　　　　　D. 法律适用

8. 某省政府办公厅以办公厅的名义发布一个有关该省城市环境卫生的管理处罚的规范性文件,这一做法:（　　　）

A. 是正确的

B. 是错误的,省政府无权规定行政处罚的事项

C. 是错误的,应当以省长的名义发布规范性文件

D.是错误的,省政府办公厅是内部办公机构,无权对外实施公共管理职能,此规范性文件应当以省政府的名义发布

9.依照我国宪法规定,下列哪项领导人由全国人民代表大会选举产生?(　　)

A.国家副主席　　　　　　　　　B.中央军委副主席

C.国务院副总理　　　　　　　　D.最高人民检察院副检察长

10.行政诉讼中的原、被告一般是:(　　)

A.原告为公民、法人或其他组织,被告是国家的行政机关

B.原告是国家机关,被告是国家行政机关工作人员

C.原被告均是国家机关行政工作人员

D.原告是国家行政机关,被告是公民、法人或其他组织

11.根据《中华人民共和国治安管理处罚条例》作出的罚款决定属于:(　　)

A.刑事处罚　　　　　　　　　　B.民事处罚

C.行政处罚　　　　　　　　　　D.政纪处罚

12.公民在法律面前一律平等,是我国:(　　)

A.社会主义法的基础　　　　　　B.社会主义立法的基本原则

C.社会主义法的实施的基本原则　D.宪法的总的指导思想

13.国家行政机关与行政机关外部系统人员的交流形式是:(　　)

A.转任　　　　　　　　　　　　B.轮换

C.轮岗　　　　　　　　　　　　D.调任

14.在我国下列机关中,有权行使限制人身自由的权力的机关是:(　　)

A.公安机关　　　　　　　　　　B.检察机关

C.审判机关　　　　　　　　　　D.行政机关

15.教育部与各省、自治区、直辖市教育厅之间属于:(　　)

A.平等关系　　　　　　　　　　B.不相隶属的关系

C.业务指导关系　　　　　　　　D.隶属的关系

16.在我国,基本法律的制定机关是:(　　)

A.最高人民法院　　　　　　　　B.国务院

C.全国人民代表大会　　　　　　D.地方人民代表大会

17.构成行政法律关系的双方中,有一方必须是:(　　)

A.国家立法机关　　　　　　　　B.行政主体

C.国家检察机关　　　　　　　　D.国家审判机关

18.我国对作品实行(　　)原则,作者在作品完成时取得著作权受法律保护。

A.实际履行　　　　　　　　　　B.协作履行

C.自动履行　　　　　　　　　　D.先申请

19.我国最高国家行政机关是:(　　)

A.党中央　　　　　　　　　　　B.全国人民代表大会

C.国务院　　　　　　　　　　　D.国家主席

20.下列有关行政主体的表述正确的包括:(　　)

A.只有行政机关才能成为行政主体

B.行政主体必须是能以自己名义实施行政管理的组织

C.行政主体还包括执行公务的国家公务员

D.只要是行政机关任何时候都处于行政主体的地位

21. 下列国家行政机关中不属于同一行政层级的是: ( )

A. 直辖市人民政府监察局 　　　　B. 省人民政府监察厅

C. 自治县人民政府 　　　　D. 设区的市人民政府

22. 我国公务员制度同西方文官制度强调的文官"政治中立"具有本质区别的是: ( )

A. 坚持党管干部的原则 　　　　B. 坚持为人民服务的宗旨

C. 坚持党的基本路线 　　　　D. 坚持德才兼备的用人标准

23. 社会主义社会实行按劳分配的直接原因是: ( )

A. 生产资料社会主义公有制 　　　　B. 劳动还存在差别,仍是谋生的手段

C. 社会生产力水平不高 　　　　D. 社会成员中存在着不同阶层

24. 社会主义市场经济体制的基础是: ( )

A. 以间接手段为主的完善的宏观调控体系

B. 统一、开放、竞争、有序的市场体系

C. 以公有制为主体的现代企业制度

D. 合理的个人收入分配和社会保障制度

25. 按照法律规定的内容不同,可以划分为: ( )

A. 一般法和特别法 　　　　B. 国内法和国际法

C. 实体法和程序法 　　　　D. 成文法和习惯法

26. 著作权的主体是: ( )

A. 只能是公民 　　　　B. 可以是公民、法人

C. 只能是法人 　　　　D. 以上答案都不对

27. 造成交通事故构成交通肇事罪,应依法追究其: ( )

A. 民事责任 　　　　B. 行政责任

C. 刑事责任 　　　　D. 依伤害轻重来定

28. 我国公务员的级别共有: ( )

A. 14 　　　　B. 15

C. 16 　　　　D. 13

29. 吉林省公安厅和长春市人民政府作为行政主体之间的关系属于: ( )

A. 领导关系 　　　　B. 指导关系

C. 纵向关系 　　　　D. 无隶属关系

30. 我国行政管理的权力结构和特征是: ( )

A. 集中制 　　　　B. 分权制

C. 民主集中制 　　　　D. "议""行"分立制

参考答案及解析

(一)

1. B。根据《公务员法》第69条的规定,公务员担任乡级机关、县级机关及其有关部门主要领导职务的,应当实行地域回避,法律另有规定的除外。故选B。

2. C。马克思主义法学认为,法的第一层次本质是国家意志的体现,统治阶级的意志的内容,包括法本身,都是由统治阶级所处的社会物质生活条件决定的。国家的历史传统、阶级结构和政权组织形式虽然也对法律的本质有影响,但都不是决定性的。故选C。

3. D。根据《宪法》规定,总理、副总理、国务委员连续任职不得超过两届。全国人民代表大会常务委员会的任期为5年,组成人员可以连选连任,但委员长、副委员长连续任职不得超过两届。最高人民法院院长和最高人民检察院检察长每届任期同全国人民代表大会每届任期相同,连续任

职不得超过两届。故选 D。

4. C。根据《公务员法》第95条的规定,机关根据工作需要,经省级以上公务员主管部门批准,可以对专业性较强的职位和辅助性职位实行聘任制。故选 C。

5. B。《民法通则》第148条规定:"扶养适用与被扶养人有最密切联系的国家的法律。"《民法通则意见》第189条规定:"父母子女相互之间的扶养、夫妻相互之间的扶养以及其他有扶养关系的人之间的扶养,应当适用与被扶养人有最密切联系国家的法律。扶养人和被扶养人的国籍、住所以及供养被扶养人的财产所在地,均可视为与被扶养人有最密切的联系。"B项没有法律根据。故选 B。

6. C。在失踪的情况下其财产管理人应为与失踪人生活最紧密的人,其顺序为配偶、父母、成年子女、关系密切的其他亲属和朋友。但是,对失踪人财产的管理应有利于失踪人,这是最高原则。本题中其妻管理甲的财产有明显不利,所以,应该为甲母。故选 C。

7. D。《刑法》第382条规定:"国家工作人员利用职务上的便利,侵吞、窃取、骗取或者以其他手段非法占有公共财物的,是贪污罪。受国家机关、国有公司、企业、事业单位、人民团体委托管理、经营国有财产的人员,利用职务上的便利,侵吞、窃取、骗取或者以其他手段非法占有国有财物的,以贪污论。与前两款所列人员勾结,伙同贪污的,以共犯论处。"故选 D。

8. A。法律是由全国人民代表大会及其常委会制定的规范性文件,在地位和效力上仅次于宪法。其他任何行政法规或者地方性法规除不得与宪法相抵触外,也不得与法律相抵触,否则无效。所以法律形式是构成经济法的主体和核心部分。故选 A。

9. B。行政给付行为的特征,首先在于赋予权益,与剥夺权益的处罚等行为有别,本题所给的四个选项都带有赋权性质,都存在着选择的可能。但行政给付行为是为特定对象提供物质帮助,所针对的是物质生活中有特殊困难的相对人,故选 B。

10. B。选项 ACD 均属于无权代理。滥用代理权与无权代理不同,代理人虽然有代理权,但没有正确地使用,损害被代理人的利益,或者违背代理的基本要求。故选 B。

11. D。最高人民法院关于《行政诉讼法》的司法解释第23条规定:"原告所起诉的被告不适格,人民法院应当告知原告变更被告;原告不同意变更的,裁定驳回起诉"。故选 D。

12. B。所谓权利是指国家通过宪法和法律规定的公民从事某种行为的可能性;义务是指国家通过宪法和法律规定的公民从事某种行为的必要性。二者根本区别在于:权利可以放弃,义务必须履行。故选 B。

13. C。委托发明是根据委托合同的约定完成的发明创造。《合同法》第339条规定,委托开发完成的发明创造,除当事人另有约定的以外,申请专利的权利属于研究开发人(即受委托方)。研究开发人取得专利权的,委托人可以免费实施该专利。故选 C。

14. B。罚金与没收财产都是刑罚方法,限制人身自由的行政处罚由法律规定,地方性法规可以设定限制人身自由、吊销企业营业执照以外的行政处罚。故选 B。

15. A。行政机关不履行职责也可以引起行政诉讼,根据《行政诉讼法解释》第13条第3款的规定,"要求主管行政机关依法追究加害人法律责任的"可以提起行政诉讼。故选 A。

16. C。合伙人个人负债时,其债权人不得代位行使合伙人在合伙企业中的权利;合伙企业的财产由出资人的出资加收益构成,为全体合伙人共有,因此,甲的债权人也无权接管甲在合伙企业中的财产份额;乙对甲的债权也不得抵销乙对合伙企业的债务。故选 C。

17. B。对甲而言,造成丙的死亡结果,是不可抗力;对乙而言,造成丙的死亡结果和甲的伤害结果,是执行职务行为,排除犯罪性;甲在死缓考验期内故意犯罪,是核准执行死刑的法定依据。故选 B。

18. A。《公务员法》第32条规定,新录用的公务员试用期为一年。试用期满合格的,予以任职;不合格的,取消录用。故选 A。

19. D。本题中 A 项为代表行为;B 项为道德行为,不具有法律意义;C 项为传达行为;只有 D 项是代理行为。故选 D。

20. B。根据人民法院的有关司法解释规定,如果自行为成立时起超过 1 年,当事人才请求变更或者撤销的,人民法院不予保护。故选 B。

21. A。针对不法侵害行为造成不法侵害人损害结果的,属于防卫范畴的问题;针对其他危险,造成他人权益受损的,属于紧急避险范畴。本题中甲某给丙某造成伤害属于紧急避险,不负刑事责任。故选 A。

22. C。行政行为是行政主体行使职权、履行行政职责的行为。行政主体的各组织并非任何情况下从事的活动都是行政行为,判别的关键是行使职权及履行行政职责,A、B、D 三项均不满足行政行为成立的条件。故选 C。

23. B。行政机关在调查或者进行检查时,执法人员不得少于 2 人,并应当向当事人或者有关人员出示证件。故选 B。

24. D。我国《立法法》规定,根据授权制定的行政法规与法律规定不一致,不能确定如何使用时,由全国人民代表大会常务委员会裁决。故选 D。

25. C。宪法的适用通常是指司法机关在司法活动中贯彻落实宪法的活动。故选 C。

26. D。根据我国法律的规定,国务院设立办公厅,由国务院秘书长领导。故选 D。

27. B。根据我国《刑法》第 1 条的规定,我国刑法的目的是惩罚犯罪,保护人民。两者相辅相成不可分割。预防犯罪是刑罚的目的,不是刑法的目的。故选 B。

28. A。根据《民法通则》第 240 条的规定,诉讼时效因提出诉讼、当事人一方提出要求或者同意履行义务而中断。故选 A。

29. A。县法制办不是一个独立的行政主体,无法以自己的名义行使行政处罚权;矿区检查站是安全生产局的一个职能部门,不能独立行使职权,必须以安全生产局的名义行使检查权;县人民政府是一个一般权限行政机关,一般不直接行使行政处罚权。故选 A。

30. A。《合同法》规定,标的物在订立合同之前已为买受人占有的,合同生效的时间为交付时间。故选 A。

31. A。这种认识是感情认识,属法律心理,是法律意识的低级阶段。法律思想体系是指对法律现象的系统的、理性的、高层次的认识。故选 A。

32. C。我国《宪法》规定,中华人民共和国公民对于任何国家机关和国家工作人员的违法失职行为,有向有关国家机关提出申诉、控告或检举的权利。对于公民的申诉、控告或者检举,有关国家机关必须查清事实,负责处理。任何人不得压制和打击报复。故选 C。

33. B。根据我国有关法律的规定,自治区、自治州、自治县的人民代表大会常务委员会中应当有实行区域自治的民族的公民担任主任或者副主任。故选 B。

34. A。根据我国法律的规定,地方人民代表大会常务委员会有权撤销本级人民政府制定的不适当的规章。故选 A。

35. C。挪用特定款物罪是行为人将特定的款物挪作其他公用,而挪用公款罪是将公款挪作私用。钱某将救灾款挪给其朋友使用,属于挪用公款归个人使用。即使行为人挪用的不是救灾的"款",而是救灾的"物",同样也构成挪用公款罪。故选 C。

36. D。职务发明创造是指职工在履行职务中所完成的新发明、新设计,或者是在执行所在单位的指令中完成的发明创造。发明人或设计人利用业余时间完成的发明创造,并不是利用本单位的物质技术条件或执行本单位的任务完成的发明创造,因此,不能认定为职务发明创造。故选 D。

37. B。国务院国有资产监督管理委员会,根据国务院的授权,代表国家履行出资人职责,监督管理除金融类企业以外的中央企业的国有资产。故选 B。

38．A。处罚公正、公开原则要求，行政处罚必须公平、公正，没有偏私，设定和实施行政处罚必须以事实为根据，与违法行为的事实、性质、情节以及社会危害程度相当，有关处罚的实体规定和程序规定必须公布。未经公布的，不得作为行政处罚的依据。故选 A。

39．B。《行政复议法》第 7 条明确规定了可以一并向行政复议机关提出审查申请的规定包括 A、C、D 项所列，B 项不包括在内。故选 B。

40．C。行政赔偿诉讼是一种独立的、特殊的诉讼形式，它是人民法院根据赔偿请求人的诉讼请求，依照行政诉讼程序和国家赔偿的基本制度和原则，裁判赔偿争议的活动。故选 C。

41．A。根据我国现行《宪法》规定，人民法院依照法律规定独立行使审判权，不受行政机关、社会团体和个人的干涉。故选 A。

42．B。根据我国《刑法》第 399 条第 3 款的规定，司法工作人员贪赃枉法，有前两款行为的，同时又构成本法第三百八十五条规定之罪的(受贿罪)，依照处罚较重的规定定罪处罚。故选 B。

43．C。根据《民法通则》第 24 条第 2 款规定："有民事行为能力人在被宣告死亡期间实施的民事法律行为有效。"宣告死亡是一种通过法律行为推定死亡，被宣告死亡的人不因死亡宣告而丧失行为能力。故选 C。

44．D。《继承法》第 25 条规定，继承开始后，继承人放弃继承的，应当在遗产处理前，作出放弃继承的表示。没有表示的，视为接受继承。故选 D。

45．B。国有企业为安置企业下岗人员无偿投入集体企业的资产，属于该集体企业所有；集体企业由国有企业提供担保使用银行贷款形成的资产，因为提供担保的国有企业未实际承担担保责任，不属于国有资产，而属于该集体企业的资产；D 选项中的资产也属于集体企业所有。所以 A、C、D 三个选项都不正确。故选 B。

46．A。《行政复议法》第 12 条规定，对海关、金融、国税、外汇管理等实行垂直领导的行政机关和国家安全机关的具体行为不服的，向上一级主管部门申请行政复议。故选 A。

47．A。选项 B、C、D 均属于对具体行政行为特征的正确理解，具体行政行为所涉及的是特定对象的权利和义务，并不以对象的多少而论。故选 A。

48．B。《行政许可法》第 2 条规定：本法所称行政许可，是指行政机关根据公民、法人或者其他组织的申请，经依法审查，准予其从事特定活动的行为。故选 B。

49．A。选项 B，行为主观有过错，但若行为主体无责任能力则不违法；C 项，行为由具有责任能力的主体作出，但若是合法行为，则不违法；D 项，行为侵犯了法律所保护的某种社会关系和社会利益，但若行为主体无责任能力或无过错(如正当防卫)，则不违法。而 A 项，某一行为若在法律上已被确认为违法，则一定是违法的。故选 A。

50．C。《宪法》第 45 条规定："中华人民共和国公民在年老、疾病或者丧失劳动能力的情况下，有从国家和社会获得物质帮助的权利。国家发展为公民享受这些权利所需的社会保险、社会救济和医疗卫生事业。国家和社会保障残废军人的生活，抚恤烈士家属，优待军人家属。国家和社会帮助安排盲、聋、哑和其他有残疾的公民的劳动、生活和教育。"故选 C。

51．C。根据《宪法》第 67 条第 3 项规定，全国人大常委会在全国人大闭会期间，对全国人大制定的法律进行部分补充和修改，但是不得同该法律的基本原则相抵触。全国人大制定的法律即为基本法律(《宪法》第 67 条第 3 项所指)。题中 A 与 B 的修改权均在全国人大，而 D 项的国际条约则是国际法主体之间协议的产物，任何缔约方均无权单方修改。故选 C。

52．D。①②是《行政处罚法》第 41 条规定的导致行政处罚决定不能成立的两种情形，③④是《行政诉讼法》关于行政行为无效的法定事由。故选 D。

53．A。邮寄送达，以挂号回执上注明的收件日期为送达日期。故选 A。

54. D。我国现行《刑法》关于溯及力的问题采取从旧兼从轻的原则,即新法原则上不具有追溯既往的效力,但新法规定处刑较轻时适用新法。故选 D。

55. C。侵占罪是指非法占有代为保管的他人财物或者将他人的遗忘物、埋藏物非法占为己有,数额较大,拒不退还或者拒不交出的行为。故选 C。

56. A。合伙人投资的种类既可以是资金和实物,也可以是技术或劳务等。故选 A。

57. A。诉讼时效届满并不消灭实体权利,只导致权利人的胜诉权消灭,人民法院不再予以强制保护。故选 A。

58. A。《产品质量法》第2条规定:"本法所称产品是指经过加工、制作,用于销售的产品。建设工程不适用本法规定;但是,建设工程使用的建筑材料、建筑构配件和设备,属于前款规定的产品范围的,适用本法规定。"故选 A。

59. A。国家赔偿的归责原则是违法原则,行政裁决不当不涉及违法问题,因此排除 B,制定的法规、规章是抽象行政行为,不在行政赔偿的范围内,应排除 C,行政机关建房侵占他人用地是以普通民事主体的身份行事,不是履行职权的行为,也应排除,故选 A。

60. B。根据《宪法》和《民族区域自治法》的有关规定,自治区的自治条例和单行条例的审批权属于全国人大常委会,故选 B。

61. C。全国人民代表大会无权改变有关法规,其法律监督权主要体现为撤销权,故选 C。

（二）

1. A	2. D	3. A	4. A	5. A	6. A	7. C	8. D	9. A
10. A	11. C	12. C	13. D	14. A	15. A	16. C	17. B	18. C
19. C	20. B	21. C	22. A	23. A	24. C	25. C	26. D	27. C
28. B	29. D	30. C						

第五章 资料分析

★题型一览图

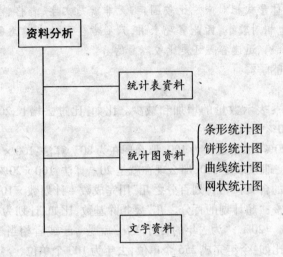

考试大纲要求

资料分析主要测查应试者对各种形式的文字、图形、表格等资料的综合理解与分析加工的能力,这部分内容通常由数据性、统计性的图表数字及文字材料构成。

考试大纲解读

在高度信息化的今天,信息数量庞大,且流动速度极快,而国家行政管理机关则处于社会中枢的地位,需要收集、处理、加工大量复杂的信息。作为人民警察,要想胜任各种复杂工作,就必须具备对各种资料进行准确、快速理解、综合分析的能力。因此,人民警察录用考试将资料分析作为很重要的一部分测试内容纳入考试范围。

资料分析测验主要考查应考者对各种资料(主要是统计资料,包括图表和文字资料)进行准确理解与分析综合的能力。其测验的基本方式是:首先提供一组资料,这组资料或是一个统计表,或是一个统计图,或是一段文字。在资料之后有几个问题,要求应考者根据资料的信息,进行分析、比较、计算、处理,然后从问题后面的四个备选答案中找出正确的答案。

资料分析测验的内容一般包括三个部分:一是对某项工作任务的进展或完成情况做出评价和判断,如对政策、计划执行情况的检查和监督;二是对被研究现象的统计规律、现象之间的依存关系及依存程度的规律等加以揭示和阐述;三是对被研究现象的未来发展趋势及其变化特征进行预测或推断。

就资料分析题的难度而言,一般来说分为三个层次:

第一级:简单的题。只需通过观察就可以在资料中直接找到答案,比如判断最大值、最小值或者资料中某一项具体数值。这类题由于表面上看来过于简单,容易使紧张之余的考生掉以轻心,造成失分的发生。再加上考生易受第一印象左右,而未必肯用心去分析题目本身,所以这也是一个需要细心处理的地方。

第二级:中等难度的题。往往是要经过一定的运算或对资料一定的分析综合之后才能得出答案。大体过程要求绝对细心,这对那些因担心考试时间不足而心浮气躁的考生是一个极大的挑战。另外,因为这类题对计算能力有相当要求,所以,对那些长期从事实际工作习惯于用计算器的考生是一个严重威胁,这就需要在参加考试前必须对自己的计算能力进行系统的训练,以便在紧张的考试过程中为自己赢得分数。

第三级:较难的题。往往是给出一组判断,要求考生判断这组判断的正误,这样的题一般带有一定的综合性,需要对资料进行比较复杂的分析与综合,有时甚至需要用到资料上没有直接给出的相关背景知识才能得出正确的答案,因此是比较难的一类资料分析题。但考生只要能对材料在整体上有准确的把握,分析的时候认真、仔细,仍不难作出准确的判断。

因为统计资料的载体形式相对来说比较固定,无非就是文字、表格、图形三大类,变化的空间不是很大,题型的变化也相对较小,因此客观来讲,只要考生下功夫熟悉了各种资料的载体形式,并进行一定量的练习,准确、迅速答题还是比较容易的。

本章主要专业术语的解释

(一)百分数与百分点

1.百分数(百分比):表示数量的增加和减少。比如:比过去增长 20%,过去为 100,现在是 120。算法:$100 \times (1 + 20\%) = 120$。

比如:比过去降低 20%,如果过去为 100,那么现在为 80。算法:$100 \times (1 - 20\%) = 80$。

降低到原来的 20%,即原来是 100,那么现在就是 20。算法:$100 \times 20\% = 20$。

注意:占、超、为、增的含义:"占计划百分之几"用完成数÷计划数×100%。比如:计划为 100,完成 80,占计划就是 80%;"超计划的百分之几"要扣除基数,比如:计划为 100,完成 120,超计划的就是 $(120 - 100) \times 100\% = 20\%$;"为去年的百分之几"就是等于或者相当于去年的百分之几,用今年的÷去年的×100%,比如:今年完成 256 个单位,去年为 100 个单位,今年为去年的百分之几,就是 $256 \div 100 \times 100\% = 256\%$;"比去年增长百分之几"应扣除原有基数,比如:去年 100,今年 256,算法就是 $(256 - 100) \div 100 \times 100\%$,比去年增长 156%。

2.百分点:指速度、指数、构成等的变动幅度。比如:工业增加值今年的增长速度为 19%,去年增长速度为 16%,今年比去年的增长幅度提高了 3 个百分点。今年物价上升了 8%,去年物价上升了 10%,今年比去年物价上升幅度下降了 2 个百分点。

(二)倍数与翻番

倍数:两个有联系指标的对比。比如:某城市 2000 年的人均住房使用面积达到 14.8 平方米,为 1978 年 3.8 平方米的 3.9 倍($14.8 \div 3.8 = 3.9$)。

翻番:指数量加倍。比如:国内生产总值到 2020 年力争比 2000 年翻两番,就是指 2020 年的 GDP 是 2000 年的 4 倍。翻 n 番应为原来数 $A \times 2^n$。

(三)发展速度与增长速度

发展速度指报告期发展水平与基期发展水平相比的动态相对数;增长速度是报告期在基期发展水平上的数量与基期水平之比的相对数。增长速度等于发展速度减去 1,比如:要反映 2002 年的金融机构存款余额为 1997 年的多少倍,用 2002 年的存款余额除以 1997 年存款余额乘以 100% 即可;但是增长速度就应该用 2002 年的减去 1997 年的再除以 1997 年的乘以 100% 或者直接用发展速度减去 1 即可。

(四)增幅与同比增长

增幅:指的是速度类、比例类的增加幅度,与增加幅度是一个概念。比如:今年 5 月 GDP 的发展速度是 10%,去年 5 月是 7%,我们就可以说 GDP 发展速度的增幅是 3 个百分点;如果说去年是 10%,今年增幅为 7%,那么今年的发展速度就用 $10\% \times (1 + 7\%)$ 得到。

同比增长:是指相对于去年同期增长百分之多少。比如:去年 8 月完成 7 万元,今年 8 月完成 10 万元,同比增长就应该用 $(10 - 7) \div 7 \times 100\%$ 即可。

（五）基尼系数与恩格尔系数

基尼系数：可以衡量收入差距，是介于0~1之间的数值。基尼系数为0表示绝对平等；基尼系数越大，表示不平等程度越高；为1时表示绝对不平等。一般标准是：在0.2以下表示绝对平均；0.3~0.4之间表示比较合理；0.5以上表示差距悬殊。

恩格尔系数（%）：指食品支出总额占消费总支出的百分比。所以可以衡量一个地区或者一个国家的贫富程度，越穷，此系数越大；反之，生活越富裕，此系数越小。

（六）强度指标

强度指两个性质不同但有一定联系的指标对比，来说明现象的强度、密度和普遍程度。比如：人均国内生产总值用总量除以总人口得到（元/人）表示；人口密度用"人/平方公里"，即总人口除以这个地区的总面积。

（七）价格、价格水平和价格指数

价格：是商品和服务项目的价值表现，用货币来表现。

价格水平：将一定地区、一定时期某一项商品或者服务项目的所有价格用以货币表现的交换价值加权计算出来的。比如：某市2007年9月份全市鸡蛋的价格水平为每公斤9.23元，10月份的价格水平为每公斤9.85元。用10月份9.85元减去9月份的9.23元可以得出全市鸡蛋价格水平10月份比9月份减少0.62元。

价格指数：表明商品和服务项目价格水平变动趋势和变动程度的相对数，用商品和服务项目某一时期的价格水平与另一时期的价格水平相对比来计算的。

第一节　统计表资料

考点解析

统计表是指把获得的数字资料，经过汇总整理后，按一定的顺序填列在一定的表格之内的表格。任何一种统计表，都是统计表格与统计数字的结合体。利用表中所给出的各项数字指标，可以研究出某一现象的规模、速度和比例关系。

在解答统计表这类问题时，考生首先应了解表后试题的基本要求，通览整个统计表资料，然后有针对性地将问题与表中所提供的数值进行比较，利用表中所给出的各项数字指标，研究出某一现象的规模、速度以及比例关系，对题目进行正确解答。

典型例题详解

【例题1】根据下表回答问题：

某些大城市咨询业从业人数（单位：千人）

城市	就业总人数	咨询业从业人数	咨询业占%
北京	57314	6591.1	11.5
上海	13088	5235.2	40
广州	11244	5565.8	49.5
重庆	5911	2512.2	42.5
武汉	2128	925.7	43.5
西安	2099	745.1	35.5
成都	5544	2106.7	38
天津	2586	1112	43

1. 下列城市中，咨询业从业人数最多的城市为：（　　　）

A. 北京　　　　B. 上海　　　　C. 广州　　　　D. 天津

2. 下列城市中，咨询业从业人数占本市就业总人数比重最小的是：（　　　）

A. 北京　　　　B. 上海　　　　C. 广州　　　　D. 天津

3. 表中所列城市中，咨询业从业人数占本地区就业总人数比重最大的是：（　　　）

A. 成都　　　　B. 西安　　　　C. 武汉　　　　D. 以上均不对

4. 西安从事非咨询业的人数占就业总人数的多少？（　　　）

A. 35.5%　　　B. 54.5%　　　C. 64.5%　　　D. 11.5%

5. 广州从事咨询业的人数比上海多多少？（　　　）

A. 320.5 千人　B. 330.5 千人　C. 330.6 千人　D. 330.4 千人

【解析】

1. 答案为 A。通过比较表格中"咨询业从业人数"一栏的数字，北京为 6591.1（千人），为最多，故正确答案为 A。

2. 答案为 A。根据表中第四列的数据，咨询业从业人数占本市就业总人数比重最小的为 11.5% 的北京，所以正确答案为 A。

3. 答案为 D。此题与上题近似。比较表格中第四列的数据资料，很容易发现咨询业从业人数占本地区就业总人数比重最大的是广州，故而 D 为正确答案。

4. 答案为 C。根据表中所给材料，西安从事咨询业的人数占总人数的 35.5%，故从事非咨询业人数占总人数应为 100% - 35.5% = 64.5%，故 C 为正确答案。

5. 答案为 C。根据表中所给数据，用广州从事咨询业的人数减去上海从事咨询业人数，即 5565.8 - 5235.2 = 330.6（千人），所以 C 为正确答案。

【提示】此题中的减法运算可以只计算小数点后面的数字，并对比备选项，即可得出正确答案。

【例题 2】根据下表，回答问题：

某市四个地区收入统计

收入情况	地　区				总和
	甲	乙	丙	丁	
高收入	30	150	50	100	330
中等偏上	20	300	50	50	420
中等偏上	100	90	100	70	360
低收入	50	60	200	80	390
总和	200	600	400	300	1500

1. 哪个地区高收入户的比例最高？（　　　）

A. 甲　　　　B. 乙　　　　C. 丙　　　　D. 丁

2. 在全部低收入家庭中，哪个地区所占比例最低？（　　　）

A. 甲　　　　B. 乙　　　　C. 丙　　　　D. 丁

3. 在这四个地区中，哪一种家庭所占的比例最低？（　　　）

A. 高收入　　B. 中等偏上收入　C. 中等偏下收入　D. 低收入

4. 在哪个地区里中等收入（包括偏上和偏下）家庭户的比例最低？（　　　）

A. 甲　　　　B. 乙　　　　C. 丙　　　　D. 丁

【解析】

1. 答案为 D。此题为简单计算题，实际上就是比较四组数字 30/200、150/600、50/400、100/300

的大小。此题考生不用一个个算出百分比，有一个巧妙的方法可以很快得出结果。仔细观察四组数据，发现分母都是整百的数字，那么把分母都变成一百即可比较分子的大小。这样的话就变成了比较四个数 $30\div2$、$150\div6$、$50\div4$、$100\div3$ 的大小，而这四个除法运算又极为简单，所以考生应该很快就能得出正确答案为 D。

【提示】此题不需动笔计算，只要考生发现了巧妙之处，再运用心算，很快就能计算出正确答案。因此，资料分析题中也有很多技巧，考生要善于发现解题的捷径。

2. 答案为 B。此题与上题的解题方法相同。正确答案为 B。

3. 答案为 A。此题不需要任何计算，只要比较各个收入档次的数量和即可得出正确答案。比较表格最右列中的数字即可发现，高收入的总和最少，故正确答案为 A。

4. 答案为 C。此题本质上与第 1、2 题相同，只不过增加了把中等偏上、中等偏下四类的数量相加这样一个运算过程，但也是比较简单的。相加之后得到 120、390、150、120 四个数字，然后按照前述提示的技巧进行心算，很快即可得到正确答案为 C。

【例题3】根据下表，回答问题：

某班四门课程成绩统计表

课程	90~100分人数（优）	80~90分人数（良）	60~79分人数（中）	60分以下人数（差）
语文	5	15	15	5
数学	10	5	8	17
物理	9	12	X	8
外语	15	6	12	7

1. X 代表的人数为：（   ）

A. 8 　　　　　 B. 12 　　　　　 C. 11 　　　　　 D. 无法确定

2. 语文成绩的优良率是：（   ）

A. 12.5% 　　　 B. 37.5% 　　　 C. 50% 　　　 D. 无法确定

3. 四门课程同时在 90—100 分数段的人数为：（   ）

A. 39 　　　　　 B. 10 　　　　　 C. 15 　　　　　 D. 无法确定

4. 在四门课程不及格（60 分以下）的人次中，数学所占的比率为：（   ）

A. 45.9% 　　　 B. 42.5% 　　　 C. 37.5% 　　　 D. 无法确定

5. 四门课程中，哪个等级的人次最多？（   ）

A. 优 　　　　　 B. 良 　　　　　 C. 中 　　　　　 D. 差

【解析】

1. 答案为 C。此题是一道简单的运算题。考生首先应该看明白表格，弄清楚各个科目所对应的横向表格里各个数字的和都是该班的总人数。弄清楚了这一点就很容易解答了。通过观察发现"语文"所对应的一行数字很容易计算，总和为 40。那么用这个总和减去 X 所在的"物理"一行中已知的三个数字，马上就能得出结果。

即 $X = 40 - 9 - 12 - 8 = 40 - 9 - (12 + 8) = 40 - 29 = 11$。

所以，C 为正确答案。

2. 答案为 C。首先明白优良率即获得优和良的人数与总人数的比率。总人数为 40，而获得优、良的人数分别为 5、15，则可通过简单运算获得答案为 50%，故正确的答案为 C。

3. 答案为 D。四门课都在 90 分以上的人数表格并不能反映出来，因此正确答案为 D。

4. 答案为 A。此题是一道简单的数学运算题。首先应该算出四门课程不及格的总人次来，即：$5 + 17 + 8 + 7 = 37$。然后用数学不及格的人数除以总的不及格的人次数即可得出答案，即:17÷37×100% =45.9%。故正确的答案为 A。

5.答案为 C。通过对优、良、中、差每一等级的人数的相加,我们就可得到答案:得优人次为 39,得良人次为 38,得中人次为 46,差为 37,故答案应为 C。

第二节　统计图资料

考点解析

统计图是根据统计数据,用几何图形绘制的反映统计数字之间关系的各种图形。其优点在于它能直观、形象、生动、具体地反映数据之间的关系,使复杂的统计数据简单化、形象化,从而使阅读者一目了然,便于理解和分析。

统计图资料与文字资料、统计表资料不同的是,其数据都蕴藏在图形之中,应考者必须具有一定的读图、识图能力,才能获取有关的数据和信息,从而解答后面的问题。但相对于文字资料和统计表资料来说,统计图资料的分析解答更简单一些,但也需要考生注意看懂图形所代表的意义,不能似是而非。

统计图的形式主要有条形图、扇形图、曲线图、网格图、饼状立体图等。

典型例题详解

一、条形统计图

【例题1】根据下图提供的资料,回答图后问题:

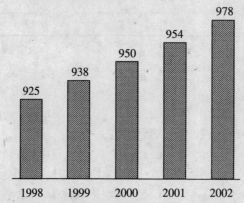

1.在 1998 年至 2002 年中,该地区河流污染增长最多的一年为:(　　)

A.1999 年　　　　B.2000 年　　　　C.2001 年　　　　D.2002 年

2.1998 年至 2002 年,污染增长最少的一年为:(　　)

A.1999 年　　　　B.2000 年　　　　C.2001 年　　　　D.2002 年

3.下列叙述正确的是:(　　)

A.1998 年—2002 年该地区河流污染持续增加

B.1998 年—2002 年该地区河流污染显著增加

C.1998 年—2002 年该地区河流污染有规律增加

D.1998 年—2002 年该地区河流污染呈稳定状态

4.依照此趋势,2003 年该地区河流污染的距离会:(　　)

A.增加　　　　B.减少　　　　C.保持原状　　　　D.说不清

【解析】

1.答案为 D。这是一个条形结构图,通过外观即可比较出其数量关系上的大小来,通过给出的数字则可以计算出它们之间的数量关系。考生在解答此题时首先要看清楚题目中问的是"增长最

212

多",这就需要通过具体的计算来比较。从 1999 年到 2002 年,比上一年增加的数量分别为 13、12、4、24,所以正确答案为 D。

2. 答案为 C。此题与上题类似。由上题可知,污染增长最少的一年为 2001 年,数量仅为 4,故正确答案为 C。

3. 答案为 A。从图中可以看出,从 1998 年到 2002 年该地区河流污染距离逐年上升,可以称之为持续增加,但谈不上显著增加和有规律增加,故 B、C 错误。D 项判断错误。故正确答案为 A。

4. 答案为 A。根据题干,从 1998 年至 2002 年,该地区河流污染的距离呈持续递增的态势,那么,"依照此趋势",2003 年该地区的河流污染距离肯定还是增加的,但增加多少不得而知,所以正确答案为 A。

【例题 2】根据下图,回答问题:

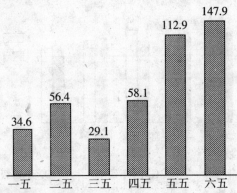

1. 该市固定资产投资额最多的时期是:(　　　)

A."一五"时期　　B."四五"时期　　C."五五"时期　　D."六五"时期

2. 该市固定资产投资额最少的时期是:(　　　)

A."一五"时期　　B."二五"时期　　C."三五"时期　　D."四五"时期

3. 该市固定资产投资额增长最多的时期是:(　　　)

A."二五"时期　　B."四五"时期　　C."五五"时期　　D."六五"时期

4. 该市"六五"时期比"五五"时期固定资产投资额增长多少?(　　　)

A.21.8 亿元　　B.29.0 亿元　　C.35.0 亿元　　D.54.8 亿元

5. 该市固定资产投资额出现负增长的时期为:(　　　)

A."二五"时期　　B."三五"时期　　C."四五"时期　　D."五五"时期

【解析】

1. 答案为 D。此题要求找出固定资产投资额最多的时期,因为在本题中条形的长度有很大差距,因此我们可以轻易地找出第六个条形,再参照各自数据,可以确认第六个五年计划时期固定资产投资额最多,所以正确答案为 D。

2. 答案为 C。第二题与第一题正好相反,它求的是固定资产投资额最少的时期,因此,只需要找出最短的条形即第三条,再参照各自的数据加以比较即可得出正确答案为 C。这两个题是最基本和最容易的题,只需要考生仔细观察所给的图形即可得出答案。

3. 答案为 C。本题的解答就不单单是条形长短的比较了,还需要结合各个条形对应的数据进行计算处理和比较,才能得出正确答案。首先观察图形,发现从"三五"到"四五"、从"四五"到"五五"的增长量明显比其他时期要大,所以首先排除 A、D 两项。再通过具体的数字运算则可比较出"五五"时期固定资产投资额增长最多,故正确答案是 C。

4. 答案为 C。本题中条形图的直观观察已不起作用了,需要考生通过简单的计算来得出结果。

正确答案为 C。

5.答案为 B。本题完全可以借助条形的长短来解决,因为在这组图中只有一个低谷,因而可以很轻松地选出,正确答案为 B。

【总结】本题是数据和图形结合起来考查考生能力的题型,它通过六个条形的长短及各自的数据生动而准确地向考生展示了该市 6 个五年计划中固定资产投资额的变化状况,本题不是不同类别不同性质的条形比较,仅仅是同一项目在不同阶段的状况比较,就图形而言,是比较容易的。不过,本题增加了数据,这就不可避免地要有数字运算的步骤,要求考生不能仅凭对图形的直觉认识就对题目加以判断,还要参考相关的数据,只有两者相结合,才能做出准确的选择。

【例题3】根据下图,回答问题:

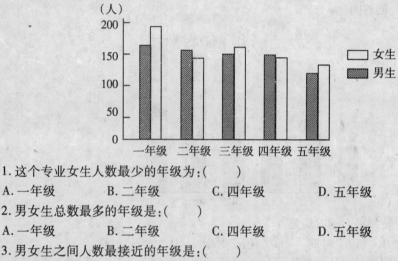

1.这个专业女生人数最少的年级为:( )

A.一年级　　　　B.二年级　　　　C.四年级　　　　D.五年级

2.男女生总数最多的年级是:( )

A.一年级　　　　B.二年级　　　　C.四年级　　　　D.五年级

3.男女生之间人数最接近的年级是:( )

A.二年级　　　　B.三年级　　　　C.四年级　　　　D.五年级

4.女生多于男生的年级是:( )

A.一年级、二年级、三年级　　　　　　B.一年级、三年级

C.二年级、四年级　　　　　　　　　　D.一年级、三年级、五年级

5.男生人数最多的年级是:( )

A.一年级　　　　B.二年级　　　　C.四年级　　　　D.五年级

【解析】

1.答案为 D。所给的图形为条形图,但此图有一个比较困难的地方是没有具体的数据,只能根据图示来进行判断,所以对识图的能力要求较高。根据题目的要求,容易观察出来五年级的男女生数量都少于其他年级,故正确答案为 D。

2.答案为 A。一年级的柱线比其他年级的都要长,故其男女总数应最多,正确答案为 A。

3.答案为 C。男女生柱线最接近的是四年级,所以正确的答案为 C。

4.答案为 D。空白柱状体代表女生,观察即可看出女生多于男生的年级有一年级、三年级、五年级,故正确答案为 D。

5.答案为 A。只比较图中带有斜线的柱状体即可看出一年级的男生人数最多,故正确答案为 A。

【例题4】下图是我国历年各类经济类型结构的比较图。

请根据下图回答下列问题:

各经济类型构成

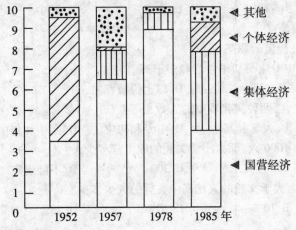

1. 集体经济所占比重最大的年份是:(　　　)
A. 1952 年　　　　B. 1957 年　　　　C. 1978 年　　　　D. 1985 年
2. 没有集体经济的年份是:(　　　)
A. 1952 年　　　　B. 1957 年　　　　C. 1978 年　　　　D. 1985 年
3. 1978 年,国营经济的比重约占:(　　　)
A. 5%　　　　　　B. 8.5%　　　　　C. 50%　　　　　　D. 85%
4. 取消个体经济是在哪一年?(　　　)
A. 1952 年　　　　B. 1957 年　　　　C. 1978 年　　　　D. 1985 年

【解析】

1. 答案为 D。此题通过观察给出的条形图的长短即可解答。考生首先要辨别哪一特征的图形代表的是集体经济,然后再进行比较。图中带有竖线的条形图代表的是集体经济,而 1985 年对应的集体经济占比重最大,故正确答案为 D。

2. 答案为 A。观察给出的条形图,没有集体经济的年份是 1952 年,正确答案为 A。

3. 答案为 D。条形图中的空白柱状体代表的是国营经济,在 1978 年对应的条形图中,空白柱状体占了绝大部分,与左边的标尺对照,大约是 85%,因此正确答案为 D。

4. 答案为 C。在 1978 年对应的条形图中,代表个体经济的斜线柱状根本没有,所以取消个体经济应在这一年,即正确答案为 C。

【提示】本题中的条形图是这类题中最为复杂的一种,考生在做题的时候首先要看懂图形的意思,弄清楚组成图形的各个元素代表的是什么,否则在观察的时候就很容易发生误差,从而导致做题的时候的一些失误。

二、饼形统计图
【例题 1】根据下图回答问题:

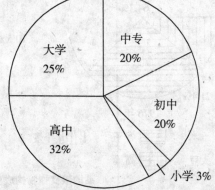

1. 该企业职工中,哪种文化程度占的比重最多?(   )

A. 大学　　　　　　B. 高中　　　　　　C. 中专　　　　　　D. 初中

2. 以下说法正确的是:(   )

A. 该企业大学文化程度的职工占 1/4

B. 该企业职工中,中专生与初中生之和多于高中生

C. 该企业职工中没有文盲　　　　　　D. 以上说法都对

3. 在该企业职工中,哪两种文化程度的人数相等?(   )

A. 大学和中专　　B. 大学和高中　　C. 中专和初中　　D. 高中和初中

4. 若该企业有职工 1000 人,那么小学文凭的职工有多少人?(   )

A. 3　　　　　　　B. 30　　　　　　C. 300　　　　　　D. 不能确定

5. 该企业职工中,有大学文凭的人比高中文凭的人少多少?(   )

A. 7%　　　　　　B. 10%　　　　　　C. 20%　　　　　　D. 28%

【解析】

1. 答案为 B。本题是五个扇形的面积比较。因为相差并不是很悬殊,因此不能单靠对扇形面积的观察就作判断,需要借助扇形中所标的数据来进行比较,高中生所占比例最大,所以正确答案为 B。

2. 答案为 D。此题是一个分析判断题。因为 D 项为"以上说法都对",所以考生只有在读完所有的选项后,才能作出选择。考生应一边读选项,一边与图形中给出的数据及比例关系做验证,A、B、C 三项都是对的,所以正确答案为 D。

3. 答案为 C。本题是寻找两个面积相同的扇形,去除一个面积最大的,再去除一个面积最小的,剩下的三个无法用肉眼判断具体哪两个相同。因此,再参照各自的数据。很自然地就会得出中专生与初中生的人数相等的结论,所以正确答案为 C。

4. 答案为 B。本题中命题者已经给出了额外的假设条件。因此解题的步骤上稍复杂了一点,但总体上看,计算还是比较简单的:小学文凭的职工占总职工的比例为 3%。则小学文凭的职工人数为:1000 × 3% = 30 人。故正确答案为 B。

5. 答案为 A。大学文凭的人数占总人数的 25%,高中文凭的人数占总人数的 32%,通过简单的数学计算即可得出结果,故正确答案为 A。

【提示】这类扇形图是最简单的一种,只有一个平面图和几个百分比值。由于没有具体的数量数据,因而避免了许多复杂的计算,因此,只要稍加留意就可以顺利解答。

【例题 2】根据下图回答 1—5 题。

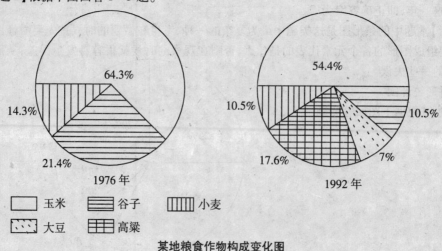

1976 年　　　　　　1992 年

| | 玉米　　| | 谷子　　| | 小麦 |
| | 大豆　　| | 高粱 |

某地粮食作物构成变化图

1. 该地粮食作物中始终占主导地位的是:(   )

A. 玉米   B. 谷子

C. 小麦   D. 大豆

2. 该地 1992 年与 1976 年相比,新增加的粮食作物是:(   )

A. 玉米,大豆   B. 谷子,小麦

C. 高粱,谷子   D. 大豆,高粱

3. 与 1976 年相比,该地 1992 年小麦构成比重下降了多少?(   )

A. 3.8%   B. 4.8%

C. 9.9%   D. 10.9%

4. 1992 年,该地构成比重相同的粮食作物是:(   )

A. 大豆和玉米   B. 谷子和小麦

C. 大豆和高粱   D. 小麦和玉米

5. 1976 年,该地谷子所占比重为:(   )

A. 10.5%   B. 14.3%

C. 21.4%   D. 64.3%

【解析】

1. 答案为 A。在各种形式的扇形中,空白应是最惹人注目的,因此我们可以一眼就看到空白扇形的面积最大,再看数据即可得到答案为 A。

2. 答案为 D。本题需要考生仔细去比较这两个扇形图,需要比较的并不是各类扇形的面积变化,而是要根据对扇形特点的了解,去寻找出哪些是新增的内容。经过观察我们发现网格状的扇形(代表高粱)和斜虚线状的扇形(代表大豆)都是新增的,故正确答案为 D。

3. 答案为 A。本题需要对同一项目在不同时期的数据进行处理。根据代表小麦的图标在两个平面图的相应部分找出具体的数据,之后进行简单的运算即可。正确答案为 A。

4. 答案为 B。此题比较简单,但是需要考生细心、仔细,在将数据、图标和图表对应的作物名对照的时候不要出现差错即可。正确答案为 B。

5. 答案为 C。此题比较简单,它要求找出需要的是哪一个平面图,然后根据谷子的图标在相应的平面图中找出答案。这类题主要考查的是考生的细心。

【提示】本题中的饼形图是比较常见和典型的。做这类题的时候,因为题目中的各种项目较多,又有纵向、横向的比较,许多扇形间又存在着视觉上的相似性,所以考生首先要弄清楚各种扇形各自分别代表着什么,否则会很容易忙中出错。另外,阅读图形的时候,对那些最突出的,比如说所占比例最大的和所占比例最小的,要有较多的留意,这样在题目中涉及这些最突出的项目的时候,可以更容易地获取数据,减少出错的可能性。还有就是对增加了的和减少了的项目也要特别注意,因为这些都是很容易出题的地方。

【例题 3】下列图形代表的分别是中国网民的性别、年龄及学历构成,根据图形回答问题。

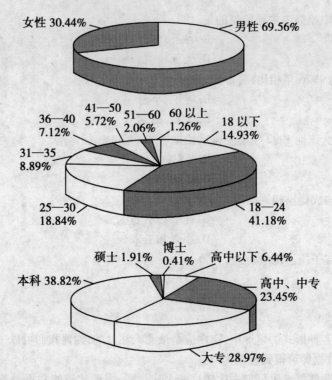

1. 如果中国网民的总人数为 2250 万,那么 41 岁以上的网民约有多少万人?(   )

A. 100   B. 200   C. 300   D. 400

2. 男性网民比女性网民约多多少?(   )

A. 60%   B. 70%   C. 90%   D. 130%

3. 下列说法中,哪些是正确的?(   )

Ⅰ. 本科以上(含本科)的网民比本科以下的网民多。

Ⅱ. 25—30 岁的网民比 31—40 岁的网民多。

Ⅲ. 本科学历的网民所占的比例最高。

A. Ⅰ   B. Ⅱ   C. Ⅲ   D. Ⅱ、Ⅲ

4. 18 岁以下的网民人数与下列哪个年龄段的网民人数最接近?(   )

A. 18—24   B. 25—30   C. 31—40   D. 41—50

5. 网民人数随着学历升高而变化的趋势大致符合下列哪幅图所示?

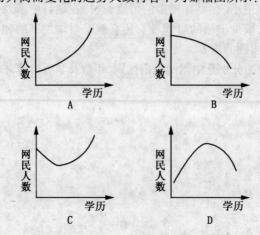

【解析】

1. 答案为 B。有了总的人数,要求 41 岁以上网民的人数,必须通过阅读第二个饼状图找出 41 岁以上网民数占整个网民数的比例。首先通过观察图形找出这个比较。41 岁以上网民所占的比例包括 41—50、51—60、60 以上三个年龄段的网民,即 5.72%、2.06%、1.26%,总和为 9.04%。如果直接拿 2250 去乘以 9.04% 会是一个较为麻烦的计算,而公务员考试中一般不会出现这种题目,并且题干中问的是"约"数,那么就暗示考生不必精确计算,那将是出力不讨好的事情。这个时候考生要学会去观察选择项,通过比较很快就能发现,只有 B 项给出的数目比较接近 2250×9.04% 的结果(2250 的 10% 为 225 万,而题中的比例不到 10%,故应稍低于 225 万),故正确答案为 B。

【提示】本书曾多次指出,公务员考试中很多题目的解答是很有技巧的,考生要善于发现这些巧妙之处来提高自己解答题目的速度和效率,从而提高考试的成绩。

2. 答案为 D。通过观察第一个图形,男性网民占 69.56%(可以近似为 70%),女性网民占 30.44%(可以看作 30%),那么直接用百分比来估算一下即可得出正确答案为 D。

3. 答案为 D。此题属于是综合分析判断题,考生需要把给出的三个判断——对照图形判断出正误来,然后作答。

4. 答案为 C。由图可知,31—45 岁所占比例为 8.89%,36—40 岁所占比例为 7.12%,那么 31—40 岁所占比例为 8.89% +7.12% =16.01%,与 18 岁以下的网民人数最为接近,故而正确答案为 C。

5. 答案为 D。此题需要考生把通过图形得来的数据和结论再用图形表现出来,需要考生对数据有较为准确的理解和把握。通过观察给出的第三个饼状图,我们发现随着学历的升高,网民的人数先升后降,再对照给出的图形,只有 D 项符合这个变化规律,故正确答案为 D。

【提示】本题中要求的这种数据资料转换表达的能力在公务员的工作中是非常重要的一种能力。国家公务员在日常工作中经常会碰到这种情况,需要把大量的资料进行分析、总结,得出某些结论,然后再用比较直观的形式(简单明了的文字或图形)向上级领导进行汇报,以便于他们在决策时参考,因此对于这种能力的考查也就成为了公务员考试中的重要内容,考生要能通过大量的练习适应这种要求,才能在国家公务员招录中最终成功。

三、曲线统计图

【例题1】根据下面的曲线图回答问题。

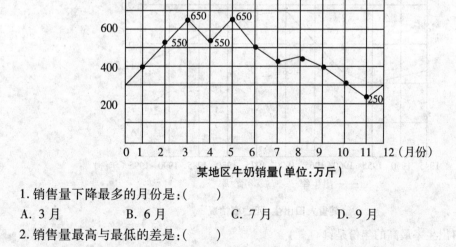

某地区牛奶销量(单位:万斤)

1. 销售量下降最多的月份是:( )

A. 3 月　　　　B. 6 月　　　　C. 7 月　　　　D. 9 月

2. 销售量最高与最低的差是:( )

A. 200　　　　B. 300　　　　C. 400　　　　D. 450

3. 销售量在增长最多的月份里增长了多少?( )

A. 50　　　　B. 100　　　　C. 150　　　　D. 200

4. 销量增加的月份数与销量减少的月份数之比为：（　　）

A. 1:1　　　　　B. 1:2　　　　　C. 2:1　　　　　D. 1:6

5. 最低销售量为多少？（　　）

A. 200　　　　　B. 250　　　　　C. 300　　　　　D. 350

【解析】

1. 答案为B。本题是求销售量下降最多的月份，所以必须从3月份开始一直比较到11月份。在比较的过程中，可能原本仅是坐标的数据也将被利用到。其实在比较的过程中，还是有窍门可以寻找的。要找下降最多的，其实就是找出销量下降的月份折线段最长的那一个，而这很容易通过观察图形得出结论，即5月份到6月份间的那条折线段最长，故正确答案为B。

2. 答案为C。本题是对两个极值求差。首先通过观察图形可以确定最高和最低的两个值分别为650和250，然后进行简单的计算即可得出答案为C。

3. 答案为C。本题的问题提了两个要求：一是找出在哪个月份中销量增长最多，二是把这个增加量计算出来。此题与第1题相类似，只不过此题是要求增长最多的，其实质就是找出在销量上升的月份折线段最长的那一个来。通过观察和数字比较我们发现，在2月份，销量上升了一个半格，而10月份和3月份都只上升了一个格，所以我们的研究对象就是2月份的数据。然后，将二月份的曲线左右两端对应的数据相减，即可得到正确答案C。

4. 答案为A。本题是将曲线发展的两种不同的趋势加以区分，并分别计算出两种趋势下的月份数目，然后通过求比值即可。需要注意的是，在比较的时候，应该按题目的要求，将增加的月份数放在前面，减少的月份数放在后面，否则就会出错。

5. 答案为B。观察图形并稍加比较就可以得到答案为B。需要注意的是，千万不能被曲线一开始的发展趋势所迷惑而误选C。

【提示】本题中的曲线图是较为简单的一种，考生只要仔细、细心，正确解答题目并不是很困难。需要注意的就是题目中的具体作答要求，以及在观察图形的时候仔细比较、参考，不要弄混了数据。

【例题2】根据下面的曲线图回答问题。

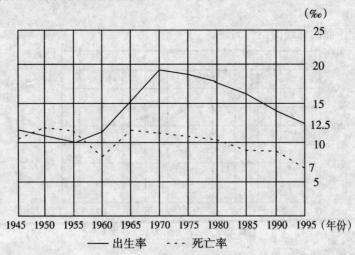

某省人口出生、死亡率情况

1. 该省人口出生率最高的年份是：（　　）

A. 1965年　　　B. 1970年　　　C. 1975年　　　D. 1980年

2. 该省人口处于负增长的年份是：（　　）

A. 1965年　　　B. 1948—1956年　C. 1945年　　　D. 1970年

3. 该省人口出生率在哪一段时间处于增加状态?(   )

A. 1955—1970 年   B. 1960—1970 年

C. 1970—1980 年   D. 1960—1980 年

4. 该省 1995 年人口自然增长了 11 万人,则 1955 年该省有多少人口?(   )(注:自然增长率 = 出生率 – 死亡率)

A. 2 千万   B. 3 千万   C. 4 千万   D. 5 千万

5. 下列叙述正确的是:(   )

A. 从 1960 年起,该省的人口自然增长率一直处于上升之中

B. 从 1960 年起,该省的人口自然增长率一直处于下降之中

C. 从 1980 年起,该省的人口死亡率一直处于下降之中

D. 从 1980 年起,该省的人口死亡率一直处于上升之中

【解析】

1. 答案为 B。此题较为简单,考生通过观察图形的走向并找出峰值即可。需要注意的是要事先看懂图形的意思,并找出哪条线代表出生率,否则很容易出现错误判断。

2. 答案为 B。要找出人口处于负增长的年份,首先要弄清楚负增长的意义。人口负增长也就是说该年度人口的死亡率要大于人口的出生率,联系到题目中的问题,其意思就是图形中的虚线(代表死亡率)必须处于实线(代表出生率)的上方。那么我们经过仔细观察可以发现。在 1950 年—1955 年这一段及其两边各一小段的位置,虚线是高于实线的。再结合备选项,很容易就会选出正确答案 B。

3. 答案为 A。此题只需通过观察实线在十个阶段上的走势,并对照横坐标中对应的年份即可得出正确的答案。

4. 答案为 A。本题需要进行一定的数据运算。首先找出横坐标为 1995 年的两条曲线各自的位置,它们的数值已经给出,自然增长率的求法是用出生率减去死亡率,因此本题中的自然增长率就是所给出的两个数据的差值。所以,1995 年该省的人口总数为:

11 ÷ (12.5‰ – 7‰) = 2000(万),故正确答案为 A。

5. 答案为 C。本题属于综合分析判断题。考生应该一边阅读选项,一边快速与给出的图形对照以判断选择项的判断是否正确。

【例题 3】下图是 1950 年—1956 年我国财政支出构成变化的曲线图。根据下图回答问题:

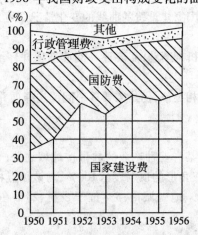

1950—1956 年我国财政支出构成变化

(资料来源:国家统计局编,《伟大的十年》,人民出版社 1959 年版,第 22 页)

1．1951 年,国家用于建设的费用约占整个财政支出的:(　　)

A. 35%　　　　　　　　　　　　B. 40%

C. 58%　　　　　　　　　　　　D. 75%

2．1950 年,国家用于国防的费用约占整个财政支出的:(　　)

A. 40%　　　　　　　　　　　　B. 50%

C. 60%　　　　　　　　　　　　D. 75%

3. 1950—1954 年,国家用于建设的费用在整个财政支出中的总趋势是上升的,但一年有所回落,这一年是:(　　)

A. 1951 年　　　　　　　　　　B. 1952 年

C. 1953 年　　　　　　　　　　D. 1954 年

4. 下列判断正确的是:(　　)

A. 1950 年—1956 年我国建设投资是呈直线逐年递增的

B. 我国的国防费用自 1950—1956 年间是逐年递减的

C. 1950—1956 年间,我国用于行政管理方面的费用是逐渐减少的

D. 1950—1956 年间,我国财政支出中,其他费用所占的比重逐渐增加

5. 从总体上看,自 1950—1956 年间,我国:(　　)

A. 建设费呈上升趋势,国防费呈下降趋势,行政管理费呈增加的趋势

B. 国防费逐渐增加,行政管理费逐年下降,建设投资逐年增加

C. 行政管理费逐年下降,国防费逐渐减小,建设投资逐渐增大

D. 以上判断都不对

【解析】

1. 答案为 B。本题通过观察图形即可得出答案。

【提示】本题的折线图是较为复杂的一种,考生在做题之前要仔细阅读图形,弄清楚各种线条及其变化所代表的意义,这是正确答题的前提。

2. 答案为 A。本题中的计算稍微有点曲折。通过观察图形可知,1950 年的国防费用所占的百分比一下子不容易观察出来,但可以另辟蹊径。1950 年国防费和国家建设费共占 75%,而其中国家建设费占了近 35%,这些数据通过观察图形很容易得知,从中可以很容易地计算出国防费所占的比例为 75% –35% =40%,故正确答案为 A。

3. 答案为 C。通过观察代表国家建设费的曲线的变化情况即可发现,国家建设费在 1953 年有些回落,故正确答案为 C。

4. 答案为 C。该题是综合分析判断题,需要逐一阅读选项并仔细对照观察曲线的变化情况来判断选项是否正确。

5. 答案为 D。此题与上一题相类似,仍是需要逐一阅读选择项并对照观察曲线的变化情况,来分析选择项是否正确。

四、网状统计图

【例题1】下面的二角形表示某省五种产业的数量按地域划分(城区、郊区、乡村)所占的百分比。图上的字符表示各种产业,三角形的顶点表示 100%,与该顶点相对的基线表示 0。例如,该省所有的加工企业(F)中,约有 70% 地处城市、5% 位于乡村、25% 在郊区。根据下面的图形回答问题。

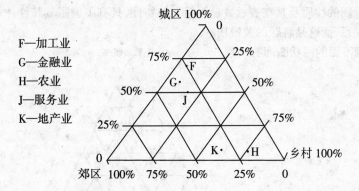

F—加工业
G—金融业
H—农业
J—服务业
K—地产业

城区 100%
乡村 100%
郊区 100%

1. 大约有百分之几的服务业公司地处郊区？（   ）

A. 90%　　　　　　　B. 70%　　　　　　　C. 50%　　　　　　　D. 30%

2. 哪一种产业在城区和郊区的分布大致相等？（   ）

A. 地产业　　　　　　　　　　　B. 服务业

C. 金融业　　　　　　　　　　　D. 没有这种产业

3. 在郊区的金融企业与在城区的金融企业之比最接近于：（   ）

A. 1:6　　　　　　B. 1:2　　　　　　C. 1:1　　　　　　D. 2:1

4. 哪一种产业在城区和郊区的企业数之和只占该种产业总企业数的25%？（   ）

A. 加工业　　　　　　B. 金融业　　　　　　C. 农业　　　　　　D. 服务业

5. 哪一种产业在城区的企业数和在郊区与农村的企业数之和大致相等？（   ）

A. 地产业　　　　　　B. 服务业　　　　　　C. 金融业　　　　　　D. 加工业

【解析】

1. 答案为 D。首先要看懂图的意思，然后才能作答。题目中涉及的参照系是郊区，则首先要弄清楚其大小关系，即郊区所在的定点代表100%，越往外代表的比例越低。通过观察可以发现，代表服务业的 J 点处于25%—50%的范围中，且稍偏向25%。再参照备选项我们就可以判断正确答案为 D。

【提示】此类图形很容易产生混淆，因此考生在答题前务必看清图形，搞清楚图形所代表的数字及其变化关系。

2. 答案为 D。从城区100%和郊区100%两个顶尖分别往外推算，只有 H 即农业在这两个地区所占的比例相差不多，但参照选项并没有这个选项，因此正确答案为 D。

3. 答案为 B。观察图形找到这两项所代表的比例进行计算即可。在郊区的金融企业所占比例约为30%，在城区的金融企业所占比例约为60%，两者相比近于1:2，故答案为 B。

4. 答案为 C。在给出的五种行业中，我们凭常识可以认定只有农业在城区和郊区所占的比重最小，然后到网状图中去验证，结果 H 在城市和郊区所占的两条线段之和正好是25%的标量，故正确答案为 C。

【提示】此题还有一种更为巧妙的解题方法。根据题意，这种产业在城区和郊区的企业数之和占该种企业总数的25%，也就是说该产业在农村的企业数应占75%，再结合图形可以很容易观察到，只有 H 点满足要求。

5. 答案为 B。此题与上题较为近似，可以利用上题【提示】中总结的方法来解答。这种产业在城区的企业数和在郊区与农村的企业数之和大致相等，那就意味着该产业在城区的企业数占总企业数的大约50%。再观察图形发现满足此项要求的只有 J 点，即服务业，所以正确答案为 B。

【总结】网格统计图是一种比较复杂的统计图，考生要想在此类题目中准确、快速解答，首先必须搞清楚这种统计图的性质及其在表示数量关系上的特性,只有了解了其特性才能更深刻地理解其所体现的数量关系,而这是解题的关键所在。

【例题2】根据下面的网状图回答问题。

图示是全国部分地区20岁的青年人的状况。A代表北京,B代表广州,C代表四川,D代表新疆,E代表广西,F代表浙江。

1. 20岁青年上大学比例最高的地区是:( )
A. 北京   B. 广州
C. 广西   D. 四川

2. 20岁青年工作比例最高的地区是:( )
A. 广州   B. 广西
C. 浙江   D. 北京

3. 20岁青年待业比例最高的地区是:( )
A. 浙江   B. 四川
C. 广西   D. 北京

4. 浙江20岁青年上大学者与参加工作者的比是:( )
A. 2:1   B. 1:2
C. 3:1   D. 1:3

5. 下面叙述不正确的是:( )
A. 广州20岁青年上大学者和待业者比例相同
B. 四川20岁青年上大学者与参加工作者比例相同
C. 新疆20岁青年参加工作者是待业者的4倍
D. 北京20岁青年参加工作者比例最低

【解析】

1. 答案为A。找青年上大学比例最高的地区,也就是找离大学顶点最近的点,因为离大学顶点越近,说明其百分比越高。因此,我们从大学100%的顶尖往下观察,很容易就发现A点距离这一顶点最近。根据题目中给出的条件,A代表北京,所以正确答案为A。

2. 答案为A。本题解题方法与上题相同。题目要求找出20岁青年工作比例最高的地区,即找出离工作顶点最近的点。通过观察发现满足条件的是B点,而B代表广州,故而正确答案为A。

3. 答案为B。与前面的题目解题方法相同。

4. 答案为C。浙江是用F来代表的,也就是求F在大学与工作两个方面的比例的比值。首先来看F在大学中所占比例,经过观察我们发现,是$\frac{3}{7}$。然后再看在工作方面的比例,可以得到比例为$\frac{1}{7}$。因此,两个数据相比得到正确答案为C。

224

【提示】做本题的时候,需要注意的一点是不能将比值的前后位置颠倒,因为在选项中也有这样的迷惑项,一旦颠倒,就会错选。

5. 答案为 D。本题是综合分析判断题,所涉及的计算和比较的数字较多,需要依选择项逐一核对图形并做出分析和判断,难度较大。

【提示】此题因为图中各点的位置都是相对比较规则的,它们所在的位置无论是相对于工作、大学还是待业,其分布率都是 $\frac{1}{7}$ 的倍数,所以复杂计算的工作量较小,需要考生注意的就是,在观察图形的时候要特别小心、仔细,不要发生视觉混淆而导致判断出错。

第三节　文字资料

考点解析

文字资料分析题通过把一个主题进行量化的描述来考查应考者的理解与量化处理资料的能力。它采用陈述的形式,用文字将有关某一个事件的相关信息罗列出来,要求考生在阅读分析的基础上对提出的问题进行解答。

相对于统计表格和统计图来说,文字资料的分析是最难的,也是最不好把握的,因为文字资料还涉及阅读并正确理解语意的问题,不像统计表格和统计图,直接去寻找有用的数据即可。有时候考生如果根据问题直奔数据,往往会丢掉上下文中暗含的一些信息,从而导致答题的失误。

但是,难只是相对的,对于文字资料,只要考生在阅读时认真、仔细,正确解答还是没有问题的。对于文字资料分析题,考生应该注意以下几点:

1. 综览整个资料,弄懂其主要内容或主题。

2. 把资料理出一个大概的框架来。文字资料也是资料,既然是资料,那么它在叙述的时候也肯定是采取了一定的规则。比如,它的分类有哪些,在每一类里又有哪些内容或者是项目。也就是说,我们需要对文字资料进行表格化或图形化,这样对于我们的理解和答题都是很有帮助的。

3. 可以借助一些手段来帮助自己快速对资料的内容进行处理。比如,对一段比较复杂的文字资料,可以用笔在草稿纸上简单归纳出其分类的要点,并做出一些标记来帮助自己进行分类、整理,这样会对快速、准确理解材料和作答有很大帮助。

典型例题详解

【例题】从垂直高度来看,世界人口分布的不平衡性十分明显。海拔 200 米以下的陆地面积占 27.8%,而居住在这一高度内的人口比重却占到 56.2%,200 米－500 米高度的陆地面积占全部陆地的 29.5%,而居住在这一高度内的人口为 24%,500 米—1000 米高度的陆地占总面积的 19%,人口占 11.6%。也就是说,世界人口 90% 以上是居住在海拔 1000 米以下的比较低平的地区。尽管目前世界上最高的永久性居民已达海拔 5000 米的高度(南美洲的安第斯山区和我国西藏),最高城市也达到海拔 3976 米(玻利维亚的波托西)。

请根据这段文字资料回答下面的问题:

1. 居住在海拔 200 米—500 米这一高度内的人口在总人口中所占的比例是:(　　)

A. 56.2%　　　　　　　　　　　B. 27.8%

C. 24%　　　　　　　　　　　　D. 29.5%

2. 人口密度最大的是在哪一个高度的陆地上?(　　)

A. 0—200 米　　　　　　　　　　B. 200—500 米

C. 500—1000 米　　　　　　　　D. 1000 米以上

3.居住在1000米以上高度的人口比重是多少？（　　）

A.10%　　　　　　　　　　　　B.8.2%

C.11.6%　　　　　　　　　　　D.9.3%

4.世界上最高的城市是哪一个？（　　）

A.我国的拉萨　　　　　　　　　B.南美洲的安第斯

C.玻利维亚的波托西　　　　　　D.日本的广岛

5.海拔200米以上的陆地面积占总面积的比重为多大？（　　）

A.56.2%　　　　　　　　　　　B.27.8%

C.72.2%　　　　　　　　　　　D.29.5%

【解析】

1.答案为C。这个问题较为简单，考生只需从材料中找出相关的数据即可。需要注意的是，本题问的是人口，而不是地域面积，而在供选择的项中就有面积的数据，因此考生一定小心谨慎不要选错。

2.答案为A。本题的难度比上一题稍大，需要考生首先找出四个高度段的有关人口密度的数据，再加以比较，最后得出结果。考生注意不要将这些数据弄混淆导致选择出错。

3.答案为B。本题与第1题类似，仔细阅读资料便能得出正确答案为B。

4.答案为C。本题的解答主要是看对题意的把握，因为材料中并没有明确指出来，是用一种补充说明的方式点出的。并且材料中也给出了两个最高，这在一定程度上起到了迷惑的作用，所以必须审慎地领会题意，以免陷入出题者所设的陷阱，造成错选。

5.答案为C。此题的设计有一些巧妙之处。一般考生会顺着题目的叙述，按部就班地找出200—500米、500—1000米等高度段陆地面积的比例，然后相加得出结论。而实际上只需要找出200米以下的陆地面积在总面积中所占比重，然后用"1"减去即为正确答案。

解题技巧点拨

在资料分析测验中，由于资料后面的每一个问题都是依据资料的内容而设计的，所以在解答这类题目时，考生可以注意使用以下的技巧：

1.阅读整个资料，读懂图表或文字，把握资料的主题。资料分析试题是以图、表或文字反映的信息为依据的，看不懂资料，也就失去了答题的前提条件，在答题的过程中很容易出现各种错误。因此，应当把图表内容的阅读和理解作为正确答题的首要条件，然后根据每一试题提出的具体问题，与图表中的具体数值（或图形）相对照，通过分析、比较、计算，得出正确答案。

2.考生在读资料时，最好带着题目中的问题去读，注意摘取与试题有关的重要信息。这样一方面有利于对资料的理解，另一方面也可减少答题时重复看资料导致的时间浪费。

3.适当采用"排除法"解决问题。资料分析题的备选答案，通常有一两项是迷惑性不强或极易排除的，往往通过观察图表或阅读文字就可以直接排除。通过排除干扰项，可以集中精力分析判断剩下的备选项，提高做题的正确率。

4.注意统计图表中的统计单位。有时候统计图、表中的统计单位涉及答题的具体内容，有的试题还专门在统计单位上做文章，所以，如果统计单位前后不统一，会在答题的时候得出错误的结果。

5.获取、分析资料的时候注意要小心、仔细。无论是在阅读统计图表、文字资料的时候，还是在参照选择项进行比较分析的时候，考生都要小心、仔细，否则很容易在密密麻麻的资料中发生视觉的混淆，从而导致答题失误。

仿真强化训练

（一）

根据下面的统计表回答 1—5 题。

某年我国乡镇企业产品出口行业分类（单位：亿元）

行业	全部产值	出口值	出口值占全部行业产值比重（%）
轻工	322.05	28.72	8.92
食品	267.71	27.13	10.13
纺织	462.99	55.92	12.08
服装	102.08	30.17	29.56
工艺品	58.88	37.92	64.40
化工	390.44	15.05	3.90
机械	847.04	11.23	1.33

1. 该年乡镇企业中，产值最高的行业是：（　　　）

A. 轻工　　　　　B. 食品　　　　　C. 机械　　　　　D. 化工

2. 该年乡镇企业中，出口值占全部行业产值一半以上的行业是：（　　　）

A. 纺织　　　　　B. 服装　　　　　C. 机械　　　　　D. 工艺品

3. 该年食品行业出口值比化工行业出口值高多少？（　　　）

A. 27.13 亿元　　　　　　　　　B. 12.08 亿元

C. 54.37 亿元　　　　　　　　　D. 10.07 亿元

4. 该年乡镇企业中，出口值最高的行业是：（　　　）

A. 纺织　　　　　B. 服装　　　　　C. 工艺品　　　　　D. 食品

5. 该年，服装业出口值占全部行业产值比重与轻工业相比高多少？（　　　）

A. 17.46%　　　B. 20.46%　　　C. 20.64%　　　D. 17.66%

根据下图回答 6—10 题。

6. 该班中，哪一个分数段所占人数最多？（　　　）

A. 70—80 分　　　　　　　　B. 80—90 分

C. 60—70 分　　　　　　　　D. 90 分以上

7. 该班中，哪两个分数段的学生相差最少？（　　　）

A. 60—70 分和 70—80 分

B. 70—80 分和 80—90 分

C. 60—70 分和 80—90 分

D. 80—90 分和 60—70 分

某班一次考试成绩构成

8. 下列判断不正确的是：（　　　）

A. 处于最高分数段和最低分数段的人都很少

B. 如果把 70 分以下定为成绩较差，则该班成绩较差的人不足 $\frac{1}{3}$

C. 如果把 70 分以下定为成绩较差，则该班成绩较好的人超过 $\frac{2}{3}$

D. 该班学生人数可能为 100 人

9. 如果该班学生人数为 100 人，则人数最多的分数段与人数最少的分数段之间，人数相差多少人？（　　　）

A. 19　　　　　B. 23　　　　　C. 17　　　　　D. 16

10. 如果下一次考试中，60 分以下的人会减少 50%（假设该班 100 人），则下次考试 60 分以下

的人有多少人？（　　）

　　A.6　　　　　　　B.8　　　　　　　C.4　　　　　　　D.2

根据下图回答11—15题。

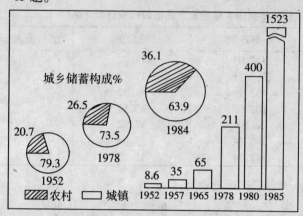

城乡居民储蓄存款年底余额(亿元)

11.1978 年农村储蓄总额是多少亿元？（　　）

　　A.59.150　　　　B.55.150　　　　C.55.915　　　　D.55.159

12.1985 年比 1952 年储蓄存款年底余额多:（　　）

　　A.1514.4　　　　B.1424.4　　　　C.1514.4 亿元　　D.1424.4 亿元

13.1978 年比 1952 年的农村储蓄总额多:（　　）

　　A.55.145　　　　B.54.145　　　　C.55.145 亿元　　D.54.135 亿元

14.假定 1985 年的城乡储蓄构成与 1984 年相同,则 1985 年的城镇居民储蓄总额是:（　　）

　　A.937.197　　　　B.973.197　　　　C.973.197 亿元　　D.937.197 亿元

15.下述判断不正确的是:（　　）

　　A.城乡居民储蓄存款年底余额逐年增长

　　B.农民的存款年底余额所占比重逐年上升

　　C.到 1984 年农民存款年底总余额已超过了城镇居民的存款总额

　　D.城镇居民存款年底余额所占的比重逐年下降

阅读下面资料回答16—20题。

　　某年,我国乡镇企业职工达到9545.46万人,分别占农村劳动力总数的23.8%和全国劳动力总数的17.6%;乡镇企业总产值达到6495.66亿元,分别占农村社会总产值的53.8%和全国社会总产值的24%。其中,乡镇工业产值达到4592.38亿元,占全国工业总产值的7.6%;乡镇企业直接和间接出口创汇80.2亿美元,占全国出口创汇总额的16.9%。该年乡镇企业税金为310.29亿元,仅占国家财政总收入的12%。但是在国家财政新增长的部分中所占比重却明显地增大。从10年前至该年,10年间乡镇企业税金增加288.29亿元,占国家财政收入增加额的19.7%。同期乡镇企业税金平均每年增长30.3%,相当于国家财政总收入平均每年增长8.7%的3.48倍。

　　16.该年我国乡镇企业职工占全国劳动力总数的比重比占农村劳动力总数的比重低多少?（　　）

　　A.23.8%　　　　B.17.6%　　　　C.6.2%　　　　D.6.3%

　　17.该年我国乡镇企业总产值占农村社会总产值的多少?（　　）

　　A.1/2 弱　　　　B.1/2 强　　　　C.1/4 弱　　　　D.1/4 强

　　18.10 年前我国乡镇企业税金为:（　　）

228

A. 310. 29 亿元　　　B. 288. 29 亿元　　　C. 32 亿元　　　　D. 22 亿元

19. 从 10 年前至该年,我国财政总收入平均每年增长:(　　)

A. 12%　　　　　　B. 19. 7%　　　　C. 30. 3%　　　　D. 8. 7%

20. 该年,我国乡镇工业产值为:(　　)

A. 9545. 46 亿元　　　　　　　　　B. 6495. 66 亿元

C. 4592. 38 亿元　　　　　　　　　D. 310. 29 亿元

(二)

根据下面的统计表回答 1—5 题。

我国历年新建住房面积统计

年　份	城市新建职工住宅面积(亿平方米)		农村新建房屋面积(亿平方米)	人均居住总面积(平方米)	
	全民单位基建	全民更新改造投资和集体投资		城市	农村
1982	0. 90	0. 28	6	5. 6	10. 7
1983	0. 81	0. 34	7	5. 9	11. 6
1984	0. 77	0. 30	6	6. 3	13. 6
1985	0. 96	0. 29	7	6. 7	14. 7
1986	0. 89	0. 32	10	8. 0	15. 3
1987	0. 65	0. 33	9	8. 5	16. 0

1. 我国 1983 年共新建住房面积多少平方米?(　　)

A. 7. 81 亿　　　　B. 7. 34 亿　　　　C. 8. 15 亿　　　　D. 7 亿

2. 1982 年我国农村人均居住面积比城市人均居住面积高多少?(　　)

A. 5. 28 亿平方米　　B. 5. 1 米　　　C. 4. 1 米　　　　D. 5. 1 平方米

3. 1987 年我国城市人均居住面积比 1985 年增加了多少?(　　)

A. 2. 8 平方米　　　B. 1. 8 平方米　　C. 2. 3 平方米　　D. 1. 3 平方米

4. 农村新建房屋面积增加最快的一年是:(　　)

A. 1983 年　　　　B. 1985 年　　　C. 1986 年　　　　D. 1987 年

5. 1986 年我国城市新建职工住宅面积为:(　　)

A. 0. 89 亿平方米　B. 0. 32 亿平方米　C. 1. 21 亿平方米　D. 0. 57 亿平方米

根据下图回答 6—10 题。

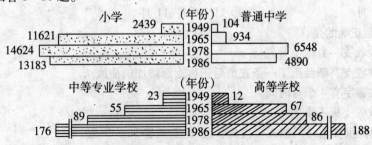

历年各级学校在校学生数(单位:万人)

6. 每年在校学生数最多的学校是:(   )

A. 小学　　　　　B. 普通中学　　　　C. 中等专业学校　D. 高等学校

7. 1986 年与 1949 年相比,高等学校人数增加了多少?(   )

A. 176　　　　　B. 176 万人　　　　C. 176000 人　　　　D. 17600 人

8. 1986 年与 1949 年相比,普通中学人数增加了多少?(   )

A. 4786 人　　　　B. 4786 万人　　　　C. 6544 人　　　　D. 6544 万人

9. 1978 年,高等学校人数比中等专业学校人数少多少?(   )

A. 3000 人　　　　B. 30000 人　　　　C. 12 万人　　　　D. 120000 人

10. 1978 年,在校小学生为多少人?(   )

A. 14624　　　　B. 14624 万人　　　　C. 13183　　　　D. 13183 万人

根据下图回答 11—15 题。

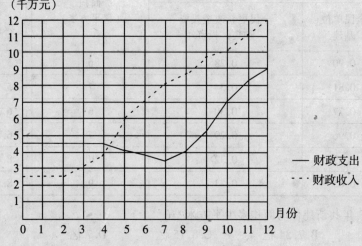

某市 1996 年财政收支比较

11. 该市财政赤字最多的月份是:(   )

A. 1 月　　　　　B. 2 月　　　　　C. 3 月　　　　　D. 1、2 两月

12. 该市财政收入大于支出最多的月份是:(   )

A. 7 月　　　　　B. 8 月　　　　　C. 9 月　　　　　D. 7、8 两月

13. 该市是从哪个月开始财政收支平衡的?(   )

A. 5 月　　　　　B. 4 月　　　　　C. 6 月　　　　　D. 7 月

14. 该市财政收入和支出最多的月份分别是:(   )

A. 1 月,1 月　　　　　　　　　B. 6 月,7 月

C. 12 月,12 月　　　　　　　　D. 12 月,11 月

15. 下列判断正确的是:(   )

A. 该市财政收支一直呈上升趋势

B. 该市财政收支差额经历了一条先负后正再逐渐增加的曲线

C. 该市财政赤字有 4 个月时间

D. 该市财政收支极不平衡

下图表示的是世界部分国家人口构成状况,据图回答 16—20 题。

A 代表中国,B 代表日本,C 代表美国,D 代表印度,E 代表马里,F 代表丹麦。

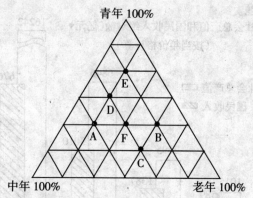

青年 100%

中年 100%　　　　　　老年 100%

16. 老年人口比重最大的国家是:(　　　)

A. 美国 　　　　　　　　　　B. 日本

C. 中国 　　　　　　　　　　D. 美、日两国

17. 青年人口比重最大的国家是:(　　　)

A. 中国 　　　　B. 印度 　　　　C. 马里 　　　　D. 丹麦

18. 几个国家中,老年、中年、青年人口比例相同的国家是:(　　　)

A. 丹麦 　　　　B. 马里 　　　　C. 印度 　　　　D. 日本

19. 日本的老年人是青年人的:(　　　)

A. $\frac{2}{3}$ 　　　　B. $\frac{3}{2}$ 　　　　C. 2 倍 　　　　D. $\frac{1}{2}$

20. 下列叙述正确的是:(　　　)

A. 发展中国家老年人口比例基本相同　B. 发达国家老年人口比例基本相同

C. 青年人口比例相同的国家有两个　　D. 中年人口比例相同的国家有四个

（三）

根据下面的统计表回答 1—5 题。

农民生活消费品支出中商品性支出所占比重(以各项支出为100)

项目	1978 年	1980 年	1985 年	1990 年	1995 年
生活消费品支付	39.7	50.4	60.2	62.8	64.5
食品	24.1	31.1	41.7	44.1	46.4
衣着	89.0	98.1	98.0	98.1	98.0
燃料	31.9	28.7	21.6	21.9	23.1
住房	95.1	88.8	98.0	98.2	98.3
生活用品及其他	87.7	96.3	99.5	99.6	99.7

1. 1978 年农民生活消费品支出中商品性支出所占比重最小的一项是:(　　　)

A. 食品 　　　　B. 燃料 　　　　C. 衣着 　　　　D. 住房

2. 商品性支出所占比重一直处于上升趋势的是:(　　　)

A. 衣着 　　　　B. 生活用品 　　　　C. 住房 　　　　D. 燃料

3. 从 1980 年以后商品性支出所占比重比较平衡的是:(　　　)

A. 食品 　　　　B. 住房 　　　　C. 衣着 　　　　D. 燃料

4. 从 1978 年开始到 1995 年,商品性支出中增幅最大的一项是:(　　　)

A. 生活消费品支出　B. 食品 　　　　C. 燃料 　　　　D. 生活用品及其他

5. 从 1980 年以后,商品性支出所占比重变化趋势不明的是:(　　　)

A. 食品 　　　　B. 衣着 　　　　C. 燃料 　　　　D. 住房

根据下图回答6—10题。

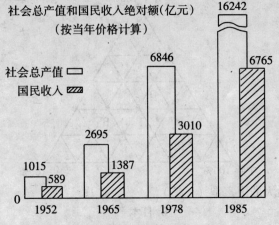

社会总产值和国民收入绝对额(亿元)
(按当年价格计算)

社会总产值 □
国民收入 ▨

社会总产值和国民收入比较

6. 社会总产值总是:( )

A. 大于国民收入　　　　　　　　B. 小于国民收入

C. 等于国民收入　　　　　　　　D. 与国民收入是同一概念

7. 1978年社会总产值与国民收入的差额是:( )

A. 1308元　　　　B. 9477百万元　　C. 3836万万元　　D. 3.836亿元

8. 如果以1952年的国民收入为100计的话,则1985年的国民收入:( )

A. 增长了10.48%　B. 增长了106.5%　C. 增加了10.48倍　D. 增加了106.5倍

9. 社会总产值与国民收入之比最大的是:( )

A. 1952年　　　　B. 1965年　　　　C. 1978年　　　　D. 1985年

10. 下列叙述不正确的是:( )

A. 在1952年至1965年之间,社会总产值的增幅比国民收入的增幅要大

B. 在1965年至1978年之间,社会总产值的增幅比国民收入的增幅大

C. 在1978年至1985年之间,社会总产值的增幅比国民收入的增幅大

D. 在1952年至1985年,社会总产值的增幅比国民收入的增幅小

根据下图回答11—15题。

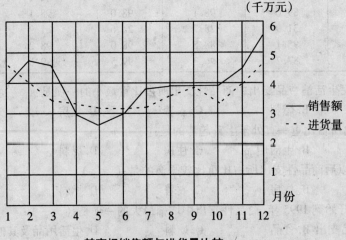

某商场销售额与进货量比较

11. 该商场销售额最低的是:(　　)

A. 5 月　　　　　　　B. 6 月　　　　　　　C. 7 月　　　　　　　D. 8 月

12. 该商场销售额低于进货量的月份是:(　　)

A. 4、5 月　　　　　　　　　　　B. 1、4、5、6 月

C. 4、5、6、7 月　　　　　　　　D. 5、6、7 月

13. 该商场盈利最大的两个月是:(　　)

A. 2、3 月　　　　　　　　　　　B. 10、11 月

C. 3、12 月　　　　　　　　　　D. 2、11 月

14. 该商场有几个月处于盈利(销售额大于进货量)状态?(　　)

A. 6　　　　　　　B. 7　　　　　　　C. 8　　　　　　　D. 9

15. 下列叙述不正确的是:(　　)

A. 该商场亏损(销售额低于进货量)最大的是 5 月

B. 该商场从 5 月份以后,销售额一直处于增长之中

C. 从 6 月份起,该商场进货量一直处于增长之中

D. 该商场全年整体营业状况可能是盈利的

根据下面的网状图回答 16—20 题。

图示是世界部分国家的国土构成状况。A 代表中国,B 代表日本,C 代表法国,D 代表美国,E 代表南非,F 代表巴西,G 代表英国。

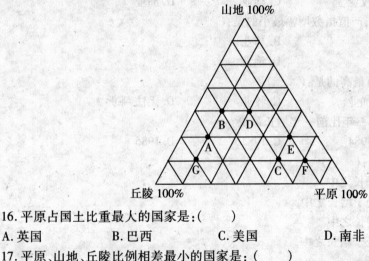

16. 平原占国土比重最大的国家是:(　　)

A. 英国　　　　　　　B. 巴西　　　　　　　C. 美国　　　　　　　D. 南非

17. 平原、山地、丘陵比例相差最小的国家是:(　　)

A. 美国　　　　　　　B. 英国　　　　　　　C. 法国　　　　　　　D. 中国

18. 山地比例最高的国家是:(　　)

A. 日本　　　　　　　B. 美国　　　　　　　C. 日、美两国　　　　　　　D. 中国

19. 巴西的丘陵是山地的:(　　)

A. 1/2　　　　　　　B. 2 倍　　　　　　　C. 1/3　　　　　　　D. 1 倍

20. 中国和哪个国家的山地比例相同?(　　)

A. 美国　　　　　　　B. 英国　　　　　　　C. 南非　　　　　　　D. 法国

根据下面的统计表回答 1—5 题。

农业总产值指数（以 1978 年为 100）

年份	农业总产值	农作物种植业产值	林业产值	牧业产值	副业产值	渔业产值
1978	100.0	100.0	100.0	100.0	100.0	100.0
1979	107.6	107.2	101.4	114.6	96.5	96.6
1980	109.1	106.6	113.7	122.6	102.4	103.9
1981	116.2	112.9	118.4	129.8	127.0	108.5
1982	129.3	124.5	128.5	147.0	154.8	121.8
1983	139.3	134.8	141.6	152.8	172.8	132.4
1984	156.4	148.2	168.5	173.2	229.9	155.8
1985	161.8	145.3	176.1	203.0	277.3	185.1
1986	167.3	146.6	169.8	214.2	332.6	223.1
1987	177.0	154.4	169.9	221.1	383.8	263.5

1. 从 1978 年到 1987 年，产值指数增幅最大的是：（　　　）

A. 林业　　　　　　B. 牧业　　　　　　C. 副业　　　　　　D. 渔业

2. 从 1978 年到 1987 年，产值指数增幅最小的是：（　　　）

A. 农作物种植业　　　　　　B. 林业

C. 牧业　　　　　　D. 渔业

3. 1985 年各行业中产值最高的是：（　　　）

A. 副业　　　　　　B. 渔业　　　　　　C. 牧业　　　　　　D. 无法判断

4. 农业总产值指数在那一年比前一年增长最快？（　　　）

A. 1982　　　　　　B. 1984　　　　　　C. 1983　　　　　　D. 1985

5. 下列叙述中正确的是：（　　　）

A. 渔业产值一直处于增长之中

B. 农业产值指数一直处于增长之中

C. 副业产值一直处于增长之中

D. 林业产值指数一直处于增长之中

根据下图回答 6—10 题。

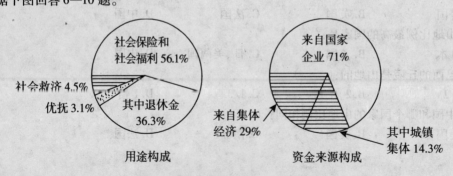

1986 年我国社会保障资金收支构成

6.1986年我国社会保障资金主要用于:(   )

A.社会保险和社会福利　　　　B.社会救济

C.优抚　　　　　　　　　　　D.其他

7.1986年,我国用于退休金的支出占社会保障总支出的多少?(   )

A.9.24%　　　　　　　　　　B.4.5%

C.3.1%　　　　　　　　　　 D.3.63%

8.1986年,我国用于社会救济的支出比用于优抚的支出高多少?(   )

A.4.5%　　　　　　　　　　 B.3.1%

C.1.4%　　　　　　　　　　 D.1.4个百分点

9.1986年,我国来自企业的社会保障资金比来自集体经济的高多少?(   )

A.52%　　　　B.42%　　　　C.56.7%　　　　D.46.7%

10.1986年,我国来自乡村集体经济的社会保障资金占全社会保障资金总额的多少?(   )

A.29%　　　　B.14.3%　　　　C.56.7%　　　　D.14.7%

根据下图回答11—15题。

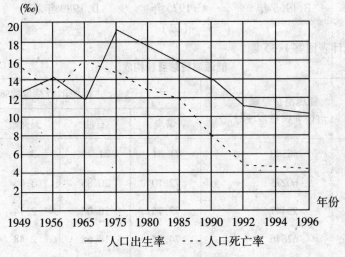

某地人口出生、死亡率变化

11.该地人口出生率最高是:(   )

A.1965年　　　　B.1975年　　　　C.1980年　　　　D.1985年

12.该地人口死亡率最高是:(   )

A.1949年　　　　B.1956年　　　　C.1965年　　　　D.1975年

13.该地人口自然增长率最低是:(   )

A.1949年　　　　B.1956年　　　　C.1965年　　　　D.1975年

14.该地人口自然增长率最高是:(   )

A.1956年—1965年　　　　B.1975—1980年

C.1985年—1990年　　　　D.1992年以后

15.下列叙述不正确的是:(   )

A.1965年以后,该地人口死亡率一直处于下降之中

B.1975年以后,该地人口出生率一直处于下降之中

C.1975年以后,该地人口自然增长率一直处于下降之中

D.1956年该地人口自然增长率为负数

阅读下面资料回答 16—20 题。

1989 年,我国农村人口中文盲和半文盲人数为 2.19 亿人,占世界 8 亿文盲和半文盲总数的 1/4 强,占农村 12 岁以上人口的 1/3。在农村就业人口中,文盲和半文盲占 35.2%,小学文化程度占 37.2%,万人中大学生人数为 4 名,平均文化程度为 4.8 年,与日本农业劳动者文化程度(1965 年为 10.6 年,1975 年为 11.7 年)相比差异甚大,还不及日本 1907 年的水平(普及 6 年制小学教育)。

16. 1989 年,我国农村就业人口平均文化程度为:( )

A. 4.8 年　　　　　B. 10.6 年　　　　　C. 11.7 年　　　　　D. 6 年

17. 1989 年,我国农村就业人口中,小学以上文化程度的占多少?( )

A. 35.9%　　　　　B. 37.2%　　　　　C. 73.1%　　　　　D. 26.9%

18. 1975 年,日本农业劳动者平均文化程度为:( )

A. 10.6 年　　　　　B. 4 年　　　　　C. 11.7 年　　　　　D. 6 年

19. 1989 年,世界文盲和半文盲人数约有多少人?( )

A. 1.19 亿　　　　　B. 8 亿　　　　　C. 10 亿　　　　　D. 无法确定

20. 日本普及 6 年制小学教育是在哪一年?( )

A. 1907 年　　　　　B. 1965 年　　　　　C. 1975 年　　　　　D. 1989 年

(五)

根据下面的统计表回答 1—5 题。

能源消费总量和构成

年份	能源消费总量(折标准燃料,万吨)	占能源消费总量的%			
		煤炭	石油	天然气	水电
1979	58588	71.31	21.79	3.30	3.60
1980	60275	72.10	20.85	3.06	3.99
1981	29447	72.75	20.00	2.74	4.51
1982	62646	74.02	18.68	2.48	4.82
1983	66040	74.29	18.05	2.40	5.26
1984	70904	75.31	17.45	2.33	4.91
1985	77020	75.92	17.02	2.23	4.83
1986	81665	76.07	17.03	2.24	4.66
1987	85815	76.14	17.03	2.15	4.68

1. 能源消费构成中,一直占最大比例的是:( )

A. 煤炭　　　　　　　　　　B. 天然气

C. 水电　　　　　　　　　　D. 石油

2. 在能源消费构成中,比例一直处于上升趋势的是:( )

A. 煤炭　　　　　　　　　　B. 天然气

C. 水电　　　　　　　　　　D. 石油

3. 在能源消费构成中,变化比例最大的是:( )

A. 煤炭　　　　　　　　　　B. 石油

236

C. 水电   D. 天然气

4.1979 年水电比天然气的能源消费总量多：（万吨）（   ）

A. 12.3574   B. 24.7854

C. 17.5764   D. 18.6744

5. 下列叙述不正确的是：（   ）

A. 从 1979 年至 1987 年，煤炭消费量增长了 4.83 %

B. 从 1979 年至 1987 年，石油消费量减少了 4.76 %

C. 从 1979 年至 1987 年，水电的消费量增加了 1.08 %

D. 从 1979 年至 1987 年，能量消费总量为 27227 万吨

根据下图回答 6—10 题。

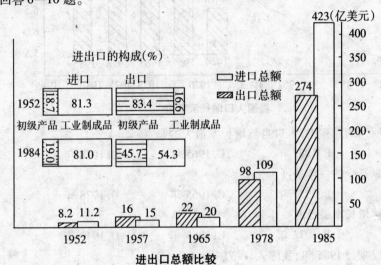

进出口总额比较

6. 出口最多的一年是：（   ）

A. 1952 年   B. 1965 年

C. 1978 年   D. 1985 年

7. 进口最多的一年是：（   ）

A. 1957 年   B. 1965 年

C. 1978 年   D. 1986 年

8.1985 年进口总额是 1965 年的多少倍？（   ）

A. 20   B. 21.15

C. 21.5   D. 215

9. 出口额与进口额相差最少的是哪一年？（   ）

A. 1952 年   B. 1957 年

C. 1978 年   D. 1985 年

10. 进出口产品构成的变化规律是：（   ）

A. 出口产品中初级产品比重下降，进口产品中工业制成品比重上升

B. 进口产品中初级产品比重下降，出口产品中工业制成品比重上升

C. 出口产品中初级产品比重下降，工业制成品比重上升，进口产品构成相对稳定

D. 进口产品中工业制成品比重下降，初级产品比重上升，出口产品中初级产品比重也上升

根据下图回答 11—15 题。

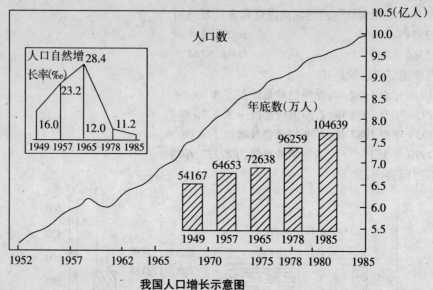

我国人口增长示意图

11. 在图中所示的几年中，人口自然增长率最大的是：(   )

A. 1949 年　　　　　B. 1957 年　　　　　C. 1965 年　　　　　D. 1978 年

12. 人口数量最少的一年是：(   )

A. 1949 年　　　　　B. 1957 年　　　　　C. 1965 年　　　　　D. 1978 年

13. 人口自然增长率最低的一年是：(   )

A. 1985 年　　　　　B. 1978 年　　　　　C. 1965 年　　　　　D. 1949 年

14. 从建国以来到 1985 年，我国人口增加了：(   )

A. 5.4 亿　　　　　B. 11.2 亿　　　　　C. 50375 万　　　　　D. 50472 万

15. 以下判断正确的是：(   )

A. 人口自然增长率最大和人口数量最多的是 1965 年

B. 人口最少和人口自然增长率最大的是 1949 年

C. 1978 年人口比 1985 年少

D. 1978 年人口自然增长率比 1985 年小，因为 1985 年人口比 1978 年多

根据下面的网状图回答 16—20 题。

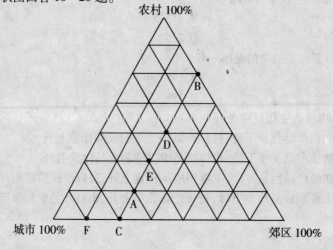

238

16. 在城市分布率最高的职业是：（ ）

A. 干部　　　　　　B. 教师　　　　　　C. 自由职业者　　　D. 工人

17. 在农村分布率最高的职业是：（ ）

A. 农民　　　　　　B. 工人　　　　　　C. 学生　　　　　　D. 教师

18. 农村的农民分布率是工人分布率的：（ ）

A. $\frac{1}{5}$　　　　　　B. 5 倍　　　　　　C. $\frac{1}{3}$　　　　　　D. 3 倍

19. 各职业分布率相差不大的是：（ ）

A. 城市　　　　　　B. 农村　　　　　　C. 郊区　　　　　　D. 不清楚

20. 下列叙述不正确的是：（ ）

A. 自由职业者和干部在农村分布率为 0

B. 农民在城市分布率为 0

C. 教师在城市、农村、郊区的分布率相差不大

D. 工人在城市、农村、郊区的分布率相差不大

参考答案及解析

（一）

1. C。通过比较全部产值这一栏中的数字，机械产值最高，为 847.04 亿元。

2. D。在出口值占全部行业产值比重一栏的数字中，大于 50% 的为工艺品。

3. B。从出口值一栏的数字，找到食品行业的出口值为 27.13，化工行业的出口值为 15.05，得出 27.13 − 15.05 ＝ 12.08。

4. A。通过比较出口值一栏中的数字，最高为纺织行业 55.92。

5. C。服装行业占全部行业产值比重为 29.56%，轻工业为 8.92%，则 29.56% − 8.92% ＝ 20.64%。

6. A。扇形图中占比例最大的为 31%，对应为 70—80 分数段。

7. C。扇形图中 24% 和 25% 相差最小，对应分别为 80—90 分数段和 60—70 分数段。

8. D。扇形图只显示各分数段人数的比例，并没有给出学生人数，故 D 错误。

9. B。人数最多的分数段人数为 31，最少的为 8，则 31 − 8 ＝ 23。

10. C。60 分以下的人数为 8%，减少 $\frac{1}{2}$ 后，为 4%，100 × 4% ＝ 4。

11. C。从统计柱上看出，1978 年底城乡居民储蓄额为 211 亿元，从扇形图看出，1978 年底，农村所占储蓄额为 26.5%，则 211 × 26.5% ＝ 55.915 亿元。

12. C。1985 年底的储蓄存款余额为 1523 亿元，1952 年底的存款余额为 8.6 亿元，则 1523 − 8.6 ＝ 1514.4 亿元。

13. D。根据统计图和扇形图可知，1952 年的农村储蓄为 8.6 × 20.7% ＝ 1.78 亿元，则 55.915 − 1.78 ＝ 54.135 亿元。

14. C。由扇形图可知 1984 年的城镇储蓄占城乡居民储蓄总额的 63.9%，则 1523 × 0.639 ＝ 973.197 亿元。

15. C。图中并没有显示 1984 年年底的城乡居民储蓄余额。

16. C。根据所给资料乡镇职工占农村劳动力总数的 23.8%，占全国劳动力总数的 17.6%，则 23.8% − 17.6% ＝ 6.2%。

17. B。根据资料我们知道乡镇企业总产值占农村社会总产值的 53.8%，即大于 1/2。故选 B。

18. D。由资料可知，该年的税金为 310.29 亿元，又知 10 年间税金增长了 288.29 亿元，

则310.29 − 288.29 = 22 亿元。

19. D。资料分析最后一句话给出了本题的答案。

20. C。资料第二句话给出了本题的答案。

(二)

1. C。由表中城市新建职工住宅面积和农村新建房屋面积这两列数中,找出 1983 年新增的面积为:0.81 + 0.34 + 7 = 8.15 亿平方米。

2. D。通过观察人均住房面积这一列看出,1982 年城市和农村的住宅面积分别是 10.7、5.6,则 10.7 − 5.6 = 5.1 平方米。

3. B。由表中人均居住面积中城市这一列看出,1987 年的面积为 8.5,1985 年面积为 6.7,则 8.5 − 6.7 = 1.8 平方米。

4. C。通过观察农村新建房屋面积这一列,看出相邻两个数字相差最大的为 1985 年和 1986 年,故 1986 年房屋面积增加的最快。

5. C。新建城市职工住宅面积为:0.89 + 0.32 = 1.21 亿平方米。

6. A。该统计图是由四个小统计图组成的,比较这四个小统计图看出,每年的小学人数最多。

7. B。在高等学校统计柱中,1986 年和 1949 年的学生人数分别是 188 万人、12 万人,则 188 − 12 = 176 万人。

8. B。观察普通中学统计柱,1986 年和 1949 年的人数分别是 4890 万人、104 万人,则 4890 − 104 = 4786 万人。

9. B。由统计柱看出,1978 年高等学校人数为 86 万人,中等专业学校人数为:89 万人,则 89 − 86 = 3 万人。

10. B。由小学统计柱看出,1978 年学生人数为 14624 万人。

11. D。财政赤字为财政支出大于财政收入,由曲线图看出,实线在虚线上方的且差距最大的为一、二月份。

12. D。观察曲线图,虚线在实线上方的有,4 月中旬到 12 月份。而在这几个月份中,两曲线之间差距最大的为 7、8 月份。

13. A。实线虚线相交点为财政支出等于财政收入,为财政收支平衡点。故选 A。

14. C。曲线图中,支出和收入最多的为曲线的最高点,实线和虚线的最高点均为 12 月份。

15. C。由曲线可知,在 1、2、3、4 月份为财政赤字,即该市的财政赤字有 4 个月时间。

16. D。

17. C。

18. A。

19. B。

20. A。

(三)

1. A。观察比较 1978 年这一列,发现所占比重最小的为 24.1% 的食品。

2. B。观察统计表的各行数字,生活消费品、食品、生活用品所占比重 一直处于上升趋势,故选 B。

3. C。1980 年以后,观察商品性支出的各行数字,发现变化最小的为衣着,一直在 0.1 的范围内变化。

4. A。1995 年同 1978 年两列数字之差最大的即为增幅最大的,64.5% − 39.7% = 24.8% 为最大的增幅,对应该项为生活消费品。

5. B。同本题的第三题类似。

6. A。由图看出,白色统计柱(社会总产值),总是高于阴影柱(国民收入)。

7. C。6846 - 3010 = 3836(亿元)。

8. C。此题是问1985年国民收入比1952年增长或增加了多少。$\dfrac{6765-589}{589}$ = 10.48倍。

9. D。

10. D。D项中,国民收入增幅为:$\dfrac{6765-3010}{3010}$ = 124.8%;

社会总产值增幅为:$\dfrac{16242-6846}{6846}$ = 137.2%。

11. A。实线代表销售额曲线,由图看出,实线的最低点在5月份,即销售最低为5月份。

12. B。观察曲线图,实线在虚线下面的有1、4、5、6四个月份。

13. C。销售额大于进货量即为盈利,盈利最大的月份即实线和虚线之间距离相差最大所对应的月份,故为3、12月份。

14. C。实线在虚线上方的有2、3、7、8、9、10、11、12共8个月。

15. C。C项中7、10月份不是处于增长中。

16. B。

17. A。

18. C。

19. D。

20. C。

(四)

1. C。统计表中1978年这一行中的指数全是100,所以我们只要比较1987年各产值的指数大小,副业产值指数为最高383.8,即增幅最高。

2. A。比较1987年一行中,最小指数对应的为农作物种植业。

3. D。表中只说明各行业的产值指数情况并没有提到某一年的产值情况,故选D。

4. B。观察农业总产值这一列,比较相邻两个数字,相差最多即为该年比上一年增长最快的一年。

5. B。比较各行业的每天的产值指数,只有农业产值指数一直处于增长中。

6. A。从社会保障资金用途构成的扇形图中看出,社会保险和社会福利占的比例最多,为56.1%。

7. D。由用途构成扇形图看出,退休金的比例为36.3%。

8. D。用于社会救济的资金为4.5%,优抚资金为3.1%,则4.5% - 3.1% = 1.4%。

9. B。由资金来源构成扇形图看出,来自集体经济的为29%,来自国企的为79%,则79% - 21% = 42%。

10. D。由图可知,来自集体经济为29%,其中14.3%是来自城镇集体,则乡村集体为:29% - 14.3% = 14.7%。

11. B。观察曲线图,实线的最高点对应的1975年,即出生率最高的一年。

12. C。虚线的最高点对应的1965年,即死亡率最高的一年。

13. C。人口自然增长率等于出生率减去死亡率,在1965年人口自然增长率出现最低为:12% - 16% = -4%。

14. D。观察曲线图,从1992年以后实线和虚线平行,说明1992年以后人口自然增长率不变,而我们发现1992年实线和虚线之间的距离是有史以来最大的,即自1949年以来,1992年人口自然增长率最高,故选 D。

15. C。由第 14 题解析可知。

16. A。

17. D。

18. C。

19. B。

20. A。

(五)

1. A。

2. A。

3. D。

4. C。

5. D。

6. D。由统计图看出,表示出口的空白统计柱,在 1985 年最高,为 423 亿美元。

7. D。表示进口的阴影统计柱在 1985 年最高为 274 亿美元。

8. B。由图看出 1985 年进口总额为 423 亿美元,1965 年为 20 亿美元,则 423/20 =21.15。

9. B。观察统计图,进出口贸易额相差最少的,即空白统计柱和阴影统计柱相差最短的,则在 1957 年相差最少,为 16 - 15 =1 亿美元。

10. C。观察图中的 1952 年和 1984 年的进出口的构成图,发现出口产品中的初级产品从 83.4% 下降到 45.7%,而工业制品从原来的 16.6% 上升到 54.3%;在进口产品中,产品结构几乎没有变化。故选 C。

11. C。此题由三个图形构成,从 1952 年到 1985 年人口逐年增长的曲线图、各年底人数的统计图、人口自然增长率的曲线图。由人口增长率曲线图看出,在 1965 年增长率达最高点为 28.4%。

12. A。由统计图看出 1949 年人数最少 54167 万人。

13. A。由人口增长率曲线图看出,在 1985 年曲线有最低点为 11.2%。

14. D。由统计图看出,1985 年人数为 104639 万人,1949 年人数为 54167 万人,104639 - 54167 = 50472 万人。

15. C。由人口逐年增长图可知,人口在逐年增长,故 C 项正确。

16. C。

17. A。

18. B。

19. C。

20. D。

图书在版编目(CIP)数据

行政职业能力测验/黄娜主编. —北京:法律出版社,
2008.3
公安机关录用人民警察考试专业教材
ISBN 978 - 7 - 5036 - 8218 - 6

Ⅰ.行…　Ⅱ.黄…　Ⅲ.①警察—招聘—考试—中国—教材
②行政管理—能力倾向测验—中国—教材　Ⅳ.D631.13

中国版本图书馆 CIP 数据核字(2008)第 019256 号

ⓒ法律出版社·中国

责任编辑/张瑞珍	**装帧设计**/曹　铀
出版/法律出版社	**编辑统筹**/法律考试出版分社
总发行/中国法律图书有限公司	**经销**/新华书店
印刷/北京北苑印刷有限责任公司	**责任印制**/沙　磊
开本/787×1092 毫米　1/16	**印张**/15.75　**字数**/427 千
版本/2008 年 3 月第 1 版	**印次**/2008 年 3 月第 1 次印刷

法律出版社/北京市丰台区莲花池西里 7 号(100073)
电子邮件/info@ lawpress. com. cn　　　**销售热线**/010 - 63939792/9779
网址/www. lawpress. com. cn　　　　　**咨询电话**/010 - 63939796

中国法律图书有限公司/北京市丰台区莲花池西里 7 号(100073)
全国各地中法图分、子公司电话:
第一法律书店/010 - 63939781/9782　西安分公司/029 - 85388843　重庆公司/023 - 65382816/2908
上海公司/021 - 62071010/1636　　　北京分公司/010 - 62534456
深圳公司/0755 - 83072995　　　　　苏州公司/0512 - 65193110

书号:ISBN 978 - 7 - 5036 - 8218 - 6　　　**定价:**32.00 元

(如有缺页或倒装,中国法律图书有限公司负责退换)